人民共和國文化與文學叢書

二 編

李 怡 主編

第 **8** 冊

小說走過新時期
——新時期以來中國小說的文化研究

周 景 雷 著

花木蘭文化出版社

國家圖書館出版品預行編目資料

小說走過新時期——新時期以來中國小說的文化研究／周景雷
著 -- 初版 -- 新北市：花木蘭文化出版社，2015〔民104〕
目 2+220 面；19×26 公分
（人民共和國文化與文學叢書 二編；第 8 冊）
ISBN 978-986-404-220-3（精裝）
1. 中國小說 2. 文學評論
820.8   104011323

特邀編委（以姓氏筆畫為序）：

ISBN- 978-986-404-220-3

9 789864 042203

吳義勤　孟繁華　張　檸
張志忠　張清華　陳思和
陳曉明　程光煒　劉福春
（臺灣）宋如珊
（日本）岩佐昌暲
（新西蘭）王一燕
（澳大利亞）鄭　怡

人民共和國文化與文學叢書
二 編 第 八 冊
ISBN：978-986-404-220-3

小說走過新時期
——新時期以來中國小說的文化研究

作　　者　周景雷
主　　編　李　怡
企　　劃　北京師範大學民國歷史文化與文學研究中心
　　　　　四川大學現代中國文化與文學研究中心
總 編 輯　杜潔祥
副總編輯　楊嘉樂
編　　輯　許郁翎
印　　刷　普羅文化出版廣告事業
出　　版　花木蘭文化出版社
社　　長　高小娟
聯絡地址　235 新北市中和區中安街七二號十三樓
　　　　　電話：02-2923-1455／傳真：02-2923-1452
網　　址　http://www.huamulan.tw 信箱 hml810518@gmail.com
初　　版　2015 年 9 月
全書字數　203104 字
定　　價　二編16 冊（精裝）台幣28,000 元

小說走過新時期
——新時期以來中國小說的文化研究

周景雷　著

作者簡介

周景雷，男，1966 年出生，遼寧大連人。畢業於復旦大學，文學博士，現爲渤海大學教授。主要從事中國現當代文學研究，已出版《茅盾與中國現代文學》等學術專著四部，公開發表學術文章 120 餘篇，主持多項國家級、省級社科規劃基金項目。

提　　要

　　20 世紀 80 年代以來，中國文學的發展進入了新時期，不僅創作數量豐厚，審美追求多元，精神旨歸明確，而且在對傳統文學的繼承上，在對外來觀念的習得上，特別是在對現實語境的呼應上，都表現出了不同以往的格局和氣質，並使中國文學的轉型再次得以實現。本書從轉換、人物、幸福、苦難、闡釋、環境等六個關鍵詞入手，深入地探討了新時期以來中國小說發展、變化的內在邏輯、現實需求和審美傾向。本書認爲，新時期的中國小說不僅確立了在「十七年」文學時期所形成的新傳統的地位，更接續了「五四」新文學以來的文學傳統和文學精神，無論是在個人主體身份的確立上，還是在個人與時代關係的糾葛上，都達到了一個前所未有的深度。但本書不止於對這一時期的小說作自身的文學性分析，而是將其放置在一個較爲廣泛的文化背景中去論析。本書認爲，小說（文學）不僅有一個傳承和引領文化的作用，同時它自身又受制於文化的諸種屬性，並使自己成爲新的文化形成的重要組成部分。

世界知識、地方知識
與人民共和國文學研究

李 怡

　　無論我們如何估價近 30 年來的中國文學研究成果，都不得不承認這樣一個事實，即當代中國文學研究的發展演變與我們整個知識系統的轉化演進有著密切的聯繫，這種聯繫不僅勾畫了迄今為止我們文學研究的學術走向，而且也將為未來的學術前行提供新的思路。

　　回顧近 30 年來的中國文學研究的知識背景，我們注意到存在一個由「世界知識」與「地方知識」前後流動又交互作用過程。考察分析「知識」系統的這些變動，特別是我們對「知識系統」的認識和依賴方式，將能折射出我們學術發展過程中的值得注意的重要問題，促使我們作出新的自我反省。

一

　　在對人民共和國文學的研究之中，「世界」的知識框架是在新時期的改革開放中搭建起來的。「世界」被假定為一個合理的知識系統的表徵，而「我們」中國固有的闡釋方式是充滿謬誤的，不合理的。新時期當代中國文學的研究是以對「世界」知識的不斷充實和完善為自己的基本依託的，這樣的一個學術過程，在總體上可以說是「走向世界」的過程。「走向世界」代表的是剛剛結束十年內亂的中國急欲融入世界，追趕西方「先進」潮流的渴望。在中國現當代文學研究界乃至中國學術界「走向世界」呼籲的背後，是整個中國社會對衝出自我封閉、邁進當代世界文明的訴求。在全中國「走向世界」的合奏聲中，走向「世界文學」成了新時期中國現代文學研究的「第一推動力」。

在那時，當代中國文學研究是努力以中國之外「世界」的理論視野與方法爲基礎的。以國外引進的自然科學的研究方法——「三論」（系統論、信息論、控制論）爲起點，經過 1984 年的反思、1985 年的「方法論年」，西方文學理論與批評得到了到最廣泛的介紹和運用，最終從根本上引導了當代中國文學批評的主潮。

人民共和國文學的研究也是以中國之外的「世界」文學的情形爲參照對象的，比較文學成爲理所當然的最主要的研究方式，比較文學的領域彙集了當代中國文學研究實力強大的學者，中國學術界在此貢獻出了自己最重要的成果。新時期中國學人重提「比較文學」首先是在外國文學研究界，然而卻是在一大批中國現代文學研究者介入，或者說是在中國現代文學研究界將它作爲一種「方法」加以引入之後，才得到長足的發展。正如王富仁先生所說：「我們稱之爲『新時期』的文學研究，熱熱鬧鬧地搞了 10 多年，各種新理論、新觀念、新方法都『紅』過一陣子。『熱』過一陣子，但『年終結帳』，細細一核算，我認爲在這十幾年中紮根紮得最深，基礎奠定得最牢固，發展得最堅實，取得的成就最大的，還是最初『紅』過一陣而後來已被多數人習焉不察的比較文學。」〔註1〕

這些文學研究設立了以「世界」文學現有發展狀態爲自己未來目標的潛在意向，並由此建立著文學批評的價值取向。曾小逸主編《走向世界文學》一書不僅囊括了當時新近湧現、後來成爲本學科主力的大多數學者，集中展示了那個時期的主力學者面對「走向世界」這一時代主題的精彩發言，而且還以整整 4 萬 5 千餘字的「導論」充分提煉和發揮了「走向世界文學」的歷史與現實根據，更年輕一代的學人對於馬克思、歌德「世界文學」著名預言的接受，對於「走向世界」這一訴求的認同都與曾小逸的這篇「導論」大有關係。一時間，僅僅局限於中國本身討論問題已經變成了保守封閉的象徵，而只有跨出中國，融入「世界」、追逐「世界」前進的步伐，我們才可能有新的未來。

進入 1990 年來之後，我們重新質疑了這樣將「中國」自絕於「世界」之外的思想方式，更質疑了以「西方」爲「世界」，並且迷信「世界」永遠「進化」的觀念。然而，無論我們後來的質疑具有多少的合理性，都不得不承認，

〔註1〕 王富仁：《關於中國的比較文學》，見王富仁《說說我自己》125 頁，福建人民出版社 2000 年。

一個或許充滿認知謬誤的「世界」概念與知識，恰恰最大限度地打破了我們思維閉鎖，讓我們在一個全新的架構中來理解我們的生存環境與生命遭遇。這就如同 100 多年前，中國近代知識分子重啟「世界」的概念，第一次獲得新的「世界」的知識那樣。「世界」一詞，本源自佛經。《楞嚴經》云：「世為遷流，界為方位。」也就是說，「世」為時間，「界」為空間，在中國文化的漫長歲月裏，除了參禪論道，「世界」一詞並沒有成為中國知識分子描述他們現實感受的普遍用語。不過，在近代日本，「世界」卻已經成為了知識分子描述其地理空間感受的新語句，當時中國的知識分子在談及其日本見聞的時候，也就便將「世界」引入文中，例如王韜的《扶桑遊記》，黃遵憲的《日本國志》，20 世紀初，留日中國知識分子掀起了日書中譯的高潮，其中，地理學方面的著作占了相當的數量，「大部分地理學譯著的原本也是來自日本」。〔註2〕隨著中國留學生陸續譯出的《世界地理》、《世界地理誌》等著作的廣泛傳播，「世界」也才成為了整個中國知識界的基本語彙。世界，這是一個沒有中心的空間概念。

「世界」一詞回傳中國、成為近現代中國基本語彙的過程，也是中國知識分子認知現實的基本框架——地理空間觀念發生巨大改變的過程：我們所生存的這個世界並非如我們想像的那樣以中國為中心。是的，在 100 年前，正是中國中心的破滅，才誕生了一個更完整的「世界」空間的概念，才有了引進「非中國」的「世界」知識的必要，儘管「中國」與「世界」在概念與知識上被作了如此不盡合理「分裂」，但「分裂」的結果卻是對盲目的自大的終結，是對我們認識能力的極大的擴展。這，大概不能被我們輕易否定。

二

1990 年代以後人們憂慮的在於：這些以西方化的「世界」知識為基礎的思想方式會在多大的程度上壓抑和遮蔽了我們的「民族」文化與「本土」特色？我們是否就會在不斷的「世界化」追逐中淪落為西方「文化殖民」的對象？

其實，100 餘年前，「世界」知識進入中國知識界的過程已經告訴我們了一個重要事實：所謂外來的（西方的）「世界」知識的豐富過程同時伴隨著自我意識的發展壯大過程，而就是在這樣的時候，本土的、地方的知識恰恰也

〔註 2〕鄒振環：《晚清西方地理學在中國》244 頁，上海古籍出版社 2000 年版。

獲得了生長的可能。

100 餘年前的留日中國學生在獲得「世界」知識的同時,也升起了強烈「鄉土關懷」。本土經驗的挖掘、「地方知識」的建構與「世界」知識的引入一樣的令人矚目。他們紛紛創辦了反映其新思想的雜誌,絕大多數均以各自的家鄉命名,《湖北學生界》、《直說》、《浙江潮》、《江蘇》、《洞庭波》、《鵑聲》、《豫報》、《雲南》、《晉乘》、《關隴》、《江西》、《四川》、《滇話》、《河南》⋯⋯這些本土的所在,似乎更能承載他們各自思想的運動。在這些以「地方性」命名的思想表達中,在這些收錄了各種地域時政報告與故土憂思的雜誌上,已經沒有了傳統士人的纏綿鄉愁,倒是充滿了重審鄉土空間的冷峻、重估鄉土價值的理性以及突破既有空間束縛的激情,當留日中國知識分子紛紛選擇這些地域性的名目作為自己的文字空間之時,我們所看到的分明是一次次的精神的「還鄉」。他們在精神上重返自己原初的生存世界,以新的目光審視它,以新的理性剖析它,又以新的熱情激活它。

出於對普遍主義與本質主義的批判立場,美國著名的文化人類學家克利福德・格爾茲教授(Clifford Geertz)提出了「地方性知識」這一概念,在他的《地方性知識》一書中有過深刻的表述。「所謂的地方性知識,不是指任何特定的、具有地方特徵的知識,而是一種新型的知識觀念。而且地方性或者說局域性也不僅是在特定的地域意義上說的,它還涉及到在知識的生成與辯護中所形成的特定的情境,包括由特定的歷史條件所形成的文化與亞文化群體的價值觀,由特定的利益關係所決定的立場、視域等。」它要求「我們對知識的考察與其關注普遍的準則,不如著眼於如何形成知識的具體的情境條件。」〔註3〕作為後現代主義時代的思想家,克利福德・格爾茲強調的是那種有別於統一性、客觀性和真理的絕對性的知識創造與知識批判。雖然我們沒有必要用這樣的論述來比附百年前中國知識分子的「地方意識」的萌發,但是,在對西方現代化的物質主義保持批判性立場中討論中國「問題」,這卻是像魯迅這樣知識分子的基本選擇,當近現代中國知識分子提出諸多的地方「問題」之時,他們當然不是僅僅為了展示自己的地方「獨特性」,而是表達自己所領悟和思考著的一種由特定區域與「特定的歷史條件」所決定的價值追求。而任何一個不帶偏見地閱讀了中國現代文學作品的人都可以發現,這些價值追求既不是西方文化的簡單翻版,也不是地方歷史的簡單堆積,它們屬於一

〔註 3〕 盛曉明:《地方性知識的構造》,《哲學研究》2000 年 12 期。

種建構中的「新型的知識觀念」。

所以我認為，近代中國知識分子這種依託地方生存感受與鄉土時政經驗的思想表達分明不能被我們簡單視作是「外來」知識的移植和模仿，更不屬於所謂「文化殖民」的內容。

同樣，在新時期的當代中國文學批評中，在重點展示西方文學批評方法的「方法熱」之同時，也出現了「文化尋根」，雖然後來的我們對這樣的「尋根」還有諸多的不滿；1990 年代以降，文學與區域文化的關係更成為了文學研究的重要走向。竭力倡導「走向世界」的現代學人同樣沒有忽視中國文學研究的地方資源問題，在「後現代主義」質疑「現代性」、後殖民主義批判理論質疑西方文化霸權的中國影響之前，他們就理所當然地發掘著「地方性」的獨特價值，1989 年的中國現代文學研究會蘇州年會就以「中國現代作家與吳越文化」議題之一，在學者看來：「20 世紀中國新文學是在西方近代文學的啟迪下興起的。但就具體作家而言，往往同時也接受著包括區域文化在內的中國傳統文化的影響——有時是潛移默化的濡染，有時則是相當自覺的追求。」〔註4〕為 20 在中國當代批評家的眼中，引入「地方性」視野既是一種「豐富」，也是一種「尊嚴」，正如學者樊星所概括的那樣：「在談論『中國文化』、『中國民族性』、『中國文學的民族特色』這些話題時，我們便不會再迷失在空論的雲霧中——因為絢麗多彩的地域文化給了我們無比豐富的啟迪。」「當現代化大潮正在沖刷著傳統文化的記憶時，文學卻捍衛著記憶的尊嚴。」〔註5〕在這裏，「地方性」背景已經成為中國學者自覺反思「現代化大潮」的參照。

三

重要的在於，「世界知識」與「地方知識」完全可以擺脫「二元對立」的狀態，而呈現出彼此激發、相互支撐的關係，中國文學從晚清到人民共和國的演化就說明了這一點。

在「世界知識」與「地方知識」相互支持的關係構架中，起關鍵性作用的是中國知識分子的自我意識的成長。對於文學批評而言，自我意識的飽滿

〔註4〕嚴家炎：《二十世紀中國文學與區域文化叢書・總序》，《二十世紀中國文學與區域文化叢書》，湖南教育出版社 1995 年版。
〔註5〕樊星：《當代文學與地域文化》21 頁，華中師範大學出版社 1997 年版。

和發展是我們發現和提煉全新的藝術感受的基礎，只有善於發現和提煉新的藝術感受的文學批評才能推動人類精神的總體成長，才能促進人生價值新的挖掘和發揚。在我們辨別種種「知識」的姓「西」姓「中」或者「外來」與「本土」之前，更重要是考察這些中國知識分子是否將獨立人格、自由意志與人的主體性作爲了自覺的追求，換句話說，在「知識」上將「世界」與「本土」暫時「割裂」並不要緊，引進某些「外來」的偏激「觀念」也不要緊，重要的在於在這樣的一個過程當中，作爲知識創造者的我們是否獲得了自我精神的豐富與成長，或者說自我精神的成長是否成爲了一種更自覺的追求，如果這一切得以完成，那麼未來的新的「知識」的創造便是盡可期待的，從「世界知識」的引入到「地方知識」的重新創造，也自然屬於題中之義，而且這樣的「地方知識」理所當然也就不是封閉的而是開放的。

從「世界知識」的看似偏頗的輸入到「地方知識」的開放式生長，這樣的過程原本沒有矛盾，因爲知識主體的自我意識被開發了，自我創造的活性被激發了。

在晚清以來中國的思想演變中，浸潤於日本「世界知識」的魯迅提出的是「入於自識，趣於我執，剛愎主己」，即返回到人的自我意識。〔註6〕

在 1980 年代，不無偏頗的「方法熱」催生了文學「主體性」的命題：「我們強調主體性，就是強調人的能動性，強調人的意志、能力、創造性，強調人的力量，強調主體結構在歷史運動中的地位和價值。」〔註7〕雖然那場討論尚不及深入展開。

過於重視「知識」本身的辨別和分析，極大地忽略了「知識」流變背後人的精神形態的更重要的改變，這樣我們常常陷入中/外、東/西、西方/本土的無休止的糾纏爭論當中，恰恰包括中國文學批評家在內的現代知識分子的精神創造過程並沒有得到更仔細更具有耐性的觀察和有說服力量的闡釋，其精神創造的成果沒有得到足夠的總結，其所遭遇的困難和問題也沒有得到深入細緻的分析。

在這個意義上，我們也可以認爲，現當代中國文學研究與「世界知識」、「地方知識」的關係又屬於一種獨特的「依託——超越」的關係，也就是說，

〔註 6〕魯迅：《文化偏至論》，《魯迅全集》1 卷 50 頁，人民文學出版社 1981 年版。
〔註 7〕劉再復：《論文學的主體性》，《文學主體性論爭集》3 頁，紅旗出版社 1986 年版。

我們的一切精神創造活動都不能不是以「知識」爲背景的，是新知識的輸入激活了我們創造的可能，但文學作爲一種更複雜更細微的精神現象，特別是它充滿變幻的生長「過程」，卻又不是理性的穩定的「知識」系統所能夠完全解釋的，對於文學創作與文學研究的考察描述，既要能夠「知識考古」，又要善於「感性超越」，既要有「知識學」的理性，又要有「生命體驗」激情，作爲文學的學術研究，則更需要有對這些不規則、不穩定、充滿偏頗的「感性」與「激情」的理解力與闡釋力。

人類不僅是邏輯的知性的存在物，也是信仰的存在物，是充滿感性衝動與生命體驗的複雜存在。

自晚清、民國到人民共和國，中國文學現象的發生發展，不僅是與新「知識」的輸入與傳播有關，更與「知識」的流轉，與中國知識分子對「知識」的「理解」有關。我們今天考察這樣一段歷史，不僅僅需要清理這些客觀的知識本身，更要分析和追蹤這些「知識」的演化過程，挖掘作爲「主體」的中國知識分子對這些「知識」的特殊感受、領悟與修改，換句話說，我們今天更需要的不是對影響中國文學這些的「中外知識」的知識論式的理解，而是釐清種種的「知識」與現代中國人特殊生存的複雜關係，以及中國知識分子作爲創造主體的種種心態、體驗與審美活動，所謂的「知識」也不單是客觀不變的，它本身也必須重新加以複述，加以「考古」的觀察。這就是我們著力強調「民國歷史文化」、「人民共和國文化」之於文學獨特意義的緣由。

所有這些歷史與文學的相互對話，當然都不斷提醒我們特別注意中國知識分子的自由感受、自我生成著精神世界，正如康德對文藝活動中自由「精神」意義的描述那樣：「精神(靈魂)在審美的意義裏就是那心意付予對象以生存的原理。而這原理所憑藉來使心靈生動的，即它爲此目的所運用的素材，把心意諸和合目地推入躍動之中，這就是推入那樣一種自由活動，這活動由自身持續著並加強著心意諸力」〔註8〕

〔註 8〕康德：《判斷力批判》上卷第 159～160 頁，宗白華譯，商務印書館 1964 年版。

目

次

引　言

　　這本書為簡便之需，使用了人們熟知的幾個詞語作為每章的標題，很顯然這種做法未必科學，尤其是我並未在嚴格的語義學指導下進行仔細思考，很可能出現詞不達意的局面。為此在讀者閱讀之前作一簡要說明，或許會有裨益。

　　中國在 20 世紀 80 年代以後開始進入了一個轉型時期，並在 90 年代以後基本完成。儘管進入到 90 年代以後甚至到了 21 世紀，仍然出現很多文化現象需要人們去重新理解和闡釋，但在一定意義上來說那都是中國文化轉型的一種動態成熟的標誌。可以肯定地說，新時期以來中國小說界對中國文化建設所起的作用遠遠超過我們的想像，而且這種作用是積極的上進的。如果說 20 多年來，我們的文化發展是一種多元性的〔註 1〕先進性的存在，那麼無疑小說就是其中的重要組成部分。所以探討小說和文化進步性的關係就應該成為對新時期以來小說文化性研究的一個基本觀照點。在確定了這樣一個基本的認識之後，所有的小說文化性闡釋就可以包容進去。

　　新時期以來小說創作在其數量上表現出了明顯的優勢，卷帙浩繁的小說文本極大地促進了當代的文化消費。我認為文化消費在大眾化、物質化和平面化的時代並不是一個貶義詞。這種以小說為代表文化消費應該包括三個方

〔註 1〕孟繁華先生認為今天的文化形態大致可以表述為「主流文化」、「知識分子文化」和「市場文化」，並認為「這三種文化形態常常既相互交融又相互衝突，在一種相當複雜的關係中糾纏不休，都試圖最大可能地同化影響自身之外的文化，而每一類型的文化自身也蘊含著不能自足、自我衝突的矛盾」。我認為這正是文化先進性的一種外在表現形式。具體參見孟繁華著《眾神狂歡》的前言部分，今日中國出版社，1997 年版。

面的內容，一是小說創作隊伍的不斷擴大和創作數量的不斷增多，以至於批評界不得不使用一些模糊的概念來對之進行界定和稱謂，比如「歸來者」、「六十年代」、「七十年代」以及「80 後」等等，這種概括在一定程度上表現了理論界的一種無可奈何的心態，這是寫作者對自身的消費；二是小說創作的物質載體的增多。小說與其他藝術形態一樣，不依靠一定的媒介很難延達受眾當中。新時期以來文學雜誌和出版社的數量和幾十年前相比，已經數倍增長，絕大多數的寫作者都可以通過自己的真誠寫作為自己尋找到說話的陣地。不僅如此，小說由文字文本向影視文本的轉移也進一步擴大了文化消費的廣度和深度；三是受眾數量借助市場炒作不僅逐漸增多，而且出現了多種讀者層次，比如職業（專業）讀者、業餘讀者和邊緣讀者〔註2〕。小說創作數量的增多為研究帶來了難度，但在這些難度中有兩條線索卻是貫穿始終，一是中國自身的文學傳統，這種傳統在某種程度上是由文化穿越性所致；二是來自西方的文學傳統。在西方文學傳統中，又可分出三條明晰的線索，即法國傳統、俄羅斯傳統和拉美傳統。這樣在我的論述中，我盡量注意到將新時期以來中國小說創作放在一種中外、古今的比較背景中來分析，以期獲得對小說更為全面的文化性認識。

同小說的創作數量一樣，新時期以來小說研究成果也是極為豐富，當我面對著同行、專家的鞭闢入裏、系統深刻的研究，真有「前人之述備矣」的感慨。在研究和批評上的多元化存在和發展方向上，除了那種縝密、恢宏的理論框架之外，似乎又有中國傳統點評式批評方式的復活。如果說前者是現代文學批評理論的延伸和發展的話，那麼後者則是向中國傳統批評模式的回歸，因此我們說文學批評的多元化存在，也包括現代性與古典性的存在。基於這種認識，本書在研究方法和理路上，沒有一個確切的拘泥，總是期望在每一章中把所確定的不同問題說清楚，而且只要是能夠說清楚，就不再在乎方法問題了。

本書確定了轉換、人物、幸福、苦難、闡釋、環境等幾個有內在邏輯的問題切入進去對新時期以來小說創作進行整體把握，因此也把這幾個方面作為章名予以固定。其中「闡釋」指的是人類學意義上的小說闡釋，又把「苦難」分出一部分專門論述新時期以來小說中的女性苦難問題，這樣做應該很

〔註 2〕邊緣讀者是指為其他學科研究需要而出現的讀者層面，如歷史、哲學、社會學等學科的讀者。

有意義。我認爲前述幾個方面的問題也許是新時期以來中國小說的關鍵詞，但又很難說是確定無疑的，因此在整個寫作中並沒有對之進行嚴格的界定。同時人物、幸福、苦難、文化等又是新時期以來小說創作主題的一部分，具有普遍性，所以又用「主題」一章對之進行了補充。凡我認爲可與人物、幸福、苦難、闡釋等並行而又沒有單獨列章的，在「主題」中均作了簡要梳理，以期使本書在內容上相對合理。不過在全書的寫作中，「環境」一章可能是個「異類」，這不僅指寫作風格與其他章節不相同，有政論色彩，而且在內容上也多少有些不和諧。我想在這一章中通過對文化進步性的研究以及這種進步性和小說關係的梳理來爲新時期以來中國小說的發展尋找一個優良環境。但僅談小說又過於具象化，所以在這一章中，我又常常用「文藝」或者「文學」來代替小說。本來這一章應該置於本書的前面，但考慮到讀者的閱讀興趣和耐力，只能放在書末了。

保羅‧德‧曼曾經說過文學理論目標確定的越高，方法越完善，那麼就越加變得不可能。隨著本書寫作越來越深入，這種感覺也越來越強烈。本書的目的不是要建構一個理論框架或者建立一種小說闡釋體系。如果某些篇章或者觀點能夠填補新時期以來小說研究的一點空白，目的也就達到了。

第一章　轉　換
——新時期以來小說研究的前提與文化傳承

　　1　新時期以來的小說研究實際上也就是通常所說的 20 世紀 80 年代以來的小說研究。關於這一點，目前在學術界還有不同的意見。新時期是指一個特定的時期，也就是說在經過了建國後十七年和「文化大革命」十年後的一個時期。

　　新時期是國家的經濟復興、政治倡明，撥亂反正，國泰民安的時期。這裡所說的國泰民安並不表明現在的中國國民不是安居樂業，而是特指一個努力建設國泰民安的時期，是從文化大革命的沉重負荷當中覺醒的時期。現在，經歷過「文化大革命」的那些劫後餘生者都有一個明顯的心裏指向，那就是懷念。人們在懷念兩個時期，一個是剛剛建國那幾年，那時儘管還存在著暗藏的階級敵人和未改造好的資本家以及未改造好的小生產者，但社會政治上絕對清明。從治安角度來說，可以說中國進入了一個路不拾遺、夜不閉戶的時代。貪污腐敗是絕無僅有，除了劉青山、張子善外，人們幾乎沒有聽說過有哪一個貪官污吏被懲治了。人們被剛剛建立的新中國激發起了巨大的政治熱情，懷著對新生活的美好憧憬，從上到下都全身心地投入到了爭做主人的建設當中。表現在文藝上，人們從毛澤東的《講話》中汲取了更多的力量，著力表現在新的時代中所出現的「新的人物和新的世界」。在道德思想領域，人們普遍產生了一種急切的道德理想訴求，力圖把原來的對新社會的詩意嚮往立刻變爲現實。毛澤東的《爲人民服務》、《紀念白求恩》和《愚公移山》在相當長的一個時期內成爲人們改造世界、改造自我的激情支撐。人們學習

張思德是因為他為人民的利益而死，因此他的死比泰山還重，這是人們當時的生死觀；白求恩是毫不利己，專門利人。儘管人的能力、貢獻上有大小、多少之別，但只要具備了這種精神，就是一個高尚的、純粹的、有道德的、脫離了低級趣味的人，就是一個有益於人民的人，這是那個時代的價值觀；而愚公的生命不息、挖山不止的樂觀性則構成了那個時代的革命觀。不管是生死觀、價值觀還是革命觀，說到底都最終指向人民性。人民性在消弭了個人性的同時凸現了毛澤東在人民中的絕對性地位，對於這一點幾乎沒有人發生任何懷疑。所以後來受到致命性批判的胡風儘管對那個時代的主流文藝思想和社會思潮並不完全接納，但他卻沒有忘記對毛澤東的歌頌。他唱道：

> 海／沸騰著／它湧著一個最高峰／毛澤東／他屹然站在那最高峰上／好像他微微俯著身軀／好像他右手握緊著拳頭／放在前面／好像他雙腳踩著一個／巨大的無形的舵盤／好像他在凝視著流到這裡的／各種各樣個大小河流

> 毛澤東／他站在這裡／在他的腳下，匍伏著那個／用人民的血淚／用人民的生命／堆起來的高大的天安門／它小心地匍伏著／一動也不敢動／讓毛澤東平穩地站住／好得很！讓你拿出最高的虔敬來／向偉大的人民敬禮！讓你拿出全身的力氣來／為新生的祖國服務！脫胎換骨！將功折罪！〔註1〕

在這首詩中，毛澤東和人民已經互換，詩人從一個個性化但又不失公共性的視角切入，把毛澤東推向了一個巨人的高峰。有人說：「《時間開始了》就是一個努力，他用誇張的熱情歌頌毛澤東，歌頌共產黨領導下的革命實踐，就是為了證明自己理論與時代的同一性。」〔註2〕對於這種表述，胡風是那個時代的一個非常深刻的代表。

另一個是文化大革命剛剛結束的時期，也就是人們常說的新時期。在人們的普遍認識和感覺上，這不僅是一個政治解放，也是一思想解放、文化解放和經濟解放時期。與前次不同的是，前一個時期在政治上是人們在共產黨領導下，推翻了壓在中國人民頭上的「三座大山」，建立了社會主義制度。而新時期則是要糾正在共產黨內部所產生的極左路線的影響和干擾。人們從對極左路線的摒棄中獲得了極大的利益。比如在事隔多年後，一個作家是這樣

〔註1〕胡風：《時間開始了》，《胡風全集》第1卷，湖北人民出版社。
〔註2〕陳思和主編：《中國當代文學史教程》，復旦大學出版社，1999年版，第24頁。

描寫那時農民面對家庭聯產承包責任制時的精神狀態：

> 包產到戶的那年秋天，我和我那口子在剛分到的土地上刨界
> 溝、埋界石。整整一個白天，陳素華興奮得像叫雀子，周圍的男男
> 女女也在叫，我卻連打界石的聲音都聽不到了，腦子裏一片空白。
> 我不太相信眼前的事實。我被這巨大的喜悅擊懵了。〔註3〕

作者李一清曾經寫過轟動一時的《山槓爺》，他對農村生活、文化和精神狀態的熟稔程度使我們相信他的表述是真實的。儘管在經濟上兩個時期（建國初期和新時期）在起點上都是從崩潰的邊緣走來，但引起這種結果的源頭不是很一致，甚至有著本質上的差別。這些反映在文學創作上，尤其是反映在小說創作上，都帶有著特定的文化內涵。在這兩個時期內，人們的文學思維較少從單純的文學或者審美角度出發，他們基本上還是延續了延安時期的老路子，也就說政治在文學創作中還佔有著十分重要的地位。如果說這兩個時期還有些相同特點的話，那麼表現在文學上，就是政治激情。但在結束了文化大革命之後，一直到現在，我們並不都是永遠停留在這個水平上，或者一直沉浸在這樣一種思維當中。僅就文學發展而言，隨著社會政治、經濟、文化和人們生活觀念的變化，尤其是在改革開放之後，人們經歷過了西方思想的再一次的侵蝕和薰陶之後，無論表現在對文學的理解上還是表現在對文學的接受上以及對文學的要求上都有一個較大的反差。這樣，如果我們仍將文化大革命結束後一直到今天的這段時間稱為新時期顯然是不合時宜的。實事求是地說，文化大革命結束這麼多年來，我們也不可能總是停留在一個時間段上，所以說新時期僅僅是一階段性的區間或者概念，這種說法是正確的。但概念本身並不代表人們在日常生活中的實際運作和操練。在日常生活中很多事情說的是一回事，做的又是另一回事，這有可能違反邏輯法則，但並不違反人情常理。人們對於習慣了的事情總是不願意用陌生的詞彙、理性的思維甚至是做作的表達來約束，所以一般人不僅沒有試圖尋找對「新時期」的另一種命名，而且就連對它的區間的限定也多少有些模糊了。

2 我們討論八十年代以來小說的文化性，還要首先回歸到小說本身。在此以後的所有論述當中，小說是我的核心，文化是承載了這個小說的外套。比如我們研究或者閱讀阿城的《棋王》首先吸引我們的是故事情節和人物命運，然後掩卷沉思，我們才覺出了其中的文化韻味。同樣當我們閱讀其他作

〔註3〕李一清：《農民》，四川出版集團，四川文藝出版社，2004年版，第3頁。

家的作品，比如魯迅、老舍、巴金等人的作品也應是如此的。在文化和小說之間，既有著明顯的界限，又有著不可分割的聯繫。說到底這裡涉及到的是一個什麼是文化的問題。對於文化的界定是千差萬別的。現在可以查得到界定就有幾百種，面對著這些眼花繚亂的表述，我們很難作出一個恰如其分的選擇，而且我們又並不是那種可以對之進行最終界定的權威。在傳統觀念中，文化常常被想像為某種超功利的文學、藝術、學術，這些文化只能掌握在精英手中，與芸芸眾生無關。〔註4〕英國的理論家威廉斯認為，各種形式的知識、制度、風俗、習慣都應該視為文化的內容，文化與人們的日常生活應該是同義的。文化的發展不是經濟發展的自發性後果，人們的經驗同樣具有重要的意義，經驗同樣是特定歷史時期文化的一個重要的組成部分。所以他說：「文化是對一種特殊生活方式的描述，這種描述不僅表現藝術和學問的某些價值和意義，而且也表現制度和日常行為中的某些價值和意義。」〔註5〕正確認識和理解這段話對我們研究今天小說文本內涵有著相當重要的意義。在我看來，所謂文化就是承載著我們或者歷史走到今天的一切精神性和物質性的存在。

也許對中西建築的不同理解能夠加深人們對文化的理解。一個建築有了一種獨特的風格，我們從中看到了當時在設計或者建造上的一種趨向或者欣賞心理，這就是文化。今天，當看到那些到處都是的火柴盒式建築時，人們感覺那是老舊的、陳腐的、沒有有絲毫美感的，但它具有十分強烈的使用功能。不僅可以節省原材料、而且容量大、易於規範，於是實用成為建造那種樓房時期人們一種普遍的文化底蘊。這在中國表現的可能尤為突出一些。我個人以為，西方很多建築和我們的差異實際上就是對建築本身的文化認識。也就是說，這樣一些建築，既滿足了人們的使用功效，同時注意到了人的文化心理和審美需求。這和經濟發展有關，但不是一對一的關係。這是從遠古流產下來的意識。中國在建築上是很發達的，中國建築的精巧別致，在世界範圍內是有目共睹的，也是別具一格的。國外的很多旅遊者到中國來參觀訪問，其中很多人也是因為這些建築的吸引。但我說的這些都是中國的古代建築。欣賞現代建築或者西方的古典建築，他們並不需要到中國來。倒是我們

〔註4〕 參見金元浦主編：《文化研究:理論與實踐》，河南大學出版社，2004年版，第152頁。

〔註5〕 雷蒙‧威廉斯：《文化分析》，羅岡、劉象愚主編《文化研究讀本》，中國社會科學出版社，2000版，第125、126頁。

經常出國訪問。我們學會很多的東西，但將它落實到實際建築上的時候，我們看到了不中不洋的怪物。這是沒有學好，甚至是邯鄲學步。我們也鼓勵獨創，但這些問題決不是獨創所能夠解決的。出去學習也是一種文化引進，搞建築和文學創作是一樣的，甚至在某種程度上來說也都是有形的。這和我們所面對文化界定是一樣的，同樣是令人眼花繚亂的。所以我以為向國外學習建築，除了首先研究他們的建築本身外，還要研究在建築背後的文化。小說也是這樣，不研究小說，如何知道小說韻味和它的非文本性存在？人們創作小說有小說的思維，這和歷史研究決不是一樣的，儘管兩者都分屬文化的範疇。

必須肯定的是，小說是文化性的創造，同時更是審美性的創造。因為文化規定著思維主體──人的本質，也就是說人是文化的承載物，也是由文化所塑造的。德國哲學家德曼說：「誰想知道什麼是人，那麼他也應該，而且首先應該知道什麼是文化。〔註6〕」文化規定著人的一個最基本的屬性就是對對象化事物的認知力和創造力，小說在這一方面的表現尤為明顯。有的論者說：「文化提供了作家認識生活、認識社會、認識自我的思維能力，而作家在思維運動中，又依據民族文化的心理範式，規定著人之客體的價值取向和追求這一價值目標的主體審美意識，並將各種形象因素組合成能體現民族文化精神，而具有一定審美價值的形象實體。」〔註7〕小說是審美性的創造，所以它才能愉悅人，在愉悅的過程中達到教化人的作用。在中國傳統文學觀念中對文學看重的正是這一點，這就是所謂的文以載道。文以載道觀念對應著中國文化中的重義輕利。後者構成了中國文化中以倫理為本位的文化核心，成為一切社會活動的普遍準則。而前者也是中國傳統文學思維在審美要求上的核心，是文學最主要的或者說唯一的功能。重義輕利的文化倫理必然要求文以載道或者文道合一的審美風尚。這是比較好理解的。文以載道沒有什麼不好，人們在對一件藝術作品的欣賞之餘，從中受到了教化，這是一舉雙得的好事情。問題是如何載道，也就是說我們在多大的程度上實現文藝的教化功能，是否可以對文學完全進行一種教化工具性的理解。

在中國文化薰陶下的中國文學尤其是小說的局限性也是顯而易見的。這主要表現在以下三個方面，即思維視野狹窄，文學功能僅限於對某種政治道

〔註6〕引自鮑戈莫洛夫主編：《現代資產階級哲學》，上海譯文出版社，第470頁。
〔註7〕吳士餘：《中國文化與小說思維》，上海三聯書店，2000年版，第3頁。

德文化的政治判斷和藝術審美；個性審美思維的模糊或缺失，作爲個體的人在作品中退居到了次要地位，人的主體性沒有得到發揮，甚至喪失了人的主體性，人被觀念統治了；藝術思維表面化，也就是說由於急功近利的需求和教化的目的，在藝術表現上沒有太多的進展。寫作者或者小說家僅僅滿足於內容上得道義擔當，而忽略了更深一層的審美創造，削弱了作品的表現力。關於這一點，並不是中國古代是這樣的，在西方也有同樣的認識或者說是強調。

同中國比較起來，西方的認識可能更爲深刻，而且醒悟或者轉型也是比較早，這和經濟發展有關，和哲學發展也有關。中國有經濟高速發展的時期，而且在某個階段也有過文化的高度發達，比如盛唐時期。但中國哲學的局限性較大，尤其在後來的發展過程中，缺乏開放性，只注重了縱向的發展，而忽略了橫向的吸收拓展，以此爲基點所發展起來的文化觀念、文學觀念也沒有達到應有的寬廣度。所以我們的小說一味地在章回上做文章，自明清以來，在文體形式上基本沒有改變。文體模式的亙古未變限制了小說的深度和表現力。這一點一直到了二十世紀初期才被一些留洋的知識分子所認識到。其代表人物是胡適。他發起的白話文運動無疑是革命性的創舉，但他在新文學運動早期的所有主張，今天我們看來都是在形式上著手的。中國第一篇現代白話文小說，也就是魯迅的《狂人日記》，首先改革的也就是在形式上，體式用的是日記體。在我看來，這篇小說是否使用白話文還倒在其次，關鍵是它的文體上的創新或者更新。這篇小說的深刻寓意今天已經爲許多人所認識，而之所以能夠傳達這樣一種深刻的思想不在於它的反封建性，而在於它的結構能夠承擔了這樣豐富複雜的內容。所以我們說魯迅是文體大師，這一點是毫無疑義的。同樣，魯迅對於小說也是基於一種對文藝作品教化功能的認識。魯迅在日本留學時，接觸了很多西方文藝思潮，受到了西方近現代以來很多哲學或者先進思想的影響，但魯迅爲什麼沒有首先從西方近現代的文學觀念截取一段來表現中國的現實生活或者社會呢？我以爲儘管魯迅他們的觀念有它的先進之處，但仍然受到了中國傳統文以載道觀念的影響。他們在很大程度上不願意承認這一點，因爲他們是靠著反對文以載道的觀念起家的。胡適、陳獨秀、李大釗、魯迅等人關於此點都有他們自己相當精闢的表述。只是他們沒有注意到或者雖然注意到了但有沒有辦法來迴避在中國現實存在的問題，所以他們又都走上了新的文以載道的道路。魯迅在他的《吶喊·自序》

中已經非常明確地說明，他之走上文學道路，不是爲了去醫治像他父親那樣被中醫所害的病人，而是那些他在幻燈片裡看到的國人的靈魂。當然魯迅的新的文以載道是本著啓蒙主義立場來進行的，他不確定一種固定的政治歸屬，他不依附於任何一種黨派。他靠著自己的感覺，走啓蒙主義的道路。在三十年代的上海，李立三曾經要求魯迅發表一份反對國民黨的聲明，而且承諾一旦遭到國民黨通緝，共產黨會幫助他到蘇聯避難，這被魯迅斷然拒絕。後來魯迅生病，史沫特萊以及其他人都要求魯迅出國治病，要麼去蘇聯，要麼去日本，都被魯迅否決了。之所以如此，歸根到底在於表明他個人並不是依賴於某一個政黨。魯迅十分相信中國共產黨，自願進入到這一結構當中，這並不表明他就要加入到這個組織當中，而是他相信按照黨的目標來說，中共是能夠救治中國的。魯迅後來很失望，但他的失望不是對中国共產黨的失望，而是對其中一些人的失望。如果魯迅當時眞地加入到了一個政黨當中，或許有關魯迅和新文學的歷史就要重新改寫了。

　　魯迅的例子說明，文以載道並不一定要和政黨結合，惟其如此，才可能有更大的超越。

　　3 中國的文以載道和西方古典美學中以及現代美學前期所強調的理性主義思維模式有很大的相同點或者說是相似性。在西方古典主義時期，理性主義很盛行，理性主義強調文學對統治階級上層的忠誠態度，強調對君主的服從，強調對積極上進的或者說是政治性的歌頌。說到底這也是一種文以載道的方式，這和中國是沒有什麼區別的。在古今中外，那種理性過於強烈的作品實際上流傳下來並產生深刻影響的作品並不是很多，倒是那些反映了民間的疾苦和下層社會生活的作品倒是一直以來很深入人心，而這些作品在更多的時候卻往往被統治階級列入了禁書之列。這多少反映了在原來的文學觀念中確實存在著文學的載道事實，存在著因爲階級差異而出現的對文學作品接受上有所差別的現象。應該說強調文以載道並不是什麼錯誤，關鍵的是如何載道，或者說如何把這種道體現出來。上文我們提到了 20 世紀初期的新文學運動，新文學運動的主將們在沒有意識到的情況下提出了文學的形式革新問題，實際上這裡蘊含著深刻哲學或者審美意識在裏面。對於小說而言，文以載道並不是要求簡單地將所要傳達的思想內容毫無感性地或者說毫無美感地羅列在一起就完成了小說的創造。這是寫作小說或者我們欣賞小說首先要解決的問題。具體說來這關涉到小說創作的核心，即如何將理性轉化爲感性和

如何將感性上昇爲理性。一部小說過於感性，未免出現太多的低級趣味的東西，達不到傳達思想感情的作用——當然這種觀念在現在已經被打破了，實際上這種打破未必就是正確的。同樣在一部小說當中過多的理性思考使作品出現了僵化的局面，喪失作爲一件藝術品的欣賞價值，形象隱沒在或者消失在沉重的理性思考當中，這也不是好的作品。處理這樣的問題就是要達到一種「理性的感性化」和「感性的理性化」狀態。這種狀態實際上是前期現代美學所要追求的目標。

理性在古典主義哲學時期具有著無比的權威性，它靠著自己的威嚴在藝術王國中將自己的權力灑向四方，它試圖建立一種統一的、權威的、秩序森嚴的而又不失魅力的理性王國。在這個王國中，理性享有葛蘭西所說的盟主權，即它的權威雖然至高無上，但不是強制性的而是富於感染力的。我們的文以載道有時認識不到這個問題。伊格爾頓在評價法國大革命時曾經說過：「革命者的眞正危險在於，他們作爲狂熱的反審美論者把盟主權縮減爲赤裸裸的權利」。〔註8〕伊格爾頓的這種認識和評論很重要，他對分析 20 世紀中國的文學發展史有很強的借鑒作用。在建國之後歷次文藝界的思想鬥爭中，我們看到的都是一種赤裸裸的權利鬥爭，嚴重缺乏那種具有審美性質的寬容和慷慨大方，顯然那種至高無上的理性權力被毫無節制地利用了。理性的感性化就是要求在不喪失理性內容和本質的前提下，要像感性那樣具有感召力，憑藉這種感召力使感性心悅誠服，傾心相許，從而更有效地實現對感性的盟主統治權。爲了說明這種理性感性化的實際作用，王一川先生在他的著作《語言烏托邦》中使用了希臘神話中宙斯化妝的有關情節。宙斯是萬能的天神，他的攜雷帶電的眞身一旦出現在凡人面前便會對凡人造成毀滅性的災難，所以他總是喬裝打扮向人間的美女現行。他贏得了賽墨勒，騙取了歐羅巴，親近勒達，甚至變爲謨維摩緒涅生下了九位繆斯。相反當他被迫以眞身向賽墨勒現行時，他旁邊的人便化作了灰燼。「眞身的顯現不僅不能實現圖謀，反而帶來災難。這表明，面具的威力往往比眞身的威力更爲溫和而更富感召力，因而更爲有效。」〔註9〕在這裡宙斯的眞身無疑代表了理性，理性的直白無忌和赤裸裸雖然能夠帶來權威和崇高，但同時也是災難的起源，喪失了威嚴本

〔註8〕伊格爾頓：《審美的意識形態》，轉引自王一川《語言烏托邦》，雲南人民出版社，1994 年版，第 14 頁。

〔註9〕王一川：《語言烏托邦》，雲南人民出版社，1994 年版，第 19 頁。

身所具有的眞正內涵。任何事物、概念或者行為規範只要過分地表達都總是走向它的反面。理性在一定時期，在一定範圍內，在一定意識形態模式和環境中，在一定歷史任務和認識面前，它總是反映一定社會的主流意識形態，它總是勸告人應該如何去做和做什麼，這就是所謂的文以載道。感性的理性化正好相反。感性是混亂和變動不居的，它在更多的時候是人潛意識的產物，是低級的。這種看法自柏拉圖時代以來就已經被人們所認識到，因此一個有責任感的藝術家或者哲學家總是竭力令感性思維和感受服膺於正統的理性。感性經過了理性的梳理之後，堂而皇之地登上大雅之堂，賦予它統一的理性秩序，使它顯得「發乎理性、合乎理性且止乎理性，從而供理性驅遣。這就是感性的理性化。」〔註10〕這一點中國古代思想家們已經早就認識到，孔子說《詩經》「樂而不淫，哀而不傷」正好說明了這個道理。

　　新文學運動的發生和發展正好暗合了這樣一個道理。一方面新文化運動的主將們，他們從西方學來的先進思想很難毫無保留在中國比附，從而完成他們所倡導的反封建的任務。反封建的任務在總體上來說是一項思想任務，但對於一個特定的時代來說未必就不是一政治任務，尤其是在新中國建立以後，幾乎將所有的思想事情都納入到了政治的範疇來加以解決。這固然和當時的中國共產黨對社會的認識有關，但也未嘗不是一種對新文化的傳承。就新文學運動的內容而言，反封建是一種徹底的理性思維，儘管它在列舉封建制度種種罪惡的時候，不時流露出感性的想像。封建制度還是一種文化，而且是一種根深蒂固的文化。歐洲在反封建的時候，反的是宗教神權。宗教神權在歐洲社會中一直綿延到今天，它是歐洲社會文化建立和組成的基礎，在現今的所有文化當中都留有它的印記，這在藝術當中表現得更為明顯。在中國，封建制度的基礎是中國的儒家文化，儒家文化不是一無是處，但儒家文化中確實有「存天理滅人欲」消極理念，這種理念是純粹理性的，以至於它已經將人的因素完全排除在外。在中國，封建制度和封建文化中也有宗教文化──道教和佛教也已經深入到了社會生活的各個方面。反對一種理性，往往採取的辦法不外乎兩種，一是用一種理性反對另一種理性；二是用一種感性反對一種理性。而後者卻常常遭到理性的斥責。五四新文化運動屬於前者，但又不完全是這樣。雖然新文化運動的發動者們並沒有表明要用一種理性來反對另一種思維，但他們在思想深處可能已經明確意識到，這種理性對

〔註10〕王一川：《語言烏托邦》，雲南人民出版社，1994年版，第16頁。

理性的反對，必須裝飾以適當的感性形式。通過這種新裝飾的感性形式使人們耳目一新，從而深化人們對理性的認識。那種這種裝飾是什麼呢？實際上只有兩個，即白話文和文體革命。白話文是胡適首先提出的，接著魯迅用他的小說進行了補充。這種補充在胡適和陳獨秀之間還可以看出來。比如，胡適在《文學改良芻議》中說：「須言之有物、不模仿古人、須講求文法、不作無病呻吟，務去濫調套語、不用典、不講對仗，不避俗語俗字」，在這「八事」當中，基本上講的都是形式上的東西。陳獨秀一方面欣賞胡適的勇氣和真知灼見，一方面又對他的僅僅著眼於形式表示了不滿，他補充了文學革命的「三大主義」，即要建設「平易的抒情的國民文學、新鮮的立誠的寫實文學、明瞭通俗的寫實文學」，這些完全是從內容上著手的。兩相結合起來完成了理性的感性化過程，這個結果儘管在當時遭到了舊陣營的強烈抵制，但畢竟它的現實意義要遠遠大於它的實際成果。同時在另一方面，新文化的建設者們又不斷地將感性現象上昇到理性高度。他們看到了在封建制度下的一些社會事實。這些事實是人們日常生活中常見的。如果沒有先進的知識分子經過理性的過濾，人們便會認為生活從來就是如此。魯迅在他的小說中說：「從來如此便對嗎？」魯迅之所以發出這樣的疑問，是他看到了被種種現象所遮蔽社會現實，所以他們致力於將這些社會現象經過自己的加工上昇到理性的範疇中來思考。從人力車夫的艱辛到女性的離家出走，從孩子的的隻言片語和天真未琢的眼神到老嫗蒼老的呼喊，都統統經過他的思維駕馭而成為反封建文化的理性思維中的一個出發點。理性的感性化和感性的理性化是用哲學問題解決藝術問題的一個基本的思路，應該說在哲學系統中仍然屬於低層次的問題。

理性的感性化和感性的理性化的哲學意義的另外一個方面是思考人的終極意義，這一點在新文學運動中並沒有完全意識到，或者說還沒有上昇到他們的意識當中。人如何詩意地生存是西方現代哲學家們經常思考的問題，也是他們向當代社會所提出的現實問題。之所以這種問題能夠被提出是充分考慮到了人作為一種高級思想著的動物與自然之間的關係，是在現代社會中被物質擠壓的結果。在新文學的發軔時期，人本身雖然已經被提到了文學日常上來，但在文學中人們關注的僅僅是人的淺層次問題，生老病死以及人們的疾苦佔據了整整一代作家的心理，他們無暇太多地顧及，也無法作太多深刻的思考，他們做得更好的是將這種現象經過理性的燭照完整地呈現出來，很

少終極意義上的拷問。即使在魯迅這樣的思想家的作品中，我們雖然感受到了他的博大精深，感受到了他的深邃與老練，感受到了他對人本身的關注，但我們總是感覺到他的探討不是很徹底的，或者說過於抽象化。在其他一些作家的作品中，人們試圖追求一種詩意的境界，並在這詩意的境界中來表現完美的人生方向和存在狀態，但過於詩意的表現又掩蓋或者削弱了對終極意義的追求力度。沈從文、廢名等人就是這樣的創作。周作人儘管一值得到人們的推崇，但誰又能證明他不是在一種淺層次上的「平和沖淡」呢？理性雖然是他們的基調，但過於感性化的抒情卻使理性的基調黯淡無光。

　　在中國 20 世紀早期作家中，在小說創作上之所以出現這種狀況，主要有兩個原因：一是中國傳統哲學的影響。在這一代作家中，他們較少從哲學本位來思考人類的生存目的，實用主義和現實主義的對生活的選取視角決定了他們小說創作都在解決實際問題或者力爭解決和提出現實問題，從而較少探討在這背後的深層動機和內涵。受道家思想和佛教思想影響的作家在這些方面比其他作家走的可能更好些，他們在某種程度上來說是回到了人本身。人是社會中的主體，是我們思考一切的原始證據，除了人之外的一切事物，按照馬克思主義的說法就是它們都是人的對象化產物。作家們在小說創作中不僅要表現人是怎樣活著的，還要表現表現為什麼這樣活著，也就是說人生的意義是什麼。這種終極性的人生叩問需要很強哲學思維作為基礎的。但在中國作家身上缺少這種東西。中國作家缺少這種東西不是說中國沒有哲學，而是因為哲學家和文學家是脫節的。實際上中國有著很好的哲學基礎，曾在一定時期和古希臘的哲學思想相媲美。較好地將這兩種思維結合在一起的是屈原。他的《天問》是他的哲學宣言，他說「路漫漫其瀟遠兮，吾將上下而求索。」屈原沒有給自己一個滿意的終極性的答覆，所以在徹底失望的狀態下投河自殺。自殺曾成為古往今來很多哲學家和文學家在面對人生很多沒法解決的問題的情況下一種最為理智的解決方法。可以這樣說，所有自殺的哲學家都是悲觀的理性主義者，所有自殺的文學家都是深刻哲學家。哲學和文學的結合，是充分地實現了理性的感性化和感性的理性化的最好明證，偉大的作品都是在這當中誕生的。

　　另一原因是現實生活的要求。中國同歐洲社會歷史比較起來，雖然內部頻繁征戰，諸侯爭霸和農民起義不斷，但在總的歷史長河中，就社會制度而言還是基本上保持原有的制度和生活方式沒有太大的改變。人們習慣了戰爭

生活，或者在某種程度上來說，戰爭已經成了他們生活的一部分。他們所面對的外部壓力和內心壓力並不是很明顯地在文學作品或者其他的理性思考中表現出來，因此相對來說生活是較為平靜的。我們在理解這一歷史情狀的時候，除了在一般民眾身上來窺見歷史之外，更多的是從流傳下來的知識分子的著作中得以展現。這一點和葛兆光先生在他的思想史的表述略有差異。因為知識分子不管是站在什麼樣的立場和角度，他們的感受總可能是最深的，尤其是那些處在邊緣狀態的知識分子，比如屈原和陶淵明等。但在歷史上，我們也發現除了屈原外，大多數人都在進行歷史追思而不得的情況下，轉而進入了另一思維系統，而且這一思維系統在大多數情況下是遁世的或者遠離世事的。這種隱逸思想限制了中國人進一步向前思考的可能。表現在文學創作上就是小說缺乏了應有的深度，造成了深層理性的缺失。這在中國思想發展史中未必是一件好事，而且這種傳統一直深深地影響到了二十一世紀的今天。那些逃離社會，隱逸民間的精神追求多少喪失了作為一名知識分子的本位要求。問題還在於，單向度的精神追求使理性建構顯得殘缺不全或者支離破碎，從而喪失了作為一種精神建構的物質依據。中國的傳統是蔑視物質的，這在那些承擔文化建設道義的知識分子身上表現得更為明顯。但問題是作為社會生活的兩極，在物質和精神上本來是缺一不可的，物質的缺席使理性變得更加貧乏，因而也不可能走得更遠。陶淵明向來成為知識分子的楷模，但我們看到陶淵明除了辭官和對黑暗現實的憎惡之外，他帶給我們的都是什麼呢？無外乎就是「採菊東籬下，悠然現南山」，他的傳統是割斷了精神與物質的聯繫，這是我們文學傳統中的一大損失。而在西方則不然，歐洲社會儘管也經歷了漫長的封建制社會，但社會轉型較快，尤其是在中世紀以來，文藝的復興完全是以資本主義的上昇作為基礎的。人們的普遍物質欲求和精神生活同步發生，人們在追求物質生活的同時，精神追求日益精進，所以從文藝復興以來產生了許多偉大的傳世之作。物質的高度發展，甚至是對理性和精神生活的壓抑逼迫人們去思考物質和精神之間的關係。在這種思考中，人們把自己對世界的認識，對人本身的認識、對人與自然之間關係的認識推向了極致。在歐洲，自十八世紀以來，哲學這一學科的發展都是以此作為基礎的，分析哲學的產生就是從具體的現象和存在出發來實現的。哲學的高度發達為文學和小說思維提供了強大的思維動力。由於物質這種形而下觀念的存在，人們終於可以在此基礎上思考形而上的東西，而這一點正是中國

小說創作中所缺乏。西方能夠產生《變形記》，能夠產生《城堡》、能夠產生《生命中不能承受之輕》都是和此相關的。

4 理性的感性化和感性的理性化應該成爲關照 20 世紀小說創作的一個新的審美視角。縱觀 20 世紀中國小說創作，可以說一直是在感性與理性之間相互糾纏著的。而且隨著不同歷史時期意識形態的主導性地位的變化，這種糾纏的劇烈程度也隨著變化。

大致來說，中國文學在整個 20 世紀，理性和感性的相互關係一直比較複雜。在 1949 年以前的時期中，理性和感性之間的關係已上昇到了小說審美的高度。多元化的小說創作，是從感性上進行突破的。正如前文所說，新文學首倡的白話文和小說文體的革新儘管隱藏著深刻的理性動機，但也是充分重視了感性的結果。白話文和文體革新的悅目結果，有時使理性和感性相對達到了較好的結合。但新文學的產生只是當時中國社會變革尤其是思想變革的一個方面，後來的社會思想發展的事實說明，中國 20 世紀小說發展的過程既不像當初所設定的那樣，也不可能按照人們的設定發展。影響小說發展的因素隨著人們對社會的進一步認識必然地在不斷地增多，因此多元性的存在自二十年代末就開始了。後來我們在總結 20 世紀小說的時候，更多地使用自由主義、民主主義和馬克思主義來對之進行界定，實際上這本身就是過於理性化的界定，這種界定遺漏了很多可資借鑒和引用的文學現象。在這三種思潮中，它們所面臨的共同問題是如何想像一種理想的社會制度，並在這種社會制度中充分實現各自的主張。他們之所以能夠時有交合是因爲它們共同面臨著反封建的任務，說到底它們還是載道的文學。有的思潮將社會中最爲普遍的最爲習常的人性和情趣問題納入其中，這在一定程度上實現了理性和感性的最佳結合，甚至在一定程度上來說開始向人生的重要目標前進，不幸的是他們常常淺嘗則止，坐失了他們最好的契機。在整個新文學三十年中最值得注意的現象是三十年代出現在上海的新感覺派，直到現在的文學史研究仍然沒有對他們引起足夠的重視。那是一個感性的理性化時代和區域。對理性的感性化和感性的理性化的時代來說，那是一個黃金時期。但黃金時期並不是一個人人都可以接受的時期。我們在談論黃金時期時，往往是站在知識者的角度來說話，民眾在更大的程度上並不領知識分子的這個情。民眾和知識分子在很長時期或者在一些領域中永遠是一個相對對立的矛盾群體。一方面知識分子總想承擔起啓蒙的角色，他們認爲那是一個需要不斷教化的階層，只

有完成了他們的教化任務，利用他們實現自己的主張，那才算完成了自己的
來到這個世上承擔了知識分子這個名聲的名分。而對於民眾而言，啓蒙並不
是他們自願接受的現實，因爲這是以改變自己的思維習慣和生活方爲代價
的。這一點再在 20 世紀早期的知識分子和民眾關係中已經表現得很充分了。
尤其到了延安時代，知識分子在某種程度上成了被啓蒙的對象，民眾是知識
分子學習的榜樣，是知識分子進行社會改造和思想改造的監督者。由於啓蒙
立場的顛覆，知識分子的立場和品格由此喪失。事態的發展由延安時代始一
直到七十年代愈發嚴重，這是一個有目共睹的現實。我們說三十年代是一個
黃金時期，正是站在知識分子自己的立場上來說話的。而對於廣大的讀者來
說，他們不接受新感覺派的小說，這些讀者當中也包括相當數量的知識者。
小說的黃金時期不僅表現在那是一個多元化的時代，而且更可表現爲一種社
會發展的徵兆。新感覺派完全是象徵主義式的，象徵主義是資本主義高度發
展的產物，產生於物化嚴重的時代，是異化嚴重的時代。在這種象徵主義式
的小說創作中，心理學和精神分析原理的運用已經表明一種全球化的傾向和
渴望。心理學和精神分析學是現代學科建立的一個標誌，當然在中國適用於
小說創作中從魯迅時代已經開始了，而到了新感覺派時期更爲普遍了。新感
覺派小說是一種相當感性化的小說，它的生存環境只能適合於上海這樣的大
都市，但即便如此，它仍然是短壽的，因爲它不適合於中國人的欣賞習慣。
中國人不善於在當時的文化環境中去欣賞這樣感性強烈和繁雜的表現形式，
尤其是不能夠通過對這種小說的解讀來考辨出深蘊其後的理性認識。新感覺
派小說傳達了人對世界的感受、人對自然的感受和人對物質的感受，這一切
都通過他們的心理狀況表現出來，說到底是人對自己生存狀況的關注，人的
異化成爲了它的一個鮮明的主題，產生了豐富的人文內涵。這種寫作和理性、
感性的辯證關係喪失了情節故事的連續性、單純性以及故事的本體性，因此
在那樣一個時代必然遭到人們的冷落。在三十年代以後，左翼文學不僅在延
安等解放區成爲絕對的主流，而且它還通過自己的政治文化網絡向非解放區
滲透，成爲政治、軍事和經濟鬥爭的一種重要的手段。這個時候它完全成爲
一個純粹理性化的政治手段，在一定程度上它不能容忍非政治性的小說存
在。在整個文學領域，關於這種理性和感性間的鬥爭有時是十分激烈的，並
伴有文學家的不斷「犧牲」，比如蔣光慈、王實味等以及他們同時代受到過嚴
屬批評的丁玲、蕭軍等人。毫無疑問，文學藝術問題一旦受到政治批評，不

僅喪失了文學的本意，而且也完全化解了存在於文學藝術中的感性審美問題。這種情況愈演愈烈一直持續到了建國後的十七年和文化大革命其間。理性的強制性排除掉了感性的裝飾，很顯然帶來的後果是災難性的。赤裸裸的理性一旦被濫用於小說領域，那麼小說則變成了社會文件的文本，它的可讀性基本上也就蕩然無存了。

伊格爾頓在他著作中認爲審美關注是人類最粗俗的，最可觸之的方面。所以他對過分理性化的思維創作是表示反對的。他說：

> 難道理性就眞的完全無法理解這個領域，正如它不能說明百里香的香味和馬鈴薯的味道那樣嗎？人們必須像抛棄荒誕不經的思想那樣完全拋棄肉體的生活嗎？或者知識分子能否以當時已被證明的一種嶄新的科學，即感性的科學來反映肉體生活的種種神秘呢？如果說感性的科學還只不過是種種矛盾修飾語，那麼其政治上的後果則必定是極端的。沒有什麼比統治地位的理性更無能的了，因爲它除自身概念之外，便一無所知，還被禁止去探索情感和直覺的本質。
>
> 〔註11〕

這段話用來評判 20 世紀某些時期的小說創作還是恰如其分的。這種狀況到了80年代以後得到了極大的改善。這和分析哲學的暢行是大有關聯的。人們願意回到事物本身，回到現象本身，回到人本身，用事物、現象和人本身來說話，因此在表面上看來它是粗俗的、可觸知的，但在這背後去包含了精細的不可觸知的信念和追問。比如先鋒小說、新歷史主義小說、新寫實主義小說、女性寫作等，代表性作品有《西藏，繫在皮繩扣上的魂》、《活著》、《廢都》、《風景》、《一個人的戰爭》（但最代表了回到事實和現象本身的文化現象還不是小說，而是電視傳媒，中央電視臺的著名欄目「實話實說」正是如此），這些作品所關涉的是生死食色，但生死食色的背後難道不是人的生存嗎？如果沒有生存，一切意義都是不存在的，所以這類小說談論的還是意義，只不過是他們用感性的方式表達了出來。有的論者說：

> （當代小說家）他們注重社會形態、意識形態制約人格個體的審美，也強調人格個體、人性本體的審美的相對獨立性。把人格構成的多元性格體和內在心理、情感機制及其社會、歷史、文化基因一一納入了審美思維範疇。因此作家的審美和藝術創作，不止包容

〔註11〕伊格爾頓：《美學意識形態》，廣西師範大學出版社，1997年版，第18頁。

了以典型形象、人生命運顯示真實社會相的思維意向；同時也通過對人格特徵、人性意識以及各種價值觀念、情感心理等諸多人本因素的審美，完成了對社會本質的觀照，對政治道德理性思考。〔註12〕

可以說是這類作品實現了理性的感性化和感性的理性化，是整個 20 世紀小說中的一個巨大進步，也是文化增容性發展。

5 中國 20 世紀小說的格局和發展流向曾深深地依賴於審美理性和審美感性的衝突與糾纏。審美理性不僅涵蓋了中國傳統文學觀念中的「文以載道」的這種頗具倫理色彩的文化理念，而且還容納了西方現代主義文化的精神訴求；而在審美感性佔優勢地位的小說中，後現代的文化觀念則使形而下層面的敘述變得更加具有物質快感。而且似乎當時間離我們越來越近的時候，人們對這種物質快感的追求就更加具有主動性，但這並不意味著審美理性的徹底喪失。當下小說在普遍的物質化和欲望化寫作中，一些具有較強理性思考能力的作家已經在試圖擺脫這些物化的困惑，從而在一定程度上完成了小說功能的深度轉向，逐漸地在向審美學術化靠攏。小說審美學術化傾向的出現表明中國作家已經在為自己的小說創作開拓道路。

實際上，當我們以往在探求 20 世紀小說的理性和感性問題時，也並沒有離開小說功能本身。小說作為文化承載和存在的一種，決不是單一性的消遣和衝動，它有著自己的存在動機。它把表達情感和反映現實作為自己最為原始的追求之一。當然這裡所說的現實，不僅僅是指外在於我們存在的客觀現實，也包括那些通常所說的心理現實。心理現實既是一種想像也是一種象徵，但它終歸是和客觀存在的外在於我們的現實對應著。關於這一點，我們僅僅通過在遠古流傳下來的儀式和風俗習慣就可以看出來，到目前為止人類學仍在解決這個問題。應該說，小說和人類學的結合，是當代小說的一個長足發展，它使小說在其功能上更加多樣化和深刻化。可以說，充分認識到小說和人類學的關係，是改善當代小說功能的一個新的突破口。正是在這個或者類似的意義上，我們說，小說的功能在目前已突出地表現為娛樂功能、審美功能、教育功能和學術功能。

小說的娛樂、審美功能和教育功能已經為我們充分認識。當下小說的教育功能已經在向認識論轉向。小說作者只負責向接受者提供生活現象本身，提供認識材料，作家的情感和傾向性並不佔有主導地位。至於認識到何種程

〔註12〕吳士餘：《中國文化與小說思維》，上海三聯書店，2000 年版，第 30 頁。

度只能隨接受者的不同而不同。眾所周知，在一段時期裏小說的教育功能曾被強調到無以復加的程度，這種觀念是從「文以載道」老套中派生出來或者從中變形出現的。20 世紀中國的小說寫作曾在很長時間裏都是對這種觀念的複製。我們甚至可以說，新文學地位的確立，文學的教育功能在其中扮演了重要的角色，廣為人知的梁啓超的「小說政治功能論」就是最好的明證。從左翼文學以來，一直到七、八十年代，幾乎在所有的小說中，都在強調政治的主導作用。這種強調就是一種教育，它能夠發揮其他形式所替代不了的作用。儘管當下小說認識論轉向多少削弱了它的教育性，但主流意識形態從來沒有放棄這種功能，而且在時時通過各種政策和獎勵來激發寫作者對這一功能的重視。目前在中國小說創作領域，從對小說功能的認識角度來說，明顯存在著兩個相互融合的創作群落，一方面一些作家一直在尋找重大題材，力圖最快最直接最迅速地反映現實生活，關心當前社會生活中所發生的各種現象，以期為政府在制定政策上提供依據。比如「三農」問題、城鄉問題、社會公正問題，這些題材的作品最具有現實主義品格，也是我們多年來一直大力提倡的。該類作品的寫作者憑藉著自己的良心，在為身處社會底層的人說話，這也是在追求公正和公平，他們通過形象和情節向社會進言，從而在加強社會認識的同時實現了小說的教育功能。另一方面，有些寫作者跳出了現實之外，他們著力對包括自己在內的人本身進行刻畫，進而也實現了對社會的關注，他們的寫作意義也許更為深遠，雖然有時也呈現出很多遠離現實的虛無縹緲的東西。這些虛無縹緲的東西也許並不被廣泛接受，但它所傳達出的意義曾被許多知識界的人士所鍾愛和讚賞，在一定程度上實現了知識分子對人類和自身的關照。他們的寫作逐漸離開了娛樂性和教育性，願意在另外一個理性層面進行思考。這是當下小說學術功能轉向的一個重要基礎。

小說的學術功能既是被讀者、批評者演繹出來的，也是寫作者寫出來的。這種功能的逐漸凸現和社會思潮的發展有極其密切的關係。一些人更願意對小說寫作作學術化的思考，並隨著知識分子寫作的興起而興起，也就是說知識分子寫作在這種學術化寫作中佔有著重要地位，或者說幾乎所有知識分子寫作都多少包含了這種因素。比如閻真和他的《滄浪之水》。閻真是一名學者，在高校從事教學和研究工作，他對知識分子的內涵和在當下處境有切身的體會，而更為主要的是當他從事寫作的時候，他更多使用的是一種學術理路。他談到自己的寫作時說「也許未來的思想史學者會對我們這個時代中國知識

分子的精神境況予以特殊的關注。從二十世紀八十年代中期開始的歷史轉型至今仍在延續，歷史轉型給中國知識分子帶來的精神裂變，則在九十年代中期就基本定型。這一過程驚心動魄又平靜如水。數千年一大變局在不知不覺中完成。對這一過程予以具有歷史眼光的理論透析可能爲時過早，但感性化描述則已經成爲可能。」〔註13〕除了知識分子寫作外，歷史小說尤其是新歷史主義的小說也更多地呈現出這種路向。他們首先將寫作對象當作一種學術來研究，力圖在寫作之前確定基本的學術思路，然後從推理和論證的角度進行形象性刻畫和豐富。在他們的創作中，情節的推衍和故事的營造僅僅充當了他們論點的論據。由於他們的寫作似乎更加注重情節的刻畫和審美情趣的營造，因此比起一般的小說來更加具有可讀性和參悟性。從某種程度上來講，他們對歷史的塑造和發掘本身就是一個學術化的過程，在這個過程中表現了作者的審慎態度和做學問的謹嚴作風，成爲一般性學術研究的重要參考和啓迪資料。但它和那些公式化、概念化的小說創作有著本質性區別，正確理解公式化、概念化的創作能夠加深我們對小說學術功能的理解。王安憶的《紀實與虛構》是這類小說的一個代表。這部小說在很多研究者看來，是當下女性寫作「家園回望和重寫母系」的範本，是「向母系血緣的縱深處檢索，重新叩問哲學意義上的『我是誰？我從哪裏來？要到哪裏去？』」〔註14〕這已經接觸到了問題的實質。但在更進一步的角度上來說，這個叩問或追問的過程本身就是一種學術化的過程，她完全是本著一種非常規範的學術理路來處理歷史和現實的關係，她把歷史想像看成是考古發掘的善後總結。由於過去我們慣常從作家的角度或者從文學家的角度來理解文本的寫作者，因此更加傾向於感性的東西或者更願意從審美層面上來對之進行把握，也就是說在解讀的時候已經對之進行了「賦形」活動，更願意看重它的文學性，因此就勢必忽略了它的學術性。

當下小說的學術性還表現在寫作手法的變化。這種變化在近年來出現的「賦體」小說中更加具有代表性。所謂的賦體小說是我對古代文學體裁的一種借用。它作爲一種文體已流傳千年，對它的研究已經變爲一種學術動機和

〔註13〕閻眞：《時代語境中的知識分子——說說〈滄浪之水〉》，《理論與創作》2004年第1期第52頁。

〔註14〕楊匡漢，孟繁華主編：《共和國文學50年》，中國社會科學出版社，1999年版，第338頁。

模式。它通過對事物的反覆鋪排來闡明一種道理，使人確信它所要說明的問題的眞實性。賦的鋪排過程就是文章的論證過程，所有的鋪排手段都成爲一種論據，增強文章的說服力和論說的感染力。這是一種理解賦體小說的基本常識。比如張潔的《無字》，爲了表現女性在中國文化背景中的悲慘處境，她用三代女人的生命歷程作爲論據進行論證和說明問題，試圖達到「這已經足夠了」的目的。在此之前還有鐵凝的《玫瑰門》、徐小斌的《羽蛇》等，這些小說都在試圖通過兩代甚至五代女人的命運來昭示在歷史長河中他性的存在方式，構成了一部在中國所獨有的女性命運發展史，這似乎在一段時間裏成爲了一個寫作現象。李洱的《花腔》也爲歷史的發展設計了三種途徑，欲在這三種途徑中論證人在歷史生成過程的存在狀態和可能狀態。李洱對歷史研究雖然僅僅注意到了歷史現象本身，但卻更具有歷史的宿命色彩和荒誕色彩。葛兆光在《中國思想史》中一再表明他的研究方法就是從歷史存在的沒有被歷史文獻記載的對象和現象中尋求它所包含的歷史意蘊，因此他注重對出土文獻和民間思想的收集和整理，這對解讀《花腔》是一個相當大的幫助，比之於《中國思想史》，《花腔》中的主人公正是歷史文獻。

爲小說加注是小說寫作手法學術化傾向的又一鮮明表現。通過加注對小說文本進行深度補充和闡釋，從而使小說獲得空前的學術化效果，延伸和增加了它的內在含量。比如閻連科的《受活》，全書以「絮言」的形式加進了九章注釋，這些內容既是對正文的補充，又單獨成篇，它們構成了一個相對統一的整體。這與當下學術論文中注釋比例逐漸增大的趨向是一致的。

由對《花腔》等作品的這類解讀，我們也發現，當下小說的學術性也表現在小說創作本身對學術研究成果的借鑒。這種借鑒是不勝枚舉的，而且在很久以來已經被廣泛應用到小說創作當中。這表現在兩個方面，一方面，新的學術研究成果被應用起來，如心理學、經濟學、人類學等學科知識在當下小說經常見到，或者說已經司空見慣。另一方面，當研究者或者學者在對文學作品尤其是小說的研究中，積澱的理論也成爲小說寫作者在寫作中自覺運用的理念，從而豐富了小說寫作的內涵。比如民間資源和理論問題，在小說寫作和學術研究中呈現了互動的局面。隨著人類學、歷史學、文化學在當下的勃興，對民間思想、民間文化的學術研究正呈方興未艾之勢，小說寫作也有力地配合了這一趨向，並使小說寫作與思想研究相互印證。代表性的作家主要有閻連科、莫言、張煒、賈平凹以及一些歷史小說寫作者。

　　小說創作的學術性還表現在小說創作爲小說研究本身帶來了難度。中國小說在先鋒小說以前，一目了然，宏偉的敘事和廣闊的背景僅僅是增加情節本身的容量，這並不影響讀者對小說結尾的猜測，和對人物形象的想像。尤其是在十七年小說和文化大革命期間的小說中，這種情況嚴重地存在著的。比如我們分析《紅日》、《保衛延安》、《林海雪原》等作品，在情節結構的安排上、人物形象的塑造上、中心思想的表達上，基本上都是相同的。我們注意到每一類題材有每一類題材的固定模式，具有較強的模仿性，這是發揮小說教育功能最有效的手段。後來到了傷痕文學和反思文學也是這樣的。受意識形態觀念的影響，每一時代的小說都形成了自己的模式。在這樣的小說中無論從寫作本身、文本本身，還是研究本身都不具有明顯的學術性。即使有些具有相當功力的所謂學術研究，也因過分注重了其中政治話語的表述而淹沒了其學術理念，因此就寫作和研究本身來說，是失敗的。先鋒小說則完全不同，閱讀難度的加大，詞語和寫作的陌生化使學術手腳在其中能夠得到充分的施展。有目共睹的事實是在先鋒小說以後，小說研究日益自由化和規範化，其中包含了強烈的學術氣息。小說本身所提供的再也不是一目了然的文本，而是從形式到內容更加複雜化，不借助一定的其他學科研究成果，很難作出恰如其分的解讀和闡釋。

　　對終極意義的追求是小說功能學術化的一個最後落腳點。可以這樣說，所有的社會科學在探討社會問題時，它都是在追求一定的意義。當然這種意義有高低上下之分，但它的指向無疑都是抽象的。如果小說創作僅僅是具象的，那麼它就成了社會現象的羅列，失去社會科學的本質意義，因而所有的社會科學種類也就失去了分類的依據。實際上，當我們在進行小說創作的時候，在作家頭腦中已經在思考的問題是我想用這種生活事實來說明什麼問題。儘管有的作家聲稱，他只是表現了生活本相，但生活的本相如果不賦予一定的深層意義，生活本相本身就成了行屍走肉或者飄浮不定流雲，社會就失去了規範性和它應有的秩序。對於終極意義的追求，是每一個有思考能力的作家在從事寫作時一個最終動機。對終極意義追問的核心問題是人的問題。也就是說人在這個宇宙間所在的位置、以及如何在這個位置上生活。一方面人要有血有肉地存在，考慮著痛苦與快樂的所有事情，另一方面在這些痛苦與快樂的事情中間還有各種倫理關係和文化關係以及支撐著這些關係的基本法則。人們一方面要遵從這些法則，另一方面又要建構一些法則，因爲

有建構所以就時常表現出突破和解構。基於這樣的認識和生存環境，人就要面對兩重甚至多重的挑戰，要麼是人類社會本身的，要麼是自然社會本身的。爲了表現這一點，作家們在作品中不斷表現出荒誕的色彩和具有深刻寓意的原始模式。比如莫言的《生蹼的祖先》、韓少功的《爸爸爸》、閻連科《受活》、《堅硬如水》等等，這些作品看起來荒誕不經，但在其背後有著一種形而上的追問。也就說，在當代作家中，他們喜歡在小說中進行哲學思考。這固然和西方文化和哲學思潮影響有關，但也是時代發展的必然。人類社會走到今天，人們確實需要對人類自己進行反思。社會的高度發展造成了物質的高度發達。物質的高度發達對人本身造成了擠壓，人的思維已經物化，被物化了的人又對自然社會進行侵害，自然社會反過來又報復人類本身。在這樣一種惡性循環中，人如果再不正視自己的生存，那麼人的生存將蕩然無存（如卡夫卡的《變形記》）。中國作家已經認識到了這一點，所以他們在思考人自己。但對人的思考如果不上昇到哲學的高度，那麼人將終究還是一種低級生物。正是這樣一種現實環境，才有西方近代以來在哲學上發生的革命，人文主義成爲主潮。卡夫卡、薩特和米蘭·昆德拉之所以成爲著名的小說家，不僅僅在於他們的小說創作，更在於他們同時又都是哲學家，儘管這一點他們也許都不承認。只有有一定哲學深度的人才有可能寫出偉大的作品。曾經有人問過米蘭·昆德拉關於小說中的哲學問題，但他本人否認了這一點。他認爲，用哲學一詞是不恰當的。他說「哲學在沒有人物沒有環境的條件下發展它的思想。」〔註 15〕就哲學本身來說這種說法無疑是正確的，但我們們又說哲學思考也是基於一定社會境況。在小說中，哲學發展靠的是人的行動邏輯和環境語言，純粹的形而上的理性思考在小說中是站不住腳的。在這樣一個意義上來說米式的話是正確的。受中國傳統文化的影響，目前中國作家的思考範圍大多數還局限在人本身，對自然生命的思考還相當薄弱。但在有限的這類創作中，我們已經看到了希望，如賈平凹的《懷念狼》、姜戎的《狼圖騰》等。就對人的生存的表現而言，可以分成兩組，一是個體的人，二是群體的人。個體的人的發現在上個世紀始於新文化運動時期，周作人首倡「人的文學」，但這一點並沒有形成傳統，或者說這一傳統被長時間地中斷了。受一定意識形態的影響，人在文學中、在小說中消失了。在八十年代以後，這種傳統被

〔註15〕米蘭·昆德拉：《小說的藝術》三聯書店，1992 年版，第 27 頁。

重新接續起來，並且已經向肉體本身發展了。群體的人也是小說的表現對象，它涉及到對人類社會發展的整體思考。我們說群體的人並不是不能表現人的心理和生存狀況，不是不能通過群體的人來探討人類社會的終極目標。對宇宙間人類狀況的思考從來沒有規定為僅僅限於個體生命。當然對於個體生命來說它也許更富有表現力和深度，但群體也許能更能反映出人類整體的生存狀態。群體也能走向生命本身。當代作家已經在這方面有成功的表現。當他們在這樣表現的時候，群體已經被類化了。類化更具有荒誕性和表現力。比如閻連科的《受活》等作品。

由於作家在自己的創作中加入了追問和思考，這就增加了作品閱讀難度和闡釋難度，因此閱讀和闡釋過程就變成了一種學術化過程，甚至將讀者和闡釋者局限在專家的範圍裏了。一方面作家們喜歡用一些純粹的哲學理念了思考自己的創作，力爭使自己學者化和專業化，王蒙早在八十年代的時候就提出了這樣的口號。現在年輕的寫作者們的思想和文化程度較之其前輩更是有過之而無不及。學歷層次的提高和專業分工的進一步增強，必然促使小說的學術化進程加快。另一方面小說的批評模式也在努力適應這一新的變化。一直以來小說的批評模式基本上有兩種，一種是感悟式的點評法，中國的傳統小說批評就是這樣的。一種是現代小說批評，講究學理路向。現在這兩種批評模式都在向一個方向努力，人們願意用借用一些最新的社會科學研究成果、甚至是自然科學的研究成果來解讀和批評小說，多學科的批評工具已經成為日常小說批評中的一道風景。寫作、閱讀和批評過程已經成為一個學術的享受過程。

文學和哲學的靠近，我們還可以在另外角度來進行言說。從起源上來看，哲學和藝術並沒有太嚴格的界限，有時它們之間是互文的。在人們還沒有認識到哲學和藝術的分工時，兩者在人們觀念中是一致的。另外，我們也可以這樣認為，哲學和藝術都是需要語言和思維來進行的，語言是它們的中介，也是它們的物質形式。他們同樣要面對著複雜紛紜的世界，都需要一種推理或者觀念來表達它們對世界的認識。在這一點上，它們有共同的走向和行動方式。它們所面對的都是人和自然界，這些都曾令人產生無限的遐想。在人們遐想的時候，觀念性的問題就產生了，這種觀念性的問題在很大程度上來說就是我們所說的哲學。差別是，一個使用純粹的觀念來說話的，一個使用了感性的東西來說話。因為說話時所使用的語言的不同或者材料的不

同，藝術和哲學就產生了。這是通俗的淺表性的理解。實際問題需要專門的
學者來說明。當人們面對這浩瀚無垠的茫茫宇宙時，偏於理性的人便要思考
一個渺小的人如何來面對著這樣的大千世界，他要尋找人在這其中的位置；
而對一個偏於感性的人來說，他要考慮的是如何使自己或者人類融入其中去
擁抱他們或者在他們當中穿行。這樣在思考的層次上，他們產生了分離。這
種分立並不代表出發點或者動機的分離。就具體的文本而言，哲學或者文學
文本在一定的程度上是混淆的。孔子、老子等先哲們，他們的著作既是文學
的，也是哲學的。在日常生活中或哲學學習中，我們講哲學的時候要從他們
講起，講文學的時候，要從他們講起。這在西方也是這樣的。很多文藝問題
都是從哲學家那裡闡發出來的。那些有成就的哲學家或者文學家，他們同時
又都是另一面。這些人在社會中的角色往往因為後人的對他們定位的不同而
出現了多變性。比如尼採寫了一本書《查拉圖斯特拉如是說》，影響很大，
具有劃時代的意義。不僅在西方產生了深刻的影響，也波及到我國，是我國
新文化運動的資源性著作。這部著作具有很強的文學性，藝術程度較高。但
它同時又是一部哲學著作，對西方後宗教時代產生了深刻的影響，是西方思
想界的重要資源。關於哲學和藝術問題，從柏拉圖到黑格爾都有深刻地闡
述。黑格爾認為，藝術的最高境界是哲學。這一命題的前提就是把藝術看作
了哲學的一部分。因此人們在進行藝術創作的時候，總是要盡力去追求它的
最高境界。美國學者阿瑟·丹托說：「藝術與哲學的關係古老而複雜，在此
處和整本書中，雖然我已十分誇張的措辭描寫它，但我不得不承認它的精妙
是我們的分析描述力難以企及的，這種情形類似精神與肉體間的關係，因為
我們遠不能清楚地區分藝術與哲學，因為它的實質某種程度上是由哲學認為
它是什麼而構成的。」〔註16〕他還接著說：「如果哲學是文學，它就是意味
深長的，要是它只能顯示如何的話。而哲學把文學與現實聯繫在一起的方式
可能是作為文學的哲學與作為真理的哲學合二為一。」〔註17〕由此他認為，
哲學文本的多樣性，總會涉及一個標準確定的文學作品。只是這種哲學並不
提供隱喻，而只是提供內在地與其閱讀相關的真理。這位學者的認識是很深

〔註16〕 〔美〕阿瑟·丹托著，歐陽英譯：《藝術的終結》，江蘇人民出版社，2001 年
版，第 4 頁。

〔註17〕 〔美〕阿瑟·丹托著，歐陽英譯：《藝術的終結》，江蘇人民出版社，2001 年
版，第 129 頁。

刻的。實際上哲學是一個學術性很強的學科，它需要邏輯的力量，需要眞理的力量，而這正是正經的嚴肅的學術所需要的。

小說創作的學術功能性轉向，表明了小說創作向哲學的回歸和創作本身的不斷成熟，是當下小說創作的一個重大收穫。

從文以載道的傳統觀念出發，經過感性與理性的相互糾纏與掙扎，最終找到了一種學術化的突破路徑，這是中國小說在整個 20 世紀中從觀念到創作的轉換過程中的關節點，這應該成爲研究中國新時期以來小說創作的一個基本前提。

第二章　人　物
——二元對立的消解與中間人物的凸顯

1 拿今天的眼光來看，當年邵荃麟提出的「中間人物論」無論如何都是一種具有預見性的理論創設，他之所以罹難，他的論點之所以被確定為「黑八論」之一，在於他超出了文化發展的時代要求。他的時代在文化上表現出了一種極大的矛盾性。一方面時代的躍進要求人們的普遍創新，另一方面躍進要是超出了人們期待的視界，就有可能走向了它的反面。邵荃麟是在文化發展上走向了反面的代表性人物，在那個時代又具有普遍性。

20 世紀 60 年代初，經過建國後文藝界幾次比較大的政治運動之後，在周恩來、陳毅等人的領導下，中國開始調整了自己文藝政策。1962 年 8 月，中國作協在大連召開農村題材短篇小說會議。在此次會議上，邵荃麟代表中國作協作了三次發言，就現實主義深化問題談了自己的想法。其中一個著名的論點就是「中間人物論」。針對在此之前中國農村短篇小說創作所突出表現的寫英雄人物問題，他說：「強調寫先進人物，英雄人物是應該的。英雄人物是反映我們時代的精神的。但整個來說，反映中間狀態的人物比較少。兩頭小，中間大；好的，壞的人都比較少，廣大的各階層是中間的，描寫他們是很重要的。矛盾點往往集中在這些人身上。」「茅公提出『兩頭小、中間大』，英雄人物和落後人物是兩頭，中間狀態的人物是大多數，文藝主要的教育對象是中間人物，寫英雄人物是樹立典範，但也應該注意些中間狀態人物。」〔註1〕邵荃麟說明了一個事實，即在建國初期的文藝創作上，我們

〔註1〕邵荃麟：《邵荃麟評論選集》上冊，人民文學出版社，1981 年版。

偏執於左翼文化發展以來的激進傾向上，用最好的來批判和打擊最壞的已經成了一種思維定勢，形成了一種人們所自覺遵循的文化習慣，甚至成了制定文化政策的基本依據。在對這些論點進行批判的文章裏說：

> 毛主席的前三篇著作（指《新民主主義論》、《在延安文藝座談會上的講話》和《看了〈逼上梁山〉以後寫給延安評劇院的信》）發表到現在已經二十幾年了，後兩篇（指《關於正確處理人民內部矛盾的問題》和《在中國共產黨全國宣傳工作會議上的講話》）也已經發表將近十年了。但是文藝界在建國以來，卻基本上沒有執行，被一條與毛澤東思想相對立的反黨反社會主義的黑線專了我們的整，這條黑線就是資產階級的文藝思想、現代修正主義的文藝思想和所謂三十年代文藝的結合。「寫真實」論、「現實主義廣闊的道路」論、「現實主義的深化」論、反「題材決定」論、「中間人物」論、反「火藥味」論、「時代精神匯合」論，等等，就是他們的代表性論點，而這些論點，大抵都是毛主席《在延安文藝座談會上的講話》中早已批判過的。……十幾年來，真正歌頌工農兵的英雄人物，為工農兵服務的好的或者基本上好的作品也有，但是不多；不少是中間狀態的作品，還有一批是反黨反社會主義的毒草。我們一定要根據黨中央的指示，堅決進行一場文化戰線上的社會主義大革命，徹底搞掉這條黑線。〔註2〕

這種批判性話語，除了表明批判者個人的欲望外，也源於他們對於毛澤東講話的文化性理解。他們認為毛澤東的講話或者論著，「就是對文化戰線上的兩條路線鬥爭的最完整、最全面、最系統的歷史總結，是馬克思列寧主義世界觀和文藝理論的繼承和發展。」〔註3〕這種思想和中國左翼文學產生之後所形成的「否定性思維」是大有關聯。我們說左翼文藝思想的形成和產生是中國五四新文化傳統的一個部分，是在五四新文化思想燭照下發展起來的。沒有五四新文化運動，馬克思主義便不會被引入中國。但一當左翼文學獨立出來之後，便逐漸地脫離了新文化運動在發軔之初所秉承的人文和自由理念，沿著自己的道路走了下去。在文化建設上，左翼文學和新文化運動的其

〔註2〕《林彪同志委託江青同志召開的部隊文藝工作座談會紀要》，載《紅旗》，1965年第9期。

〔註3〕《林彪同志委託江青同志召開的部隊文藝工作座談會紀要》，載《紅旗》，1965年第9期。

他流派或者支流一樣，它們都是帶著對傳統文化強烈的批判精神登上了歷史舞臺的。但在左翼文化之外的文化派別中，傳統文化並沒有完全跳出他們的視野，尤其是他們並沒有對所有的一切都採取了斷然否定的態度。當他們認識到了文化建設之於國家建設的重要意義時，他們是要從傳統文化中汲取營養的。胡適、魯迅等一批文化人走的正是這條道路。左翼文化在一條道路上一直走了下去，他們的基本立足點和理論方式就是從徹底的文化否定中尋求支持和自身發展的力量。從批判魯迅開始到左翼文化獨尊，一直發展到建國後的歷次文藝批判，顯然這些都具有了一種文化的意義。否定性思維的益處是簡單易行，便於操作，同時更便於對人民尤其是廣大的底層民眾進行教育。這樣，如果在兩極的中間還有第三者、第四者存在，就容易擾亂了人們的視聽。這種思維在建國以後更加完善，政治上的勝利和政權的統一使這種教育和思維成為可能。從建國一直到文化大革命結束，中國文化領域當中的所有鬥爭都是在為這種思維掃清道路。教育民眾目的成了這種策略的最好解釋。在建國後的近三十年時間裏，這種二元對立性的思維不僅表現在文化建設上，在文化輸出和引進上，我們走的同樣是這條路線。民眾從來看不到具有多元文化色彩的西方文化，在對外文化引進上，除了蘇聯以及幾個社會主義國家外，我們幾乎在文化上封閉了所有國家的大門，以至於人們對於文化和文藝的判斷就只剩下了兩個標準，要麼好的，要麼壞的，絕不可能有中間標準。在新時期的第一篇小說《班主任》中，劉心武意在批判極左路線和極左政治給青少年帶來的危害，他發出了和魯迅一樣的救救孩子的呼聲。但從中我們也看到，不管是謝慧敏還是宋寶琦，他們在文化傳承上，甚至是在文化認可上，表現了當時一種極度簡單的辯證觀念，這就是二元對立的思維的結果。

　　二元對立是我們將哲學問題向生活中轉化的一個標本。太深奧的問題對當時的國人來說可能並不知道，但矛盾對立的雙方以及它們之間的相互鬥爭已經成了人們日常生活中一個必不可少的部分。誰認識不了這個問題，誰就不可能立足於當時的文化鬥爭中。在小說創作上，表現英雄人物和表現落後人物、表現正面人物和表現反面人物，永遠代表著哲學中矛盾對立的雙方，而且這個雙方代表了兩個階級的鬥爭和生存掙扎，這是群體性的。在當時的哲學中個體的矛盾退居了次要的地位。個體總是被賦予了群體的使命，是現實主義創作原則中表現典型環境中典型人物的必然要求。個體的微小以及生

命的輕賤使他們承受不了代表著兩個階級對立的大矛盾，因此所有表現個人靈魂上鬥爭的行為都被演繹為表現人性的資產階級行徑而受到了嚴肅的批判。比如《窪地上的戰役》、《我們夫婦之間》、《紅豆》等。但當我們真正地理解了這些作品以及這些作品所代表的文化含義時，我們就會發現，那時，我們誤解了哲學，我們簡化了哲學，我們把形而上變成了形而下。我們可以說，毛澤東在寫作《矛盾論》、《實踐論》等著作以及後來的對它的無以復加的強調，絕對有深刻的文化建設的動機，是哲學政治化、政治文化化，文化大眾化的典範。文化一旦被認為具有普遍的大眾化的含義時候，文化中的所有內涵一般來說也就被世俗化了。艾思奇在《大眾哲學》中說：「許多人總以為哲學是一種虛無縹緲的學問，或者是一種談命運說鬼神的神秘思想，以為哲學和我們生活隔的天地一般遠，一般人絕難過問。其實哲學和人類社會生活的關係，是非常密切的，在我們生活裏隨時隨地都可以找到哲學的蹤跡。」我們的生活就是「廣大人民對封建勢力和帝國主義勢力的鬥爭」〔註4〕。這種表述代表了主流文化建設的一種心理趨向。可見，二元對立模式的思維在一定程度上來說是來自我們主流哲學的思維。在當時，兒童對小說或者電影中人物的接受，好人和壞人成為他們進行價值判斷的唯一標準。在以前，人們較少或者基本上沒有人說「主流哲學」，但在我看來，當一種哲學在被政治化，充當了政治的工具後，它便失去了哲學在所有領域和學科中的優勢地位而淪為政治的僕人，從而成為世俗化的哲學。

以毛澤東為代表的權威性人物關於文化和文藝的理解形成了具有中國特色的政治文化。雖然從精神的角度講，政治是文化的一種，文化是政治的載體，但我們也看到，反過來，政治也規約了文化。這種說法似乎不太合乎常理，不太合乎關於文化本身的論述，但由於經常使用否定性思維，況且這種否定性思維能夠得以長期地進行下去，沒有政治權利或強權的支持是無論如何也辦不到的，即便是軍事強力也是如此的。近代以來，中國遭受了很多次外敵入侵，並且在這種外敵入侵中，幾乎是每戰必敗，但中國傳統文化仍然傲然屹立，並沒有實現全盤西化。但政治則不同了。從建國前的第一次文代會，實現兩個區域作家和文化人物的團結後，文化也隨著統一了，變成了一元化。一元化的思維模式必定帶來二元對立的文化方法。方法反過來規約文

〔註4〕艾思奇：《大眾哲學》，新華書店出版，1949年版，第1頁。

化的自身發展。

邵荃麟所提出的「中間人物論」的失敗，不是由於個別人的反對，而是由於有違於當時的群體意識。在當時的中國，群體意識是由政治文化來支配的，而不是我們通常所說的普泛的文化支配的。那麼什麼是政治文化呢？按照阿爾蒙德的說法就是，「政治文化就是一個民族在特定時期流行的一套政治態度、信仰和感情。這個政治文化是本民族的歷史和現在的社會、經濟、政治活動的進程所形成。人們在過去的經歷中形成的態度類型對未來的政治行為有著重要的強製作用。政治文化影響各個擔任政治角色者的行為、他們的政治要求內容和對法律的反應。」〔註5〕但阿爾蒙德的話似乎還沒有說得太全面。實際上，政治文化不僅影響到了擔任政治角色者的行為，更影響到了在政治文化籠罩下所有的文化生存者們。建國後，那些老作家、國統區過來的作家的轉向，都說明了這個問題。他們在新中國建立後的幾年內紛紛進行自我檢討，按照毛澤東的《講話》來對照自己的世界觀和以前的作品。巴金說：「時代是大步地前進了，而我個人卻還在緩慢地走著。在新的時代面前，我的過去作品顯得多麼地軟弱，失色！有時候我真想把他們都藏起來。」〔註6〕老舍說：

> 　　讀完了這篇偉大的文章（指毛澤東的《講話》），我不禁狂喜。在我以前所看過的文藝理論裏，沒有一篇這麼明確地告訴過我：文藝是為誰服務的，和怎麼去服務的。可是狂喜之後，我發了愁。我怎麼辦呢？是繼續搞文藝呢，還是放棄它呢？對著毛主席給我的這面鏡子，我的文藝作家的面貌是十分模糊。以前我自以為是十足的一個作家；此刻，除了我能掌握文字，懂得一些文藝形式，我什麼也沒有。〔註7〕

這些作家的檢討是真誠的，但我們又難以說他們是真誠的。因為他們的檢討都是在讀到了《講話》之後的很長時間才發表的。難道他們對這篇文章的消化理解真的需要那麼長的時間嗎？實際情況未必如此。另一方面，誠如老舍所說，既然知道了文藝為什麼人服務的問題就一定能創作出好的作品嗎？實際情況也未必如此。他們之轉向和表態完全是一種政治文化使然。在

〔註5〕曹沛林譯，阿爾蒙德、鮑威爾：《比較政治學：體系、過程和政策》，上海譯文出版社，1987年，第29頁。

〔註6〕巴金：《巴金選集》自序，四川人民出版社，1982年版。

〔註7〕老舍：《毛主席給了我新的文藝生命》，1952年5月21日《人民日報》。

他們之前的梁啓超早就看出了這個問題。在《中國近三百年學術史》中用了
三章的篇幅來論述「清代學術變遷與政治的影響」。他首先借用了自己在《清
代學術概論》中的話論述道：

> 凡時代思潮無不由「繼續的群眾運動」而成。所謂運動者，非
> 必有意識、有計劃、有組織，不能分爲誰主動，誰被動。其參加運
> 動之人員，每各不相謀，各不相知。其從事運動時所任之職役，各
> 個不同，所採之手段亦互異。與同一運動之下，往往分無數小支派，
> 甚且相疾視相排擊。雖然其中必有一種或數種之共同觀念焉，同根
> 據之爲思想之出發點。此中觀念之勢力，初時本甚微弱，愈運動則
> 愈擴大，久之則成一種權威。此觀念者，在其時代中儼然現宗教之
> 色彩……〔註8〕

梁氏的論述顯然帶有一種規律性，但又有中國自己的特徵。如果從此一
點上來看，中國左翼文學的發展以及在其後的共和國文化二元思維模式的流
變顯然具有了傳統色彩，只不過後者的權威性似乎更大一些，因爲它有政治
在作保證。像上文說的，巴金和老舍等人的轉變，梁啓超也爲他們找到了前
輩和楷模。在論述了陽明學派的傳人抗滿失敗後說道：

> 這些學者雖然生長在陽明學派空氣之下，因爲時勢突變，他們
> 的思想也像蠶蛾一般，經蛻化而得一新生命。他們對於明朝之亡，
> 認爲是學者社會的大恥辱大罪責，於是抛棄明心見性的空談，專講
> 經世致用的實務。他們不是爲學問而做學問，是爲政治而做學問。
> 他們許多人都是把半生涯送在悲慘困苦的政治活動中。〔註9〕

歷史是多麼相像。他們的後來者當走到了 20 世紀中期的時候，他們相同
的命運便出現了。梁啓超不是預言家，他是在分析歷史現象時發現這一「規
律」的。而這一「規律」在 20 世紀的重複，說明了梁啓超的預言家特徵，是
中國歷史造就了他的這一特徵。說到底，是他發現了在中國文化中，政治所
起的巨大作用。二元對立模式的流行以及其在一定社會歷史時期所佔有的極
其重要的地位，正是這種政治文化干涉的結果。政治文化在更多的時候，已
經不是人們刻意追求和刻畫出來的，而是一種經驗的結果。這種經驗就是文
化和具有文化特徵的價值和意義。

〔註8〕 梁啓超：《中國近三百年學術史》，天津古籍出版社，2003 年版，第 12～13 頁。
〔註9〕 梁啓超：《中國近三百年學術史》，天津古籍出版社，2003 年版，第 15 頁。

　　2 政治文化對人們的經驗和行為準則的干涉性方針，隨著政治文化強制力的削弱而削弱。在新時期以來，儘管政治文化在一定範圍內和一定領域中或者在一定時期，仍然對人們的行為模式和行動的表述準則產生了意識性的和經驗性的約束，但隨著極左思潮進一步弱化和最終退出歷史舞臺，人們思維中二元對立模式逐漸消退，多元的文化視野和相對自由的哲學理念重新進入了人們的生活。我在此處之所以強調重新進入人們的視野，是想說明在歷史上我們曾經經歷過這樣的文化發展時期。正像人們在論述新文化運動時所認為的那樣，是一次中國的文化復興，因為我們看到了歷史上原來的存在狀態。胡適對新文化運動的評價是：

> 　　如果我們回頭試看一下歐洲的文藝復興，我們就知道，那是從新文學、新文藝、新科學和新宗教開始的。同時歐洲的文藝復興也促使現代歐洲民族國家之形成。因此歐洲文藝復興之規模於當時中國的〔新文化〕運動，實在沒有什麼不同之處。
>
> 　　……
>
> 　　中西方兩個文藝〔復興運動〕還有一個極其相似之點，那便是對人類（男人和女人）一種解放的要求，把個人從傳統的舊風俗、舊思想和舊行為的束縛中解放出來。歐洲的文藝復興是個真正的大解放時代。個人開始擡起頭來，主宰了他自己的獨立自由的人格；維護了他自己的權利和自由。〔註10〕

　　著名學者王富仁先生也認為新文化運動也是一場文藝復興運動，在他的專著《中國的文藝復興》中說：「將西方的文藝復興，與中國的文藝復興作一對照，它們兩者有可比性，具有共同的特點，都是從封建時代向現代社會變化發展的歷史時期」。〔註11〕可見文藝復興不僅是人們包括學術界的追求和渴望，而且確實也已經是一種確確實實的存在。同樣這個循環的過程也已經積澱為我們文化中特有的一種了。

　　在新的歷史時期，人們願意翻開舊賬，重新探討新文化運動的文藝復興性質，除了人們或者學者的專業研究需要之外，實際上也是對當下情況的一種比照。人們對新時期後來發展事實的追述表明，新時期以來的文學運動確

〔註10〕胡適：《從文學革命到文藝復興》，《胡適文集》第 1 卷，北京大學出版社，1998 年版，第 340 頁。

〔註11〕王富仁：《中國的文藝復興》，廣西師範大學出版社，2003 年版，第 40 頁。

實就是一場文藝復興運動，這已爲很多當代文學研究者所論及。曹文軒先生說：

> 七十年代後期，沉悶的中國文學原野上現出了活氣，中國當代文學一日一日地向世界顯示著生命復蘇的迹象。但，由於巨大的歷史慣性力，大部分作品仍在舊有軌道上運行，文學界在重重阻力和精神障礙物面前，只能做一些現在看來算不得什麼的試探和突破。文學局勢的根本好轉，應該說是在進入了八十年代以後。幼稚的中國當代文學由於付出了沉重的代價，而以空前的速度在走向成熟，並迫使對當代中國文學不屑一顧的國際文壇不得不刮目相看。成熟的標誌是文學現象頻繁出現。文學打破了過去凝固不變、老气橫秋的沉悶狀態，顯示了它內部躁動不安、蓬勃向上的生命力。它的裂變和出新不斷引起讀者群的譁然、評論界的惶惑和措手不及的被動感。這種調整、變形過於迅速和現象消長周期的過於短暫，固然也不是成熟的標誌，但，它確是走向成熟的不可避免的歷史階段。〔註12〕

曹文軒的上述說法雖然在細緻刻畫的準確性上有待進一步討論，但畢竟反映了一種文藝復興的兆頭。應該說在這些紛紜複雜、變幻莫測的文學現象當中，最令人激動和惴惴不安的是對人的刻畫、描寫。這裡的人既包括所有具象的個人，也包括一個群體、一代人的命運和他們在命運中的掙扎，實現了胡適在評述歐洲文藝復興式所說的那樣，把人從傳統的舊風俗、舊思想、舊行爲的束縛中解放出來了。比照新時期以後的文學現象，從文化的角度來說就是一種文化的復興。而在這當中英雄人物和反面人物儘管在一些小說中仍然存在著，但廣大的芸芸眾生顯然已經成爲了小說文本中的主角和大多數，即使是那些英雄人物，他們也已經從神話的祭壇中走了下來，從而具有了普通人的喜怒哀樂，這些人正是邵荃麟所說的「中間人物」。

新時期以來「中間人物」成爲小說創作中的主角，無論從什麼角度來說都是中國在 20 世紀後期的一次文化變革，是文化進步的一種表現。我們之所以說它是文化上的進步，在於它不僅承認了大眾的符合民眾實際需要的文化場域，真正從民眾的心理實際出發來表現文化的實際狀況，而且也在於鼓勵與大眾文化需求不同的精英文化的存在。也就是說新時期以來表現在小說創

〔註12〕曹文軒：《中國八十年代文學現象研究》，作家出版社，2003 年版，第 2 頁。

作上或者在小說文本中的文化已經不僅僅局限在政治教化或者政治文化上，它賦予文化發展一種更爲寬鬆的環境，讓大眾的喜怒哀樂得以充分的張揚，避免了大話、假話和空話，使文化回歸到了最原來意義上，成爲人們日常生活中不需一定政治壓力來支撐的平臺，分解了主流意識形態所給予文化的關於民眾和文化承載者之間的緊張關係，這是一種明顯進步。這狀況的出現和兩種因素有關，一是西方先進文化和思潮的引進，二是本國對現代化的追求。這是一個問題的兩個方面，是中國新時期以來，通過對過去歷史進行反思的結果，這歸根到底還是一種觀念問題。在新時期以前，我們一面講經濟基礎的決定作用，強調社會存在對意識的決定作用，另一面我們又一直都操作違反這一原則的活動。無論是在大躍進時期，還是在文化大革命期間，甚至在整個的建國之後的絕大部分時間裏，我們往往過分看重的還是意識的反作用，甚至已經到了意識決定存在的地步。應該說充分重視意識在社會發展尤其是在文化發展中的重要作用，無疑是一種先進的思維方式，也是符合西方一些理論家對文化含義的理解。威廉斯就曾經做過這樣的強調，文化的變革不是經濟發展的自發性後果，人們的經驗同樣具有重要的意義。〔註13〕而經驗完全是意識性的東西，威廉斯強調的關鍵點也正是在這裡。那麼爲什麼同是強調了意識的改造社會的作用，而在中國的前後兩個階段卻表現出了如此完全不同的文化發展方略和路途呢？我以爲這兩種意識產生的依據是完全不同的。經驗性的意識是在先前的物質存在中產生的，它有現實的基礎，是由實踐得來的指示或者技能，具有較強的實際指導意義。而我們前面所說的意識完全是來自一種烏托邦想像。在以前的文化建設中，二元對立模式和徹底否認中間人物存在的思維方式，就是對現實生活一種簡單化想像的結果。簡單化想像一般在過去的文學發展實際中往往伴隨著對客觀對象的豐富誇張而產生。這種誇張由於過分強調了爲政治服務的目的而逐漸離開了現實基礎走入畸形的幻想當中。比如在關於劉文采的「神話」裏面，現實在被政治文化的塑造中一次次被遮蔽，最終劉文采成了一個十惡不赦的大地主，成了在全中國最壞的地主的典型。然後我們再用這種典型來教育廣大民眾，使民眾一同來享受由這種變形的誇張所帶來的虛幻，在具體的情境中達到了對惡霸地主的滿腔仇恨。同樣在正面人物的塑造上，我們在過去的日子中也慣常使用

〔註13〕參見雷蒙・威廉斯：《文化分析》，趙國新譯，羅鋼、劉象愚主編《文化研究讀本》，中國社會科學出版社，2000年。

一些誇張性的想像來拉大英雄人物的心理歷程。在一些小說中總是用短暫的
幾秒鐘來刻畫英勇就義時一霎那的心理歷程。比如歐陽海、王杰等。實際上，
在歐陽海犧牲的那個瞬間的心理活動即便在當時也未必就完全令人信服，但
誰也都不肯將皇帝未穿衣服的事實說出來，人們已經被政治文化所改造了。
在這方面，人們的膽子越來越小，從而形成了中國烏托邦文化的一種特殊現
象，即對現實認識的萎縮和對想像的誇張，人們在虛無縹緲的文化環境中生
存。這種文化的影響以及人們在這種文化中的生存狀態早在 1948 年的時候，
奧威爾就在他的作品《一九八四》和《動物莊園》中給予了充分的表現。我
們雖然不能苟同奧威爾在文章當中所表露的觀點以及他對社會主義國家的認
識，但又不能不說他的認識是深刻的。這些都是烏托邦想像在文化中表現的
一個小小方面。實際上烏托邦想像充斥或者伴隨了中國社會主義國家文化建
設的整個過程。

　　在中國建國後幾十年的烏托邦文化製作過程中，毛澤東的文化思想發揮
了決定作用。毛澤東不僅是一位思想家、政治家和軍事家，更是一位文化的
設計者和建設者。對他的這種認識正像我們今天稱鄧小平為我們改革開放的
總設計師是一樣的。但毛澤東的文化構想總是和中國的現代化建設的現實存
在著較大距離，換句話來說，毛澤東思維中的現代化和我們今天理解的現代
化可能是不一樣的。在他的現代化理解中，他否認多元性，他喜歡用簡潔的
二元對立思維模式來建構他所想像的社會主義國家；同時他又極富詩人氣
質，因為此點便使他關於文化的想像在二元對立基礎上進一步得到了張揚。
學者孟繁華稱毛澤東的文化思想和文藝思想為「文化猜想」，他認為，毛澤東
的文化猜想的核心來源於毛澤東的道德理想。表現在文藝上就是要求有淨
化、純粹和透明的文藝生產。他進一步指出，毛澤東道德觀念的來源並非來
自無產階級的產業工人，而是來自他記憶深刻的鄉村觀念，特別是經過理想
化、詩意化的傳統中國農民。對農民美德的評價，本來依據的是個人標準和
文化信念，但他卻把它幻想成為最有可能產生新文藝甚至共產主義道德的重
要資源和構成要素。在毛澤東的道德觀念中，強調精神的巨大作用。在對文
化的猜想中，不僅具有一定的烏托邦成分，而且也存在著阻礙實現的諸多矛
盾。所以他總是根據個人的氣質和理解不斷調整文藝政策，以便開啟新的時
代的文化。〔註 14〕這種理解總體上來說是比較正確和深刻的。但我想補充的

〔註14〕參見楊匡漢、孟繁華主編：《共和國文學 50 年》，中國社會科學出版社，1999

是，在毛澤東對文藝的「淨化、純粹、透明」的要求中還應該有一個相當重要的因素，那就是秩序。應該說秩序是保證他的文化想像最終實現的關鍵。正是由於這一點，他才強調對知識分子的改造。因爲一般說來，政治家是強調秩序的，而知識分子是強調非秩序的。秩序性的道德倫理不能容忍日常生活的多樣性和複雜化，不能容忍「中間人物」等諸如此類現象的存在，一句話不能容忍文化上的多元性的存在。《我們夫婦之間》、《紅豆》、《小巷深處》《在懸崖上》在建國後受到了批判，人性問題和人道主義問題只是它的表現形式，實際上是暗含了文化上的一種多元狀態，因此他們只能被打入主流政治文化的對立面而受到抑制。在烏托邦文化製作當中，當時最大的轟動事件是大躍進。這種遺風甚至在今天的中國仍然存在。關於烏托邦文化中的秩序性要求，一位外國學者說的可能更爲準確：

幾乎所有的烏托邦設想都沒有想到變化，這種說法是正確的。共同的假設是，這種設想一旦在世界上成爲現實——假如可能的話——他將無限期地處於它一開始的形式中。「秩序癖」主宰著烏托邦思想。烏托邦強大的動力就在於它能從絕頂的混亂和無秩序中拯救世界。烏托邦是個關於秩序、安寧、平靜的夢幻。其背景是歷史的惡夢。與此同時，只需每每都被認爲是人間事物所能達到的完善，或近乎於完善。說實話，一位既具有秩序癖又自以爲擁有完美（或近乎完美）設想的思想家，怎麼能夠心情舒暢地聽任變化發生呢？〔註15〕

所以我們有理由相信，一旦這種秩序被打亂，那麼烏托邦的想像和文化製作也就傾斜或者消失。新時期以來中國小說的發展事實已經證明了這一點。

3 前文已經說過，中國在新時期以來，二元對立思維的解構和中間人物的凸顯和兩個因素有關，一是西方文化和思潮的引進，一是本國對現代化的追求。在這裡有必要強調的一點是我們所說的「中間人物」並不是中間人物本身，而是以「中間人物」爲代表的一種多元性的文化存在狀態，它具有廣泛的文化代表性。西方思潮和文化的引進在新時期以來小說中的表現並不是從傷痕文學時期開始的，準確地說應該是從反思文學時期開始的。人們通過在小說中的文化性反思認識到了，在以往的烏托邦文化建構中，單一的或者

年版，第 26～31 頁。

〔註15〕喬治·凱特伯編：《烏托邦》，見《外國學者評毛澤東》第 3 卷，工人出版社，1997 年版，第 118 頁。

對立性的文化思維並不能真實地反映社會現實，尤其是並不能涵蓋我們庸常生活的所有方面。我在這裡使用庸常一詞，是因為在經過了近三十年的烏托邦文化建設之後，我們仍然沒有解決魯迅在幾十年前就已經開始批判的中國庸眾和庸眾心理。作家們在理想坍塌了之後，發現任何一個國人也沒有因為在美好生活的烏托邦想像中變得越來越高雅了，世界也沒有越來越美麗了。世界正離我們越來越遠了，這種距離既是一種文化距離，也是一種心理距離。而相反的是，由於對庸眾的忽略和蔑視，倒是使我們喪失了對人自身和日常生活的關注，人們陷入了一種文化的自責當中。作家們對文化大革命進行反思、對反右運動進行反思、對大躍進進行反思、對對知識分子的改造運動進行反思，這些反思的背後是對中國當代文化和傳統文化的反思。在這個反思過程中，人們對絕對性的價值觀念提出了懷疑，對很多事物、現象、思想和行為再也難以作出非此即彼的價值判斷，而願意恪守著中立的立場來換取文化價值的多元狀態。

疑惑是反思文學最大的標誌性文本形式和底蘊，甚至小說寫作本身就是一種疑惑。在高曉聲的《李順大造屋》中，作者的疑惑是李順大這個芸芸眾生中的一個弱小生命，既非英雄，也非反動派，如果說他自私的話，那也僅僅是為了自己造一座房子，滿足人生存的基本條件，但為什麼就實現不了呢？同樣在張一弓的《犯人李銅鐘的故事》中，李銅鐘的現行反革命罪的成立也是為了滿足全村生存的基本條件。可見反思文學從一開始就指向了文化存在的最基本的承載形式，即人的生存。這在原始文化中也是如此的。應該說反思文學有轉向原始文化的預見性。在諶容的《人到中年》中，陸文婷既是中國傳統知識分子文化的承載者，也是當時政治文化的受動者，承載和受動的雙重矛盾，使中國知識分子在自己的生命過程中比其他時代可能要付出更多的代價。作者反思了這一知識分子文化現象。但這個時期的反思文學在文化和政治上的表現正像曹文軒在他的著作中所說得那樣，都是嘗試性的〔註16〕，缺少深刻性的內涵，文化的本位建設意識並沒有成為他們思維中的主導力量。不過這一嘗試的意義在於，他為改革文學的出現製造了輿論，同時也奠定了尋根文學以及繼起的所有文化現象，尤其是小說的創作主題集中呈現的基礎。這是新時期以來中國小說創作的重要底蘊，具有著不可忽略的

〔註16〕參見曹文軒：《中國八十年代文學現象研究》，作家出版社，2003 年版，第 2 頁。

意義。

　　另一方面，中國眞正的現代化建設也伴隨著反思文學的出現而開始顯露
出它的意向性，並從改革文學時起，漸呈蔚爲大觀之勢。但由於今人對現代
化（現代性？）的歧義性理解，使我們對這一進程的描述上呈現出了惶惶然
的狀態，這或許是因爲現代化（現代性？）本身就應該是這樣一個多元性的
存在。但無論如何，文化的現代性和社會的現代化應該是一個事物的兩個方
面，在某種層面上，他們應該是統一的。建國以後，中國就已經在追求現代
化，但當時只強調了物質層面上的東西，而忽略了文化層面的建構。如果我
們眞的是這樣的認識，那麼我們還是走在 19 世紀末 20 世紀初的中國社會發
展的歷程上，而且我們有理由來說，在這裡歷史有些重複。或許有些學者並
不這樣認爲，比如新左派的理論家們就認爲，實際上自毛澤東時代開始，在
他的思想中就一直在構想著中國的現代化（現代性？），並一直爲之努力。他
們說：「毛澤東本人，像 18 世紀以來的思想家，特別是馬克思一樣，既是現
代性的目的論者，也並沒有徹底懷疑過工業化。」「從 50 年代末開始，毛澤
東先是把視野由城市工業化轉向農村工業化，然後，在 60 年代中又轉向城市
的文化和意識形態領域。基本思路是通過調動人民群眾的積極性和『主觀能
動性』來克服城市化和工業化的後果，同時探索一種社會主義社會的發展方
式」。〔註17〕他們的闡釋並不妨礙我們的理解，而且在本質上也並沒有衝突。
在此文中我們似乎也沒有必要作出太多的細緻性的選擇，但卻可以復述一下
學者張汝倫的主張。他在討論知識分子問題的時候說過下面的話：

　　　　現代化是一個社會從宏觀到微觀各個方面都發生普遍深刻劇
　　烈變化的過程。新事物層出不窮，令人目不暇接。這種生存條件的
　　巨大變化必然要在複雜的人心中表現出來。因此人文知識分子的創
　　造力從一開始就不可遏止地噴發出來，近代以來，各種新學說、新
　　觀念、新方法和新科學乃至新價值如雨後春筍般湧現，其繁榮程度，
　　爲古希臘以來所僅見，極大地推動了正在開展的現代化進程。這些
　　新的文化形態和精神狀態甚至形成了一個新的傳統，這就是所謂的
　　現代性。

　　　　但決不能因此將現代性理解爲一個單一的整體。事實剛好相

〔註17〕韓毓海：《「漫長的革命」》，公羊主編《思潮》，中國社會科學出版社，2003
　　　　年版，第 167、169 頁。

反，現代性本身是一個相當複雜的多元的文化概念，它本身包括各種不同，甚至矛盾衝突與相反的傾向。

……

隨著現代化過程的展開，傳統價值觀念不再具有絕對權威。人們的知識眼界大大擴展，信息知識的廣泛交流更促使創造性和知識活動的展開。社會急劇分化和日益多元化，社會方式也日益多樣化，不斷湧現新的利益集團和新的社會群體，這一切都使得各種傾向的思想觀念能百花齊放，同時並存。〔註18〕

張汝倫的說法為我們理解「中間人物」在當代的凸顯提供了很好的注解。文化形態的多元主義在一般層次上來說一定是社會現代化的伴生物，現代化社會生存狀態的複雜性也決定了生存文化的多元性。漠視或者否認多樣的生存環境和生存文化實際上是迴避了現代化的問題，而且在此基礎上所形成的現代化也是一種畸形的現代化。但作為思想觀念的現代化和文化形態的現代化與社會形態的現代化決不是簡單的對應關係、因果關係，實際的情況要複雜得多。文化本身的獨立性時至今日我們仍然沒有很好地認識和做出合理的解釋。在中國，如果說改革文學是中國經濟改革的伴生物，與之有著對應的關係，還是有一定的準確性的。但我們說反思文學是社會經濟發展的伴生物就有些牽強，就有值得考慮的地方。我以為，它的出現純屬一種文化行為，是一種對政治文化的反思，這在前文我們已經論述過。這裡面的關鍵問題是，我們在什麼程度上來認可這種觀念的東西的獨立性，是不是像有些人所確認的那樣，必須為一種文化的產生尋找到物質根源，這是頗費思量的事情。實際上，在我看來，這裡起關鍵作用的還是人們的經驗，包括現在的、歷史的，也包括自己的、國外的。這些經驗甚至變成了無意識的東西，是一種綜合性的東西，更是一種觀念性的東西，因而也是一種文化性的東西。比如就我們對高曉聲筆下的人物陳奐生的認識，時至今日遠沒有達到應有的文化高度。我們的研究和評論只指認了這個農民在新時期以來的精神狀態以及在新事物面前的拙劣表演和對改革的適應性。而沒有觀照到這樣一個「中間人物」的中間狀態，也就是說我們只看到了小說中所流露出的主題的崇高意義沒有看到它的庸常意義，片面強調崇高意義是文化單一體制的產物。在陳

〔註18〕張汝倫：《人文知識分子與現代化》，陶東風主編《知識分子與社會轉型》，河南大學出版社，2004年版，第82、83頁。

奐生身上所流露出來的劣根性，很多人都願意從魯迅那裡尋找理論依據，但沒有看到他的普遍性和現實性以及合理性。應該說，如果我們在小說創作上、在小說研究上，確認了普通事物的現實性和在現實基礎上的實在的合理性，那麼小說就回到了中間狀態，回歸到了複雜狀態，也就說回到了小說本身，回歸到了文化本身。上述張汝倫的說法是對二元對立模式在當下的被顛覆的闡釋，是從現代性的視角上去認識的。而陳奐生這一形象地出現是對張汝倫的說法一個注解。

更深一層來說，新時期以來「中間人物」回歸到小說創作當中，還具有著文化啓蒙意義。19 世紀末 20 世紀初的文化啓蒙創制了多元的文化狀態，表現在思想界，各種主義、各種思想競相介入到民眾的生活當中，指導和干預他們的人生歷程，目的是促使人們覺醒。表現在小說創作上，下層人物、人力車夫、娼婦妓女變態狂等成為小說的主人公，而取代了一直以來的才子佳人和達官貴人。後來在另一種文化體制下，這些被啓蒙者雖然他們都成為了國家的主人，但他們卻從文學作品中被動出走。他們雖然是國家的主人，但並沒有代表國家主人的權利。相反那些才子佳人和達官貴人卻演變成了英雄人物和正面人物，走回了在世紀初啓蒙前的老路子。這種文化體制多少有些專制性質，一方面不斷簡化決策和思維過程，使自己的決策簡單易行，另一方面將這種簡單易行的意志上昇為普遍的意志而強加給個人，通過普遍性實現對個體性的遮蔽。為了實現這種遮蔽，必須塑造代表和承載了專制道德倫理的英雄人物來增強自己的說服力，於是庸常人物和日常生活被排除在了英雄生活之外，一個複雜的多層面便被整合為單一層面了。關於普遍性，有人說：「普遍性總是執著於對『統一』的追求，它對所有的個人來說，已經變相為一種『權利的他律』」。﹝註19﹞此話說的甚是。為了表現英雄人，必須有反面人物來與之配合。於是日常生活，尤其是小說中的生活便成了好的／壞的、英雄人物／反面人物的簡單的二元關係了。英雄人物從此成為了神人，而且僅是一神。新時期的啓蒙運動以來，庸眾重新回到小說當中，重新回到文化當中，實際上就是推倒了一神的信仰而建立了多神制，打破了一神統治天下的文化格局。格局就是網絡，網絡的沖決必然伴隨著泥沙俱下，於是各種人物便紛紛登場了。好／壞、正面／反面、男／女、老／少等等，每個人都為自己建立了根據地而受人膜拜。在後來的小說創作中，我們看到，

﹝註19﹞邵建：《知識分子倫理》，陶東風主編《知識分子與社會轉型》第 69 頁。

這種由一神轉爲多神，在多神信仰中，世俗或者說庸眾被神化了。由於神化的現實功利性和滿足人的原始欲望的自足性，這樣便使中間狀態更加充分化和普遍化了。而在原來一神統治中的崇高感徹底消失了。庸眾神化消解了或者拒絕了人的集體修煉，因此統一的道德定律便分解爲多元尺度，文化走向了平常。

我們拿堂吉訶德來比較一下新時期以前小說中的英雄人物，多少還是能夠找到很多相同點。我們有些人物甚至不如堂吉訶德眞實和具有典型意義。在我們的作品中，英雄人物能夠主宰著世界的秩序，能夠對善惡等道德律令進行界定和評判，但堂吉訶德雖然也是英雄人物，卻沒有這樣偉大的力量。但是不管是我們的英雄人物還是堂吉訶德，當他們走出那神化的氛圍的時候，他們可能都面臨著同樣的境地。米蘭‧昆德拉說：「當上帝慢慢離開他的那個領導宇宙及其價值秩序，分離善惡並賦萬物以意義的地位時，堂吉訶德走出他的家，他再也認不出世界了。世界沒有了最高法官，突然顯現出一種可怕的模糊；唯一的神的眞理解體了，變成數百個被人們共同分享的相對眞理。就這樣誕生了現代的世界和小說，以及與它同時的它的形象與模式。」〔註 20〕新時期以來的小說突出中間狀態和回歸到庸常形象未嘗不是在將絕對眞理進行分解，從而產生了相對意義眞理。這應該成爲一種文化事件。如果我們承認堂吉訶德在文化表現與時代發展上的進步意義，那麼我們勢必也會承認新時期以來小說的文化進步性。

4 新時期以前小說中的人物，大都屬於扁平人物，在性格塑造上的套路比較單一，這樣做的目的除了簡單易於操作外，更便於教育的直觀性，人們似乎記憶起來比較容易。但實事求是地說忘記也比較快。人們對那些缺乏生活氣息的遠離生活的人物總是比較善於忘記的，因爲他們離人的自身比較遠。雖然他易於產生較強烈的激勵作用，但也由於此易陷於高蹈的虛幻狀態。福斯特在他的《小說面面觀》中稱扁平人物爲「漫畫人物」，這多少還是揭示了這類人物的本質。但我這樣說並不是要徹底否認扁平人物的價值。實際上，在新時期以前，這種扁平人物存在近三十年甚至更長的時間，說明了它的存在理由和接受並沒有消失，它的讀者市場還是存在的。因爲它更具有「卡里斯馬典型」性質。我們拿扁平人物來說事，意在指明，在它之後的小說創作無論是表現在藝術性上還是在文化本身，都有一種進步。它的下一步走向了

〔註20〕米蘭‧昆德拉：《小說的藝術》，三聯書店，1992 年版，第 4、5 頁。

圓形人物──既複雜又發展的人物。

在新時期以來的小說中，人物的複雜和歧義標誌著卡里斯馬典型在中國終於走向了衰落，分裂爲碎片而撒滿了一地。這正像劉震雲在《一地雞毛》中所描述的那樣，雞毛蒜皮的瑣事成了日常生活中的主角，人們再也不會因爲這些事情而亂了自家陣腳，從而認同了生活的自然規律。這樣我們似乎可以將「中間人物」論轉化爲「一地雞毛」現象。文本中有這樣一段話：

> 小林對老婆說，其實世界上事情也很簡單，只要弄明白一個道理，按道理辦事，生活就像流水，一天天過下去，也滿舒服。舒服世界，環球同此涼熱。

那麼如何來分析這一現象呢？我以爲王一川先生說得很正確：

> 從文化語境去考察文學文本，是我們研究的一個出發點。文化語境恰如由若干政治、經濟、哲學和藝術等文本交織而成的「大本文」──社會歷史本文，它使文學本文得以產生。〔註21〕

不過按照王先生的思路，我們也可以說，考察一個時代的文化變遷以及文化實際內涵，文學本文也應該成爲我們研究的一個出發點。文學本文中包含了若干的政治、經濟、哲學等項內容，在某種程度上來說也是一個自足的社會歷史文本。這樣，我們通過對小說的分析就得到了新時期以來中國文化現狀的一角了，這就是全部地整體地「泛化」了。這個詞的使用實際上還是來自於王一川先生的成果。對這一時期的小說人物，王先生分成了這樣幾種類型：泛正劇典型、泛悲劇典型、解典型化、泛典型等。他說泛正劇英雄即是正劇素質被泛化或播散並與悲劇因素相雜糅的英雄典型。泛悲劇典型是悲劇性被播散或泛化的典型。泛典型就是中心向邊緣播散。〔註22〕在我看來泛化現象在消解崇高的同時，注重了歷史過程本身和歷史在那一刻的存在，它取消了人們對一切現象的屏蔽，它像從地下挖掘出來的出土文物一樣，只是對文物所存在的歷史時刻說話。至於後人對文物的演繹和附著，它是完全顧及不到的。它甚至更爲頑強地作著這樣的工作，著力於從一件有意義的事物上面將意義剝離出去，從而實現「祛魅」的企圖。英雄主義的世俗化應該成爲這種文化轉型的第一個特點。

〔註21〕 王一川：《中國現代卡里斯馬典型》，雲南人民出版社，1995年，第251、252頁。

〔註22〕 參見王一川：《中國現代卡里斯馬典型》第十一章，雲南人民出版社，1995年。

　　莫言的小說《革命浪漫主義》中的小戰士以及和他在一起療養的老紅軍戰士，一個是在對越反擊戰中受傷，一個是在長征時掛彩。本來是具有崇高和神聖意義的受傷事件，到他們那裡變成了尋常的玩笑。在戰鬥中受傷，他們獲得榮譽。但在意外中受傷，他們也獲得榮譽。莫言試圖在說明革命的模糊性和英雄的模糊性，由此也說明正劇英雄的普泛化和平凡化。同樣，《老井》中的孫旺泉，我們也不願意將它看作是一個英雄人物，儘管在打井這一件事情上和《創業史》中梁生寶有著同構的性質，但顯然，孫旺泉更加平庸化了。這主要表現在，孫旺全沒有崇高的理想，沒有在一種抽象的觀念支撐下成長和生活，沒有一群落後人物的襯托，也沒有一群先進分子的鼓勵，他的革命理性和英雄意識是短暫和淺薄的。勞苦大眾的解放和幸福生活並沒有成為他的最高的精神追求。他雖然面臨的是貧瘠和落後的山村，這似乎也沒有激起他的遠大的共產主義理想和為之奮鬥的雄心壯志。他帶領村民打井源於先輩所留下來的一種無意識的使命和對「愛情」的妥協。所以他的英雄行為只能來自於家族的強大動力。從這一點上來看，他也是一個悲劇性的人物，但絕不是一個悲劇性的英雄，他對此沒有充分的自覺。為了突出他這種泛化式的人物，作者用趙巧英這一形象來比照。比照的結果，我們發現，趙巧英才是真正的英雄，而這一點又是作者沒有意識到的。

　　曾經風行一時的電影《紅高粱》以其強烈的視覺刺激扭曲了小說文本。在小說中，余占鰲的形象沒有電影中的那麼刺激，因此他的所謂的民間英雄氣也就缺少了幾分凜然，而更多的是匪氣和霸氣。余占鰲，本身就是匪，這種匪並不是僅僅表現在他帶領一竿人馬打家劫舍，而我是更覺得表現在他的顛轎、殺死麻風病人和人家的妻子野合，只是匪氣和豪氣的日常性，在這一點上，他和入侵中國的日本人似乎沒有太大的區別。後來他走上抗日的道路，也是這一性格的自然發展。他的英雄氣不是建立在革命理想上，不是建立在拯救人類的雄心壯志上，而僅僅是出於一個土匪文化薰染中的本能。他做事毫不計較後果，正如在電影的旁白中所說「敢愛敢恨」，這裡根本沒有理性的東西，全部是感性和欲望。感性和欲望構成了土匪文化的基本動力。相反，在小說中，作者為了突現英雄的非正義性和庸常性，或者為了將土匪文化上昇到正宗地位，他把國軍和新四軍對余占鰲的利用、掣肘和欺騙也進行了細緻的刻畫，這樣他想明白告訴人們歷史的真實存在到底是什麼。莫言的這一思路到了《檀香刑》更得到了隱秘的發展，這一點似乎是莫言骨子裏的東西。

　　與上述的表述相反，新時期以來小說在將英雄主義世俗化的同時，又將世俗英雄化。世俗英雄化表現了在解構傳統崇高感的同時建立另一種崇高感的企圖。它分解了傳統嚴肅意義的神聖性和權威性，而把崇高賦予每一個可能的生活中的人。這一點突出的表現在王朔的小說中。在以往的研究中，我們一直將王朔的小說視爲市民小說或通俗小說，當然這裡有另一種意義上的理解，代表了另一層面上的文化意義。但拋開雅俗之分，從人物的主題意義上來考慮，我認爲王朔的意義還在於反崇高的崇高性。俗話常說不破不立。實際上破和立都不容易。而在過去我們只注重了破的含義和他的實際衝擊力，這一點曾一度以「王朔現象」目之。但「立」可能是王朔更深深一層的考慮。「立」在王朔小說中主要表現爲，他要重新塑造世俗英雄。王朔筆下的人物，按照我們傳統思維習慣，都是街頭小癟子、小流氓、小地痞，他們是登不上大雅之堂的，甚至在以往的小說中他們幾乎就沒有自己的位置，但王朔賦予了他們新的含意。他們敢於直接地表白自己的反崇高、反嚴肅、反正經、反高雅，而這一切都是通過嬉戲來完成。嬉戲成爲他們建立另一種崇高的最主要手段。他們每個人都視自己爲英雄，他們不期望以自己爲核心而建立一種膜拜的模式或實際上的領袖地位，他們只是期望一個人的瀟灑。他們的英雄形象，既不是傳統的正劇或者悲劇英雄，也不是我們在《紅高粱》中看到的余占鰲式的英雄，也就是說它們既不是主流話語中的英雄，也不是民間話語中的英雄，他們僅僅是私人話語中的英雄。他們的影響力甚小，或許就是他們自己。他們很瀟灑，把自己看得很「崇高」，通過「玩」來完成英雄形象的成長過程。「玩」是他們英雄形象的主基調。比如在《一點正經也沒有》中有這樣一句話：「幾十年來，我們是怎樣取得一個個成就從勝利走向勝利？那就是始終如一地堅持玩文學的創作方針。」實際上「玩文學」表達了對整個世界的嬉戲。王朔小說中的主人公有一句話可以代表這類英雄的宣言：「我是流氓我怕誰」。這裡大有一種豪邁之氣，這是李銅鐘（《犯人李銅鐘的故事》）、陳奐生（《陳奐生上城》）、陸文婷（《人到中年》）、孫旺泉（《老井》）、余占鰲（《紅高粱》）等人所說不出來的。這正如王一川先生所說「玩愛情、玩生活、玩深沉或玩文學反倒富於崇高意味，帶有卡里斯馬魅力了。」〔註23〕

　　第二個特點是悲劇的庸常化。悲劇在以往的小說中似乎是最能表現偉大的心靈和進行無與倫比的說教的最好文本，誰能成爲悲劇的主角，誰就不僅

〔註23〕王一川：《中國現代卡里斯馬典型》，雲南人民出版社，1995年，第300頁。

成為藝術的典範，而且也能成為歷史競相模仿和牽掛的對象。但這樣的悲劇人物在歷史上或者在小說中的存在並不具有普遍性。因為這一形象一旦普遍了，不僅使悲劇失去了它本來的意義，而且使得後人或者當事人在對現實或者歷史的描述上容易出現錯覺，容易背上或者負擔起歷史的沉重性。誰願意總是生活在沉重的歷史陰影當中呢？因此新時期以後，人們在對悲劇的理解上向淡化轉移，將悲劇淺表化和普遍化。寫作者們往往把普通人的生活場景搬到了悲劇的舞臺，使庸常悲劇化或者使悲劇庸常化，從而進一步建立起當下悲劇文化的中心，特別是中國本來悲劇就不發達，這為悲劇庸常化的發達奠定了基礎。這樣的文化建設突出地表現在新寫實小說當中。比如《風景》、《煩惱人生》、《狗日的糧食》、《單位》、《一地雞毛》等，其中寫作者池莉和劉震雲表現得尤為突出。在他們的筆下，小說中的人物為了維持日常生活，常常不斷地艱辛的勞作，但他們仍然有很多願望難以實現。就是在這種折磨中，他們的生活或者人生目標發生了轉向，從而生活道路也在某種程度上發生了偏離。他們離開了原來的人生主題而隨波逐流。在他們的生活中，雖然都是小人物、平凡人物，但應該說他們同英雄一樣有著自己的悲劇色彩的人生慨歎。池莉曾說，為了維持日常生活必須要做到的事情而偏偏做不到，這就是悲劇。她進一步認為：

> 哈姆雷特的悲哀在中國有幾個人有？……我的許多熟人朋友同學同事的悲哀卻遍及全中國。這猶如一聲輕微的歎息，在茫茫蒼穹裏緩緩流動，那麼虛幻又那麼實在，有時候甚至讓人們留意不到，值不得思索，但它總有一刻使人感到不勝重負。〔註24〕

人們把自身的悲劇看作是日常生活中的油鹽醬醋一樣，意識到但又意識不到，這正是泛悲劇的一種日常表現，也是我們日常生活的生存本相。確認了這種生存本相在我們生命中的位置，無疑是我們新時期以來文化的一大進步。印家厚（《煩惱人生》）在他日常生活的不是偉岸和驚天動地，而是每日排隊、坐車、擠船、送孩子、與老婆打架等等，這構成了他日常生活的主體，而這又是所有小人物或者平凡人物所必須面對的。在以往的小說創作中，我們沒有關心過這些「大多數」，他們曾一度或一直就消失在我們的視野中，而這些人物就是我們文化的承載者，是他們在傳播和構建著我們的文化。他們沒有必要去建立或開拓一種新的文化模式或者人生方式，對他們來說，他們

〔註24〕池莉：《我寫〈煩惱人生〉》，《小說選刊》1988年第2期。

庸庸碌碌地苟且地活著的本身就昭示了一種生命強大的迹象，是他們撐起了一片強大的文化空間。在對他們進行審視和閱讀的同時，我們感覺就是其中一員。我們即對他們的悲哀感慨，又爲他們的耐力感動。能爲平凡人的庸常生活狀態所感動，說明了庸常生活的不庸常性。劉震雲筆下的小林與印家厚有著一樣的悲哀，但同印家厚相比，他或許更具有平民和悲劇色彩。從《單位》到《一地雞毛》，小林的生活範圍縮小了，他的追求也在逐次降低。大學畢業分配到一個新的單位，他有著自己的追求，純樸、富於理想，但現實每每使他的追求變成雲煙，他的努力和抵抗無法觸動現存的合理化秩序的強大的無形的網絡，於是他學會了忍耐、臣服和靜觀。這一過程的完成，終於使他從理想走入了現實和融入了現實。應該說生活本相是每一個初入社會的人所必須面對的。小林的人生過程和成熟過程也代表了眾生的軌迹。

從二元對立到「中間人物」再到「一地雞毛」，文學在表現生活上從簡單到複雜，文化建設上從一元到多元，反映了當下文化發展的中心結構的轉移。人們不再需要輕而易舉地生活，況且現實並沒有提供輕而易舉地生活的基礎。長時間的高蹈虛幻場景使人們一直葆有的激情難以支撐現實的大廈，於是原有的忽略了人的生存本相的文化中心的坍塌是必不可免的。所有的小說家都認識到，大多數人的生活才是社會的生活，如果我們還承認文學是反映現實生活的這一文學命題的話，那麼爲大多數人所認可的文化才是當下文化的中心，才是實現對人的關注的最好路徑，才是文化進步的表現。從另一角度來說，如果一種文化長時間地處於中心位置，且歷久不變，這只能反映了一個民族或者一個區域的惰性，這樣的文化本身就是保守的了，或者說相對落後了。中國傳統文化經過了幾千年的經營，終於在近世以來遭到了慘痛的打擊，就是對這種格局的一個最好的注釋。況且如果一種文化中的政治含量過高，那麼這種文化也必然伴隨著政治中心的調整而調整。解構主義大師德里達說過這樣的話：

> 中心此在永遠不可能是它本身，它總是早已在它自身以外的替
> 身中被轉化了。……中心從來就沒有自然的所在，它不是一個固定
> 的所在，而只是一種功能，一種非所在，這裡雲集了無數的替換符
> 號，在不斷地進行著相互置換。〔註25〕

〔註25〕德里達：《結構，符號，與人文科學話語中的嬉戲》，《最新西方文論選》第135頁，灕江出版社，1991年版。

　　這段話讓人想起了在邵荃麟提出了「中間人物」論命題而遭到粗暴批判之後，中國另一最為左派的文藝理論家周揚的一段關於中間人物的談話：

　　　　不要不承認中間狀態的人物，中間狀態的人物很多，既不是落
　　　　後的，也不是很先進的。革命力量與反革命力量中間也有中間狀態
　　　　的。有政治立場上的中間狀態，也有世界觀上的中間狀態，現在批
　　　　判「寫中間人物」的主張，有些人不敢寫中間狀態的人了，這不對。
　　　　既然敵人都能寫，為什麼中間狀態的人不能寫？〔註26〕

　　可見正如德里達所說，中心在它自身之外一直被替換著。新時期以來中國小說正是這種替換的結果。它旗幟鮮明地將一中心轉化為多中心，將虛幻轉化為實在，將神性轉化為人本身，進而在一定程度上實現了文化回歸，這便是新時期以來中國小說在表現主題多樣性上的文化進步意義。

〔註26〕周揚：《在全國文化廳（局）長會議上的報告》，《周揚文集》第四卷，人民文
　　　　學出版社，1991年版。

第三章 幸 福
——世俗性的分化和物質欲望的追求

　　1 中國 20 世紀下半葉小說創作的主題有一個明顯的轉向，即精神向物質
的轉換。這個事件發生在八十年代的中期左右，伴隨著對人的主體性的認識
而出現的。主體性問題曾在一個時期內引起了強烈的討論，代表性的文章是
劉再復的《文學研究應以人為思維中心》和《論文學的主體性》〔註1〕，在這
兩篇文章中，劉再復從創造主體、對象主體和接受主體三個方面分析了人在
文學活動中應有的地位，指出了在過去的多年實踐中人作為主體的喪失。尤
其是在後一篇文章中強調了人的精神世界的能動性、自主性和創造性。雖然
劉再復的觀點引起了爭論，但實事求是地說，文學創作尤其是小說創作注重
對人的心靈的探索，對人的精神世界的挖掘自此之後更加深入和發達了。中
國作家願意在另外一種層次上，拋開世界觀、價值觀以及所謂的各種大而無
當的理想限制，回歸到人的本身和意識深處，這也就是所謂的向內轉。向內
轉標明了中國文學創作和研究界的一次分化，當然這是一次形而上的內部分
化。分化中的兩個陣營分別為統一意志和自我意志，主體的受動性和主動性，
自我和他我。精神層次和理論界的分化必然帶來了創作的跟蹤性演進。當時
的理論界也許沒有意識到，由於作家們向內轉，滿足於自我的心理需求必然
和所謂的低層次的物質和肉體欲望相結合，或者說必將通過物質需求和肉體
欲望的展示來表現人的心理狀態。應該說這是這次事件所必然帶來的副產

〔註1〕兩篇文章分別發表在 1985 年 7 月 8 日《文匯報》和《文學評論》1985 年第 6
　　　 期和 1986 年第 1 期。

品。同時，伴隨著這次事件的出現，我們也看到了就文化本身來說所具有的意義。也就是說這次論爭在中國同時完成了的兩種文化性命題，一種是現代文化的，一種是後現代文化的。

現代化的步伐儘管在西方已經出現了幾個世紀，但在中國的發展歷史還是短暫的。在 20 世紀初啓蒙運動以前，中國的現代化進程已經出露端倪，但囿於強大的傳統文化的束縛，中國現代化步伐顯然是相當緩慢的，而且對現代化的理解和建設也是相當滯後的。我們曾在一個相當長的時期內，對現代性作了我們自己意義上的理解。一方面我們強調「人定勝天」，誇大人的主觀能動作用，另一方面，我們又否認在人與天鬥、與地鬥過程中的個人心理意願和精神活動。一方面我們強調要早日實現四個現代化，另一方面我們卻用一種違反規律的、違反民主與科學的思想來指導我們的事業，這種理解偏離了在世界範圍內的現代性意義。應該說在一個較長的時期內，我們還有較強的封建主義情結，仍然習慣和沿用傳統知識分子和說教者對生命的抽象的「訓斥」。由於我們過多地注重了統一意志和先驗的理念對人和生活的把握，所以就忽略了個體的人在這個世界中的意義。人們慣常以一個階級、一個階層、一個集團來代替每一個活生生的人，這樣不僅使整個社會失去了活力，同時也淹沒了個人對世界和社會的感受。從對四個現代化的追求來說，雖然它表現爲一種理想，但更多的還是經濟性的因素。但經濟問題並足以解決所有的現代化問題。艾愷說：「特定的經濟條件並不保證現代化的出現；最起碼屬於人們內在世界的因素——人們的思想世界——是另外一個必要條件。換言之，人們必須要有一種特殊的機動力量，一種心理，願意接受有利於現代化改變的各種價值和主意。」〔註2〕艾愷強調了人的心理和價值觀念在現代化進程中的關鍵性作用。對個體生命的珍視和對個人心理的眞切表達同樣是屬於這一範疇的，不幸的是中國一直以來的文化對此進行了徹底的忽視。王富仁說：

> 中國的知識分子講了很多很多的大道理，但卻沒有講對於一個具體的人來說，他的「小命」以及這條「小命」的幸福感就是他的一切，就是他的全部。如何對待自己的生命，是一個具體的人的全部意義和價值，其餘的一切都是在這條「小命」的基礎上產生的。

〔註2〕艾愷：《世界範圍內的反現代化思潮》，貴州人民出版社，1991 年版，第 8 頁。

　　沒有這條「小命」，中國知識分子提出的所有那些偉大的問題，都沒
　　有任何價值和意義。〔註3〕

　　但到了八十年代的時候，這些問題已經凸顯出來了。人們不僅借著經濟的開放搞活經濟，也在借著文化的開放之機活躍文化。所以一方面是對原來文化的反思，一方面是在反思基礎上的重建，反思和重建都不約而同地指向了封建主義，在這個意義上我們的文化又回到了啟蒙時代。

　　新時期以來小說的反封建主題主要體現在傷痕文學和反思文學上，這類主題實際上是延承了五四以來的反封建題材小說，在一定程度上來說是五四精神的延續。比如，儘管在表現形式上，我們巴金的《家》所表現的內容和劉心武的《班主任》多少有些風馬牛不相及，但是當你看到他們都是對在一種制度的制約下青少年或者說青年人的生存狀況的一種血淋淋的反映時，我們或許就隱約看到了，矗立在他們頭上那種無形的制度或者意識的恐懼性。甚至在一定的程度上來說，在《班主任》這樣的小說中，不論是謝慧敏，還是宋寶琦，他們對自己的言行和所作所為基本上是沒有自省的。不要說是高覺慧的反抗精神，就連高覺新的那種內心的分裂式的痛苦我們也難以再尋得到。謝、宋二人是在一種「偉大的正確的」思想的指導下接受的一種愚民教育，而且他們甚至不如高氏兄弟的地方是連一種啟蒙的聲音都聽不到。我們換另外一種比較，比如魯迅的《祝福》和張一弓的《犯人李銅鐘的故事》，儘管祥林嫂和李銅鐘生長在兩個時代，不論是在階級意識上還是在自我意識的覺醒上以及在對社會和人生的看法上，他們都存在著天壤之別，他們的命運也並不相同，但他們都面臨著一種關於生命的抉擇，而且在這種抉擇上，他們都顯出了自身生命難以違拗的悖論。祥林嫂終身祈求能有一個幸福的生活，但她沒有得到，甚至丟掉了性命。李銅鐘雖不為個人的身家性命著想，而是為了全村的父老鄉親的生存，但也最終死掉了。在這裡我們不是去討論他們死的值還是不值，而是說，在為解決衣食住行這樣生存的基本問題上，他們所面臨的不是衣食住行本身，而是能夠操縱和掌控這種衣食住行的一種意識和思想，是一種在歷史上曾經存在過或者正在流行的一種文化基因中那種最能戕奪人的生命的東西。高懸在祥林嫂頭上的封建的神權、夫權、族權和政權，它們的最大特點是對個體生命的漠視和輕賤，這些都是專制性極強

〔註3〕王富仁：《中國文化的守夜人──魯迅》，人民文學出版社，2002年版，第92頁。

的東西，依祥林嫂一個人的力量是斷難開啓的和掙脫的。同樣我們在李銅鐘身上看到的也正是如此，李銅鐘的死不僅表明了專制力量的強大，而且也正是在這種強大的勢力下表現出了對生命本身的極度輕賤。當一種思想上昇到足以扼殺人的性命的時候，它便被神化了。對這樣一個問題或許可以這樣來說，在那個時期，這種思想實際上是政治和宗教的結合。對政治思想的過分依賴或過分強調，本身就有宗教色彩。政治和宗教的結合，一方面使政治神化，佔據了思想統治地位；另一方面，又使這種宗教世俗化，對人的遏制具有了普遍的意義。這種情況在歷史上是普遍存在的。《班主任》和《犯人李銅鐘的故事》提出了這樣的問題，同時按照當時的人們的理解，又控訴了這樣的事實，因此在一定程度上具有了反封建的積極意義。

但與新時期文化建設最直接相關的還不在上述的小說創作中，艾愷強調了人的心理和價值觀在現代化進程中的作用，王富仁先生也提出了一個人「小命」的問題，這些都強調了人的自然屬性等問題。人的自然屬性的一個重要部分就是人的合理欲求，而我們的古人所說的「食、色」正是這種合理欲求的基本組成部分。禁欲主義、君主專制和等級主義是封建上層建築和意識形態的人格化的總符號。〔註4〕只有徹底打碎這種人格化的模式，才是從根本上消除了封建文化對人的束縛。因此我們說那些表現了人的正常的七情六欲的小說應該是反封建文化的一種基本的格調。人的七情六欲以食、色為最，中國作家在表現這一主題時，並未作自然主義的處理，他們往往借助更多的心理性因素來含蓄地表白了他們對這種欲求的倡揚和對人的內心壓抑的宣洩。這樣的作品主要有《受戒》（汪曾祺）、《美食家》（陸文夫）、《棋王》（阿城）、《綠化樹》、《男人的一半是女人》（張賢良）、《麥稭垛》、《棉花垛》（鐵凝）等，這些作品或者寫了傳統文化對人的欲望的壓抑，或者寫了宗教對人性的扼殺，或者寫了理智與性愛的衝突，但他們的委婉與沉著，絕沒有肆意的做作和張揚，他們只是在他們意識到的文化狀態下對人性作了符合實際的描寫。同時這些作家在進行這方面描寫的時候，總是將人的生理性欲求、物質欲望進行審美性描述，他們是想表明壯麗的偉大的人性。雖然在這些作品甫一出世的時候，人們要麼驚喜有餘，要麼羞於接受，但無可否認，小說家們都是試圖在建立一個聖潔的欲望世界。比如《受戒》和沈從文的小說都達到了同樣的審美效果。

〔註4〕曹文軒：《中國八十年代文學現象研究》，作家出版社，2003年版，第46頁。

　　2 上述中國小說或者文化在現代化的建設的同時，也就是說伴隨著關於主體問題的討論，另一種命題同時進入了中國小說家的視野，這就是後現代主義文化。如果說在追求現代化上小說家們關於欲望的描寫還有些含蓄和委婉的話，那麼後現代主義的表現則更加直白和赤裸了。這種表現直接關涉到了現世的幸福和普遍的世俗情緒。

　　後現代主義文化就像當下生活一樣，是極其不確定的。對它的界定，我們發覺越來越困難。但在這林林總總的概述當中，它所凸現的主題無外乎大眾的、世俗的、物質的、欲望的，這似乎構成了後現代的一個基本的風景起點。同時它是在對現代主義文化的反叛的基礎上而產生的，因而又與現代主義有著難以釐清的糾纏。它的出現不僅標誌著文化上的分化，同時也是文化上的反分化。所謂分化，是相對於現代文化而言的。現代主義文化突出了啓蒙意識，在這些啓蒙意識當中，精英型的感慨總是佔據著那些早就覺醒的知識分子們，他們把對形而上的探索作爲他們人生意義的最大追求。由於他們的格調高雅和清新以及對世俗的憎恨，使他們遠遠脫離於古典文化之上，從而與之形成了尖銳地衝突，加劇了兩種類型文化間的矛盾。那些持有現代主義文化話語權的人甚至成爲了一個相對獨立的階層或者階級，而這一點就是現代主義文化的主要特徵。這是現代主義文化和古典文化的區別，也是近代以來文化發展上的第一次分化。但後現代文化的出現打破了現代性文化的精英意識的傲世局面，它力圖使自己向著另外一種文化發展方向上發展，他們以當下的豐富的物質欲望作基礎，裏挾了現代主義的文化向世俗的回歸乃至向古典主義的回歸，這就是反分化。之所以說它有著向古典主義回歸的傾向，是因爲在古典文化中，「精神與物質、個體與社會、感性與理性尚處於和諧的狀態之中」，而在後現代主義的文化氛圍中，這種情況是同樣地存在著。正是在這個意義上，有人也稱後現代文化的這種發展爲「去分化」。〔註 5〕出現這種狀況，儘管原因眾多，但是關鍵的是一個能夠接受後現代文化的群體和受眾層面的出現。周憲認爲，現代社會出現了與傳統社會俗民截然不同的大眾，他們彼此之間的差別已經消失，相似性或者一致性已經成爲主要特徵，所以大眾是平均的人。他說：

　　　　如果說現代主義藝術史和選擇少數相一致的話，那麼與大眾相
　　一致的則是另一種文化——大眾文化。事實正是如此，與現代主義

或先鋒派藝術相對立，西方社會的現代化，特別是文化的現代性發展過程中，出現了大眾文化。如果說現代主義藝術是一種「高雅文化」的話，那麼大眾文化則是一種「低俗文化」，文化的分化，在現代其實是和社會的分化相一致的。〔註6〕

　　受眾層面的多寡是和他們的趣味轉移和定型相關。在後現代主義文化中，人們賦予了審美一種新的或者完全不同於現代主義的內涵，它使審美更簡便、更清晰、更容易被接受。如果說現代主義的審美是賦予了深層的精神愉悅，那麼後現代主義的審美則是一種淺層的物質狂歡。他們分別延達人的不同領域，前者是精神的，後者是生理的。隨著受眾關於簡潔的、生理的趣味的擴大，經濟領域中的「格雷欣法則」〔註7〕也逐漸進入到了文化領域的流通當中。這種法則表現在：

　　　　優秀的藝術同平庸的藝術競爭，嚴厲的思想同商業化俗套程序競爭，勝者只能屬於一方。在文化流通中和貨幣流通中一樣，似乎也存在著格雷欣法則，低劣的東西驅逐了優秀的東西，因為前者更容易被人理解和令人愉悅。簡便易行的辦法是在廣大的市場上迅速拋售庸俗低劣之作，並使之不達到某種品質。〔註8〕

　　實際上這段話說對了一半，甚至他只是說對了一種法則，而並沒有對那種通俗的廣為大眾接受的藝術品進行恰如其分的定位。首先世俗的、大眾的文化或者藝術並不等同於平庸的藝術或文化；其次即便是庸俗的作品也並不是要使之達不到某種品質的故意，每一種文化類型或層次總有自己衡量標準和趣味定位。我們很難要求愛斯基摩人去愉快地接受歐洲文化中心的高雅文化。第三，較少有自甘墮落或庸俗的文化群落。如果這種文化群落一旦成為普遍的社會向現象，只能說明我們原來的定位超越了時代的要求。在兩個世

〔註6〕周憲：《文藝研究》，1997年第5期。周憲的這個觀點無疑是相當正確的，但用它來關照中國的左翼文化和延安以後的文化，我們從中又看見了悖論性的東西。一方面左翼文化和延安以後的文化是面向大眾和世俗，另一方面正是這種世俗和面向大眾在實際的操作中有產生了極大的脫離大眾和走向高雅的巨大矛盾。人民在渴望著文化的豐富性，但豐富的文化又被意識形態性因素所干擾，這樣實際上文化的豐富性、大眾化和世俗化又變成了文化的單一發展模式。這一點是值得我們深思的。

〔註7〕格雷欣法則的基本含義是如果價值不高的東西過多地充斥市場，那麼這些價值不高的東西就會把價值較高的東西擠出流通領域。

〔註8〕美國學者麥克唐納語，轉引自周憲《文化的分化與「去分化」》，《文藝研究》1997年第5期。

紀相過渡階段，我們曾在中國的小說創作中看到了以衛慧、棉棉等爲代表的一種小說創作和生活表現方式，一直到近來少年寫作現象和「木子美現象」。雖然社會上褒貶不一，但很難說就能作出一個恰如其分的結論，後現代本身不確定的因素太多，文化的理解和內涵分歧太大。這正如我們對原始文化的考察一樣，我們只能將各種文化現象進行一般性的羅列，然後在這種羅列中分析其後的人的心理動機。如果這種文化現象並不是像我們想像得那麼多，或者每一種文化現象一當出現在社會中並開始流傳的時候就具有普遍性的意義，那麼實際上這個世界上的文化差異就可能幾乎不存在了。我們對衛慧們的身體寫作正可作此理解。它們沒有被普及（在一定程度上來說人們對它的關注正是一種獵奇心理，與文化建設上或許並無太大的建設意義），就說明它不具有上昇爲涵蓋整個文化層面的基本素質和特徵。從一個角度來說，它能夠存在並在短期內流行，除了表徵後現代的特徵之外，還在於表現當代中國文化建設的寬容性和多元性。歷史地看，雖然在中國文化發展史中，已經包容了巨大的文化含量和對異己文化的接納，但實際上它並不是寬容的，它的文化排斥性和惰性是有目共睹的。我們在新文化建設中，令許多有創新思維的知識分子們所耿耿於懷的正是這種排斥力和對抗力，而且這種反力綿延幾千年不絕，一直持續到今天。當人們欣喜地看到一種有別於主流文化的文化形態或內涵出現並爲人們廣爲張揚的時候，這無疑就是一種文化進步的表徵。甚至可以這樣說，在當今時代，在坊間巷裏、窮鄉僻壤，舉隅所有的文化現象之所以能夠生存都只值得人們仔細地掂量的它的存在價值的。因此在這個意義上可以這樣表述：如果說後工業時代所出現的後現代文化是以都市文化和市民文化爲代表的，那麼也可以說，後農業時代的後現代文化就是以鄉土文化爲代表的。我們把後現代文化延伸到農村鄉間、大山裏層、荒漠深處，是想說明在後現代工業文明的薰染之下，一種迥異於當代都市和市民文化的，又有別於傳統的鄉土文化的新型文化正在崛起和發展，這或許可稱之爲後鄉村文化。但到現在爲止，後鄉村文化遭到了嚴重的忽略，幾乎所有的有關後現代的論述都避開了這個話題。比如傑姆遜是我們公認的後現代主義大師，他寫過這樣一段話：

　　我曾提到過文化的擴張，也就是說後現代主義的文化已經是無所不包了，文化和工業生產和商品已經是緊緊地結合在一起，如電影工業，以及大批生產的錄音帶、錄像帶等等。在 19 世紀文化還被

理解爲只是聽高雅音樂，欣賞繪畫或是看歌劇，文化仍是逃避現實的一種方式。而到了後現代主義階段，文化已經完全大眾化了，高雅文化與通俗文化，純文學與通俗文學的距離正在消失。商品化進入文化意味著藝術作品正成爲商品，甚至理論也成了商品；當然這並不是說那些理論家們用自己的理論來發財，而是說商品化的邏輯已經影響到人們的思維。〔註9〕

這段話說明了後現代文化的擴張性以及這種擴張性對人們思維的影響。但他始終纏繞在商品化領域。而實際的情況是鄉村尤其是中國的鄉村似乎與完全徹底的商品化還有著很大的距離，傑姆遜的論述並沒有包容進帶有自身特點的鄉村文化。

從小說的角度來看，代表性作品有《懷念狼》、《四十一炮》、《檀香刑》、《受活》、《堅硬如水》、《年月日》等等。《受活》是這種後鄉村文化的典型代表，有人稱之爲「狂想現實主義」，它的荒誕與狂歡正可體現後現代主義的主體特徵。小說文本豐富與否應該說與文化的普及性並沒太直接的關係，我們只是從小說的角度來尋求一種文化上的支撐。這種分析是想表明，在討論後現代文化這個問題上鄉土小說並沒有得到應有的重視，而且麥克唐納的表述並不確切，他過分貶低了後現代的主體表徵方式──大眾化、世俗化、物質化和欲望化、簡潔化、淺表化等等，因此也就人爲的摒棄了後現代文化的進步意義（後鄉村文化在下文將進一步論述）。

八十年代中期的那場主體性問題的討論，將人們引向了對人的重新認識。在這個認識中，現代主義堅守了自己的精英意識，而後現代主義則使人們走向了普遍的世俗化，兩者有過衝突，但現在仍然共存。我們強調的文化多元不僅僅是後現代的內部，而也在於現代和後現代之間，這是我們對八十年代以來這種文化和小說的一個基本評價

3 學者劉小楓在他的著作中轉述了蘇格拉底講過的這樣一個故事：大約三千年前，赫拉克勒斯經歷過青春期的情感波折之後，一天來到自己的人生僻靜之處的樹下，思考著自己人生的今後走向。這時見到兩個女人朝自己走來，他隱約感到這兩個女人是自己將要在今後的生命中面對的兩條人生道路，一條是通向邪惡的，一條是通向美好的，而兩者都叫做幸福。其中一個

〔註9〕傑姆遜：《後現代主義與文化理論》，陝西師範大學出版社，1987年版，第147～148頁。

叫卡吉婭，生的肌體豐盈而柔軟，頗富性感，懂得享用生命。她向赫拉克勒斯表述：要是你跟我好，我會領你走在最快樂、最舒適的人生路上，你將嘗到各式各樣歡樂的滋味，一輩子不會遇到丁點辛苦，可以輕輕鬆鬆，快快樂樂，隨心所欲。另一個叫阿蕾特，生的質樸，恬美，氣質剔透，是神明的伴侶。她對赫拉克勒斯的表白是：神明賜予人的一切美好的東西，沒有一樣是不需要辛苦努力就可以獲得的。與我在一起，可以聽到生活中最美好的聲音，領略到人生最美好的景致。卡吉婭帶給你的生活雖然輕逸，但只是享樂。我帶給你生活雖然沉重，卻很美好。享樂和美好儘管都是幸福，但質地完全不同。〔註10〕這是希臘神話中的故事，顯然劉小楓對原作作了自己的理解上的描述並且使之神秘化。也是在這個故事發生三千多年後，哲學家尼采在他的《查拉圖斯特拉如是說》中也表達了相似性的觀點。在充分反崇拜、反專制、反傳統的義理之下，尼采顯然傾向於卡吉婭。但傾向並不等於一致或者完全贊同，尼采從未放棄對「阿蕾特」的追求，他的深奧的教義本身就說明了這一點。但是按照今天的觀點來理解，卡吉婭和阿特雷既然都代表了幸福，前者是享樂後者是沉重，那麼他們都應該具有同樣的價值，而並不能說他們一個是邪惡，一個是美好。這兩者都是倫理範疇的東西，但倫理規範並不是一勞永逸的。如此理解是符合文化發展觀的。

赫拉克勒斯最後選擇了美好，代表沉重，純然走向了理性，走向了深層次的審美，尼采則走向了感性。如果我們多少有些牽強地思考，則可以說美好或沉重是現代主義的，而享樂或感性則是後現代主義的。也就說人類的幸福方式有兩種，一種是沉重的幸福，一種是輕佻的幸福。這樣看來，早在三千多年以前，人們似乎就在關注這個現代或後現代的問題。

不管是沉重的幸福感，還是輕佻的幸福感，它畢竟都是世俗的，人間的，神聖感在大眾當中並沒有實際產生。但在宗教中就不相同了。宗教中所有的教義都有神聖的合法的外衣，包括它的故事也是如此。在《舊約全書》中，上帝依照自己的樣子創造了亞當，然後再用亞當的肉身創造了夏娃。從上帝到亞當再到夏娃，從神性走向人性，從理性走向感性。而且還遠不止於此，在造成人之後，「耶和華神在東方的伊甸園裏了一個園子，把所造的人安置那裡。耶和華神使各樣的樹木從地里長出來，可以悅人耳目，其上的果子可

〔註10〕劉小楓：《沉重的肉身》，華夏出版社，2004年版，第75～76頁。

做食物。」〔註11〕物質化在夏娃還沒有來到亞當之前就已經開始了。後來上帝創造夏娃，人就又從物質化轉向了肉體化，而且創造夏娃的材料來自亞當本身。亞當夏娃的結合，變成了人類的始祖。從亞當夏娃的結合上看，這是一種他戀，而實際上這完全是自戀。所以可以這樣說，人類戀愛和性衝動完全是一種自戀的結果。從整個過程和結果上看，蛇的引誘並不是根本性的原因。從這個《舊約》的創世紀故事上來看，在人類一開始就是世俗的、物質的、欲望的和肉體的，這是他們的幸福感，是輕佻的。代表著上帝的理性和神性在他的深層意識中就是感性的。《聖經》後來的演繹是有意地違背人類的初衷，因此也是有悖於人的本性的。到了《新約》的時候，一改前期的由理性到感性的敘事模式，將基督置於世俗化的氛圍中，然後背負著沉重的關於人類的理性思考，上昇到深刻的哲理當中。基督經歷過了嚴峻的肉體和生命的考驗，靈魂得到飛升。靈魂的飛升，使人重新找回了上帝，找回了理性，最終站立在形而上的層面。它意在說明人必須通過宗教意識形態的教化來達到對自己的救贖。與此相對照，猶大由於貪圖物質，追求感性而遭到了貶斥。在整個的《聖經》中，由亞當和基督身上我們也看到，他們代表了兩類人，一類依從於肉體生活，是世俗化，物質化的和欲望化的，另一類依從於精神生活，是沉重的、深刻的、啓蒙的和哲學的。它們也代表著兩種文化，即前後現代的和前現代的兩種文化身影，而它們的指向都毫無例外地歸結到人性上。米夏埃爾·蘭德曼在從哲學人類學的角度來評價這一情況時指出：「亞當和基督是人類歷史的兩塊奠基石。爲亞當的背叛而失去的對仁慈的直接保護，已由基督恢復。在經歷了背叛的漫長世紀以後，人類返回到上帝中。」〔註12〕按照這種說法，我們似乎也可以說，自後工業社會以來，被基督所拋棄的世俗感性已經恢復，大眾的世俗文化也同樣能夠反映出人的本質。在中國的小說層面而言，比如余華小說《活著》、《許三觀買血記》，或者閻連科的《日光流年》等在帶有明顯宗教色彩的世俗文化表現中，人的本質的顯現同樣是深刻的。

中國幾乎沒有原創性的宗教，因此也似乎也難從中尋到包含了沉重和輕佻的幸福性思考。但魯迅對女媧補天的演繹卻不失爲一種在這個層面上的探

〔註11〕參見《舊約·創世紀》第 2 章。

〔註12〕〔德〕米夏埃爾·蘭德曼：《哲學人類學》，上海譯文出版社，1988 年版，第72～73 頁。

究。魯迅筆下的女媧是一個能造人的神，具有同西方的《聖經》中上帝同樣的職能，但也有人的欲望，尤其是在為了滿足自己的肉體的欲望的時候創造了人。在欲望的表現形式上，女媧和上帝是不同的，但在內在的關於世俗性的思考上是以一致的。在真正的神話本文中，女媧是倡導男女結為夫妻的，並沒有因為男女的結合而生怒，在這一點上似乎比上帝更富有人性色彩。不過在中國，關於女媧的這則創世神話並沒有使它具有上帝的威力，她很快就隱沒在芸芸眾生中。儒家文化的誕生在今天我們似乎也很難從這些上古的神話中尋到蹤迹，因為孔子並不語「亂力怪神」。就儒家文化本身來說，它對大眾是開放的，它並沒有為大眾的登堂入室確立一個明顯的內外有別的界限。雖然孔子輕視種田，但並沒有阻止種田人通過苦讀聖賢書進入到他所期望的層面。後來儒家文化發展到了「存天理、滅人欲」的地步，也並沒有完全隔絕人們對現實的渴望。它一方面要求人們格物致知，另一方面又要求人們齊家治國平天下。它把沉重和輕佻統一於一身，而在這個當中追求的僅僅是現世的功名和死後的流傳，死後的流傳不過是現世功名的一種延伸而已。中國文化的核心概念是重義輕利，表現在文學創造上便是文以載道。這些表面上看來是形而上的東西，但實質上仍是為現實的世俗化的統治者服務的，只不過是在對現世功名的追逐中，喪失了對個人的理性願望和生命本身的尊重。於是在個體與集體、生命與義理、世俗與神化之間產生了自身難以理順清楚的糾結。這樣就在古代的文學作品中尤其是小說中表現出了尖銳對立的閱讀視角。且不說像「三言二拍」這樣的文言小說、《聊齋誌異》這樣的白話小說，即使是在為後來的研究者所極力讚譽的四大名著也同樣難以予以單純性的閱讀感受。比如《三國演義》的褒劉貶曹就是一種正統文化觀念的顯現，充滿了濃厚的世俗氣息；《水滸傳》歌頌的是一種正義的暴力，大塊吃肉，大碗喝酒，將人們的物質欲望上昇為人們主要的追求目標。為了顯現這種目標的合理性，作者將替天行道的道義性說教轉化為江湖的豪放和爭鬥的血腥，充分地表達了民間文化、江湖文化向廟堂文化、正統文化滲透的霸氣行為。應該說民間文化和江湖文化是世俗的、大眾的、物質的和欲望的，典型地體現前後現代文化的普遍性。《西遊記》經過當今的《大話西遊》的演繹，本身就具有了後現代性。人、神、魔、鬼的糾纏以及它們之間的相互轉化為改編提供了一種潛在的可能性。《西遊記》的作者試圖通過取經這樣的故事將所涉及到的各種層面統一到佛教體系中。在所有圍繞著取經而展開的故事中，他將裏

面的人物和情節分為兩種，要麼是為取經服務的，要麼是破壞取經的，而最後終於前者戰勝後者，取經的願望終於得以實現。按照宗教性的說法，萬物最後皆歸佛法。在這裡有這樣一個過程：唐僧師徒四人所歷經的八十一難，是由佛祖或者代表佛祖的觀音菩薩所預設的，經歷過磨難之後，他們取得正果成佛。這樣，《西遊記》的故事一下子就統一了《舊約》和《新約》的全部內容，成了中國的《聖經》。唐僧師徒的修成正果和對世俗生活的放棄，對他們來說正是沉重的幸福。一般的說法，《紅樓夢》的主題是反封建，它的內容是地地道道的世俗化生活，醉生夢死的物質欲望和肉體欲望充斥了整個大觀園。從賈寶玉、林黛玉這兩位主人公身上來說，他們的愛情本身是反世俗的，因為物質對他們來說從來不成為問題。如果在以往的關於現代化的討論中，丟掉了物質性因素，或許後現代主義就不可能產生。同樣，如果在寶、黛身上也丟掉了物質性因素，那麼他們的愛情悲劇或許也就不可能產生，從這個意義上來講，他們仍然具有了世俗性因素。他們命運和愛情的沉重性是由物質和欲望所帶來的，因此說世俗化、物質化、欲望化本身也帶有沉重性，而這一點並不是精神性的追求所獨有的。

對上述中國古典名著的分析，或許多少有牽強附會之嫌。中國文化的歧義性和內在矛盾性，使人們很難在一部文學作品中進行一目了然的閱讀，也正是因為這一點，闡釋的空間才有可能不斷擴張，以便使其中的所有可能都為寫作服務。但牽強本身說明的問題是解讀視角的不同。現在的學者喜歡在研究上由當代回到古代，或在中國文學研究上強調古今貫通。章培恒說：「無論要探究中國文學的整體演化趨勢，還是要闡明中國文學發展過程中的某種現象（包括具體的作家作品）的意義，都非把古今文學的研究貫穿起來不可。儘管就具體研究成果來說，其所闡明的只是文學史上的一段時期或一個作家、一部作品，但研究者胸中卻必須有中國文學古今演變的全局，而且並不是走馬看花所獲得的『全局』；只有這樣的研究成果才具有高度的學術價值。」〔註13〕這在一段時間裏曾成為文學研究的一個出發點。這一命題的重要性在於，它顧及到了所有文化存在中潛在的相類似的人和文化的素質。正是按照這樣的思路，運用現在的理念對四大名著進行分析的時候，我們才發現，文化的發展進步不僅表現在內容的豐富、觀念的更新、邏輯的明晰、人性核心的凸現及健康向上的理路等諸多方面，還表現在在這種傳統的文化存在中一

〔註13〕章培恒：《主持人的話》，《復旦學報》（社會科學版），2002 年第 1 期。

直有一種主線能夠貫穿下來，並時常在自己的文本中表現出來。換句話說就是一個傳統能夠經久不衰傳承下來本身就是一種文化進步的表現。中國小說的精神底蘊或許在當時並未爲古人所認識和有意雕琢，從而形成了無意識的文化創造，這正反映了人類文化創造上的無意識性和彰顯人類本性的深刻性。應該說每一次文化的發展既是人的自我塑造的需要，也是人類進化的必然反映。我們相信正如時間不可倒轉一樣，人的進化也是單向度的，是依據前一次進化基礎的單向度進化，但意識和潛意識並不總是起決定性作用。正如蘭德曼所說：

> 並非所有的自我塑造都是由於人對自己具有有意識的或潛意識的表象而發生。他常常爲外界所驅使而不是自我決定。甚至當他認爲他知道自己的行爲的動機時，它的行動實際上也常常是來自另一些完全不同的刺激。在中世紀，焚燒異教徒的行爲被設想是出於對他們的靈魂的善良的關切，但是，難道其中就沒有貪婪和虐待狂的因素嗎？一個思想的每一次事先都包含著在遠處的思想中還沒有明確規定的進一步的成分（「上帝創造了黎明，他吃驚地發現黎明是如此美麗」）。像實際存在的事物一樣，這種成分依附於發展的規律：在時間的進程中，它必定具有新的意義，同時，它最後實際上可能代表著原初的概念和實施的正確的對立面。〔註14〕

這段話正好驗證了我們對上述中國古典小說的分析。比如後人在吳承恩的小說中就可能眞的沒有意識到他那種《聖經》的思維模式，沒有意識到羅貫中小說民間文化的衝擊力（此文化中包含了濃厚的流氓文化和暴力文化）。

4 中國新時期以來的小說，尤其是九十年代以後的小說有著濃厚的上述背景。一方面傳統中國的禁燬小說悄然浮出水面，除了大量的古代白話、文言小說堂而皇之地佔據了一定的讀者層面之後，那些曾爲人們所極力禁忌的色情小說也大肆傳揚。《金瓶梅》、《肉蒲團》等小說曾成爲眾多寫作者極力模仿的對象。言情和肉欲、物質與低俗雖然在一定的時期內仍然成爲雅俗之間的分界線，但已有較少的人能夠在此中保持著森嚴壁壘的警惕。隨著物質的不斷豐富，人們消閒的形式的多樣化，各異多元的文化消費品位已經成爲快速發展的時代的文化時尚。在紛沓而來的物質創造面前，誰還恪守著所謂的

〔註14〕〔德〕米夏愛爾·蘭德曼《哲學人類學》，上海譯文出版社，1988年版，第8頁。

精英意識，背荷著沉重的精神追求（精神幸福），誰就會無暇進行文化消費。物質的快速增長和更替，使人們來不及做深一層的理解和體悟，因此所有的審美都淺表化和簡潔化了。輕佻成為這個時代最明顯的表徵。而這些無疑是對上述中國小說傳統中的無意識的物質化追求的一種延伸和發展。在《金瓶梅》中，西門慶如果不是一個商人，不是一個家財萬貫的官人，它可能就會為了生存而奔波，就不會整日消閒在脂粉氣中。由於物質的豐富和對物質的追求，生理欲望成為主宰他日常生活的基本動力。作者對性愛場面的描寫，雖然在有的研究者看來是對道德墮落的批判，但其中的贊羨之意也常常流於紙面。西門慶生活的時代是中國工商業相對比較發達的時代，經濟地位處於上昇階段的商業階層領銜主演了和塑造了一個平面化、欲望化和世俗化的時代，人性開始獲得了極大地解放。從人性的角度來講，這無疑是一個時代的進步。相比較而言，賈平凹的《廢都》就顯得簡約和含蓄，這從小說的角度而言是中國小說寫作的一個巨大的進步，但傳統小說的語言和立意方式仍在小說中隨處可見。但最主要的問題在於作者試圖通過莊之蝶的「墮落」來反映在新的商業化時代人們的觀念轉變問題。莊之蝶作為一個作家，是一個知識精英的代表，而知識精英往往是傳統的沉重的精神追求者的化身，在現代社會中是現代主義的代言人，他們對人類社會的形而上思考往往能指示出整個人類的命運方向。他們的主要職能是對社會進行批判和與現實對抗。但莊之蝶解構了這一切，他向世俗化的轉變表明中國的文化轉型期的到來和實現。這一形象的出現也表明了在我們的文化中，人由抽象向具象的回歸。況且這部小說的製作本身就包含了巨大的商業動機。具象的人和商業化結合在一起，共同完成了商品時代以人為核心的文化建構。

另一方面，還是要回到現代文化和後現代文化。如果單從當下小說的存在狀態上看，我們很難明確地斷定它就是現代主義或者後現代主義的，但不能否定的事實是當下小說無論如何都有模仿的痕迹，這是在中國社會經濟在向西方靠攏或者學習的過程中出現的。模仿是中國小說向世界敞開懷抱的第一步，當作家們從這種摹仿中嘗到了樂趣和成功的喜悅時，大概模仿就不是模仿了。但模仿本身畢竟不具有原創性，所以如果我們拿中國小說和西方後現代主義或者現代主義小說相比找我們總是能夠看出來它的差距。有人說這是學習時的扭曲和變形，我覺得還毋寧說這是有我們自己的特色。中國文化幾千年的薰陶總是令中國作家難以寫出西方宗教文化背景下的煌煌大著。這

就像子在我們國內，生長在江南的歌手無論如何也唱不出蒙古大草原原汁原味的長調來。幾乎所有的關注後現代文化的研究者都承認中國後現代文化的狀況和西方後現代文化之間的關係，但他們也看出了中國後現代文化的獨特性。陶東風先生說：「『後現代主義』作爲產生於西方當代的分析範疇，與中國的現實文化狀況存在著不可避免的錯位，中國文化在當代呈現出空前的混雜性、拼貼性，後現代主義只是其中之一。」〔註15〕張清華先生說：

> 後現代主義在中國的存在事實首先並不是一種價值意識和文化精神的歷史性變更，而是一種話語的模擬和選擇。而且這種選擇表現出了中國當代作家和理論家的某些主動性的努力，更重要的是取決於一種歷史的巧合，即中國權力文化的結構運動與西方後現代文化氛圍在表徵上的某種重合狀態。〔註16〕

上述兩位先生都說明了後現代文化和當下中國文化的不完全對稱性，但作爲文化現象之一的後現代現象在中國出現並在一定時期和範圍成爲主流，尤其成爲中國小說創作的主流，確實是表現了作家們在文化發展上的巨大熱情。正如陳曉明先生所說：

> 後現代在中國並不是什麼洪水猛獸，我也不相信後現代的言說者和反對者有多麼高遠而悲壯的情懷。對後現代的言說來說，這不過是知識演繹的必然結果。一代人有一代人的知識，這些知識在很大程度上決定了人們的觀念和立場。觀念的轉化依賴於知識，而不是相反，觀念是知識自然而然的延伸。我們總是過於偏執一種觀念和立場，以爲觀念和立場將決定知識的優劣；事實上，只有以知識爲依託的觀念和立場的差異才是真實的距離。觀念並不是從天而降的，它是知識孕育的結果。也正因此，後現代的言說者，實在是因爲較早觸及到了這種知識，因而才會有諸如此類的立場和觀念出現。後現代的言說者，既不是什麼悲壯的叛逆者，也不是什麼下作的合謀者，而只是對一種知識的探尋和熱愛，使他們以這種方式存在。〔註17〕

在上述論述中，我之所以脫離本題一再糾纏於現代主義和後現代主義這一問題，是想說明在當下中國小說創作的文化表現上與他們有暗合之處，或

〔註15〕陶東風：《後現代主義在中國》，《戰略與管理》1995 年第 4 期。
〔註16〕張清華：《認同或抗拒》，《文學評論》1995 年第 2 期。
〔註17〕陳曉明主編：《後現代主義·導言》，河南大學出版社，2004 年版，第 7 頁。

者說是在那樣一種的文化語境下發生了中國當下小說對於世俗化、大眾化、欲望化和肉體化的追求。在形而下層面，在平面化語境中，不涉及到現代和後現代的問題就不能很好地解決這種小說的來源問題和它的文化發展性問題。實際上，就對大眾化、物質化和肉體化和欲望化本身來說，他們並不是現代主義或後現代主義的專屬物，換句話說，即便是使我們通常所認為的具有崇高精神意義的現代主義也要通過世俗、物質和欲望來表現它的主題，在這一點上，他們有著共同的現實表現基礎。只不過在現代主義和後現代主義在表現這些主題時他們的走向是不一樣的，前者走向中心、走向理性、走向深層、走向哲學，後者走向邊緣、走向感性、走向淺表、走向底層。比如在米蘭‧昆德拉的小說《生命中不能承受之輕》中，男主人公托馬斯就像上文我們提到希臘神話中的英雄赫拉克勒斯一樣，在關於人生幸福（享受、性、欲望）的選擇時也面臨到了兩種選擇，是像卡吉亞一樣的薩賓納娜？還是像阿特蕾一樣的特麗莎？作者替托馬斯疑惑道：

> 讓我們假設這樣一種情況，在世界的某一地方，每一個人都有一個曾經是自己身體一部分的伴侶，托馬斯的另一半就是他夢見的年輕女子。問題在於，人找不到自己的那一半。相反有一個人用一個草籃把特麗莎送給了他。假如後來他又碰到了那位意味著自己另一半的女郎，那又怎麼辦呢？他更鍾愛哪一位？來自草籃的女子，還是來自柏拉圖假說的女子？〔註18〕

在這種假設中，我們似乎又看到了創世紀神話中的關於亞當和夏娃的關係的論述。但問題不在這裡，而在於他是選擇沉重還是輕佻。當然作者又替托馬斯選擇了前者：

> 也許最沉重的負擔同時也是一種生活最為充實的象徵，負擔越沉，我們的生活也就越貼近大地，越趨近真切和實在。〔註19〕

而在賈平凹的《廢都》中，儘管作者通過「廢都」這種總意象來隱喻整個中國文化的轉型，試圖達到一種中心主義的、精英主義的人性追問，但絲毫掩蓋不了他的後現代主義傾向性。所以在莊之蝶和他周圍女人中，莊之蝶的思考和作為永遠停留在邊緣性的底層當中，達不到心中所樹立起來的理想

〔註18〕 韓少功、韓剛譯，昆德拉著《生命中不能承受之輕》，作家出版社，1989年版，第256頁。

〔註19〕 韓少功、韓剛譯，昆德拉著《生命中不能承受之輕》，作家出版社，1989年版，，第3頁。

主義情結。出現這種情況，我認爲，要麼是中國作家不善於做這種哲學性的表述，要麼就是中國作家所面臨的實際文化狀況就是這樣的。但能夠認識到這種程度對當代的中國作家來講已經是一種巨大的進步了。同樣在另一些作家身上，比如殘雪、蘇童、馬原、洪峰、余華等，在創作表現中，無論是人性的困境、生存的苦難、歷史的隱喻和精神的悖論上，都具有了對人類生存本身進行一種終極關懷式的探索和追問，這與西方現代主義如出一轍，但在他們的敘事策略、文本建構甚至語言的轉換上無疑又都是後現代主義的。他們願意將社會底層的小人物、多餘人甚至殘缺不全的人的原生態生活景象進行灰色處理，從而顯現出在特定階段上的文化追求和他們對文化的認識，表現出文化進步性的渴望。

正是針對上述情況，我們在討論中國新時期以來小說的世俗性分化和對平面化幸福追求的同時，就要考慮到現代主義所具有的終極性意義和後現代主義所具有的現實性意義，以及它們之間的歧義性、模糊性的交叉轉合，以便使幾乎同時在中國大興的現代和後現代同時具有意義。

5 主體輕揚是新時期小說中關於主體問題的一次重大的分化。這次分化的意義在於使主體從沉重的精神負荷重出走，從而在平面中實現對幸福的追求。二十多年來小說創作實踐已經說明，沉重的主體已經成爲所謂高雅文學所極力推崇和由於這一沉重喪失所帶來的焦慮的最主要的關注點之一。但作爲對自 19 世紀末以來一直疲憊地行走的形而上的反撥和對市場經濟的回應，主體輕揚不僅顯出了過分的誇張和炫耀，而且還在一定程度上隱藏了主體本身，在理性某種程度喪失的同時，突出了物質化和感覺化，我將此種情況稱爲欲望的物質或能動的物質。我的理解是在主體輕揚的過程中，感覺成爲主體把握世界的主要手段，同時物質化的世界不斷發出欲望的刺激引誘主體來擴大這種感覺。欲望的物質是現世物質和人合謀的產物。在這裡不應將人的變形看作是由於物的擠壓的產物，而是人和物都具有主動性，尤其是人，因爲對物的追求能夠滿足人的生理性的和原始性的欲望，所以如果說有擠壓現象的存在，那也是人對自身的擠壓。

欲望的物質主要表現在都市小說中。在當代中國，城市化的過程是相當迅速的，城市對鄉村的侵染我們用蠶食這一術語恐怕並不爲過。城市化不僅表現在物質的豐富，更表現在市民階層的擴大和市民社會的形成。在新時期以前，中國也有城市，但沒有形成一個相對自由和多元化的市民階層。受一

定意識形態的影響，中國的居住人口在生存狀態上相當單一，除了城鄉差別之外，人們對商業和物質的以及關乎兩點的認識幾乎都是相同的。除了由於飢餓感普遍佔據了人們的基本欲望層面外，人們似乎就沒有太多的別的奢求。這一點在相當多的小說中都得到了徹底的表現。比如《犯人李銅鐘的故事》、《狗日的糧食》，甚至像晚近的小說《年月日》、《許三觀賣血記》等小說都是如此。飢餓感也帶來普遍的物質匱乏，而且長時間的物質匱乏使人們忙於對這些匱乏的搜求和滿足，並沒有期望在此之外還有更多的收穫。但在新時期以來，尤其是九十年代以來，隨著中國市場經濟的建設和發展以及政治文化的相對寬鬆和傳統的意識形態對人們束縛的不斷解放，人們對物質的需求已不再僅僅滿足於生存需要本身。面對著琳琅滿目且層出不窮的物質環境，享受和娛樂已經成為絕大多數人的另一種追求，這樣培養和造就了一個相對擴大的市民層面。這個層面的人群，在金錢的蠱惑和物質的引誘下，不僅要求在物質和欲望層面往來穿梭，以體現自己作為新時代市民社會的真正本相，也就是說，在他們看來，生活在這樣一個時代和社會中，不僅要體現出一個人的生存的基本價值，而且更要通過對物質的追求來體現物質的價值。物質在一定程度上成為衡量一個人的基本手段。同時他們也樂於對社會的政治文化和物質文化按照自己的理解進行無限制的闡釋，這種闡釋本身也進一步張大了市民文化的內容力。這就是有些都市化小說在判斷上不太容易說清楚的地方。比如王朔的小說，儘管論者對之一直進行著有關高雅通俗的討論，但廣為市民接受卻是不爭的事實。如果說它是高雅的，但又顯然不同於傳統觀念對高雅文學的界定；如果說它是通俗的，那麼不斷擴大的閱讀和接受群體是否就意味著整個社會正在走向低俗和平庸，這和時代的發展有顯然是不一致的。關於這一點很容易形成文化悖論，但將這一點理解為文化的深入與普及似乎也不是沒有道理的。影響這一現象出現的因素是很多的，關鍵的問題是市民階層為之提供了載體。市民階層有著自己非常寬泛和自由的文化品位，他們對王朔那類小說的支持所說明的問題是，作為一種存在性和時代性的文化潮流指證了社會的需要和進步。從精神、物質和時代之間的關係來說，中國傳統文化和文學中的重義輕利觀排斥物質，重視載道，實際上是對生命本身，特別是對於感官的漠視，也造成對生命的否定。而在現代主義思潮中，生命雖然得到了重視，人的心理和生理得到了極大的關注，但仍然是以對以物質為代表的現代文明的否定。這樣看來，不管是人的生命本身

處於一種何種狀態，物質總是處於一種受到責罰的位置，這顯然對物質來說是不公平的，違背了原初關於人和物之間關係的基本倫理。這甚至不是人的異化而是物的異化。物的異化就是人們對物進行了成見性的評價。

　　九十年代以來的小說和城市關係我們似乎還可以引用下面一段話來作為佐證：

> 　　完整地看，現代城市文明是由兩種東西締造的，工業化和市場經濟，二者缺一則不可。工業化，不單單是將城市變成現代社會的中樞，使之從經濟上真正變的重要起來，更重要的是，工業化造就了全面的商品交換的時代，造就了市場經濟。反過來，商品交換、市場經濟也恰恰是工業化的本質，離開了資本、經營、貿易，工業化便失去了動力。因此，現代城市的靈魂便是工業化和市場經濟，並且它也正是以此二者為支柱為目的組織與運轉起來，從政治、法律、文化、社會關係和生活方式多方面構成一架高效嚴密的社會機器。一言以蔽之，只有在商品原則之下，現代城市才表達著它的意志，否則，它的存在是沒有理由的。所謂城市文學，必基於上述的「城市」概念之上，並將物和商品化作為理解人和社會的基本角度……[註20]

雷達在概述九十年代長篇小說也說過類似的話：

> 　　毫無疑問，當今都市是文學之樹的沃土。這裡我所說的都市文學是有條件，有前提的，並非以都市為背景伸展出一些無關主題的作品皆可叫都市文學，而是制度是本身作為一個最重要的、影響著所有人物命運的人物出場的作品：每個真正的都市是有個性，甚至有靈魂的。同時它又是與正在成熟著、膨脹著的市民社會緊密聯繫著的。更重要的，它一般總是表現人與都市這個龐大的「物」之間展開的心靈搏鬥。[註21]

　　我們常說「文學是人學」，這一觀念至今也是對的，但文學應該怎樣表現人卻在不同的時代為文學塑造了不同的形態。也就是說，由於切入視角的差異，人在文學中的呈現狀態是不完全一樣的。彰顯的和隱蔽的，多元的和單

〔註20〕楊匡漢、孟繁華主編：《共和國文學 50 年》，中國社會科學出版社，1999 年版，第 272 頁。

〔註21〕雷達：《九十年代長篇小說述要》，《電影藝術》，2001 年第 3 期。

一的，圓形和扁平的等等都表現出了不同文化時期人們的喜好和社會風範。
如果小說中的人物形象以及寫作主體本身自古及今始終處在一種模式之下，
那麼實際上人也就變成一種小說寫作的佐料或者工具，就像我們教導學生寫
作記敘文時所強調的五個或者六個要素一樣，人也就成了一個僵硬的要素。
多少年來小說創作的一代代發展和創新的一個根本性問題就是人物的內涵在
不斷變化和擴大。當代都市小說在人物內涵上的變化就是從物質切入，將充
斥於人的內心的欲望（包括肉體和心理欲望）寄附在繁華的物質表面，通過
物的行走來表現人的心理流程，從而獲得快感和幸福，於是形成了主體的輕
揚。下面我們引用一段上面的作者已經引用過的何立偉的長篇《沒有暴風雨》
片段：

> 1997 年夏天的某日，我從五一電信局旁邊的一個小店子出來，
> 自覺得走路的姿勢有些一搖一擺。這不是因爲醉了，也不是因爲我
> 小時候得過小兒麻痹症，而是因爲我剛剛給手機配了一個皮套，把
> 這個可以連接五湖四海的傢夥十分顯著地別在腰間的鱷魚皮帶上，
> 好顯得自己是個很有經濟實力的或者業務應接不暇的男人──很長
> 一段時間來，冒充這樣的男人成了我隱秘的快樂，而一搖一擺地晃
> 動在人叢中恰恰是這種快樂的證明。有一回有個初次見面的漂亮妹
> 子就對我說過一句叫人難忘的話，她說：你一看就像個有錢的老闆！
> 這樣的判斷雖然愚蠢，但是莫不令人快樂。我當然清楚，這個虛假
> 的快樂，使我們這個親愛的時代帶給我的──就像這個親愛的時代
> 終於將那位說蠢話的漂亮的妹子帶到了我的床上來一樣。那天晚上
> 她像條美人魚，躺在我的床上，赤裸著身子，用我的愛立信 788 給
> 她的所有的朋友打電話，大聲地說：我在海鮮樓吃晚茶！或者說：
> 我在華天開了房！我聽了只想笑，我覺得幽默的並不是這條小小美
> 人魚，而是我們身處期間的空虛的時代。與此同時，我也很想哭，
> 因爲他打了那麼多而且那麼久的手機，還打到了海口同深圳：我心
> 裏算計著：x 你一遍要貼，x 你兩遍保本，x 你三遍才有賺頭──
> 然而我能三遍嗎？順便說一句，那天我給她起了個外號，就叫做美
> 人魚。該美人魚後來常在我的床上游動，驚人的肉豔之美可惜你看
> 不到，除非你跟我一樣，一看也像個有錢的老闆。總而言之，美人
> 魚的一句蠢話除了讓我快樂之外，還讓人明白了一個道理，那就是，

在這種小妹子跟前，男人應當扮什麼樣的角色。

這段話雖然別出心裁，但是在九十年代的小說創作中還是具有普遍性的。從中我們分明可以看到欲望中的人的心理狀態，但它又是通過物體現出來的。手機作為現代社會的象徵物，不僅能夠發揮它的通信作用，而且最主要的是它是一種身份的象徵，因為有了它，不僅可以進行自我炫耀，滿足現代社會人的物質幸福的欲望，而且還可以滿足人的肉體欲望。人們對這種的心理和現實的接受，完全靠的是一種感覺。美人魚僅僅憑藉著我的一隻裝了皮套的別在腰間的手機就可斷定我的價值，而我也憑藉這種種裝飾感覺到了男人的角色。因此在一個普遍追求物質幸福的時代，感覺成為人們對事物進行判斷的一個基本的尺度。當然這種靠感覺判斷出來的尺度也是符合競爭和等價交換的原則，這是市場經濟條件下的一種正常的倫理道德觀。如果人們還囿於傳統的道德良心等諸多禁戒，那麼這種幸福就無從實現。相對於精英階層而言，這種幸福是大眾的，是世俗的，它在社會份額中的絕對多數性決定了它存在的合理性。人類社會和文化的發展固然有賴於精英階層的主導性作用，但從歷史發展上看，能夠流傳下來的文化要籍和典章制度並不代表社會的大多數，所以從一種現實和實事求是的原則出發，只有關注和容納了社會大眾階層的文化和文學作品才是社會的正態呈現。我們也是從這個意義上說，它具有文化的進步性因素。

像何立偉這種表達城市情緒和欲望物質的小說在新近崛起的小說家中佔有絕大多數，比如畢飛宇、津子圍、舟行、葉彌、王彪、衛慧、棉棉等。在張人捷的小說《何日君再來》中有這樣一段：

> 我夠夠的了，我可聲明，我不跟窮人交朋友，你要是還不希望失去我這個朋友的話，那你就趕緊掙錢，要不，你假裝有錢也行。
>
> 或者你擺出一副有錢的架勢也成；裝的特闊，我也不嫌棄，反正就是別跟我訴苦，誰跟我訴苦，我跟誰急。

這段話與上文所引的何立偉的那段話幾乎如出一轍，他們分別從正反兩個方面驗證了當下社會中人們關於情與愛和人與物的另一種界定。當然很多寫作者在進行這樣構思和寫作的時候，他們最終要還原到一種確定的主題上，或者在結尾或者故事的穿插進行中，意圖對自己的描述進行一種道德意識的或者因果式的評判，以顯出作者對這個物質欲望狀態的游離，但實際上這是不可抗拒的。像潘軍這樣的作家，一旦寫做到了《海口日記》這樣的小

說時，便也陷入到了海口作爲經濟特區在中國所具有的象徵意義上的物化當中。他一方面要追求一種他難以表達清楚的心理意向，另一方面並沒有拒絕所有物質快感和幸福。這是都市小說對傳統小說的一種潛在的延續，我們相信，不管延續還是另創新路，都應視爲小說發展的正常形態。

在以城市爲背景的小說創作中，進入 90 年以來，社會問題小說（官場小說）也從另外一個角度參與了世俗化的建構。權力是官場小說要表現的核心，而權力往往又是和政治聯繫在一起的。這是典型的世俗化表現物。從寫作者的意圖上看他是要批判在權力引誘下，權力擁有者的主體喪失，即表現了人在權力掩蓋之下的異化。權力之所以在當下的現實社會中具有如此的表現，主要的原因在於在一定程度上，在一定的範圍內，權力具有物質操控權，通過權利的運用能夠獲得物質上的滿足。在官場小說中，權力將物質、金錢和肉體的欲望連接在一起，通過這幾個商業社會中的關節性因素的互相轉換，清晰地襯托出主體在世俗社會中的精神追求。無疑官場小說在批判性上是具有著它自身的深刻性的。相對於早年那些黑幕小說來說，不僅在表現形式上具有時代性的深度，而且更在於對主流意識形態的批評也有著爲其他類型的小說所沒有的尖銳性。我們看到不管官場小說在表現形式上有什麼樣的變化，但它始終突出的是正邪的對立，表現出兩個集團之間的種種衝突和鬥爭。兩個集團所面臨的共同的考驗和抉擇都共同指向了以權力爲依託的物質，一方是拒絕，一方是接受。於是在接受和拒絕的相互較量中，最終正義戰勝邪惡，完成了傳統意義上的講故事的模式。但在這個故事中，出現的新的亮點是一方面是執政黨對於自己反腐敗的決心和剔除自身病竈的力度，另一方面也鮮明地炫耀了腐敗者在金錢、物質等方面的世俗幸福感。同時人性（表現人的內心的掙扎和搏鬥）作爲表現的重點也得到了應有的重視。與都市小說相比所不同的是，前者表現了物質的罪惡，後者表現了物質的榮耀。但前者對物質罪惡的表現不是說物質本身既具有罪惡，而是說獲得物質的手段的非正當性，因此在它的背後，它並不是排斥物質的。在這類小說中，物質的流動實際上是人的行走，權力將人和物質合二爲一，因此如果將物質放在幸福的位置上，人就是幸福的，相反人就是痛苦的。由於人對物質的這種寄附，物質本身就產生了欲望，人受欲望的物質操控，人就變得輕揚了。

官場小說在表面上表現出了強烈的理性來，矛盾雙方的鬥智鬥勇都是經過深思熟慮的。尤其是腐敗分子往往用他們的關於人生、關於社會的深刻哲

理來對抗意識形態的正確性。但在現在的這些官場小說中，權力總是依附在城市當中，城市的各種幻象和誘惑是滋生腐敗和權力異化的原動力。對於幻象和誘惑，權利總是不能利用它的理性來認識和區別，因此它們更多地表現了情緒化的熱忱，陷於感官欲求當中。所以說到底，官場小說中的理性還是受著感性支配的。比如在《絕對權利》中，那位市委書記對權力的絕對性要求與何立偉小說《沒有暴風雨》中「我」對物質的感覺是一樣的。所以在某種程度上來說，權力就是物質的。官場小說風靡一時，得到了普遍的認可的一種深層動機在於權力物質化的過程中，既有大眾層面的欣羨之情，也有大眾層面對腐敗的痛切之意。這是一枚硬幣的兩面，如果僅僅局限在腐敗的本質本身，那麼它的教育意義則過於明顯，落入了舊時傳統小說的窠臼；但如果過分渲染了物質享受的幸福，以期吸引讀者的閱讀注意力，又多少削弱了它的教育性，應該說這是這類小說創作上的一個不可迴避的矛盾或悖論。這些小說主要有《抉擇》、《人間正道》、《天網》、《中國製造》、《國畫》、《人氣》、《大雪無痕》、《欲望之路》等等，這些小說在另一個角度來說也多少反映了現時代意識形態對小說創作的束縛相對減弱，文化的發展空間相對擴展，這也是文化進步的一種表現。

　　6 主體的輕揚與對平面幸福的追求也表現在新時期以來的鄉土小說的創作中。與城市相對的是中國的鄉村，但在 20 世紀末期，中國鄉村顯然進入了一個後鄉村時代。在城市發展史上，我以爲城市與鄉村的關係存在著下面兩種情況；當人們厭惡了城市的商業化和腐敗氣息的時候，人們總是陶醉於對鄉村文化的追求中，人們甚至認爲，傳統文化的正當性、正義性以及優良品質總是潛存於廣大的鄉村；當人們對現代化表現出了極大的渴望和關注，對商業化市場化極盡欽羨之情的時候，城市往往又成了時代和社會發展的最有活力的表徵，人們對鄉村的落後、閉塞和陳腐的文化觀念表示出了蔑視。近代以來的知識分子總是在這兩者之間搖擺和穿梭。在 20 世紀初期的中國鄉土小說家中，按照魯迅的說法就是客居在北京（外地、大城市）的人對自己家鄉的書寫。這種書寫在很大程度上是這些人對城市商業文化的認同和對鄉村文化的批判。在早期的鄉土作家那裡，似乎除了沈從文、廢名等少數的作家之外幾乎沒有例外。但即便是像沈從文這樣的作家在書寫鄉村的時候也是坐在城市的高樓裏面的。儘管他們的書寫都帶有相當程度的紀實性，但原生態的東西有時確實是難以捉摸的。新時期以來的鄉土小說與上述小說相比，表

現出了絕然不同的特徵。這種不同不是說寫作者坐在農村從事創作，也不是說他們對鄉土文化一味讚揚，而是別有滋味，我稱之為後鄉村敘事。

後鄉村敘事（後工業時代的副產品或鄉村呈現）這一概念的使用是建立在下述兩點基礎之上的：其一，寫作者是站在現在的商業化的立場上來進行創作，他們審視鄉村的目光明顯帶有現代文化的氣息。即使他們在書寫歷史的時候，也是從現在出發，也就是說對於這一點，重要的不是他們寫什麼時候的歷史，而是在什麼時候寫歷史。本著這樣的原則，作者們把歷史都當代化了。其二，中國當代鄉村已經開始了商品化時代，資本在農村的運營與滲透不僅對傳統的農耕生活產生解構性的作用，而且伴隨這種解構一種明顯帶有商品文化氣息的鄉村文化也正在建立。基於這兩點，使中國當代的鄉村敘事與傳統的中國鄉土題材的小說產生了明顯的裂痕。我們很難再用魯迅或者茅盾對鄉土題材的界定來理解今天的寫作，因此它是後鄉村的敘事的。後鄉村敘事和後工業社會的產生以及在當今社會生活中對人們的影響也有著明確的因緣關係。多元化和平面化的呈現狀態使中國的鄉村日益複雜。在經濟層面，正如何清漣所說：

> 改革以來，中國農民對傳統體制進行了三次大衝擊，第一次衝擊是農民用家庭聯產承包責任制衝擊人民公社體制，第二次是農民用鄉鎮企業衝擊舊的把農民排除在外的工業化方式，第三次衝擊是農民通過以尋找就業機會為直接目標的自發性大規模跨區域流動，衝擊舊的城鄉分割、區域封閉的社會經濟管理體制。〔註22〕

第一次衝擊帶來文化上的變革是舊的單一性的政治文化的逐漸解體，第二次衝擊是本土化的商業文化出現萌芽，第三次衝擊表面上看來是鄉村文化向城市文化的衝擊，實際上是城市文化對農村的衝擊。這幾種變化綜合在一起，不僅表現出了文化發展上的歷時性，也表現出了文化發展上的共時性。這種衝擊徹底打亂了鄉村中舊有的道德和文化秩序，我們可與費孝通對中國傳統鄉村的敘述進行比較。費孝通對傳統中國鄉村的文化和道德觀念的認識是：

> 在一個鄉下生活的人所需記憶的範圍和生活在現代都市的人是不同的。鄉下社會是一生活很安定的社會。我已說過向泥土討生活的人是不能夠移動的。在一個地方出生的，就在這個地方生長下

〔註22〕何清漣：《現代化的陷阱》，今日中國出版社，1998年版，第253頁。

去，一直到死。極端的鄉下社會是老子所理想的社會，「雞犬之聲相
聞，老死不相往來」。不但個人不常拋井離鄉，而且每個人常住的地
方常是他的父母之邦。「生於斯，死於斯」的結果必是世代的黏著。
這種極端的鄉土社會固然不常實現，但是我們的確有歷世不移的企
圖，不然為什麼死在外邊的人，一定要把棺材運回故鄉呢？一生取
於這塊泥土，死了，骨肉還得回入這塊泥土。

　　歷世不移的結果，人不但在熟人中長大，而且在熟悉的地方上
生長大。熟悉的地方可以包括極長時間的人和泥土的混合。祖先們
在這塊地方混熟了，他們的經驗也必然就是子孫們所會得到的經
驗。時間的悠久是從譜繫上說的。從每個人可能得到的經驗說，卻
是同一方式的反覆重演。同一戲臺上演著同一的戲。這個班子裏的
演員所需記得的，也只有一套戲文。他們個別的經驗就等於時代的
經驗。經驗無需不斷積累，只需老是保存。〔註23〕

這種情況在當今的鄉村社會中基本上不存在了。與費孝通先生的論述相
反，當代學者在研究新鄉村時則說道：

　　面向村莊以外生活的村民和村幹部，誰也不願意對村莊的未來
做出承諾，村莊也沒有穩定的未來預期。既然村民是在村莊以外獲
取收入且在村莊以外實現自己的人生價值，村民們就很容易割斷與
村莊的聯繫。這種村莊的村民不關心村莊建設，從村裏通過考學參
軍外出工作的人，沒有特別大的事情，一般不會回到村裏來。這種
村莊的村幹部，他不能看到村莊的未來，也無法從村幹部一職上獲
得諸如榮譽、名聲等文化價值的滿足。〔註24〕

當現在的寫作者們站在自己的文化立場上，審視鄉村文化這種變化時，
命中注定了他們在鄉村敘事上與傳統的分離。

後鄉村敘事在整體上表現出了對底層生命的關注，實現了鄉村敘事中的
人性回歸。大致說來主要有兩種姿態，一為守望者姿態，一為呈現者姿態。
前者像張煒的《九月寓言》、劉慶邦的《梅妞放羊》、張宇的《鄉村情感》，談
歌的《天下荒年》等小說，善於表現這種題材的作家還有尤鳳偉、趙德發等

〔註23〕費孝通：《鄉土中國》，見《費孝通文集》第5卷，群言出版社，1999年版，
　　　　第330頁。

〔註24〕賀雪峰：《新鄉土中國》，廣西師範大學出版社，2003年版，第9頁。

人。後者的題材更加廣泛，而且更加符合後鄉村敘事的整體風範，也是本文在界定上的基本依據。所謂呈現，是指寫作者並不具有情感的傾向性，在他們鄉村的想像的基礎上，將自己的感悟幻化成一種真實的存在，從而在自己理解的基礎上完成一種所謂歷史本相的存在。

後鄉村敘事的思維理路雖然複雜，但也一目了然。

倫理界限的消失，傳統道德中二元對立模式已經轉成平面型構成，個人的幸福欲求逐漸突破倫理道德界限而成為生活中的表現主體，善惡觀念已經不能成為對人和物進行界定的標準。這一點我們只要閱讀一下閻連科的《受活》就可得到全部的感悟。在這部小說中，柳縣長和受活村的那些殘疾人雖然構成了現實生活中的對立兩極，但作為主體的人，他們卻是平等的。殘疾人們沒有不聽從柳縣長指揮的理由，柳縣長也沒有蔑視這些殘疾人的必要。雙方的這一切都是建立在一定尊嚴基礎上的。但經濟發展和物質化欲求卻打破了這種尊嚴在人與人之間的平等性。柳縣長出於發展經濟的角度來建造列寧墓，而受活村的村民也是不甘於貧窮而出賣自己的尊嚴，因此雙方背後支撐他們行動的實際上就是物質化的渴望。他們尊嚴的平等置換成了欲望的平等，從而喪失了幾千年來所恪守著的倫理道德界限。從柳縣長為自己建造的水晶小棺材到受活村的村民被搶劫和勒索，這一過程已充分表明善惡標準的喪失已經成為一種普遍和深刻的現象。我們很難再用傳統的或古典的鄉間文化和道德標準來對此進行評判了。《受活》只是這類創作的一個總結，在此之前，我們還看到了《紅高粱》、《玉米》、《野騾子》、《年月日》等大量的作品。應該說這是後鄉村敘事的一個最為主要的特徵。

與都市小說相同，鄉間暴力成為生存競爭的主要手段。農村的流民就像城市裏的流民一樣，貫穿在鄉間的溝溝坎坎。只不過在都市小說中這種暴力以一種文明對文明的方式呈現的。生活中的競爭、情感間的糾葛在鄉村基本上都是通過暴力來解決的，充分顯示出鄉間文化和敘事的衝擊力。雖然鄉間暴力有時表現為群體性，有時表現為個人性，但毫無疑問在創作上都表現出了作家們對傳統鄉村敘事的反叛以及由此而產生的快感。在一定程度上來說，鄉間暴力基本上保持了中國鄉村的原始存在方式和作為民族存在的劣根性。它通過表現農民的無聊、偏狹、自私、愚昧、施虐與爭鬥，徹底瓦解了傳統的鄉村想像。甚至在一些作家看來，暴力與仇殺成了解決中國鄉村衝突的唯一途徑。在《紅高粱》中，「我爺爺」的一切幸與不幸都與暴力有直接的

關係。到了《檀香刑》中，暴力已經成爲狂歡化的產物了。末代王朝的劊子
手趙甲就是在合法的制度化的暴力施展中達到了自己職業生涯中的最高境
界。而在這一點上最爲典型的大概就屬楊爭光了。他據守在具有文化普遍意
義的中國古老的陝西鄉村，與莫言的山東高密東北鄉等地域遙相呼應，把鄉
村暴力描述得更加細緻和更加日常化。在《公羊串門》、《老旦是一棵樹》、《黑
風暴》和《棺材鋪》等小說的敘事中，幾乎都是以衝突開始，以暴力結束。
充分說明了復仇與暴力這一流氓文化在當代作家視野中的穿透力。對於這一
現象，朱大可說：「根據楊爭光的觀察和敘述我們不難發現，根植於中國鄉村
的仇恨意識形態，散佈在每一個細微的生活細節裏，它並沒有受到政治制度
的直接鼓勵，卻爲歷史上悠久的流氓暴力傳統提供了深厚而廣闊的基礎。在
鄉村社會的分配正義制度崩潰之後，農民的暴力主義成爲解決衝突的唯一途
徑。每一個人都是另一個人的地獄。每一個農民都是潛在的殺手，在無政府
的致命呼吸中生活，爲維護卑微的生存權益而展開殊死搏鬥。」〔註25〕如果
說在傳統的鄉村敘事中，暴力的存在多少有些合理性的話，那麼在後鄉村敘
事中，這種合理性已經消失了。或者說在傳統的敘事中，作家們筆下的暴力
是一種選擇性的暴力，而在後鄉村敘事中，這種暴力文化已經變成一種眞實
的呈現了。

　　在後鄉村敘事中第三種文化正在成長，並正在逐漸主宰著鄉村敘事。所
謂第三種文化是介於城市與農村之間的一種滲透性文化或者雜和性文化，它
自身表現出了巨大的內在矛盾性。這種文化的承載者身上帶有濃厚的鄉村文
化氣息，但他們又往往將自己看作是受過現代文明洗禮者，因此他們是矛盾
的。但他們的文化矛盾又與阿 Q 不同。阿 Q 身上的文化矛盾是簡單的。他看
不起城裏人的凳子和吃魚的做法是想凸現他的鄉村文化本色。而在第三種文
化中，文化主體已經喪失了他的本位文化。這種情況不論是在鄉村看來還是
城市看來都是一種不可接受的文化另類。比如在孫惠芬的《歇馬山莊的兩個
女人》中的那個從城裏歸來的女人，失身和鮮豔的著裝成爲被目爲異類明顯
標誌。同樣，她之歸來也是城市拒斥的結果。在張小小的《鄉間的迷茫與憂
傷》中，作者直接點題，寫「我」在城市化進程中的精神與物質的雙重失落。
實際上「雙重失落」並不是第三種文化最爲深刻的內涵，而「雙重喪失」也

〔註25〕朱大可：《後尋根：鄉村敘事中的暴力美學》，《南方文壇》，2002 年第 6 期，
　　　　第 53 頁。

許更合乎題旨。關於鄉村文化，正如有的學者所說：「中國鄉土社會裏更多地包蘊著傳統的因素，其實整個傳統文化和古典詩歌傳統都是鄉土中國這個大文本所支撐和產生的。」〔註 26〕也就是說中國傳統文化的根和現代文化的資源仍在鄉村，因為中國城市化的歷史比較短，帶有典型都市特徵的市民文化體系並沒有形成。我們所看到的城市文化都帶有虛浮和膨脹的痕迹。鄉村文化主體在向城市進軍和滲透的過程中，由於過於急切劇烈，往往在還未習得城市文化的同時就已經先喪失了他的鄉村文化身份。這就意味著他在城鄉之間飄零境地的產生。鬼子的《瓦城上空的麥田》正是如此。那位進城尋子的老者，因為偶然的事件被認定死於車禍，於是不論他在現實生活中如何真實地存在，他都必然得到鄉村和城市的「雙重喪失」。由此我們看到第三種文化實際上正是漂浮在「瓦城上空的麥田」。

在前文我們提到過赫拉克勒斯和他同時遇到的兩個姑娘，一個叫做卡吉婭，代表了輕佻的幸福，一個叫做阿特蕾，代表了沉重的幸福。雖然兩者都是幸福的化身，但赫拉克勒斯還是選擇了後者。因為那是一個理性的時代，追求主體的沉重正是人們一種自覺的精神追求。這種傳統在歐洲影響了一個漫長的時代。這在中國也是一樣的。但隨著後現代化的到來，這一切都被逆轉了。表現在後鄉村敘事中，雖然我們曾經強調中國傳統文化的根來源於鄉村，但它並不具有主宰後現代文化的力量。主要表現在主體的沉重性正在消失，生命的原始感隨著對幸福理解的淺表化而正在走向享受。在傳統觀念中那種正當性、正義性以及涉及整個大眾的沉重主題正在悄悄地被個人對物質和欲望的追求所取代，「卡吉婭」成了時代的主流。在林白的《萬物花開》的篇首，作者首先就說明主人公的一生是熱愛女人的一生，他的一生是在女人的身上度過的。也就是說淺表性的生理享受已經成為人們追求幸福生活的主要內容，主體精神上的沉重感已經蕩然無存。韓東試圖在《紮根》中將人的生存和改造的沉重性作一過程化的解剖，但源於對城市的嚮往和這一嚮往的實現，原來所作的一切沉重性的積累都變得輕浮起來，進而消散了。在莫言的《四十一炮》中，小主人公的一生以及圍繞著他所產生的一切都是因為對「肉」的渴望而產生。在此「肉」已經不是一種簡單的可供果腹的食物，而是一種普遍的生理性欲求。在類似的這些敘事中，由於主體精神沉重性的消

〔註26〕高秀芹：《農民文化與鄉土之戀》，楊匡漢、孟繁華主編《共和國文學 50 年》，中國社會科學出版社，1999 年版，第 197 頁。

失或淡化，依附於此的正當性和正義性當然也就隨之變得輕飄起來了，於是帶有明顯後現代色彩的後鄉村敘事也就眞正建立起來了。

隨著倫理道德界限的消失和主體精神由沉重向輕佻的轉移，在後鄉村敘事中悲觀和哀歎不再是主體克服和控訴命運的主要表現方式，抗爭已經轉變爲順從，達觀的生活態度正像人們對物質的享受一樣，變得輕鬆自如。在傳統的鄉村敘事中，作家大多表現的是命運主體的抗爭，比如祥林嫂的「抗爭」、老通寶的「抗爭」、雲普叔的抗爭以及如在《桑乾河上》、《暴風驟雨》、《李順大造屋》、《犯人李銅鐘的故事》中那些人的抗爭。這些人的抗爭儘管有的失敗了，有的在外力的支撐下獲得成功，但不甘於現實的命運以及力求對自身現狀進行改變的欲望卻是普遍的。而在後現代敘事中，雖然有的作家表現了命運主體的抗爭，但由於現代文明的介入而使抗爭變得毫無意義。如在閻連科的《日光流年》中，三姓村的村民總是通過各種方式試圖改變「生不滿四十」的命運。爲了這一結果，女人出賣肉體，男人出賣肉皮。但隨著引水的成功帶來的卻是現代文明的污染，於是爲了改變命運的引水工程就變得蒼白無力了。作者詮釋了與命運抗爭的無效性。面對這樣的境況，主體似乎只有順從這一種選擇。徐福貴（余華《活著》）對命運的順從和恬淡正是一種後鄉村敘事中命運主體的存在方式，抗爭已經從這種存在方式中被排斥掉了。

在後現代境遇中，我們看到了那蘊涵豐富的廣大鄉村正在發生的深刻變化以及這種變化所必然帶來的寫作者在敘事上的角度切換。這種適應後工業社會的整體性轉變在我們看來，相對於傳統鄉土文學而言，它的表現雖然廣泛了，情節雖然尖銳和激烈了，但在整體上卻是淡化了我們在原來敘事中的宏大意義，因而也實現了一種人的自我解放和救贖。在早年城市依附於鄉村的，而在現在鄉村開始依附於城市了。當在中國的當代都市中，主體的輕揚和對平面幸福的追求已經成爲普遍現象的時候，鄉村不可避免地進行了跟蹤性的演進，從而與都市一道完成了中國文化在特定時期的轉型。

第四章　苦　難（一）
——新時期以來小說苦難敘事的文化解析

1 從文學史尤其是小說發展史上看，苦難是一個永恒的主題，這個判斷基本上是不錯的。從西方的古典悲劇到中國的古典悲劇，從西方的傳統小說一直到中國 20 世紀的現代小說無不如此。出現這一狀況的原因在於不僅文學要求有深度的有力度的表達方式和關注世事的深沉感情，也在於人類社會發展本身就是充滿了苦難和悲劇性因素。在人類的生存過程中，人們所面對的苦難逐漸從單一型向多元性發展，逐漸從物質性向精神性發展。在人們對苦難本身還沒有真切認識的時候，苦難已經存在。當人們已經認識到苦難的時候，苦難就成為文學家們所關注的焦點。在文學家們看來，只有反映和表達了人類所面對的生活中的苦難，才是真正地表達了他們對人類生存和發展的深刻認識。所以從這個角度來說，苦難是人類生存的本質，所謂的苦難敘事就是對人類生存本質的深刻挖掘。

近世以來是人類苦難的大展示時期，與此前相比，人類的苦難顯現雖然在一些方面具有共同的主題，但並不都是共時發生的。進入近世以後，很多苦難卻在共時的意義上發生了。這並不是說人類的苦難已經顯然地增多了，而是說對苦難的認識已經深刻和自覺了。對於洪荒時代的災難我們今天只能通過神話和傳說來領略，但對於今天的苦難我們卻是有目共睹的。我們說除了自然災害給人帶來的苦難外，全球範圍內的戰爭和高速發展的科技進步也是為人類帶來災難的根源。在所有災難面前，除了人們遭受到了生理性的傷害外，更主要的還是那種深深遺留在人們內心中的對災難的恐懼和反思。尤

其是科技的發展和全球化的技術進步在滿足了人們普遍的物質欲望的同時也造成了巨大的精神壓力和倫理喪失，這曾經成為在很長一段時間內中西方文學所要表現的主題。凡是具有歷史感和人類意識的作家都曾在這一主題上作過深刻的跋涉，從另一個角度來說，凡是成功的文學作品無不是表現了這一主題。在一定程度上，如果說在不同語言和文化環境中的作家能夠進行交流和溝通的話，對於苦難的認可和表現應該成為一個重要的媒介。

　　談到苦難，必然和悲劇聯繫在一起。在追問苦難的根源上，中國和西方顯然具有不同的路向。這在中西方對悲劇的不同看法上體現得最為明顯。不管人們對於悲劇是如何界定的，但在其實質性的內容上仍然表現的是人的自身的欲望和現實之間的巨大矛盾以及為了克服這種矛盾所產生的內心痛苦，這是對於悲劇的基本認識。和中國相比，西方是一個悲劇非常發達的文化區域，在它們的悲劇中，人們對於造成這些悲劇的苦難根源的探尋一般都集中在兩個方面，一是命運觀，二是正義觀。所謂命運觀就是它相信人的苦難來自於人的命運。這是一種超自然的無法預測的力量，它具有神秘性，人無法對自己的命運負責，而只能聽從命運的擺佈。所以在這種命運中，人與命運的鬥爭就是一種苦難的奮爭過程。比如普羅米修斯（埃斯庫洛斯的《被縛的普羅米修斯》），俄狄浦斯（索福克勒斯《俄狄浦斯王》），還有莎士比亞的《羅密歐與朱麗葉》、《李爾王》等，在這些悲劇中，悲劇英雄備受命運的播弄，他們不論對自己的命運作何種選擇，最終都將陷入苦難的悲劇當中。對於這種現象，朱光潛在談論到易卜生的悲劇時說：這種悲劇的產生「主要是在於個人與社會力量抗爭中的無能為力。這些社會力量雖然可以用因果關係去加以解釋，但卻像昔日盲目的命運一樣沉重地壓在人們頭上。在我們這個唯理主義的現代世界裏，它們就代表著命運女神，對於它們的犧牲品也像命運那樣可怕，那樣不可抗拒。」〔註1〕後來隨著科學的發展以及人們對自身的認識，一些生理性的知識也被一些作家應用到了文學創作中來，比如種族遺傳、心理意識等，這些因素在應用到創作中的時候比單純的命運觀更為可怕，作為作品中的悲劇主人公在其還未出生的時候便已經奠定了它就是苦難命運的承受者了。這在 19 世紀早期的批判現實主義小說中經常見到，比如左拉的《盧貢馬卡爾家族》等。所謂正義觀，在某種意義上來說就是性格

〔註1〕 朱光潛：《朱光潛美學文集》第五卷，上海文藝出版社，1989 年版，第 398 頁。

觀，也就是說是由於人的性格缺欠才使其在自己的生存過程中承受了巨大的苦難。因為是自己性格缺欠才遭受到正義的懲罰。按照這種理解，在上舉的悲劇性作品中悲劇英雄似乎又都具有了缺欠性的性格。比如俄狄浦斯的急躁、易怒和固執，哈姆雷特的猶豫和彷徨等。但我們可以這樣說，不管是命運的播弄，還是自身性格的缺欠，其表現形式都是基於一定的人生事實（而在這當中關鍵的是要賦予這種事實一種什麼樣的意義）。外在地說，它包括自然災害、戰爭以及身外之物的喪失。內在地說它是人的一種心理狀態，包括陰鬱、懷疑、彷徨、孤獨等內心衝突。在一種內在苦難當中，人們因為自己所確立的價值體系不斷受到外在世界的干擾，因此而產生巨大的內心衝突。衝突的過程就是遭受苦難的過程，這個過程是通過人的行動來實現的。人只有通過行動才能體現出它的生存事實。所以德國哲學家亞斯貝爾斯就曾經認為悲劇的產生不單純是痛苦和死亡，而是人的行動。通過行動人才能夠進入必要的毀滅人的悲劇境地。悲劇極其典型地反映了人的存在的種種災難、恐懼和緊張不安。這些就是內在的苦難。他說：「悲劇出現在鬥爭，出現在勝利和失敗，出現在罪惡裏。它是對於人類在潰敗中的偉大的量度。悲劇顯露在人類追求真理的絕對意志裏。它代表人類存在的終極不和諧。」〔註2〕也就是說，亞斯貝爾斯不僅看到了苦難的普遍性，而且還指出了苦難的恒久性。指出這一點對我們下文在探討中國人對苦難的認識很有幫助，因為中國人常常忽略了苦難的日常性和長久性、普遍性，因此在探討悲劇和苦難問題的時候，往往忽略了對其根源的進一步的追問。

　　與西方相比，中國文化的寬厚、仁慈和達觀往往使苦難記憶並不能保持很長時間，因此在面對苦難的時候，傳統的中國作家甚至是思想家們並不對之深入地思考和抗爭，而是默默地承受和順從，甚至是作為勵志的基本手段。孟子曾說：天將降大任於斯人也，必先苦其心志，勞其筋骨，餓其體膚，空乏其身，行拂亂其所為，所以動心忍性，增益其所不能。實際上就是對苦難的一種化解。而道家文化的「小民寡國」、「淡泊人生」和「無為而治」，以及墨家的「非攻」「兼愛」則把激烈的衝突和現實的抗爭等苦難方式排除了盡淨。基於這樣的認識，可以說在中國文學史上，雖然在文學作品中不乏對苦難的書寫，但這種書寫不具有自覺意識，尤其是不具有對苦難的深度反思，幾乎

〔註2〕〔德〕亞斯貝爾斯：《悲劇的超越》，工人出版社，1986 年版，第 30 頁。

沒有上昇到像西方悲劇一樣的對命運和性格層面的思考，所以有的人說「中國有悲劇，卻無悲劇精神」。〔註3〕而這一點尤其適合對中國小說的考察。即便回到戲劇本身，我們同樣看到，在後來被文學史家和文學批評家們所認定的《竇娥冤》、《趙氏孤兒》、《長生殿》和《桃花扇》等悲劇中，實際上表現的不是嚴格意義上的西方悲劇，在這些劇目當中沒有對悲劇主人公所經歷的苦難及其悲劇性根源作深度的探索和剖析。一般的是就事論事，通過極為簡單的善惡標準來展現一種社會現象，然後再通過一種團圓性的結局來消解苦難所具有的形而上意義，不具有本質性特點。那麼什麼是本質性的特點呢？簡單地說就是反映了人的本質性的生存狀況。人的本質性生存狀況一般來說是要通過哲學層面來進行思考的，而中國的哲學對此是不予考慮的。中國幾乎沒有產生過像亞里士多德、康德、黑格爾、叔本華、尼采等一些專注於悲劇和苦難的哲學家，因此也就不可能建立起關於悲劇和苦難的體系論述。

中國傳統文學作品中淺易的苦難描述源於中國「人文知識分子」在已有文化中所習得的劣根性。這種劣根性就是對苦難的恐懼和逃避。本來恐懼能夠加劇人們對苦難的深度認識，但恐懼的另一方面又能夠使人急切地尋求政治和強權認同，甚至以自我取消和獻媚取寵的方式來消除危機。當那些「知識分子」在面對苦難的時候，較少有人能夠坦然面對並追根溯源從而使自己的認識上昇到更為理性的高度。在歷史上，屈原、司馬遷等大概是少有的幾位，但他們的慷慨赴難，不是由於苦難本身，而是為了他們所依賴的政權不再製造苦難，所以他們還是自己消解了自己在這一問題認識上的崇高性。摩羅在一篇文章中分析道：中國至少從秦代起，就基本上告別了分封制的國家模式，而開始吸收下層士民參與國家事務。漢以後，歷代君王都是來自底層的草莽英雄，在他們建立政權以後，又以選舉或科舉之途，從底層人中培養官僚。也就是說，中國社會一直存在著上層與下層的能量流通，在道德觀念上、精神氣質上、社會理想上，很難說存在著上與下、官與民的絕對對立。〔註4〕正如杜亞泉所說：「那些生計無著的底層人，往往與那些同樣生計無著的識字人聯合起來，與統治階級對抗，這些流氓無產者奪取政權後，無不迅速墮落，重蹈前朝覆轍，對社會組織的變更和民族生機的發展，無所助益。」

〔註3〕 曹文軒：《20世紀末中國文學現象研究》，北京大學出版社，2002年版，第17頁。

〔註4〕 摩羅：《論當代中國作家的精神資源》，《文藝爭鳴》1997年第3期第27頁。

〔註 5〕因此正是在這種狀態中，知識分子不可能有一種決絕的對立情緒。原有的恐懼感已經轉化爲另外一種施暴和製造苦難的傾向或者乾脆就是同盟者，經過這樣一次轉換，苦難就會被逃避掉了。這種傳統在 20 世紀仍然綿延不絕。比如胡風在經過了多年的政治迫害之後，已經變得精神失常，但即使面對著這樣的苦難仍然渴望著向體制的回歸、向政權的認同。據《胡風傳》的作者說，在 1979 年：

> 胡風舊病復發，腦神經再度混亂，又像當年在獄中一樣，陷入自我恐怖的幻聽幻視的極端痛苦之中，每時每刻，哪怕在夢裏都能聽到看到錯亂顛倒的活動。一天上午，他兩眼發直，坐在沙發上，說是聽到了空中傳話：鄧副主席講話，處分了幾個人，五個人被開除黨籍，銬了起來，這消息馬上就會見報，報紙印了三百八十九萬份，銷售一空……下午他又聽到了空中傳話，說是讓他乘直升飛機走。於是他披上大衣就要出去等飛機，怎麼拉也拉不住。晚上，他又被一種無名的恐懼所驅使，竟然從三樓的窗戶往外跳……〔註6〕

　　而同樣是這種正直的知識分子，比胡風還早將近一個世紀的俄羅斯作家陀思妥耶夫斯基也屬精神失常，但別爾嘉耶夫對他的評價是：「俄羅斯的天才陀思妥耶夫斯基爲苦難和對苦難人的憐憫折磨得精神失常，苦難和同情成爲他的作品的基本主題。」〔註7〕因爲在陀思妥耶夫斯基這樣氣質的知識分子那裡，他能夠把自己的生命全部地浸潤在底層人民的悲苦命運當中，總是關心那些在現實生活中被嚴重地扭曲了的無助無望的靈魂，進而顯示出生命的悲苦的本質性特徵。他幾乎所有的作品都具有這個意義。而在胡風則不同，面對著戰爭的結束和一個時代的開始，胡風不是去反思和反省戰爭本身給人類所帶來的災難性變故，而是去極力歌頌新政權的誕生。在中國胡風又僅僅是這類知識分子中的一個代表而已，這樣在中西對比中已經很難用知識分子的個人氣質問題來說話了，而是文化的差異使然。

　　2 20 世紀前半葉的中國不僅是現代化的啓蒙階段，而且在某種程度上來說也是一個災難深重的時代，它不僅面臨著頻仍的內外戰爭和殘酷的自然災害，而且還有種種的觀念衝突和政權的更迭，所有這些對人的心靈進化來說

〔註 5〕　杜亞泉：《中國政治革命不成就及社會革命不發生之原因》，《杜亞泉文選》，華東師範大學出版社，1993 年版。
〔註 6〕　戴光中：《胡風傳》，寧夏人民出版社，1994 年版，第388頁。
〔註 7〕　〔俄〕別爾嘉耶夫：《俄羅斯思想》，三聯書店，1995 年版，第 88 頁。

無不是具有苦難特徵的，因此如何來表述和再現這樣一個特殊的世紀曾經成爲很多文學知識分子的關注焦點之一。但存在的問題是，當這些文學寫作者在涉獵苦難題材時絕大多數人都是淺嘗輒止，他們甚至還沒有品嘗到苦難的滋味時便通過一定的方式宣稱苦難時代的結束。實際上的問題是，苦難時代的結束並不代表苦難的結束，因爲他們沒有認識到苦難記憶和苦難本身的恒久性和普遍性，尤其是他們沒有看到苦難主題作爲一種普遍的人類心理感受內涵的終極性。所以那不是一個關於苦難想像的豐收時代。

在 20 世紀開元之初，關於人類苦難的思想已經進入到了中國知識分子的視野當中，這便是引起了歐洲資產階級大革命的引擎巨著、盧梭的《論人類不平等的起源與基礎》。早在 1902 年梁啓超就在自己創辦的《新民叢報》上發表過《盧梭學案》，這篇文章曾對胡適產生了重要的影響。鄒容在《革命軍》中也極力推崇盧梭，五四時期的郭沫若、郁達夫等人都成了盧梭的信從者，甚至巴金聲稱盧梭是自己的第一個老師。遺憾的是這些人幾乎都沒有成爲盧梭式的人物，比如後來備受推崇的自由主義者胡適絕對沒有盧梭的孤獨和決絕。在探求人類不平等和苦難的根源時，盧梭說：

> 社會和法律就是這樣或者應當這樣起源的。它們給弱者以新的桎梏，給富者以新的力量；他們永遠消滅了天賦的自由，使自由再也不能恢復；他們把保障私有財產和承認不平等的法律永遠確定下來，把巧取豪奪變成不可取消的權利；從此以後，便爲少數野心家的利益，驅使整個人類忍受勞苦、奴役和貧困。

最不幸的是：人類所有的進步，不斷地使人類和它的原始狀態背道而馳，我們越積累新的知識，便越失掉獲得最重要的知識的途徑。這樣在某種意義上說，正因爲我們努力研究人類，反而變得更不能認識人類了。

> 我無情地駁斥了人間的無聊諾言；我大膽地把人們因時間和事物進展而變了樣的天性赤裸裸地揭露出來；並把「人所形成的人」和自然人加以比較，從所謂「人的完善化」中，指出人類苦難的真正根源。〔註8〕

上述引文足見盧梭的尖銳、激烈與深刻。但中國的作家或思想家幾乎沒有達到這一程度的。可見中國早期的思想啓蒙運動雖然其思想資源來自於西

〔註8〕〔法〕盧梭：《論人類不平等的起源與基礎》，李常山譯《盧梭文集》第一卷，紅旗出版社，1997 年版，第 123、48、29 頁。

方，但一般來說是偏重形式而缺少內涵，偏重基礎而缺少本質。

隨著中國作家對人的發現，應該說在一定程度上對人類苦難已經開始正視和重視了。胡適、魯迅、周作人、劉大白等人倡導關注「勞農」，反映下層人的人生不幸和悲慘處境，尤其是在《故鄉》（魯迅）、《黃金》、《柚子》（王魯彥）、《水葬》（蹇先艾）等一大批早期鄉土小說中，著力描述農村在長期封建專制文化統治下的閉塞、愚昧、落後、野蠻和破敗已經成為主流。在其稍後，《二月》（柔石）等表現城市人民生存苦難的小說也開始登上文壇。不僅如此，著重刻畫心理苦難的小說作為一種風格或者流派也在這個時期熠熠生輝，比如《沉淪》（郁達夫）、《莎菲女士的日記》（丁玲）、《倪煥之》（葉聖陶）等。這些小說雖然在一定時期內具有較強的現實主義衝擊力，在苦難的描寫上具有一種沉重感和深刻感，代表了這種現代小說開創和形成時期的最好成績，但仍然局限在形而下層面，沒有終極性追問和根源性探究，較少有開創性和開放性。尤其是他們的視界相對狹窄，題材僅僅局限在鄉村苦難、性愛和情愛上，沒有對人類生存和社會存在與文化進行整體性反思，因此他們缺少厚重性。

作上述評價不是說這個時期沒有收穫，在整個現代文學期，魯迅關於苦難挖掘的深刻性始終是獨樹一幟的。所謂苦難就是在人的個體生命與現實世界之間的巨大衝突中，生命質量尤其是精神質量難以正常維持。客觀世界鉗制了人的正常發展以至使人在品性和心理上受到了扭曲和變異。對於一個作家來講，對於苦難的表述，不僅要看到這些，而且更去探尋在這些背後的不合理性以及這種不合理性產生的根源，這樣才能看到苦難的深重性。其中主體對苦難的認識起到了決定性作用，這一點也是量度其作品深刻性的重要指徵。魯迅在他的絕大多數小說中都表現了這種悲壯，其中尤以《在酒樓上》和《孤獨者》為最。在這兩部小說中，主人公苦難的根源皆在於封建文化本身，但魯迅又未簡單地將這種苦難直接地呈現。在這樣一種文化氛圍中，痛切地表現出苦難的主人深度悲劇性才是一種真正意義上的探源溯本式的追問，只有在這種追問中才可能使讀者體會到那無可言說的又擺脫不掉的如影隨形的悲情。對於這一點，王富仁先生分析說：

　　魏連殳並沒有死在人們通常認為他可能死去的時候，並沒有死在他政治上受迫害最慘重、經濟上境況最窘迫的時候，而是死在他「飛黃騰達」的時候。他的死因的模糊性造成了一重大的推動力，

迫使我們的思緒在悲劇高潮出現之後繼續向前伸展，並且它已不能在政治地位、經濟處境這些有形的管道中前進了，而必須更深地深入到他的精神世界中去。當我們再次沿著他的內在精神病苦回味起他的人生經歷的時候，我們此前已經感到的他的精神悲劇進一步昇華了。在這時，我們感到原來對他的精神生命被毀滅的悲劇體會的是不深的，只有當我們重新回溯到他的悲劇經歷的時候，這種悲劇的全部深重性才更充分地呈現在了我們的面前。〔註9〕

這種分析是十分深刻的，而關鍵的是魯迅的文本提供了一種關於苦難的深刻性的存在。這種深刻性不僅表現在他的小說中，而更表現在魯迅本人對這種深刻性的認識。在此之前魯迅所寫的散文《頹敗線的顫動》在一定意義上來說就是他關於苦難的全部感受。如果說魏連殳是小說中的苦難主人公，那麼魯迅則是這個社會的苦難英雄。

在現代文學史上，繼魯迅之後路翎的《飢餓的郭素娥》也是在苦難的觀照下值得稱道的小說之一。和巴金的《寒夜》相比，雖然《寒夜》也著重在於刻畫人世的苦難和悲情，但它的線索性資源單一，人物的欲求相對簡單，苦難的指向也相對明瞭。主人公的全部苦難集聚於形下的生活本身，苦難的根源指向他們所依存的制度，因此這部小說在苦難表現上儘管蒼涼悲冷，寒徹透骨，但它的深度仍然是有限的。而《饑》則不同，主人公的行為和情節的演進雖然也安置在一定的遭到了作者控訴的環境中，但這種背景沒有起到必然的不可或缺的作用。如果我們除掉了這種兵荒馬亂的襯托，它也仍然是一部優秀的苦難小說。它的震撼人心之處就在於，它使苦難回歸到了人存在本身。人的存在本身實際上是一種欲望，人的所有存在都應該通過欲望體現出來。而人在順著欲望所指示的方向前進時遭到了遏制，苦難便產生了。郭素娥的苦難就是這樣的。郭素娥的苦難不僅僅在於她苦難的雙重性，即由物質的苦難向精神的苦難過渡，而更在於她的欲望苦難的雙重激勵。這表現在她的生理渴望在劉壽山處得不到滿足，因此她產生了苦難，同時雖然生理渴望在張振山處得到了滿足，但她的情愛卻遭到了張振山的拒絕，造成了生理與情愛的巨大分離，從而產生荒誕性。荒誕是人生苦難的一種帶有末世色彩的極致精神，因此在這個意義上來說，《饑》是繼魯迅小說後一部偉大的苦難

〔註9〕王富仁：《中國反封建思想革命的一面鏡子──〈吶喊〉〈彷徨〉綜論》，北京師範大學出版社，2000年版，第408頁。

小說。也許別爾嘉耶夫對陀思妥耶夫斯基的一個評價對我們理解這種人類性
的苦難精神會有幫助。他說：

> 陀思妥耶夫斯基的作品完全是末日論的，它只對終極的東西感
> 興趣，只是面向終點。在陀思妥耶夫斯基身上，精神崇拜因素比任
> 何一個俄羅斯作家都強烈。他的精神崇拜藝術取決於他揭示了精神
> 上的火山現象的根源，描寫了內在的精神革命。他表現出內心的崩
> 潰，從他那裡開始了新的精神。〔註10〕

　　新時期以前的當代文學領域受整個時代思潮的影響沒有爲作家提供表達
形而上意義上的苦難的空間。這不是說這個時期的中國作家沒有注意到苦難
和不具有苦難意識，而是因爲新生政權不允許苦難精神和苦難意識的存在。
在新中國建立之後，小說中的苦難表現有可能成爲一種普遍現象，但如何表
現這種苦難卻成爲考量一位作家的政治標準。丁玲的《我在霞村的時候》所
表現出的精神性和成長性的苦難早在延安時期已經受到批判，胡風的「精神
奴役的創傷」的理論正在被逐步肅清，因此有可能出現的苦難意識及其載體
早在新生政權進城之前即已被預先整飭。文學表現的主題只剩下了兩個，即
翻身和歌頌。20 世紀前七十多年，中國文學的主題基本上有四個，即啓蒙、
抗戰、翻身和歌頌，從啓蒙到翻身，文學表現的主題越來越簡單，在苦難這
一向度上，由人的心靈空間的膨脹逐漸過渡到二元的階級對立，也就是說，
一切苦難在這個時候都不約而同地指向了極其慘烈的階級壓迫，苦難的多樣
性走向單一，苦難的個人性走向了集體性。因此誰能夠表現出整個國家和民
族的苦難的深重性，誰就在主流意識形態中擁有了發言權。這個時候政治終
於和苦難走到了一起。但在這種合二爲一的過程中，政治和苦難不是對立性
的因素，而是政治作爲苦難的拯救者出現的。爲了表現這種政治拯救的偉大
功力，作家們筆下的苦難似乎更具有控訴性和血腥性，然後在他者的拯救之
下，苦難獲得了解除。在這個意義上，苦難僅僅作爲一種顯現他力的手段和
工具之一，成爲翻身和歌頌的基礎構成，成爲一種附著於政治之上的裝飾物，
喪失了本身所具有的神聖價值和審美特性，於是走向了淺表化。比如《苦菜
花》中的苦難和周大勇（《保衛延安》）的成長苦難，最後都轉變爲一種幸福
和甜蜜。在這常見的戰爭題材的作品背後，我們總也尋找不到對戰爭的反思
的意味，人們總是被戰爭的勝利鼓舞著，抑制戰爭中的悲情已經成爲戰爭勝

〔註10〕〔俄〕別爾嘉耶夫：《俄羅斯思想》第 198 頁。

利的一部分了。在這個意義上，我們說這個時期小說創作領域苦難題材便變成了一種虛假的苦難存在。使用虛假一詞不是說苦難已經不存在，而是說苦難通過一種非苦難意識表現出來，從而消解了苦難的深層意義和終極性、永恒性。

3 在新時期的最初幾年，中國作家小說中的苦難主題與此前時期相比在意識深度上並沒有明顯的改善。這主要表現在兩個方面，其一是表述的內涵和方式僅僅局限在政治領域，絕大多數作家們將自己的筆觸直接指向了「文革」本身。他們通過鮮血淋漓和慘無人道的經歷性事件為中心，對事件本身進行了極度的描述，從而顯現出「文革」的恐怖性；其二是以政治控訴為主，思維和視野受到了極大的局限。事實上這種表現形式和表現主題與在新時期以前的翻身和歌頌主題並沒有太大的本質意義上的差別。雖然在這類作品中，仍然是以人為中心的，但人在這當中僅僅成為一種政治環境的工具，不具有主體的主動性。實際上在這一點上責備中國作家有時顯得多少有些不太人道。在極度左傾的中國文化和思想發展過程中，中國人的主體精神是在逐漸地淪喪，人逐漸地從主體地位論為客體地位，從改造世界轉換為被客觀世界改造。出現這種情況的原因雖然比較複雜，但仍然有兩點是至關重要的。一是作家們表達的急切性。作家們剛剛從惡夢中醒來，由於環境的相對寬鬆，政治翻身的主體性的高昂，他們恨不得在一夜之間就將多年來的政治壓榨全部地傾吐出來，於是我們看到在傷痕文學中，牛棚、苦役、拷打、圍攻、抄家、迫害、虐殺等造成妻離子散、家破人亡的一切手段都集中在一段時間裏表現出來。這個時期的文學成了血和淚的文學。血和淚的文學是早在 20 世紀初期的時候，文學研究會的重要成員鄭振鐸提出的。當年鄭振鐸提這個口號的時候，雖然他也看到了民眾生活的苦難和在一種特定歷史時期人的生存狀況，但他絕沒有從苦難本身來認識問題。幾十年後的中國小說仍然在這個問題上沒有得到很好地解決。新時期最初的作家們感情飽滿、宣泄有力，文學努力地實現這種政治控訴的職能，實際上就是一種淺層次的回歸。在一些作品中，甚至無節制得誇大和渲染了政治苦難。這些仍然沒有脫離十七年文學中的文學範式，只不過是控訴的對象發生了變化。從上述的情況來看，中國小說創作在這個主題上，在長時間裏始終沒有太大的長進。其二是缺乏小說審美的自覺性，這已爲成爲新時期以來的文學研究者們所認可的事實。曾開創一代小說寫作先河的《傷痕》、《班主任》等小說，在一定程度上來說就是

一種低級的讀物和簡單的故事。他們能夠有里程碑的意義絕不是藝術性本身，而是政治性本身，是他們在事隔近三十年後的另一種控訴。對他們的價值判斷只能停留在政治層面上而不會停留在文學層面上。

　　文學意義的喪失並不是來自新時期，而是來自建國以來的甚至在建國以前的很長時間。有人說過這樣一段話：「半個多世紀以來，中國文學中充滿了仇恨、暴戾的氣息，充滿了遍地開花的大刀長矛和狂轟濫炸的『日常暴力』（比如斗私批修、檢舉揭發、做思想工作、寫思想彙報等），成為文學之正宗與主流的竟然是對毀滅欲和暴力傾向的道德頌揚而不是對他們的人文批判。文學與政治意識形態差不多達到了合二而一的完美結合，文學在不知不解間基本上被取消了，作家也通過對文學之文學性的閹割而取消了自己作為一個作家的存在。」〔註11〕一定時期以來，由於強調了文學的政治教育功能，所以在品評文學作品的時候，人們首先著眼的不是文學性而是政治性，這一點是有目共睹的。由於所有的文學需要都服從政治需要，因此我們所培養起來的作家先天地就具有政治家的本色，這在表現和他們自身生存和命運相關的歷史故事中也同樣是如此的。況且似乎在一些作家的意識中，他們所講述的故事並沒有被當作故事而是當作了歷史事實，正是在這個意義上，我們才說他們的作品大多具有歷史價值。作為一個小說家來講，如果在寫作中，將自己的目光單單地鎖定在政治層面，必然就會在政治性和文學性的較量中喪失文學的本體特徵。對於苦難主題來說，應該認識到災難深重的生活和生存環境並不代表哲學意義上的苦難原理。在對政治性苦難的敘述中，苦難的打擊是單方面，它不具有互動性和多重性，因此就難以表達出人在這個環境中的掙扎與奮爭和在這個掙扎與奮爭過程中的人性流露和悲劇演繹。也就是說，儘管在傷痕文學中，絕大多數的小說都表達了一種悲慘的生活過程和生活結果，但較少有真正意義上的悲劇性。以此來對照在上文中我們曾經論述過的盧梭對人類災難的認識以及別爾嘉耶夫對陀思妥耶夫斯基的評價，很容易發現中國的傷痕小說在表現苦難上顯然與西方有著截然不同的思維路向。

　　在很長一段時間，中國作家對苦難的認識有一個很難克服的障礙，或者說是一個兩難性的悖論。一個是從傳統文化當中派生出來的承受和消解的心態，要麼不承認人生苦難，要麼將苦難作為勵志的工具（在佛教文化中有些例外），較少將之獨立出來從本原上進行拷問；另一個是始自 20 世紀的從階

〔註11〕摩羅：《論當代中國作家的精神資源》，《文藝爭鳴》1997 年第 3 期第 27 頁。

級鬥爭觀念中派生出來的思維定勢，通過控訴或者通過鬥爭來轉移或者消解苦難。一旦超出了這樣的定勢，寫作者是必然要遭到整飭。比如在蔣光慈的《麗莎的哀怨》中，麗莎在作為階級苦難的施難者的地位喪失以後，自己淪為了受難階級。蔣光慈因在作品中對之表示了同情，便受到了批判，甚至開出了黨籍，這無異於結束了蔣光慈的政治生命，而實際上，由於此點蔣光慈也結束了自己的生理生命。他的警示性作用是，大多數的寫作者只能在創作中極力表達自己所認識到的苦難以及對它的憤恨，苦難在這種寫作中成了一種粗鄙的物質層面的代名詞。這樣做的結果是，一方面作家並不善於賦予苦難一種單獨的審美意義，沒有獨立於人的心理之外去考慮人和苦難的深層關係，另一方面，即使苦難成為創作中的表現主題時對苦難的批判和剝離又過於急切和激烈，缺少趣味性和意蘊性。有位學者在評論《傷痕》時說過這樣的話：「我覺得盧新華的這篇小說沒有穿越政治。他是就政治寫政治，就政治情感寫政治情感，整體上是依附於政治的，只不過他依附的是一個新的、具有西方人道主義色彩的政治。」「《傷痕》作為一篇政治化了的人性小說，我認為盧新華把政治情感作為表現形態是沒有問題的，可以說他寫得很好，但也可以說寫得很差。原因在哪兒？原因在於他的背後的思考中斷了，沒有形成『穿越』的態勢。」〔註12〕這裡的「穿越」在某正程度上就所說的意蘊。可見政治在一定時期成為曾成為中國作家在苦難描述上的一個重要的障礙。

政治成為形成苦難意蘊障礙的一個重要原因還在新時期傷痕文學創作中表現為政治恐懼。政治恐懼既包括恐懼的政治，也包括政治的恐懼，前者是後者的根源，後者加劇了前者的可怖性和現實可能性。當這種恐懼成為主導人們思維的枷鎖時，所有的苦難都被平面化了。它使很多具有進一步延伸可能性的小說發生了猝死，這件事情本身可能就是一種悲劇。在馮驥才的小說《啊！》中，將知識分子在紅色恐怖中的「政治的恐懼」已經寫到了荒誕的程度。膽小怕事的科研人員吳仲義因將一封事關重要的家書偶然丟失，引起內心極度慌張，甚至懷疑該信已經落入別人之手，在工宣隊長的恐嚇和訛詐下，為了向政治表達自己的忠誠，像所謂的組織交代、坦白，連累到了自己的哥哥。但他的真誠並沒有得到回報，他同樣被勞改懲罰。等到他的一切苦難都已經結束的時候，他卻意外地發現了那封信並沒有丟失。在這裡，苦難

〔註12〕吳炫：《新時期文學熱點問題演講錄》，廣西師範大學出版社，2004 年版，第20、21 頁。

的來臨既是對恐懼承擔的結果，也是對苦難逃避的結果。人們在這樣一種政治環境中，無端地陷入到了一種荒誕性的悖論中。在傷痕文學中，政治苦難始終伴隨著恐懼而來，甚至在一定意義上來講，恐懼是政治苦難的核心主題，也是極端政治之所以成為極端政治、傷痕文學之所以成為傷痕文學的重要原因。看來中國新時期以來的小說要想獲得在苦難主題上的大發展，只有獲得對恐懼的超越和對形下的苦難的超越。

　　4 中國作家對於形下的苦難的超越是從「反思文學」開始的，反思文學的命名，本身就帶有了一種形而上的色彩。它已經穿越了傷痕文學對政治事件本身的關注而走上了對於文化和支配了文化的人的深度反思。正如有人所說：「對反映著政治失誤的歷史事件予以清算和否定，意味著反思文學把立足點和關注點轉移到了『人』的身上。『革命』政治的根本癥結就在於它用社會目標否定了作為個體的人的價值與尊嚴，『文革』後人學的復興正是對它的反動。」〔註13〕很多人在論述到新時期以後的反思文學時都不約而同地看到了「人」在文學和作家心中的地位。〔註14〕「人」是西方文學和文化中的苦難主體和追尋苦難的最後根源。一般來說，在傷痕文學中，或者在以往的文學中，我們的作家善於將苦難的矛頭對準集團、社會、國家或者政治，而沒有充分考慮到在所有這些概念中人作為類的存在的道義承擔。實際上即便對人來講，一個單獨的個人很難成為普遍的苦難的焦點。一個或者幾個人對社會或者別人來說所製造的苦難或者悲劇是有限的，具有偶然性和局部性。他們不代表人類本身。只有將這些外在的東西還復到人的身上，那樣才會具有更高層次的人學意義，才會看到人在自己創造的文化中所習得的缺欠。於是按照這種思路，我們看到卡夫卡、福克納、海勒以及陀思妥耶夫斯基作品中的荒誕與生存悖論。其實荒誕和生存悖論是人生苦難的一種重要表現形式，也就是說人生的苦難並不是總是帶有著血和淚的衝突和巨大的痛苦承受，而也可以是一種情緒或者情感。所以加謬說：「無論在什麼轉折路口，荒謬的感情都可能從正面震撼任何一個人。荒謬的感情是赤裸裸的，令人傷感，它發出光亮，卻不見光迹，所以它是難以捉摸的。」「一切偉大的行動和思想都擁有一個微不足道的開始。偉大的作品通常產生於轉折路口或飯館的喧囂聲中。

〔註13〕畢光明：《從「傷痕」到「反思」》，海南師範學院學報，2002 年第 3 期，第 17 頁。

〔註14〕參見鄺邦洪：《新時期小說創作潮流研究》，廣東人民出版社，1997 年版。吳家榮：《新時期文學思潮史論》，安徽大學出版社，1998 年版。

荒謬也是如此。和其他一個世界比較，荒謬的世界更是從這卑微的出身中獲取崇高的思想。」〔註 15〕正是在這樣的理解基礎上，加謬從西緒福斯不斷推動巨石的苦難和荒誕中看到了西緒福斯的幸福和他的命運的自身屬性。這樣說並不是要倡導一種苦難的幸福觀，而是要看到這種苦難所賦予主體的一種深層的文化意蘊。劉小楓在討論詩人的自殺時說過這樣一段話：「詩人活著可以接受絕望感，甚至可以說，絕望感是一種確證，排除盲目、偏狹、迷拜和無意義的犧牲，賴此確立真實的信仰。但詩人不能生活在絕望感中，更不能因為絕望為世人提供了一種直觀的地平線而擡高它的意義，正如不能因為痛苦或許使人接近上帝的真理，就把它說成是上帝的真理本身。如果不是在絕望的同時力圖消除絕望感，在痛苦的時候祈求抹去痛苦的創痕，生命就沒有出路。」〔註 16〕劉小楓說的也是人的一種生存感覺，儘管在前文中我們一再強調的是人不能對苦難的逃避，而實際上，逃避不僅成為一種本能，而且還是在某種程度上被賦予意義的本能。透視苦難的審美意義在於，體驗人與苦難的抗爭過程中的悲壯性和那種相剋相搏的律動過程。所以劉小楓所說的題旨就在於在絕望中力圖消除絕望，在痛苦中祈求抹去痛苦。也就是說，人是狀態中人、情境中人和文化中人。中國反思文學以後的小說正是在這樣一種背景下將「人」推向荒誕境地的。

反思文學以後的小說著力於人的荒誕性生存的苦難敘事也許是作家們的不自覺行為，但它們穿越極左思潮和封建專制文化的精神無疑表明了他們的成熟和中國小說的成熟。這種情況在馮驥才的《啊！》中已露端倪。一封從未張揚的有關個人對世界和人事看法的信件，因暫時的消失就使一個人經歷了一個巨大的苦難過程，迫使一個人將自己的內心中最隱秘也是最脆弱的部分敞露在政治的壓榨機中接受所謂的靈魂洗禮。人性和社會的缺點在此中暴露無遺。而當這一切都結束的時候卻發現那封信仍然原封不動的保留在原處，由此人的苦難上昇到了荒誕狀態，人和自己開了一個玩笑，人成了自己的荒誕性的存在，人沒有能在自己的羈絆中走出。按照加謬的看法，西緒福斯的苦難和荒誕性是由諸神給予的，神成了主宰荒誕的力量。那麼這種神在中國傳統文化中也是無孔不入的。現實人的荒誕性生存在冥冥中受著一個神的操縱，它給世俗一個具有普世性的宗教力量。人們在這種世俗宗教的鉗制

〔註15〕〔法〕加謬著，杜小真譯：《西西弗的神話》，西苑出版社，2003 年版，第 13 頁。
〔註16〕劉小楓：《拯救與逍遙》，上海三聯書店，2001 年版，第 69 頁。

下不自覺地走向了荒誕，走向了苦難。比如林斤瀾的《哆嗦》。主人公十三歲
就參加革命，曾出生入死，屢立戰功。在「文革」中面對造反派的批鬥也毫
無畏懼。但當他看到自己寫的「萬壽無疆」被別人改成「無壽無疆」時卻不
禁哆嗦起來。主人公不怕死時他面臨的是物質的有形的東西，當他哆嗦時他
看到或者想到的是一種世俗性的力量，這是一種比「左」的思潮更爲久遠的
東西，一種源於由個人崇拜而上昇的對一種文化的恐懼，它成了一種宗教。
正如塞奇‧莫斯科維奇所說：「從群體心理學角度來看，個人崇拜是把一種理
論轉變爲帶有強大力量的世界觀，也就是世俗宗教之間的紐帶。」〔註 17〕對
某個特定的人物的崇拜是偶然的，但當成爲宗教並佔據某個民族意識的時
候，大概在它涵蓋之下所發生的一切就會是必然的了。所以當這種世俗宗教
在掌控人的時候，即使在死亡面前再不畏懼的人也產生了恐懼，這是關於死
的荒誕性。弗洛伊德說：

> 在人類社會的發展過程中，知性的力量逐漸地超過了感性，而
> 人們對每一個這樣的進展都感到驕傲和歡欣。但是我們無法說明事
> 情爲何應當如此。後來事情又有了進一步發展，知性又被信仰這種
> 讓人困惑的感情現象壓倒了。於是我們就有備受歡迎的因荒謬故信
> 仰的說法。每一個在這方面取得成功的人都把它視爲至高無上的成
> 就。〔註 18〕

所以歸根到底，反思文學對「極左思潮」的反思、對人的被扭曲的反思關鍵
的指涉對象是苦難主人公們的信仰，並由此反射出因苦難而造成的人的荒誕
感。比如李順大造屋的三起兩落（《李順大造屋》），李銅鐘的「鬧搶國庫」
（《犯人李銅鐘的故事》）以及《記憶》、《剪輯錯了的故事》、《芙蓉鎮》等等
諸多我們所認定的反思小說中，基本上都可以在那些苦難主人公身上尋找到
荒誕的蹤迹。

實際上，不僅是在反思小說中，在其以後的諸多涉及苦難敘事的小說思
潮中，充滿荒誕色彩的生存意志一直若隱若現地延續著，它像一條河，一直
流淌到了 20 世紀末，並有可能繼續下去。在梁曉聲的知青小說中，一方面是
對知青們的文化生長環境的批判和反思，一方面又對在這種意蘊中充滿理想
主義激情的生存狀態的歌頌；一方面是惡的摧殘，另一方面是善的張揚。在

〔註 17〕〔法〕塞奇‧莫斯科維奇著，許列民、薛丹雲、李繼紅譯《群氓的時代》，江
蘇人民出版社，2003 年版，第 468 頁。
〔註 18〕轉引自《群氓的時代》，江蘇人民出版社，2003 年版，第 464 頁。

苦難中將人推向了兩難的境地。就像西緒福斯那樣，當他一遍遍地將巨石推上山頂的時候，命中注定了這塊巨石還要一遍遍地滾落下來。在李存葆的軍事小說中，同樣我們看到了在具體可感的生命和他們所面對的意志和意識之間的荒誕關係，「山中那十九座墳塋」正是人們面對荒誕和苦難時的激情產物。如果這樣分析下去，我們可以最終看到，在反思以及其後的小說思潮中，文本和文本中的人和事已經逐漸脫離了它所賴以產生的情境，從而使從苦難中衍生出來的荒誕漂浮在文本之外，成爲一種無處不在的到處漂泊的幽靈。我們不知道這是否是苦難的最後歸宿。

　　5 先鋒文學以後，小說苦難的敘事給我們帶來一種新鮮之氣，帶來了一種異樣的沉重，也帶來了對苦難的救贖。整體上來說，呈現了以下的基本路向。1. 以池莉方方爲代表的平面苦難敘事；2. 以余華、閻連科爲代表的後先鋒苦難敘事；3. 以張煒爲代表的人文苦難敘事；4. 以張承志、北村爲代表的宗教苦難敘事。

　　新寫實小說在苦難描述上和傷痕文學的最大區別是，它將敘述客體指向了生活本身，指向了原生狀態。它不具有控訴性質，更富於感性的思考和觀照。它不再將苦難賦予那些特定的政治、文化環境中的人，它在最大程度上實現了向具體的人的回歸。它在悄無聲息中表現了人的雙重苦難。這種雙重苦難是，人是平凡的人，苦是通常的苦，兩者疊加在一起，便消解了在傳統意義上的苦難的崇高性和正義性。它消弭了苦難和幸福的邊界，因此即便人們感到從未有過的舒暢時，其中仍然含有著普遍的苦澀。它的最大意義在於它把苦難苦澀化了。我認爲「苦澀」這一詞彙能夠準確傳達出新寫實小說在苦難敘事中的傳神意義，它甚至把這一感覺傳達給每一位讀者。它不要求這種敘事能夠在讀者中引起心靈的巨大震撼，它只是想說明人的生活狀態和那種世俗化的理想。它觀照的是大多數，它引起人們對於普遍的正義和公正的追求。新寫實小說的寫作者並不將自己的情感投入到自己的寫作文本中，他們這種冷漠式的陳述表明苦難的習以爲常和在此面前的無能爲力。所以善惡是非和道德良心並不能成爲約束他們的制勝法寶，他們的隨意性正表明了他們選擇的慎重性。我們通常將新寫實小說的特徵概括爲面向原生態、面向底層（基層）、重塑理想。在中國特定的文化環境中，基層是什麼？簡單地說，基層就是苦難，所以新寫實的目的就是續寫新的苦難。

　　池莉在小說《煩惱人生》中心刻畫了一個小人物印加厚的形象。印家厚

在經歷了一天的生活、工作之後，晚上 11 點 36 分，「他往床上一靠，深吸了一口香煙，全身的筋骨都咯吧咯吧鬆開了，一股說不出的麻麻的滋味從骨縫裏彌漫出來，他墜入了昏昏沉沉的空冥之中。」「他在燈暈裏吐著煙，雜亂地回想著所有難辦的事，想得坐臥不寧，頭眼昏花，而他的軀體又這麼沈，他拖不動它，翻不動它，它累散骨架。眞苦，他開始憐憫自己。眞苦！」他的「眞苦」的感慨就是一種苦澀宣言。印家厚在煩惱的人生中扮演著各種角色：丈夫、父親、情人、女婿、班長、鄰居和拆遷戶等。他爲了生活和工做到處奔波，每一件事情都令他煩惱和痛苦。但這也是他生活的重要組成部分，如果離開了這些，恐怕印家厚就不成爲其人了。對於這一形象，作者說：「舉目看看中國大地上的人流吧，絕大多數是『印家厚』這樣的普通人，我也是。我們普通人身上蘊藏著巨大的堅韌的生活力量。用『我們不可能主宰生活中的一切，但將竭盡全力去做』的信條來面對煩惱，是一種達觀而質樸的生活觀，正是當今之世我們在貧窮落後之中要改善自己生活的一種民族性格，從許許多多的人身上我看到了這種性格，因此我讚美了它。」〔註19〕池莉從一種民族性格和對生活的道義擔當來看待在印家厚這樣的人物身上所表現出來的苦難，意欲昇華它作爲一種生命力的象徵，這無疑是作者的深刻之處，也使新的平面化的苦難得到了一種文化意義上的理性歸宿。

　　方方是另一位具有著強烈苦難意識的新寫實主義作家，源於女性作家對於生活的深沉理解，她把人的生活苦難看作是一種風景，所以她的小說《風景》的命名就明顯地包含了她自己的意識和她的對生活本身的宣言。在這篇小說中，她「以十分冷靜的目光一滴不漏地看著他們勞碌奔波，看著他們的艱辛和悽惶，」爲了表現人性的弱點和生存的悲哀，作者在文本中構築了十分濃烈的悲劇氛圍。她在篇首引用波德萊爾的詩句說到「在浩漫的生存布景後面，在深淵最黑暗所在，我清楚地看見那些那些奇異世界。」她從一個出生僅十六天的鬼嬰的視角來審視人間的悲慘淒涼的苦難發展歷程，流露出了作者深沉的審美用意。死亡和貧窮以及對這兩者的抗爭是這篇小說的基本底色，說到底這是與命運和自身性格弱點的抗爭，「七哥」的畸形心理形成過程正是這一抗爭過程的表現。在新寫實主義大潮中，表現這種苦難的還有劉恒的《狗日的糧食》、《白渦》和劉震雲的《塔鋪》等。但僅從《風景》上看，與池莉的《煩惱人生》相比，《風景》更多地看到了人的性格和命運在其苦難

〔註19〕參見《小說選刊》，1984 年第 4 期。

生成中所扮演的角色，在一定意義上來說多少產生了西方悲劇中對於苦難根源的追求之路。

從九十年代末開始，關於平面苦難敘事在幾位青年作家的小說中得到了一如既往的繼續。他們是荆歌的《計幟英的青春年華》、鬼子的《被雨淋濕的河》、《上午打瞌睡的女孩》、《罪犯》、熊正良的《誰在為我們祝福》、東西的《耳光響亮》等等。比如計幟英作為一個普通女工，在自己青春年華流失的過程中一直有苦難伴隨著。這些苦難既包括生活條件的艱辛、也包括情感的波折，更包括多次人流所造成的心理打擊以及最後作為性用品而被交易，這些十足成為一部女性的苦難史。但在這些苦難當中，如果仔細梳理的話，我們卻可以發現，所有造成她的身心苦難的根源卻在於她的「性徵」以及在這種「性徵」誘惑下的欲望。在《誰在為我們祝福？》中，苦難發生了分裂。一方面母親下崗，艱難地維繫著這個家庭；另一方面兩個女兒一個當了妓女，一個女兒當了模特。在這雙方當中，她們互相將苦難想像置於對方，為了避免雙方的苦難而互相追逐與禁止。母親的痛苦在於女兒當了妓女，所以她苦苦尋找和阻止，這是她的苦難。對女兒而言，她們的苦難不在於做了妓女和模特，而在於試圖逃離母親的視線。因此她們對苦難的理解發生了歧義和分離，也許這才是真正的苦難。在《下午打瞌睡的女孩》中，母親因下崗偷了一塊豬肉造成了此後母親和女兒苦難的全部根源，但如果僅僅這樣理解，似乎是又回到了苦難控訴的邊緣。而實際的情況應該是，「偷豬肉事件」僅僅是一個誘因，母親的性格的偏執才是一種真正的苦難。而這種因偏執所造成的苦難是由「尋父」的過程表現出來的。這些小說明顯具有批判現實主義的品格，顯然苦難在當下生活中已經再一次被普遍化了。這種普遍化能否說明了苦難的人類學本質和歷史發展的深層動機呢？顯然僅從這幾部作品來說我們很難作出恰如其分的評判，但在揭示人物命運和當下社會關係上我們卻可以看出他們試圖將苦難個人化和社會化的努力。所謂個人化就是他們看到和表現了在物質貧乏條件下的性、性格和欲望的原生狀態以及走向苦難的必然趨勢。所謂社會化就是他們毫無例外地將苦難根源指向了物質的貧乏。也就是說他們表現了貧困和苦難的孿生性和依存性，但他們沒有深度，沒有對人性的深層剖析和對歷史意蘊的營造，是消費社會審美趣味的典型體現。本來苦難是人類生活的主題，是歷史存在的本質。或者可以說，所有的歷史都是苦難的歷史，而所有苦難的歷史構成都可最終歸結為人的欲望和他們對欲望的

想像。但如何來表現卻成爲檢測作家深度的標誌。陳曉明說：「現代性確立的歷史觀成爲文學藝術表達的基礎，人類生活的歷史化，也就是文學藝術的表現具有深度精神，而這個深度主要是由『苦難』構成其情感本質。苦難在文學藝術表現的情感類型中，從來就佔有優先的等級，它包含著人類精神所有的堅實的力量。苦難是一種總體性的情感，最終極的價值關懷，說到底它就是人類歷史和生活的本質。」〔註20〕以此來觀照上述所列小說，顯然它們還沒有達到所謂的歷史深度，關於苦難的敘事還是在平面中鋪展。由於他們更多地關注絕對性的事實存在，因而也就忽略了歷史的延伸。在某種程度上來說，似乎是往往絕對性的事實存在能夠包含了更大的現實苦難，因而也許就更加具有了震撼人心的力量，它的引人之處也許正在於此。也許在寫作者心中已經蘊含了一種超越苦難歷史化和本質化的企圖。

　　後先鋒苦難敘事純粹是一種僞命名，它不具有指向苦難本身的實體意義，但命名又是完成理論概括的必經之途，故在此只能做權宜之計。這種命名來源於余華的轉向，余華從先鋒寫作向寫實寫作轉向的時候並沒有完全拋棄在先鋒寫作中習得姿態，正如他自己所說：「我覺得我還沒有那麼大的能力去反叛先鋒文學，《活著》應該成爲我個人寫作的延續……」，〔註21〕這主要表現的是他對生命的冷漠和對死亡的快感，以及他將暴力主題變換成了苦難的主題。這就是他的三個長篇《在細雨中呼喊》、《活著》和《許三觀賣血記》。這幾部小說的寫作受陀思妥耶夫斯基的影響很深〔註22〕，因此在表現苦難上很有些殘酷。整體上來說，余華首先對於苦難表現出了一種樂觀和順從，有人稱之爲「溫情地受難」，〔註23〕這與此前其他作家的寫作有著很大的不同，在對苦難認識這一點上很有些許地山的遺風，這大概就是一種中國文學精神在文化上的穿越性。在他筆下的苦難主人公基本上沒有產生抗爭的欲望，他們對於苦難的冷靜和承受幾乎可以成爲人生修煉的一種主要的方式，在這個意義上來講他還原了苦難存在的本體性意義，似乎是在不露聲色中走向了佛教和基督教。儘管在他的這些小說中，余華在布景上進行了精心的結構，但他的敘事技巧和對苦難的理解使這些布景並不成爲必然的裝飾，

〔註20〕陳曉明：《無根的苦難：超越非歷史化的困境》，《文學評論》2001 年第 5 期。
〔註21〕參見余華：《我只要寫作　就是回家》，《當代作家評論》1999 年第 1 期。
〔註22〕參見余華：《我只要寫作　就是回家》，《當代作家評論》1999 年第 1 期。
〔註23〕夏中義語，見《南方文壇》2002 年第 4 期。

因此苦難的獨立意義幾乎就是一目了然地凸現出來。其次他消解了苦難的恐懼性和被動性，表現了濃烈的歷史宿命色彩。徐福貴雖然因爲偶然性被圈定在特定歷史時期的「地主分子」之外，但他的一生苦行未嘗不是對這種身份轉換的救贖。實際上這時他和龍二之間在生命意義上並沒有本質性的區別。所以消除恐懼和主動受難已成爲必然。他們父子之間曾爲家產的喪失有過一段關於由雞變成鵝、變成牛的對話，〔註24〕這是他們認識到了歷史宿命的潛意識流露。第三對苦難喪失的挽留是余華對於苦難的另一種深刻理解。由於余華並不排斥苦難或者說對苦難的親近，所以在他的苦難敘事中，苦難已經積澱爲人的生存的一部分，成爲制約人的文化的一部分，甚至成了人的生存的一個支撐。在余華的小說中，苦難主人公對苦難並無深刻的見解，也沒有什麼形而上意蘊，更沒有對生存終極意義的追問，但有一個問題確實總會縈繞在閱讀者的頭腦中，那就是人爲什麼活著，顯然包括余華在內誰都無法回答這個問題。徐福貴在所有的親人都離開他之後，也就是他經歷了一生的所有的苦難之後，他對苦難產生了留戀，於是他將這種留戀轉嫁到了一頭牛身上。如果在屠宰場，那頭牛的死未嘗不是一種解脫，但徐福貴阻止了這種解脫，他甚至將這頭牛命名爲福貴，使這頭牛的苦難繼續延續，這無疑是對苦難喪失的挽留。同樣當許三觀面對著人頭湧動、物質豐富的當今社會時，他爲自己的無處賣血產生了無限的悲痛，雖然賣血已經不是他維持生計的手段了，但卻成爲了支撐其生存的手段了。所以許三觀對賣血的留戀實際上就是對喪失了的苦難的追尋。由此我們可以看出余華對苦難表現出了他獨有的狡黠和冷靜，他與先鋒小說並沒有產生明顯的裂痕。

對苦難的宿命式描寫也是閻連科苦難敘事的最終所確定的模式，也許正是在這個意義上，我們才把余華和閻連科聯繫在一起，歸併到後先鋒當中。實際上，我以爲，當代文學批評界並沒有給予閻連科一個準確的定位，這樣就容易使人在對他的闡釋上出現隨意性。但似乎這又是所有論者要追求的目標之一。閻連科是現實主義作家，但當他把現實主義送進了歷史宿命怪圈中的時候，他便具有了先鋒性質。這種理解主要來自於他的小說《日光流年》

〔註24〕小說中原話爲：「從前，我們徐家的老祖宗不過是養了一隻小雞，雞養大後變成了鵝，鵝養大變成了羊，再把羊養大，羊就變成了牛。我們徐家就是這樣發起來的。」「到了我手裏，徐家的牛變成了羊，羊又變成了鵝。傳到你這裡，鵝變成了雞，現在是連雞也沒啦。」參見《活著》，南海出版公司，1998 年版第 29 頁。

和《受活》當中。有的論者認爲苦難是先鋒文學的「藝術原理」，這種原理主要表現在作家首先是作爲一位思想先驅而存在的，這些作家面對現實、面對人生所作的思考不是停留在公眾的假象狀態駐足不前，而是穿越庸常表象，質疑生命的原眞狀態。同時先鋒文學也是對既存的文學精神的反叛，通過反叛達到主體的高度自由。這兩者都是以苦難作爲核心的。〔註25〕當然這其中的先鋒作家主要指的是那些產生了重要人文影響的西方文學大師們，比如陀思妥耶夫斯基、卡夫卡、薩特等，不是余華、閻連科意義上的先鋒作家，但閻連科卻是在這個意義上走得更爲深遠的中國作家，因此離那些西方的大師們相對來說就近一些。尤其值得注意的是，他對生命的原眞狀態的探求似乎更加切近。他對苦難的書寫更具有時間感、空間感、衝突感、荒誕感和文化感。也就是說他賦予了苦難更爲沉重的歷史本性，它確定了「耙耬山脈」這種永遠不可能變化的「文化中心」地域，通過命運與苦難的尖銳的激烈的衝突，完成了苦難的荒誕性和永恒性的塑造，從而使他自己的關注點從當下的物質欲望繁盛的氛圍中涇渭分明地剝離出來，形成了爲他自己所獨有的苦難的年輪。他的苦難主人公永遠地在這個已經確定的圈子裏循環下去，難以走出命定的歷史本相。也許他和余華一樣，把對自身的出賣（《日光流年》中的賣皮、《受活》中的賣藝、《許三觀賣血記》中的賣血和《活著》當中的賣命）當作對苦難的贖買，是對苦難的祭奠，是完成苦難創造的重要儀式，因此在潛在的意義上，他們共同神化了苦難。另外，在此前的所有的苦難敘事中，似乎他們面對苦難的生存意志更加頑強，也更加自覺，更加具有觸目驚心的視覺感受和心理衝擊力，起到了淨化靈魂的作用。在閻連科的小說中，爲了表現苦難的自足性和自適性和歷史循環性，他拒絕了現代文明尤其是物質文明的拯救，排除了三姓村和受活村所有的外遷的可能性，也就是說他通過對苦難的眞誠刻畫和保持它的審美趣味的純潔性，他揶揄和批判了現代文明，實現了向歷史深處的回歸。這樣做的結果使他達到了兩個目的，一是使苦難走向荒誕，二是使苦難走向宿命。這同樣也是閻連科的狡詰和深刻。比如在《日光流年》中，三姓村改變命運的努力最終在引進的污染了的水源中化爲烏有，他們的苦難又重新開始了。在《受活》中，受活村民所有的財富積累也在一夜之間被文明人們搶劫一空，他們又回到了苦難的原點。因此在閻連

〔註25〕參見洪治綱：《先鋒文學的苦難原理》，《小說評論》2004 年第 4 期。

科的小說中拯救是根本不可能實現的，也是根本不存在的。他同余華一樣，把苦難看成是人們永遠也擺脫不掉的自身生命的一部分，他們同樣將苦難生命化，這是對西方悲劇根源論的一種新發展。

6 強烈的人文苦難關懷是新時期以來所有關於苦難主題敘述中獨樹一幟的亮點，其承擔者張煒對此表現出了特立獨行的執著。從《古船》開始，經過了《九月寓言》、《家族》、《柏慧》一直到後來的《外省書》和《能不憶蜀葵》，他試圖從人文精神的角度來探索人類苦難的形成以及對苦難的克服與救贖。在張煒看來，人和土地的複雜關係決定了生存於土地之上的人的苦難，同時人的生存又破壞了土地的自為自在的狀態，造成了土地的沉重災難。在《古船》中，張煒集中地展示了 20 世紀中國人的生存苦難，窪狸鎮上的人從老輩算起肚子裏就沒有裝過多少糧食，他們是種地的人，但他們這些種地的人卻吃桔梗、樹葉，糧食不知道那裡去了。飢餓和貧困這種生存性苦難帶來的是暴力、仇恨和殺戮，相對於生存性苦難來說，這些已經變得喪失了人性，是比生存性的苦難更為深刻的一種。之所以出現這種情況，是由於土地的集中和貧瘠。在窪狸鎮上，不管是誰掌權，誰擁有土地，總是存在著貧富不均以及由此帶來的人道的喪失，由此也就永遠也擺脫不了沒有止境的苦難。如果說窪狸鎮人的苦難代表了中國人在 20 世紀的苦難，那麼在《九月寓言》中的苦難則是中國的大地苦難了。那個叫做「鲅」的小村曾經是一個煥發著生機和活力的人類肉體和精神的棲居地。正如文本中所說：「誰見過這樣一片荒野？瘋長的茅草葛藤扭絞在灌木棵上，風一吹，落地日頭一烤，像燃起騰騰地火。滿泊野物吱吱叫喚，青生生的槳果氣味刺鼻。兔子、草獾、鼺鼠……唰唰唰奔來奔去。」但這富有詩意的大地只是存在於老年人的記憶中。毫不懷疑地說，人的年紀越大，離黃金時期就越近。隨著社會的發展，詩意的棲居已經成為神話，人的欲望的不斷增長伴隨著對大地的開掘而終於走上苦難境地，所以「鲅」村在苦難中衰落了。這也是一種人文的衰落，因為在張煒看來，大地不僅是人類棲居的家園，也是和人一樣具有生命、意志和情感。如果說在《古船》和《九月寓言》中說明的是人和自然之間的苦難關係的話，那麼在《家族》和《柏慧》中，張煒從另一個側面展示了人和人之間的苦難淵源。他設計了兩個家族，一是由曲予、寧珂、陶明、朱亞、口吃教授等組成的精神家族，他們品德高尚、正直無私，代表了社會公義和社會良心，代表了人類的善和社會的善；二是由殷弓、裴濟、柏老們組成的，他們卑鄙、

自私，代表了人類的惡和社會的惡。在兩者的較量中，後者總是不擇手段地戰勝了前者，不僅較量的過程是受難的過程，而且較量的結果也是苦難的最大程度上的承擔和顯現。最終我們看到，在這兩種苦難類型（人和自然的苦難與人和人的苦難）中，張煒都毫不猶豫地將苦難的根源指向了人性的「惡」，「惡」成為一切苦難的最大製造者，是源自人的卑微的低賤的缺乏人性關愛的欲望。也就是說「惡」在實質上就是人性的弱點，表現在人和人的關係上就是一個人對另一個人、一個「家族」對另一個「家族」壓制、欺騙和暴力，表現在人和自然的關係上就是人對自然毫無節制的攫取和掠奪。但張煒沒有說明人類的苦難遭遇是否是對人性弱點的懲罰，也就說他在追求正義上和西方悲劇中的正義觀走的是兩條道路。

在西方的悲劇觀中，正如前文已經說到的那樣，人類的苦難根源是源於對性格弱點的懲罰，這樣才使人跌進萬劫不復的苦難當中。張煒的著眼點在於如何來拯救這種人性當中的「惡」的因素，所以他不斷提出救贖的主張。這種救贖首先表現在道義擔當中。比如在隋抱樸（《古船》）看來，他所生活的城鎮的苦難根源就在於對財富和權利以及土地的貪婪，貪婪造成了人性的扭曲和人與人之間的剝削與被剝削、壓迫與被壓迫，只有消滅這種貪婪，使土地、財富和權力回到人民的手中才能將大家從苦難中拯救出來。所以他欲擔當大任，重振粉絲廠，但他作為社會中的人能夠走通這條救贖之路嗎？作者未敢給予肯定的答覆。其次張煒也將拯救大地作為實現救贖的另一條通道。他的主張是人要詩意地棲居。所以他對大地繁複奇異的景象進行了如詩如畫般的歌唱，但面對著貧瘠的土地和窘迫的生活，再美麗動聽的歌唱也難以讓人產生美好的想像，因為生活不總是「望梅止渴」，更多的是實實在在的生存欲望。所以年輕的鮁人並沒有為自己的大地的陷落而焦慮，相反他們也加入到了追求物質財富的大潮中，成了自己的陷落的創造者。顯然這是一條不歸的拯救之途。第三張煒還把救贖的希望寄託在知識分子的心靈改造上。在《家族》和《柏慧》中，他又致力於尋找那些具有清潔血緣的知識分子。清潔血緣顯然在張煒的想像中是一個具有現代理想主義氣質的知識分子的譜系，他試圖希望通過這些氣質改造那些善於使用卑劣手段的「惡」者，但現實的情況是，善良的軟弱天性和正義品質總是遭到了恥笑，它不僅沒有實現改造的意圖，反而使「惡」更加可惡起來。由此可以看出，在人性的弱點當中，當然也包括了「善」的不足。實際上善和惡都沒能使張煒擺脫救贖

失敗的命運。面對著種種失效的救贖，當代知識分子對於苦難的，無可選擇地走向了逃離（這一主題在閻真的《滄浪之水》中得到了進一步的發展）。於是「葡萄園」成了當代知識分子的精神聖地和進行精神拯救的庇護所。但《柏慧》中的「我」從0三所，到雜誌社，再到葡萄園，與其說是逃離苦難，毋寧說成是製造新的苦難，因爲逃離實在是一種流浪，是喪失了人文精神的當代人顛簸流離的精神旅行，流浪昭示了家園的最終喪失，對大地的詩意拯救和對人類良心改造終於結束。人類尤其是知識分子能否走出那種空洞的虛幻的葡萄園的承諾，能否實現對苦難的眞正救贖，也許在細讀了《外省書》和《能不憶蜀葵》之後，才會尋找到答案。

對苦難的救贖不是沒有可能，人類的萬劫不復終究只是在經驗中得到證實，未來的長遠的道路雖然可能指示出它的命運，但這並不代表命運本身。關鍵的是從現在起我們如何來看待過去的我們所經歷過的苦難。向宗教或者神尋求啓示大概就是一些作家在苦難中的自我救贖之路了，顯然張承志、史鐵生、北村等人就在絕對意義上走上了宗教或者形而上。

7 宗教的產生和苦難有著直接的關係，或者可以說，苦難是宗教產生的基礎。當人們面對著苦難的生存環境時，本能的對苦難的逃避使他們必須爲自己尋找另外的出路，並在精神上渴望獲得拯救，所以帶有明顯宗教性質的寄託和幻想就會產生，並且經過不斷的演化形成宗教。在世界上的三大宗教中都是以苦難爲基礎的。佛教是因爲看到了人間的苦難在現實解決的不可能才逐漸形成的，在基督教中，苦難是因爲人類違背原初對人的定義而獲得的。但不管如何，在這些宗教中，苦難的根源都源於人的欲望，所以宗教的一大內涵之一就是要節制或者消除人的欲望，並以此來規範人的本性。這是人類自我拯救或救贖的重要手段。

關於宗教裏的苦難正如馬克思所說：「宗教裏的苦難既是現實的苦難的表現，又是對這種現實的苦難的抗議。宗教是被壓迫心靈的歎息，是無情世界的感情。正像它是沒有精神的制度的精神一樣。」〔註26〕但這種情況反映到一些具體作家的創作中，由於作家對現實生活感受不同，因而他們在對這些苦難的處理上就表現出了不同的認同。

張承志是一位主動承擔苦難的作家，在苦難面前，他表現出了一位具有充分精神信仰的人的對於苦難的道義擔當。也就是說，在張承志的作品中，

〔註26〕馬克思：《〈黑格爾法哲學批判〉導言》，人民出版社，1963年版，第2頁。

他不僅承認人類生存的苦難性，而且在苦難的拯救上，苦難的承受本身就是一種恰到好處的拯救方式。所以在苦難表達和拯救上他選擇的道路是一致的。在整個張承志的創作中，他苦難意識的來源有兩個，一是他的知青生活，二是具有強烈宗教信仰的本民族的苦難的生活現實。前者主要表現在《黑駿馬》、《騎手爲什麼歌唱母親》和《金牧場》等作品中，在這裡，張承志始終強調的是「母親」的意象，母親的背後實際上隱含著人民的意志。不管現實生活的苦難是什麼，但它們的最後歸宿都是在博大精深的母愛面前得到昇華。他沒有傾訴自己的哀傷、悲痛和苦難，相反他對知青生活充滿了嚮往，也可以說，是知青生活爲他提供了瞭解母親、理解母親的機緣。但沒有表現自己的哀痛不代表沒有苦難，只是張承志將之隱藏的更深，而且使內心深處的苦難轉化爲一種道德歌頌和自我完善的力量，充滿了軟弱的理想主義激情。對於此點，張承志反思道：「我只是懷著過分單純的善意決定了寫它，我有時用了過分軟嫩的語言寫出了它——它與永遠在我面前栩栩如生的蒙古真實之間，存在著一種很大的不同。這種因善意造成的嚴重失真，比比見於我對蒙古及天山游牧世界的描寫之中」。〔註27〕所以爲了尋找到現實的依據和進一步的苦難承擔，張承志無可懷疑地進入到了宗教世界。

可以這樣說，《心靈史》是張承志的精神領地，是他內化苦難、忘卻肉身、飛升精神的現實明證，這一切都是通過對他所崇拜的哲合忍耶教在七代宗師的帶領下，面對生活和社會苦難不斷抗爭和浴血的過程體現出來的。首先，張承志六年數次深入到生存環境極其惡劣的西海固，這不僅是爲了挖掘的需要，而更是一種體會的衝動。對於那個地方，王安憶說：「絕對沒有物質，絕對沒有功利，絕對沒有肉體欲望，因此是絕對的獻身，而且絕對的痛苦受罪。人的本性、本能總是趨樂避苦，總是趨向快樂，而避免苦難的，可是這裡的苦難撲面而來，你躲都躲不開，你必須違反你的本能，要創造另一種的人性方式和內容，那就是受苦、受煎熬、受難、犧牲。」〔註28〕哲合忍耶教紮根在這樣環境中以及張承志對它的追隨，就是一種反叛傳統人性的創新行爲，因爲他本能地認同了所有可能出現的災難和痛苦。對於該教來說，這是一種「苦難宗教」，對於張承志來說則是「沉靜地受難」，這成爲對安拉的追求和對宗教神秘主義嚮往時關於苦難的「神聖遺忘」。其次，對於苦難的認同和內

〔註27〕張承志：《清潔的精神》，安徽文藝出版社，2000年版，第323頁。
〔註28〕王安憶：《心靈世界》，上海文藝出版社，1993年版，第204頁。

化還表現在張承志對「哲合忍耶」這幾個字的理解和化用上。在較早的漢文著作中對於該教派一直使用「哲合仁耶」，無論是該教派中人撰寫教史，還是今人翻譯《劍橋中國晚清史》，都採用了「仁」，這個字的採用，表明了世人對它的另一種評價，試圖用帶有鮮明中國傳統文化特色的倫理規範將之包容進去，而這一點同時也消弭了它的獨特性。但在張承志的理解中，通過使用「忍」字來突出該教派的宗教特徵，突出了苦難對於該教派的意義。「忍」是將苦難內化爲內心積澱的過程，是「忍受貧困，忍受災難，忍受恥辱，默默堅守，從未訴說」〔註29〕的全部總結。正是因爲這一點，所以在《心靈史》的諸多宗教英雄人物中，每一代人的奮鬥，教派的每一步發展和抗爭，都是受難者的心靈展示，都是面對苦難時心靜如水、信念執著的文化演繹。《心靈史》爲我們創造了和發掘了獨一無二的苦難文化。由此，從《金牧場》到《心靈史》，張承志的學者意識也得到凸現和張揚。〔註30〕其三，雖然我們一般地認爲，死亡或犧牲並不代表苦難的終極性，但當我們將死亡賦予一種特殊的審美意識的時候，原來依附於死亡之中的苦難便得到了昇華，這時候的苦難便爲死亡提升了價值。於是在一種特殊的意識形態中，死亡或犧牲就可能成爲追求終極意義的勇敢行爲。在《心靈史》中的犧牲正是這樣的，甚至犧牲成爲哲合忍耶教的一種理想。一個教徒，如果他不能去犧牲，他就沒有價值，就沒有存在的意義。所以在哲合忍耶教的七代宗師中，要麼殉教，要麼遭流放，要麼隱忍，這一切都是以犧牲爲前提，以苦難爲過程。我們可以這樣說，苦難即是犧牲，犧牲即是美，因此苦難就是美的。這種推理是符合張承志的「犧牲即美」審美追求的。當然這一切都須置於張承志的對哲合忍耶教的迷拜當中。正如有人所說：

> 在中國當代作家中，張承志是公開宣佈皈依宗教的第一人，但不會是最後一人。人們經常說，遁入空門，超身世外，這對於張承志來說是不適用的。他皈依哲合忍耶教派，固然是對於一種遠遠比自身強大的，一種源遠流長的社會的、文化的存在的認同，是想從巨人的肩旁上獲得依託；同時，這又是一個追求美的理想的作家對於終於發現了的美──犧牲之美、剛烈之美、陰柔之美、

〔註29〕張志忠：《九十年代的文學地圖》，山西教育出版社，1999年版，第149頁。
〔註30〕張承志具有較強烈的學者意識，他的創作也具有較強的學術性，是當代小說創作學術化走向的一個代表人物，這將另文中進一步探討。

聖潔之美——的忘情傾倒，是對這磅礴於世的「全美」的全身心
投入。〔註31〕

如果說，張承志在《心靈史》中一開始就將苦難置於一種神秘主義的宗
教氛圍中，使苦難較早地接受宗教淨化的話，那麼北村則從世俗化開始起步，
然後再走向宗教神秘主義。

世俗和宗教是兩個尖銳對立的精神集團，人類發展史或者思想史上的大
部分時間都是糾纏在這兩者鬥爭上。當西方從人本主義思潮出發，將上帝世
俗化的同時，他們也許沒有看到由此而引發的對人的思想和欲望的放縱所帶
來負面影響。人們在不再信仰上帝的同時，理性再也受不到節制，因此潛藏
在人性中的另外一些因素滋生蔓延起來，人們喪失了歸屬感和沉思感。浮躁
與輕佻、淺薄與雜燴、物質與欲望似乎構成了人的全部內涵。而這些世俗化
的東西在北村看來則是人類可以觸摸到的但往往又被嚴重忽略的苦難，所以
他的寫作精神就是對之進行刻畫和救贖。在一定意義上，如果說西哲尼采通
過「上帝死了」來解構一種傳統的精神追求的話，那麼北村則試圖重建這種
精神。所以北村和尼采發生了尖銳的對立。北村堅信，人的苦難是由自己的
欲望造成的，越是在日常生活中那些看來淺顯，不爲人注意到的瑣碎事情就
越具有振顫心靈的苦難色彩。物質豐盈不僅不代表幸福，相反卻是一種苦難
的開始。而人對這種苦難有了深刻的認識之後，人也就獲得了解放，實現了
向上帝的回歸。在《公民凱恩》中，受世俗的引誘，凱恩喜歡浮誇，願意通
過外在服飾和金錢躋身於上層消費社會，所以他天天赴宴、找情人、裝修房
子、擺闊，但他的每一步的行走都是極其艱難和痛苦的，這種艱難和痛苦不
在其物質表面而在於內心。他似乎在生活中失去了目的，是一隻迷途的羔
羊。在經歷了人生的種種幻象之後，總覺得自己在冥冥之中有一件事情未
作，他在尋找一種東西。爲了這種尋找，他甚至手持利刃，隨時都有可能刺
向他所面對的所有的人。他有一種無名的苦難，他被這種苦難折磨的已近發
瘋，他始終跨不過在欲望支配下的世俗之累。那麼這種隔了一層的東西到底
是什麼呢？他到過深山，到過人迹罕至破舊的氣象臺，那裡闃靜、空曠和孤
寂似乎並沒有給他帶來頓悟式的答案。但到了《張生的婚姻》中，北村已經
明確地告訴了什麼是世俗妄想的救贖之路。張生能夠在他那種迷霧式的婚姻
糾纏中走出來，是源於他突然穿越了凱恩所未曾穿過的那層紙。這不是紙，

〔註31〕張志忠：《九十年代的文學地圖》，山西教育出版社，1999 年版，第 153 頁。

是一層迷障，當這種迷障被穿越之後，萬道霞光便會將你引向光明。比如在文本中，北村描寫道：「張生被一道更強的光射中，這道光刺入更黑暗的隧道，使他徹底暴露在光中。他意識到那就是神——它從高天而來，在時間裏突然臨到他，把他征服。」「張生的淚水打濕了《聖經》，他開始禱告。一邊禱告一邊流淚，這些眼淚和光一起清洗著他的身體和靈魂，結束一個人。一身的纏累突然消失了，周圍鴉雀無聲，張生被一隻溫暖的手托住，光芒中的安息籠罩了他。」〔註32〕而我們看到張生所獲得的不正是凱恩在苦苦尋求的嗎？所以我們說北村所作的正是一種世俗神秘化的心靈努力，是消費主義社會中實現苦難救贖的一種有效的手段。

但北村所構建的苦難還遠遠不滿足於對尼采的反叛，在這種反叛中，他試圖實現向陀思妥耶夫斯基和托爾斯泰的回歸。在長篇小說《憤怒》中，他充分表達了自己的這種理想。在這部小說中，苦難的無可複製性使主人公李百義在人性的本能中走向了殺人犯。但又是出於對人性和社會的深刻反省，使李百義認識到人的原罪性以及對絕對公正與正義的質疑。他所有的質疑都是從自身開始的，他認定自己是有罪的，所以他通過作一名慈善家的方式來實現對自己靈魂的拯救，他甚至期望有一種公義來懲罰他。而這一切的原點就是「愛」字。這個「愛」字不僅改變了一方百姓，而且還改變了一個副縣長，甚至是抓捕他本人的老警察。這個字是基督教的核心，也是北村爲人類設計的對苦難的拯救之路。正如本書的序言中所說：「唯有李百義的道路是一條眞正的拯救之路，他由拉斯科爾尼柯（《罪與罰》）走向梅什金公爵（《白癡》），由聶赫留朵夫（《復活》）走向冉阿讓（《悲慘世界》）。這一艱難的歷程說明，愛比憤怒更恒久，愛比恨更具有力量，愛是改變中國的唯一可能性。」〔註33〕這種泛愛主義在現代文學史上是有著優良的傳統的，但與傳統的表現方式不同的是，北村把人類的苦難看成是由人性的惡造成的，對這種惡的克服只有通過具有神秘色彩和宗教意義的愛才能完成。所以說北村的寫作緣起，不是苦難的存在而是愛的喪失。與陀思妥耶夫斯基、托爾斯泰等相比，北村的由苦難向愛的轉化與拯救，僅僅是一種「簡單的深刻」，他缺少那些先哲們的所曾經擁有過的精神資源，他的作品也缺乏他們那種意蘊、複雜性、多義性和無限闡釋的張力，但可以肯定地說，北村正在向他們走近。

〔註32〕北村：《公民凱恩》，新疆人民出版社，2002年版，第182頁。
〔註33〕北村：《憤怒》，團結出版社，2004年版，第8頁。

　　不管怎麼說，新時期以來中國小說創作中的苦難意識向我們全面地展示了人類的生存狀態，雖然有時它失之簡單，但我們願意向形而上的高度來提升它。我們甚至可以說在固有的文化傳統上我們對之作了最為複雜的理解，因為這樣才符合人性的複雜性。在 90 年代的小說創作中，沒有苦難的苦難也曾成為個別作家進行苦難表達的理由。人的過分幸福和在幸福中的無所事事，可能是人類墮落的開始，所以「拯救幸福」與苦難描述應具有相同的權利。東西的小說《痛苦比賽》做的正是這種努力，無疑它應成為苦難表述的一種新路向。

第五章　苦　難（二）
── 一而再再而三的女性訴說

　　1 女性歷史是一部苦難的歷史，同樣蘊含其中的女性文學也應該是一種苦難的文學，這根源於深厚的傳統文化的歷史性積澱。有人總結說，女性文學是一種社會存在，它雖然與人類文化同源，但並不同步。當人類進入了父系社會，世界便成為男性話語的中心，於是地球變有了性別歧視，女性便失去了語言和經濟地位。在男人控制的這個舞臺上，不斷上演著女性遭受壓迫、剝削和蹂躪的悲劇。中國有一個漫長的黑夜，在此黑夜中，中國女性遭受的苦難一直延續幾千年。〔註1〕從 20 世紀初的時候，隨著對人的認識的不斷加深和中國人自身解放要求的不斷強化，尤其在政治上對女性地位的特殊關注，表現在文學中的女性形象和內容曾有了一種新的發展。中國新時期以來，在西方方女權主義運動的影響下，在這個世紀的最後 20 多年，女性問題又再度成為文學中的熱點。

　　新時期以來中國小說最為鮮明的一個增長點是女性文學的異軍突起。這種突起是基於兩個方面的原因，一是女性創作隊伍的擴大，二是女性對自身認識的不斷深入。和 20 世紀前四分之三世紀相比，女性文學創作的最突出特徵是小說寫作上的「政治祛魅」，也就是說這些寫作者們在寫作中輕輕地抽掉了政治對性別的遮蔽，從男權敘述話語中走出，使兩性成為了二元性的存在。二元性的存在表明，女性既不是男性的附庸，也不是與男性單純地爭取平等

〔註1〕閻純德：《二十世紀中國女作家研究》，北京語言文化大學出版社，2000 年，第 1 頁

權利的集團，而是強調了差別的兩類人。這樣這些作家們就爲自己的性別建立了一個自足性的話語敘事系統，並在這個系統中完成了對自身的演繹。

但上述系統的建立並不是一下子就完成的。在中國特殊的文化環境中，畢竟在很多時候政治力量往往大於性別本身的力量，而且尤其是當性別和政治結合起來的時候，這種性與政治的糾纏對人造成遮蔽可能就更爲厚重和令人恐懼甚至荒誕，所以，除去了表達內容的考慮外，我們也可以說女性作家的寫作過程和對自身的確認過程本身就是一個苦難的過程。正如我們看到的西方著名女權主義者西蒙娜・德・波伏娃在寫作《第二性》時期所遭遇到的尷尬。她因寫作此書獲得了無數的罪名，她遭到謾罵和恐嚇〔註2〕。實際上波伏娃的這種遭遇的原因不僅在於她在書中赤裸裸地表現了女性的欲望和自身的性別感受，而更在於她搶奪了男性對女性的欣賞、玩味和表現的話語權，顛覆了在男權社會中話語秩序。雖然中國女性文學家們在寫作和旗幟上並沒有遭遇到波伏娃那麼多的尷尬，但從政治的羈絆中走出時心靈上所遭遇到的蛻變折磨也同樣是不可小覷的，因爲她們都同時面臨著一個角色轉換問題。在新時期以前，女性寫作中基本上不存在性別意識，因此女性的生存狀態和命運基本上就沒有人關注。所有的女作家和男作家一樣，被巨大的政治熱情所鼓舞，一遍又一遍的歌頌，一次又一次的認同，使她們在自己的發展道路上帶有明顯的自覺向男性中心靠攏的色彩。比如草明繼中篇小說《原動力》之後，又相繼寫出了《火車頭》和《乘風破浪》，成爲新中國工業文學的開拓者，這些小說充滿了陽剛之氣。如果我們不是特別指認，我們就很難說明這是出自女性之手。在一定意義上來說，長時間的這種女性寫作，儘管有可能出自這些作家的真誠願望和意志，但對性別意識的消弭無疑使我們的文學甚至人的本質性存在出現單一化和畸形化的趨勢，也是女性作家的不自覺地對自身的戕害。那麼如何從這種巨大的文化政治慣性中走出呢？

有人認爲，新時期以來中國女性文學的高峰是五六十年代女作家「多元共榮」的共同創造。〔註3〕「由五四開啓的有關性／情的欲望敘事場景開始了新的轉換。」〔註4〕從政治性、男權性到女權性、個人性，中國女性作家

〔註2〕可參見高虹著：《新夏娃的誕生：西蒙・波伏娃》第五章，四川人民出版社，2000年。

〔註3〕閻純德：《二十世紀中國女作家研究》，北京語言文化大學出版社，2000年，第19頁。

〔註4〕林樹明：《多維視野中的女性主義文學批評》，中國社會科學出版社，2004年，

的創作同整個中國新時期以後的文學思潮一樣，也經歷了風風雨雨的諸多階段。在新時期早期出現的那些女性文學，比如張潔《愛，是不能忘記的》、《方舟》，諶容的《人到中年》、鐵凝的《沒有紐扣的紅襯衫》等，女性「再度作為歷史的蒙難者、犧牲者的形象，已完成『文革』控訴和歷史反思的命題，作為以微末的、籲請的姿態出現的人道主義呼喚，作為一個伸展開傷殘的生命朝向光明與未來的烏托邦式詩篇，成為此間文化風景線上的核心景觀。」〔註5〕有人甚至對張潔的女性文學作了如下的概括：

> 1、適時地傳達了新時期女性在不同生活階段，對愛情、婚姻、家庭自由的現實性要求。洋溢著熾熱的理想主義，並從社會學的角度加以考察，揭示其歷史必然性和合理性；2、嚴峻地展示了女性全面解放的艱苦磨難的歷程，貫穿著激烈的現實批判精神。即使對歷史因襲和現實環境某些積弊的批判，也是對人類自身弱點的批判；3、藝術地再現了明麗的審美理想與壓抑的現實境遇之間尖銳、巨大的矛盾，創造了感情、愛情追求上的「強者」與現實行動的「懦夫」的複合形象；4、在捍衛女性的權益上，始終是一個鐵骨錚錚的戰士形象，具有始終如一的不妥協的進取精神和銳利的鋒芒。人格的尊嚴，精神的崇尚，道德的健全，是其創作的靈魂。〔註6〕

這種評述雖未必準確，但由此開始，女性寫作從傷痕文學到反思文學、從改革文學到知青文學、從新歷史主義到新寫實主義，文學中的政治色彩在逐漸褪去，個人色彩在逐漸凸顯，以致出現了身體寫作、女性經驗、性期待、性恐懼、自慰、戀父情結等等，這些除了能表明女性自我意識的不斷提升外，能否說明中國的女性文學創作就一定是從巨大的文化政治慣性中走出呢？這是一個非常值得進一步研究的課題。應該看到在以男性文化為主導地位的中國文化傳統中，在歷次政治革命中，並沒有拋開女性，這一點和西方有著很大的差別。也就是說在中國，女性的苦難和她們命運的存在形式不僅依賴於男性，同時她們的解放也曾獲得過男性的積極參與。所以從現實存在和創作實踐上看，如果要討論新時期以後女性文學中的苦難意識，不在於她們的政治地位、經濟地位和社會地位，而在於她們的性別地位和性別身份。這大

第 337 頁。
〔註5〕戴錦華：《新時期文化資源與女性書寫》，參見葉舒憲主編《性別詩學》，社會科學文獻出版社，1999 年，第 27 頁。
〔註6〕謝望新：《女性小說家論》，《黃河》1985 年第 3 期。

概就是她們苦難的主要根源。

2 本文的寫作雖然中心旨意在於探討新時期以來女性小說創作的苦難意識，但這並不代表女性寫作和批評的全部，故不適合對其進行女性主義的全部描述。我想說明的問題仍是在女性作家的小說創作中，從文化層面如何來解讀她們對於苦難的書寫，也就是說她們是如何來描寫苦難的以及這種苦難的基點是什麼？粗略地瀏覽新時期以來的女性主義小說，在苦難的書寫上大致經歷了兩個時期：第一階段是七十年代末到八十年代末。在這十年中，作家們在對愛情和人性復蘇的表現上多少有些小心翼翼和戰戰兢兢，她們對苦難的描述多少顯現出一些力不從心和遮遮掩掩的狀態，尤其是在人性深層的挖掘上，苦難的根源和造成這種苦難的現實之間多少有些脫節，外部條件和政治性傾訴多少還是相當程度地存在著。這類小說的代表性人物和作品是張潔《愛，是不能忘記的》、諶容的《人到中年》和鐵凝的《玫瑰門》。這個階段的小說可以說有一個特點，那就是對女性的性別書寫上，逐漸從公共空間淡出，私人空間在逐漸膨脹。由於私人空間的建立，承擔個人感性經驗的敘述就有了可以依託的基礎和存在的物質載體。比如《人到中年》，引起轟動的原因主要是在於陸文婷作為女人在角色分配上與社會和政治產生的衝突以及這種衝突在人的靈魂上的深刻表現。陸文婷作為醫生，她存在於公共領域，執行著社會的公共職能，但作為母親和妻子，她又需要私人空間的存在，這兩種空間的衝突雖然不是必然的和難分難解的，但如何處理這種衝突卻成為中國文學中考察一個女性在苦難面前全部表現的一個基本點。在這部小說剛剛誕生的時候，一般的批評者似乎更願意在知識分子的層面上進行考察陸文婷的處境，實際上，在中國所有的職業女性當中，每一個人所面臨的起點都是這樣同一個問題。因此由於在中國文化環境中，尤其是在 20 世紀五十年代以後，文化中的政治因素逐漸加強，女性的性別角色定位逐漸消失，那麼這個有效的處理公共空間和私人空間的支點也就最終喪失了，陸文婷的苦難正在這裡。而鐵凝《玫瑰門》不僅代表了這一階段女性寫作的全部複雜性，而且還是這一階段女性寫作中苦難敘事最為深刻性的代表。在這部小說中，公共空間已經基本上轉向了個人空間。這部小說本身成為承上啟下的奠基之作。

女性苦難書寫的第二階段是摻雜在九十年代以來的中國女性小說家的創作中。九十年代以來代表性的女性創作文本有陳染的《私人生活》、《無處告

別》、林白的《一個人的戰爭》、《守望空心歲月》、《致命的飛翔》、鐵凝的《無雨之城》、《大浴女》、徐小斌的《雙魚星座》、《羽蛇》、王安憶的《紀實與虛構》、《長恨歌》、張潔的《無字》等。這些小說一般來說也分成兩類，一是單純的欲望和官能化敘事，或者說性成為一切敘事的出發點和歸宿點，比如性壓抑、性膨脹、性覺醒、性饑渴、性變態和性樂趣等等，私人空間得到了完全的建立；另一類是在這些關於性的描述中的主旨性昇華，即通過性的外在或者內在的表現形式來抒發女性在其生存和成長過程中的苦難。在前類作品中，如《一個人的戰爭》、《私人生活》等，不僅赤裸裸，而且與傳統的女性寫作表現了徹底的決絕姿態。尤其值得注意的是這類寫作基本上排除了男性在文本中出現的可能性。雖然從寫作上看，女性的性表現是自覺地完全脫離了男性的中心，但在潛在意義上，無疑創造了一種尖銳地與男性世界的對立，表現出了這類女性寫作在對自身體認和發掘上的偏執甚至是對男性世界進行閹割深層策略。出現這種情況或者局面在一定程度上來說，是和中國作家對女權主義運動的認識有關。在很多人簡單地看來，只要是解構了男權中心主義甚至消解了男性在文本中存在的可能性以及表現了男性與女性的尖銳對立就實現女權主義運動的主要目標。但她們忘記了人類社會存在和發展的最佳狀態是「和諧」，任何單邊行動和任意的缺失都會使這個世界發生傾斜，因此人類的心靈發展就會呈現出變態的趨勢。女性主義小說表現女性的性自覺，這本身沒有問題，但過分強調了這一點，並且為了突出這一點而扼殺另一極的存在，勢必會造成自身的陷落。正如有人所說：「男性女性的分裂、對立將會持續不斷──你方唱罷，我方登場，這和農民起義和階級鬥爭有什麼區別呢？只能導致文學最終走向宿命的死胡同。」〔註7〕

與前類作品相反，九十年代女性敘事中最為沉重的是那些富有深刻寓意的苦難敘事。比如鐵凝的《大浴女》、徐小斌的《羽蛇》以及張潔的《無字》等。這些小說不是不表現欲望、不是不表現性，而是在表現這些的時候，總能將之寓意在一定的文化氛圍之中，在欲望、性和苦難之間造成一種即若即離，甚至是水乳交融的狀態，從而達到了非常完善的審美境界。

我們說從苦難敘事這個切入點來觀察新時期以來的女性小說創作，其代表作無疑是《玫瑰門》、《大浴女》、《羽蛇》和《無字》等。這些作品有一個共同的特點，那就是在對女性苦難的描述上，作家們不是僅止於一代女性的

〔註7〕黃佳能、丁增武：《宿命的「娜拉」》，《文藝評論》，2000年第6期，第72頁。

生存經歷的描述，都是在兩代以上甚至五代，從而造成了一種一而再再而三地敘說的文本張力，增大了作品的包容力度，充分表明了女性苦難的歷史性和無限性。我以爲在這些作品中，鐵凝的創作成就無疑最高，因此在以後的論述中，我更願意對鐵凝的作品進行分析。

實際上，在我看來，整個新時期以後的女性苦難敘事的一個基本的起點是對女性關於性與情愛的審問。由於過分執著於性與情愛、與人的生存的意義，使得女性在整個的歷史發展中，內在的苦難遠遠大於外在的遭遇，出現了生命中不能承受之愛的局面。但既然爲人，就迴避不得這樣一個本能性的問題。這一點對於男人和女人是一樣的。但男人擁有一個強大文化強權的支撐，而且男性的這種文化強權地位的確立是以喪失或者犧牲女性的性別地位爲代價的。也就是說，只有女性獲得了文化弱勢地位，男性的文化強權地位才能確立。從一開始在性與情愛上女性就成爲必然的犧牲品。那麼這個根源是什麼呢？

按照西方傳統女性主義理論的觀點，認爲現存社會結構中兩性的不平等是女性權益服從與男性利益的權力造成的。這種不平等關係的形成經歷了三個轉變階段，首先是生理差別向社會差別的轉變，其次是社會差異產生價值關係，再次是價值關係產生不平等觀念。比如女人能生孩子，男人不能生孩子，最開始就是生理性差異；從此出發，既然女人能生孩子、能哺乳，那麼女人就應該照顧孩子，這樣就導致了家務勞動的社會性別差異。社會性別差異不僅表現在家庭分工裏，也表現在社會分工裏，比如成立了很多以女性爲主的社會機構。社會性別的差異無疑會引起很多價值上的差異。也就是說不僅很多社會分工成爲男性或者女性專屬性的，而且男性的社會分工被認爲是更重要的、更應得到豐厚回報的。相反女性所承擔的社會分工則被認爲是次等的、從屬的。這就是造成兩性不平等的全部過程。〔註8〕從現實情況上看，這種分析應該說是正確的。但是在這裡顯然忽略了人的情感和本能在這種地位確定過程中的作用，尤其是沒有說明兩性之間的相互依存和相互制約性。實際上在人類社會發展過程中存在著很多悖論性的東西和很多偶然性的東西。我們雖然強調或者看到了女性在其生存過程中所受到的文化壓迫以及在這種壓迫中所遭受到的苦難，但也應承認很多時候在女性觀念中受壓榨的現

〔註8〕高虹著：《新夏娃的誕生：西蒙·波伏娃》，四川人民出版社，2000 年版，第234～235 頁。

實境遇也是掌握在女性自己的手中，這不僅是文化問題，也是情感和本能問題。在張愛玲小說《黃金鎖》中，曹七巧的苦難歷程，前半段是文化壓榨所致，而後半段則是一種復仇的情感所致。如果說這是女性的歷史命定的事情，那也是在這種情感支配下的歷史命運。在當代小說中這種情況幾乎是到處存在著。比如司猗紋之於蘇眉（《玫瑰門》）、若木之於羽（《羽蛇》）、辣辣之於女兒們（《你是一條河》）等。司猗紋總想按照自己的模式來塑造外孫女蘇眉，同樣若木和辣辣也總是想期望自己的女兒按照她們長輩的方式生活，這種前代對後代的瀛化過程和動機與其說是文化作用的結果，那麼在一種血緣和親情的關係中毋寧說更是情感的作用。所以在考察女性的苦難史和文學書寫的時候，情感和本能的因素也許更為重要，尤其是作為受到壓迫的女性的情感更能起到關鍵性作用。

　　3 在表現女性苦難作品中，幾乎是有這樣一個慣例或者規律，女主人公總是善於傾訴，要麼向他人傾訴，要麼自我傾訴。「傾訴」是一個非常柔弱的詞彙，它常常令人聯想起痛苦的心靈以及對這種情感的憐憫，所以在一定程度上它成了女性弱勢地位的表徵，也是女性苦難的一種發泄方式。但從寫作者角度而言，這樣的書寫方式是不是就代表了寫作者的一種無意識的心理認同和性別呢？如果不這樣傾訴，那麼又如何來表現女性的苦難呢？看來對於女性苦難的書寫確實是把寫作者推倒了一個兩難的境地。我們說不論是徐小斌、張潔還是王安憶、鐵凝，以及林白、陳染等人，當前女性的尷尬境地使她們都選擇了同樣的訴說方式——多代性的敘事。同時傾訴本身也將男性寫作和女性寫作涇渭分明地做了區別，進而也將生理和心理的以及文化的差別一覽無餘地呈現出來。和新時期以前的女作家相比，很顯然從傾訴這件事情本身來講無疑是一種進步，但傾訴本身未必就真的是一種進步，它所起到的作用可能也就在於將女性的苦難凸顯出來。這樣看來，寫作本身和所要表達的女性主義思維本身出現了分裂，這是寫作者本身的苦難。向他人傾訴在張潔的《方舟》中表現得比較明顯。在這部小說中，三個有個性的女性遭到了男權社會的性別歧視，她們缺乏安全感，滿腔的痛苦與憤懣，她們極力尋找一種可以自救的方舟，並使這個方舟成為拯救她們苦難人生的物質載體。於是她們合住一處，開始了轉移苦難的相互傾訴。她們當中的兩個人遭遇到了離婚，另一個也獨守空房，婚姻名存實亡。她們的基本形象就是喝酒、抽煙、邋遢和不修邊幅，她們一起對男人大罵，集體參與對男權社會的控訴，她們

甚至歇斯底里。這一切「墮落」的內在含義是在表明她們在向男權社會進軍，向男權社會進行挑戰。她們的這些行為在實質上未必能夠就徹底顛覆在既存的文化事實下的性別存在，但她們卻表現出了一種拒絕苦難的抗爭形象。不過作為讀者或許還可以想見，作為有獨立精神和反抗勇氣的女性在面對苦難時也不過如此，那麼那些在現實生活中仍然默默無聞的那些女性的苦難處境就是可想而知了，還有多少女性仍然沒有想起要尋找她們的方舟呢？我們常說，說不出來的苦難才是真正的苦難，沒有想起去尋找生活的方舟的人，她們的苦難不正是說不出來的苦難嗎？

新時期在女性苦難的自我傾訴上，大概張潔仍然是始作俑者。在她的《愛，是不能忘記的》中，「母親」的對柏拉圖式的愛的堅守就是在傾訴中完成的。從表面上看這是一篇對「文革」滅絕人性的控訴性作品，但在實際上卻蘊含了強烈男權文化壓抑的意味。男人的情感和個人魅力在一種政治文化和倫理文化的制約下成了可以掌控女人的隨意行走的機器。在這種狀態下，女人只能處在男人的陰影中，只能是在暗處的靜悄悄的等待和忍耐，只能是徹底的精神上的苦戀和奉獻，甚至只能是所有的精神苦難的承擔著。即便如此，在那樣一種文化和政治環境中，作為女性，還得為自己驕傲，為自己滿足，為自己的無望的堅守所慶幸，這難道不就是一種空前的扼殺嗎？最具有傾訴的深刻性的大概是徐小斌的《羽蛇》。「羽蛇」作為一個古老神話中的太陽意象，被命名給一個女性，除了是對傳統文化的一個巨大的顛覆外，由於這一意象的過分沉重，就使得被命名者先天就有了一種苦難的人生。羽從小不甘心自己對外婆和母親命運的重複，加之她總是在自己的成長過程中得到神秘的指示，因此神聖世界和世俗世界的相互糾纏就造成了她痛苦不堪的一生。一方面她自己不斷地得到神秘的啟示，不斷地向著她所認定的神秘傾訴著，另一方面她又總是與一切世俗為仇，先是扼死六歲的小弟弟，然後瘋狂地跳樓摔壞自己，再就是到廟裏為自己紋身，最後是離家出走。她瘋狂地往畫布上塗刷自己的想像，表現出與世事格格不入的天才形象，所有這一切都遭到了世人的猜測與仇視。在這種傾訴與反傾訴的鬥爭過程中，苦難壓垮了她的抗爭的脊背，只能在切除了腦葉後，平靜地接受她所將要遭受到的一切。羽的腦葉的切除無疑就是一種世俗對她的靈性的閹割，閹割的目的是使她理所當然地、毫無知覺地、心甘情願地承擔世俗的苦難。這是一個神聖與世俗、形而上與形而下的鬥爭過程，羽的「墮落」表明，世俗社會中，女性苦難的

不可轉移性。關於這一點正如有人所說：「在徐小斌的一段繁縟而耗盡心力的清理過後，人們看到，覆蓋在男權文化下的女性生命流程，不外乎兩級：順從，便成爲犧牲；反叛，亦是一種獻祭。」〔註9〕

　　最有封閉性的自我傾訴可能就是「私語寫作」了，這方面的代表作家主要是指林白、陳染等人。代表性的作品有陳染的《私人生活》《無處告別》《凡牆都是門》《破開》，林白的《一個人的戰爭》《守望空心歲月》《瓶中之水》等。雖然我們說私語寫作純粹是個人生活體驗，但可以說這一寫作動機的出現是源於對男性世界的恐懼和厭棄，也可說是對於兩性世界的苦難的逃離。以陳染爲代表，在整個的私語寫作中，大部分作品都是一個沒有男人在場或拒絕男人在場的地方。這些作品中的女性幽閉、孤寂、淒豔。她們時刻防備著被人窺視、監視和暴露。她們試圖掙脫一切外在鎖鏈，重建自己的新的生活秩序和規範。實際上，在現實社會中，在某種意義上來說，拒絕男人，就是拒絕苦難。因爲她們深深認識到在兩性文化中女性的劣勢地位，於是她們在隔絕男性社會或者在「弒父」上，她們表現了異常決絕的態度。在《私人生活》中，林白寫過這樣一段話：

　　　　幾年前，我的母親用她的死亡，拒絕了時間的流逝。我至今都清晰地記得我那因窒息而去的母親，在她臨終前所發出的最後一聲淒厲、恐怖、慘絕人寰的嚎叫，那聲音如同一根帶倒刺的鋼針，被完全地刺進我的耳朵，它深深地埋入我的耳鼓裏邊去，再也拔不出來，那聲音成爲一種永恒，永遠地鳴響在我的那一隻耳朵裏。

　　　　更早一些時候，我的不可一世的生父，用她的與我母親的生活的割裂、脫粒，使我對於她的切膚感受消失殆盡，使我與她的思想脈絡徹底斷絕。他用這一個獨特的方式拒絕了時間。我的父親他總是使我想到一個聽說過的比喻：有人撒下一粒種子，然後就忘掉了它。等他重新見到它時，發現它已經長成一個繁茂的花木，枝葉蔥龍，含苞待放。只是，這是什麼樣的種子呢，什麼樣的花木，什麼樣的花苞啊！他回顧著，卻找不到起始點。〔註10〕

〔註9〕　楊匡漢、孟繁華主編：《共和國文學50年》，中國社會科學出版社，1999年版，第345頁。

〔註10〕　陳染：《私人生活》，陝西旅遊出版社、經濟日報出版社，2000年版，第6～7頁。

在這段引文中，實際上非常間接地交待出了兩個相互關聯著的敘事取向，一是女性（母系）苦難的深刻性和對於後來者的刻骨銘心的記憶，它可能預示著傳承，也可能預示著顛覆。另一個就是對男權（父權）的摒棄和拒絕。不管是對苦難的深刻記憶，還是對父權社會的拒絕，寫作者的目的是要化解苦難或者從中逃離。從對現實生活的認識上看，她們總是試圖從女性的角度作單一性的文化追索，試圖重建女性文化體系。這一點也讓人想起王安憶的《紀實與虛構》。王安憶在這部作品中，原本是在追溯父族家史，卻一不小心追溯到了母系家族史上。為了這一點，王安憶曾經解釋過。她認為父親是來自遙遠的城市，對她與她所生活的城市的認同上一點也幫不了忙。所以她始終認為母親才是家族的正宗代表。她們對女性的認同和對父族的拒絕來源於對男性社會的失望，這是她們受到了無數次重傷後的創舉。這種創舉毫無疑問與傳統文化發生了斷裂，伴隨著斷裂的是她們的痛苦的選擇。這正如一位研究者在與陳染對話時說過的一段話那樣：

> 你的戀父情結和弒父情結在你早期作品裏反覆出現過，當你認為可信賴和依戀的東西變得大大可疑的時候，一個成熟和孤獨的女性的困境就更加清晰可感了。在《麥穗女和守寡人》中，你一句話：「無論在那兒，我都已經是個失去籠子的囚徒了。」失去籠子的囚徒成了所有覺醒女性的新的問題。這是一個具有毀滅性和再生的思辨。新的價值觀尚在無序狀態之中，往前行的摸索向自我一樣變化無常，無限延伸。這是特別痛苦的經歷。〔註11〕

這樣，對於女性來說，痛苦無處不在。它形成了一種文化悖論，即這些激烈的反叛者常常是那些對於既存秩序深信不疑的人，她們更為清楚這其中的文化聯結關係，因此在向外衝殺（斷裂、拒絕、逃離）的時候必然與自己產生流汗流血的廝殺──苦難的重新形成。

苦難的自我傾訴還表現在女性對自己身體的自戀式撫摸。由於徹底拒絕了男性，因而無論在社會發展的常態上，還是在情感的表達上，幽閉於一個人的世界的自我想像和自我欣賞就變成了病態。如果說在男權社會中，女性的弱勢地位和苦難生存境地是一個不健康的病態的文化存在，那麼女性的自我幽閉的病態景觀就成了以「暴」抗「暴」、以苦難反抗苦難的策略了。從對

───────────────────

〔註11〕陳染：《私人生活》，陝西旅遊出版社、經濟日報出版社，2000年版，第324頁。

自己身體重新認識的目的出發的自我撫摸，作為自我傾訴的一種手段，一開始就應該是一種以血代墨的書寫，因為它勢必會處在一種男權文化的窺視當中，處在男性的合圍當中。既然無法使一切都處在自己的把握當中，那麼唯有犧牲自己的身體，用病態的或者自虐的手段或的話語權利，實現逃離苦難的目的。但是能夠實現真正的逃離嗎？林白的《一個人的戰爭》就試圖回答這個問題。這是一部關於女性成長史的小說。實際上關於女性成長史的小說很多，比如《玫瑰門》中的蘇眉，《大浴女》中的尹小跳等，但只有《一個人的戰爭》中的多米的成長過程中的自我撫摸最具代表性。多米經歷過幼兒園、學校、鄉村等諸多漂泊歲月，在這一過程中，她通過手淫、自慰、自戀等過程完成了對女性身體的認識。但越是對自身認識的不斷加深，她就越為自己的漂泊感到不安。她一方面不敢完全放棄對異性的情愛訴求，另一方面又捨不得自身的歡樂遊戲，於是在這種窘迫和壓抑的雙重困境中，不斷地通過自慰以求實現心理平衡。雖然她在自慰中不斷獲得「美」、「反抗」和「飛翔」幻象，但從社會學、人類學的角度來說，這不就是一種說不出來的苦難嗎？

　　4 在新時期以來的女性文學的創作中，基於性與情愛的創作原點，女性表現了在性或情愛支撐下的依賴和追尋，也表現了在這樣一個原點的支撐下的對於男性世界的依賴性綁縛的掙脫。也就是說，一方面要衝進或者進入男性文化中心，從而獲得男性世界的認同和憐愛，另一方面是要跳出男性文化中心和男性世界，從而獲得與之平等的地位和平起平坐的權利。相比較而言，男性作家筆下的這類題材的寫作，即不需要他們對女性內心當中苦難意識的深刻體驗，也不需要他們去克服在表現性與情愛上的沉重障礙。他們的苦難意識絕對是源於一種男性文化優勢和陽性崇拜（菲勒斯中心），帶有著充分的自我欣賞和他者欣賞的心理，並以此樹立男性的崇高地位與形象。比如《男人的一半是女人》、《綠化樹》等作品，雖然表面上是女性對男性的拯救，但男性獲得拯救的原因是男人的智慧和女性對男性的崇拜。這種崇拜帶有很大的虛構色彩，是男性想像出來的結果。新時期以後的女性寫作就是要通過女性對自身苦難的真切認識來揭露這種虛幻性的欺騙。

　　在一定程度上說，新時期以前的女性作家不是沒看到或者體驗到因性與情愛所產生的苦難，但有兩個原因抑制了她們對此的進一步抒發。一個是意識形態對於文化的一元化要求和脫離了人生實際的烏托邦理想，另一個原因就是她們並沒有尋找什麼是她們的真正的苦難。曾經在很長的時間裏，人們

對苦難作了極爲簡單的理解，僅僅從社會地位、經濟地位等方面著手，因此從沒有達到人性的深度。新時期以來，文化的多元空間的出現，尤其是西方理論的進入，才眞正煥發出人們潛藏在心底那種從沒有認識到的苦難。於是一種關於性與情愛的苦難書寫便適時成爲潮流。在這當中精神分析學派和女性主義思想對中國的女作家的影響最大。在寫作中，人們願意更多地使用無意識、力比多、俄狄浦斯情結、性本能、自戀、性別政治、他者、菲勒斯中心、父權制等等眾多術語和觀點。從寫作實踐上看，這些觀點和術語的使用，較好地反映了在一個文化多元時期和女性崛起時代的女性生存境況。比如在性別政治這個術語就認爲，性別支配是當今文化中無處不有的意識形態，它提供了最基本的權力概念。男性通過性角色的劃分爲每一性別規定了行爲、姿態和態度的詳細準則，把女性限定在性和生育之類的事務中，爲自己所支配。而且使這些規定看上去顯得天然合理，這是維護父權制的一種基本策略。〔註12〕中國女性主義寫作者對此表現了前所未有的深惡痛絕，她們以「姐妹情誼」爲連接，達到了空前的團結。爲了解構這種性別政治給女性所帶來的苦難，她們以人性的深層描述爲目的，以性與情愛爲出發點，對本身所隸屬的性別集團所承受過苦難進行了深度開掘，從而使從前對社會地位、經濟地位的苦難敘述滑向人的本能苦難敘述。應該說。這種滑變在對男權進行顛覆的同時，確有建立女性中心地位的深層企圖，只不過這種企圖是通過對女性性身份的「張揚」來實現的。「張揚」是解除「綁縛」的一個重要手段。

女性在小說創作中對自身性身份的張揚似乎何以分成兩個部分。一是負張揚，也就是說這種張揚是在對充分男性文化氛圍中女性的性衝動、性渴望的書寫。很顯然這種渴望與衝動的實現是要付出沉重的代價的，而且也是她們苦難人生的必然伴生物。對男權社會來說，女性除了完成傳宗接代和生殖功能外，他們在女性身上獲得最大限度的自我滿足，從而忽略或者摒棄了女性性感受。在新時期早期的女性寫作中，絕大多數都是這種情況，比如張潔、王安憶、鐵凝等。她們這種寫作的最明顯特徵是較少對女性身體的描寫。在早期男性寫作中，常常有對女性身體的欣賞式的或者狎妓式的描寫，這是一種佔有式的玩味和欣賞，女性成了一種對象，似乎是女性的身體越美，就越要承擔更多的災難，美成了女性苦難的淵藪。後來這影響到了女性寫作者本

〔註12〕王先霈、王又平主編：《文學批評術語詞典》，上海文藝出版社，1999年版，第604頁。

身。從五四時期的女性寫做到新時期早期的創作，她們忌諱對女性身體美的深度描述，似乎這成了一種禁忌。一旦過份執著於女性的身體美，就會落入男性目光的窠臼，同時也是對傳統文化觀念的一種違拗，會不合流俗和遭到唾罵的。二是正張揚。正張揚的寫作者一般爲自己創造了一個單性環境，由於她們看到了或者認識到了男性對於女性的關注點也同樣是女性的關注點，因此她們首先從對自身的身體美的描摹和自我欣賞的角度來實現與男權社會抗衡的目的。也就是說她們的覺醒是從身體開始的，對女性的欲望表現得極爲主動和極爲誇張，進而建構了一種以女性性感受爲主的文化中心。這表現在林白、陳染等人的創作中。

在負張揚寫作中，王安憶可謂占盡先機。「三戀」寫女人的性萌動之後，在性的相互吸引和搏鬥之後，那些易於衝動和毫無顧忌的女性們終於因爲性的釋放而平靜或者蒙難，進而遭到了不期然的懲罰。但比王安憶更具悲情色彩的是鐵凝的「三垛」。在這幾部作品中，雖然一幕幕鄉村野合的圖景被描繪得驚心動魄，但在性別政治的壓抑下，女性們的原始生命力越是強大，原始激情越是充沛，到頭來她們所遭受的苦難越是巨大。女人們通過對性和情愛的奉獻所換得的仍然是被利用和拋棄，甚至她們的生命本身。在蔣子丹的《桑煙爲誰而起》中，女教師蕭芒在自己的初夜中，既被要求表達適度的恐懼、羞澀，也要有的性浪漫和張狂，以便多方滿足丈夫的快感和想像，而當蕭芒達不到丈夫的標準時，只能承受著丈夫另尋新歡的苦難。在池莉的《雲破處》中，曾善美表面上看來與丈夫相敬如賓、互敬互愛，但在她的內心當中潛藏著的可怕的歷史記憶注定了她的悲慘結局。曾善美五歲時便承擔起父母和小弟死亡的痛苦。寄人籬下又遭到了至親的姦淫，以至於使她終身不育，痛苦不堪。後來她走上殺人的道路，未嘗不是對這種苦難的一種反抗。讀到這裡我們不僅爲女性對苦難的過分擔當而焦慮。如果說蕭芒、曾善美的因性而起的苦難僅僅是個人的或者少數人的遭際，那麼鐵凝的《秀色》中女人們的苦難便是一種具有整體性意義的犧牲。秀色村的男人們由於自己承擔不起打井的重任，他們的「菲勒斯（陽性崇拜）」之氣雖然因水的缺乏而遭受到質疑，但作爲整個男性世界的象徵，卻陰魂不散，仍然對女性的性身份具有著統治地位。所以外來的打井隊的每一次進入，秀色村的女人們都成爲他們的性的獻祭。在這裡表面上看起來作者是書寫了男性作爲性別政治掌控者地位的陷落，但實際上暗含的意蘊在於：每一次打井工作的失敗，實際上就是對女性

性苦難地位的再次確認。

正張揚使女性的性體驗達到了前所未有的高度，從撫摸身體開始，她們逐步深化，以致最終建立了一個獨立的女性王國。在這方面，那些寫作者們受到弗洛伊德極為深刻的影響，似乎在一定時期內，力比多成了一切行為和舉止的唯一動力。性與愛欲成了女性身心中最為基本的、深刻的、悠久的、現實的經驗。在陳染的作品中，似乎所有的欲望主人公都有自戀癖，她們常常在適當的時候來撫摸和欣賞自己。陳染說黛二小姐「生得嬌弱、秀麗，眼睛又黑又大，嫵媚又顯憂鬱」，她在鏡前審視自己，「把手在自己弱不禁風的軀體上撫摸了一下，一根根肋骨猶若繃緊的琴弦，身上除了骨架上一層很薄的脂肪，幾乎沒有多餘的東西，然而一雙飽滿的乳房卻在黛二小姐瘦骨伶仃的胸前綻放。」陳染還表現了女性之間的撫摸與欣賞，這已完全超出了男性寫作中所能想像到的範圍。比如在《私人生活》中，禾與拗拗之間，陳染寫了一個情節：「禾便把我的短袖衫從褲腰裏抽出來，把她的手伸到裏面去，不住地鼓盪我的衣服。她的指尖不停地觸碰到我的脊背上，癢癢的，酥酥的。於是我便扭動身子，叫了起來。她的手不再扇動衣服，安靜地伏在我的背上。這時候，禾吸完了煙，舒服地把斜倚在床頭背上的身子平躺下來。我依然枕在她的胸口。她微閉眼簾，顯出困倦的樣子。然後她開始親吻我的頭髮，親了一會兒，她用手揚起我的頭，又親吻我的眼睛和臉頰。」〔註13〕這多少有些同性戀傾向。林白也不斷描寫女性對自己身體和其他女性身體的狂熱迷戀。不僅如此，對自己和其他女性身體的迷戀是為了完成一種性感體驗。在她的寫作中，女性對性與愛欲的追求具有高度的自在性和主動性，完全不同於此前時期的張潔、王安憶、鐵凝等人。比如在《致命的飛翔》中，淋漓盡致描寫了北諾與李薅兩個女性的性體驗；在《一個人的戰爭》中，多米的世界就是由性經驗、性幻想、性欲望等有關內容組成的。在這類寫作中，這些寫作者們試圖拋棄男性，突出女性在性別上主動地位和中心地位，徹底建立單性一極的世界，但她們沒有認識到這也是一種變態的自虐性建構，違背了人類「和諧」的發展方向，因此必然也為她們自身帶來性張揚上的苦難。儘管在男權社會中，男權是女性苦難的施加者、製造者，但那畢竟是一種兩性存在，而在女性寫作者們所建立的單性一極的王國中，女性成了自己的苦難

〔註13〕陳染：《私人生活》，陝西旅遊出版社、經濟日報出版社，2000 年版，第 61 頁。

製造者，不知她們是否已經認識到了這個問題。

　　也許，在中國的文化環境中，女性的性身份本身就是苦難的象徵，其在生殖功能之外所追求的快樂原則和生命衝動僅僅是增加了苦難的程度而已。在短時間內，她們的性別身份和地位絕不會因爲這些女作家的激情書寫而得到徹底改變。

　　5 我以爲，在新時期家族女性苦難寫作中，如果拋開關於人性問題的探討，我們還可以發現文化失落的苦難。

　　文化失落大概在 20 世紀最後 2、30 年中，是人文知識分子較爲關切的問題之一。20 世紀的中國經過五四新文化運動，經過新中國建國後的文化批判運動，在文化的選擇和發展上，我們曾經走過相當長時間的曲折道路。每一次文化上的激進革命，在重新確立了一種文化規範的同時，也不可避免地使我們曾經擁有過的東西無可挽回地失落了。針對這一點，有人對 20 世紀的文化激進與保守問題評論說：「實際上，激進主義在三次文化批判運動中達到高潮，其規模之宏大與影響之深刻，是 20 世紀『儒學重構運動』根本無法與之相比的，激進主義的口號遠遠壓過了（文化）保守主義的呼聲。」〔註 14〕由於文化與人的相互依存關係，所以文化的失落在很大程度上也是一種人的失落。

　　爲了更好地理解《玫瑰門》、《羽蛇》等家族小說中的文化失落的苦難，我們可以先從另一文本開始。章詒和先生在她 2004 年出版的《往事並不如煙》中，描寫了康有爲的女兒康同壁的晚年生活。她認爲康同壁先生是中國最後的貴族，在一定程度上來說，這無疑是正確的。在康先生的晚年生活中，儘管她過去所熟悉的文化生活和文化精神已經不斷地遭受到批判並不斷地逝去，但她又似乎在有意無意地進行著一種堅守，這一過程肯定是十分痛苦的。章詒和描述了 1968 年在康同壁最後一個生日上的情景：「客廳裏坐滿了客人，令我驚詫不已的是：所有的女賓竟然都是足登高跟鞋，身著錦緞旗袍，而且個個唇紅齒白，嫵媚動人⋯⋯我彷彿回到了另一個世界。」對於這些，章詒和評論道：「在那麼一個既恐怖又瘋狂的環境裏，大家都在苟活著，誰也談不上風節。但他（她）們卻盡可能地以各種方式、方法維繫著與昔日的精神情感聯繫。去康家做客，服舊式衣冠，絕非屬於

〔註 14〕孟繁華：《九十年代文存》（1990～2000），中國社會科學出版社，2001 年，第 114 頁。

固有的習癖的展示，也非富人闊佬對其佔有或曾經佔有財富及文化資源的炫耀。他（她）們的用心之苦的確體現對老人（指康同璧）的尊崇與祝福。然而，這種對舊式衣冠及禮儀的不能忘情，恐怕更多的還是一種以歷史情感爲背景的文化表達。」〔註15〕如果我們能夠理解康同璧在那特殊時代的文化境況，實際上我們也就能夠理解《玫瑰門》中司漪紋的現實處境。從作品中看，司漪紋儘管在出身上無法與康同璧相比（她也出身於官僚貴族家庭，婚後又長時間地生活在一個沒落的貴族家中），她對於傳統貴族文化的傳承未必如康同璧那樣深刻和系統，但可以肯定是他們來自於同一個文化譜系，是在同一種貴族文化薰陶下成長起來的女性。儘管司漪紋年輕的時候參加過新文化運動，但她的出身和生活經歷不可避免地將其塑造成了具有貴族文化氣息的舊時代的女性。在新的時代，她仍然試圖按照已經養成的文化範式來培養她的繼承人。比如她和女兒莊晨的生活習慣（午睡、從飯店買來現成的食物、挖耳屎的習慣），再比如她對外孫女蘇眉行爲舉止的規範，她對自己著裝的過分修飾和打扮。如果這些日常生活表象表明了司漪紋在文化轉型期的心理調試與轉變，還毋寧說是她對傳統貴族文化的有意識堅守。而正是這種有意識的堅守才使她的人格發生了分裂，甚至出現了變態傾向。所以我們可以這樣說，司漪紋的文化失落，加之在特定歷史時期的政治觀念的影響，使她承擔了雙重性的苦難。爲了擺脫這種苦難，她努力使自己世俗化──主動交出家中財產、想方設法參加街道的政治活動、甚至利用兒媳的私生活進行要挾以及對自己妹妹的出賣，表現了一個不肯放棄自己舊有生活同時又要在新時代中佔有合法地位的舊時代女性的全部狡詰和艱辛。所以如果要在《玫瑰門》中給與所有女性一個恰如其分的定位，那麼無疑司漪紋在全部女性苦難中佔據了最爲重要的位置。

同樣的女性苦難書寫在徐小斌的《羽蛇》中也可以見到。玄溟和若木這母女二人從家族歷史上看絕對是在貴族文化氣氛中長成的。由於她們的堅守，隨著時間的發展，文化的失落必然伴隨著性格上變異，在變異的過程中，她們也都同樣成爲了苦難性的存在。對於此二人，陳曉明分析說：「玄溟著筆雖然不多，但整部小說卻始終滲透著她的氣息。這個女人歷經半個多世紀，歷史已經發生了翻天覆地的變化，但她卻依然故我，還保持著對這個家庭的

〔註15〕章詒和：《往事並不如煙》，人民文學出版社，2004年版，第205、207頁。

精神支配，甚至連口味都沒有變化。她沒有遷就外部社會，她有著自身不變的歷史—— 一種看上去微不足道的然而卻是最具有韌性的自在的歷史。玄溟的精神在若木的身上以更加怪戾的方式加以繁衍。若木跨越幾個時代同樣沒有改變個人的品性……成為母親之後，她並不像中國文學裏通常的母親形像那樣溫柔賢惠，而是一個尖刻怪戾的反覆無常的婦道人家。她說不上特別刁鑽，只是有一點冷漠自私，總之，她憑著自己的本性生活，與玄溟一樣拒絕被歷史同化。」〔註 16〕陳曉明是從性格角度來分析的，實際上在這性格當中已經包含了更多的文化因素。在一定程度上來說，她們「拒絕被歷史同化」還是一種對她們已經失去的具有貴族傾向的文化堅守。但當新時代到來的時候，她們的堅守毫無疑問都失敗了，這個失敗主要表現在她們對簫、寧和羽的期望的徹底滑落，因而也使她們的苦難一再延伸，成了貫穿在整個家族中命運主線。

在以往的研究中，大多數研究者注意到了家族文化在女性寫作中的重要作用，尤其是注意到了女性苦難與家族文化的關係。所以有人在評論 90 年代這種女姓家族小說的時候就說：「家族史就是女性生命史，恰如一顆女性生命樹，每一個細小的枝都是一個淒美悲壯的故事，是一段血淚灌注的生命歷程。」〔註 17〕但應該看到只有那種具有著強烈的貴族氣息的大家族文化才更具有悲劇色彩和苦難性，才能在文化慣性和文化轉型的相互鬥爭中體驗到生存與抗爭的意義。比如在《玫瑰門》中，首先奠定了司漪紋一生不幸基礎的是她受家族觀念的壓迫被迫與華致遠的分離，其次是莊紹儉對她的拋棄。莊拋棄她的原因並不是因為她不可愛，而也是因為受家族文化的壓迫而被迫與齊小姐的分離，所以莊就把他的不幸轉移到了司漪紋身上。這樣不管是司家對華致遠的拒絕、莊家對齊小姐的拒絕，還是莊對司的拋棄，都源於他們家族對於貴族文化的堅守。從這樣一個角度來看，非個人性的貴族文化堅守同樣也造成了女性的深重災難。因為女性天生就是「命定的潛在又巨大的家庭血緣文化接力的化身」。〔註 18〕

不管寫作者們最後對貴族文化的堅守持一種什麼樣的態度，她們大多數

〔註 16〕陳曉明：《絕對的女性歷史》，《南方文壇》，1999 年第 2 期第 35、36 頁。
〔註 17〕徐珊：《家族女性命運的悲歌》，《福州大學學報》（哲學社會科學版）2004 年第 1 期，第 53 頁。
〔註 18〕戴錦華：《自我纏繞的迷幻花園》，《當代作家評論》。1991 年第 1 期。

人始終不願放棄對文化的高雅性的重新建構，似乎只有這種高雅性文化中的苦難才是真正的苦難。比如蘇眉、羽的藝術家身份（美術創作），吳爲（《無字》）的作家身份以及尹小跳（《大浴女》）的主編身份，明顯具有一種貴族化傾向。她們既是苦難的傾訴者，也是苦難的承繼者，更是苦難的救贖者。這些都是在意識形態層面上距離哲學家最近的職業，她們本身所具有的文化指徵代表了逐漸向形而上靠攏的觀念形態。這樣從對貴族文化的堅守，到新的高雅文化身份的獲得，或許就意味著新一輪的苦難敘事又開始了。

第六章　闡　釋
——新時期以來的小說與人類學論綱

1 文學與人類學的關係並不是一個新的課題，文學是「人學」，這在文學界早已為公認的本質性界定，而人類學也是以人為研究對象的學科。從學術深層的角度來說，兩者有著共同的研究客體，都試圖將人本身對象化，因此二者之間產生淵源性關係完全是在意料之中，是社會或者這兩個學科發展的必然趨勢。

在西方世界，隨著地理大發現的不斷深入，越來越多的人的種群和部落進入到了西方人的視野中，於是他們開始了對自我中心以外的人種和人群進行研究，這大概就是人類學的開始。應該說在早期的文學創作中，人類學進入到文學視野並為文學所表現的並不是人的自覺行動。當人類學家們在進行人類學研究並試圖從歷史文獻中尋找到早期人類文化進化的過程時，他們才發現，人類學的內容實際上早已經進入到了文學中。對歐洲神話和《聖經》等早期文學作品進行人類學研究，是西方人類學家在中心以外的種群進行研究反觀自身時的必然產物。

但在中國，對人的發現比較晚，尤其是在文學作品中將人作為主體進行刻畫和描述始於 20 世紀的早期。周作人比較早地在文學主張中亮出了「人的文學」的口號，他認為歐洲對人的發現第一次是在十五世紀，出現了宗教改革和文藝復興，第二次是法國大革命，第三次便是歐戰以後的將來的未知事件。而對中國則不是這樣了。他說：「中國講到這類問題，卻須從頭做起，人的問題，從來未經解決，女人小兒更不必說了」，因此「我們希望從文學上首

起，提倡一點人道主義思想，便是這個意思」〔註1〕。在 1922 年的時候，周作人在自己的人的發現基礎上，又進一步論證了他對人類學的認識。在《自己的園地》中，他論述了神話和傳說問題。他認為在對神話的解釋和理解上，有一派是人類學派。這派以人類學為根據，證明一切神話的起源在於習俗。現代人覺得怪誕的故事，在它發生的時地是與當時的社會思想制度相協調的。他說：

> 我們依了這類人類學派的學說，能夠正當瞭解神話的意義，知道它並非是荒誕不經的東西，並不是幾個特殊階級的人任意編造出來的，用以愚民，更不是大人隨口胡謅騙小孩的了。我們有這一點預備知識，才有去鑒賞文學上的神話的資格……〔註2〕

周作人的理論和認識雖然已在向文學靠攏，但小說的研究和創作並沒有得到人類意義上的重視。新文學除了在反封建爭取人的尊嚴上有所突破外，對人的認識也大多數是停留在了意識和認識的層面上，他們相對於那個時代來說的過激言行並沒有為人們對人的文化意義上的認識起到更大的促進作用。在周作人進行理論倡導的同時，很多學者也在對中國神話進行非文學意義上的研究，應該說這是無意識的人類學研究。在周作人之前的很多年，中國留日學生蔣觀雲發表了一篇《神話歷史養成之人物》的文章，較早地將中國神話故事傳統和中國小說聯繫起來，開始了從人類學角度來闡釋中國小說。他認為一個國家的神話和這個國家的歷史，都會對人的思想意識產生較大的影響。他斷定中國小說有兩個傳統，一是歷史的傳統，比如《三國》、《水滸》等；另一傳統是神話，比如《封神演義》、《西遊記》等〔註3〕，這樣他不僅看到了神話對於歷史的資源性意義，而且還將歷史和神話統一起來，從而闡釋出歷史和神話的關係。對中國神話和小說關係的研究做出過貢獻的還有魯迅。在《中國小說史略》中，魯迅說：

> 昔者初民，見天地萬物，變異不常，其諸現象，又出於人力所能以上，則自造眾說以解釋之：凡所解釋，今謂之神話。神話大抵以一「神格」為中樞，又推演為敘說，而於所敘說之神，之事，又

〔註1〕 周作人：《人的文學》，《藝術與生活》，河北教育出版社，2002 年版，第 9 頁。
〔註2〕 周作人：《神話與傳說》，《自己的園地》，河北教育出版社，2002 年版，第 33 頁。
〔註3〕 馬昌儀編：《中國神話學論文選萃》，中國廣播電視出版社，1994 年版，第 18 ～20 頁。

從而信仰敬畏之，於是歌頌其威靈，致美於壇廟，久而愈進，文物
遂繁。古神話不特爲宗教之萌芽，美術所由起，且實爲文章之淵源。
〔註 4〕

　　魯迅和蔣觀雲、周作人一樣也看到了神話和小說的關係。應該說在某種
程度上，在早期的人類學學科建立過程中，神話學研究曾成爲人類學的重要
組成部分，尤其關涉到從人類學角度來解釋文學現象的時候更是如此。後來
在中國神話研究上，用力最多的是茅盾，其成果也非常豐富。但茅盾的研究
一般來說是就神話來研究神話，沒有顧及小說和神話的深刻關係。從魯迅和
茅盾之間的關於神話的認識角度而言，魯迅傾向於文學本身，而茅盾顯然傾
向於人類學本身，並且於此項工作做得更爲細緻。葉舒憲說：「從知識結構上
看，茅盾之所以在五四以後投入神話研究，成爲卓然自立，開一代風氣的文
學研究革新家，是同他深入鑽研西方人類學和神話學的有意的積累分不開
的。從某種意義上說，他的這類神話研究著述也應看作是文學的人類學批評
在中國學壇上最初結下豐碩果實。」〔註 5〕這種說法自有他的道理，但從茅盾
的研究成果上看他雖然認爲神話是短篇小說的開端，但他卻更加注重神話的
地理分佈和構成因素，所以他的人類學的傾向性更大。

　　一般來說，神話是研究人類學的起點，也是文學研究的起點，因此神話
成爲文學和人類學的交叉點。我們在討論小說和人類學的關係時也必然從神
話談起。正如有的學者所說：「如果說文學與人類學在範圍上有一定的重疊之
處，那麼這首先就是神話了。……神話作爲文學、宗教和初民思維的表現形
式，具有非常重要的文化意蘊和哲理意蘊。神話學可以看作是文學研究與人
類學、民俗學研究的共同興趣所在。因而也是我們梳理文學與人類學關係的
有效切入點。」〔註 6〕我以爲中國早期神話研究並不代表今天的小說創作本
身，而且，在 20 世紀早期，儘管包括蔣觀雲、周作人、魯迅、茅盾等人在內
已經在一定程度上開始了中國神話研究，但這種研究並不發達。這和中國人
類學這一學科本身不發達有關。很長時間以來，中國人對中國神話的研究遠
遠沒有西方學者對我們的神話研究成果豐富和深刻。

　　中國新時期以來神話研究出現了一個新的增長點，神話的搜集整理與鑒

〔註 4〕　魯迅：《中國小說史略》，《魯迅全集》第 9 卷，人民文學出版社，1981 年版，
　　　　第 17 頁。
〔註 5〕　葉舒憲：《文學與人類學》，社會科學文獻出版社，2003 年版，第 231 頁。
〔註 6〕　葉舒憲：《文學與人類學》，社會科學文獻出版社，2003 年版，第 193 頁。

別為文學和人類學的興起奠定了基礎，這與改革開放後西方學術思想的輸入
有關。它在兩個方面表現了強勁的勢頭，一是女權主義的勃興，二是西方人
類學著作的引進。女性在歷史長河中的地位應該說較長時間以來都是被壓抑
和被遮蔽的。女權主義者一個最大的努力方向就是要推翻這種文化束縛，進
而獲得與男性社會平起平坐的權利。於是她們（她們）從人的歷史起源上來
探究女性的地位，這時關於女性神話便進入了她們（她們）的視野。比如《楚
辭》、《山海經》和《淮南子》中一些關於遠古神話中的女神故事。通過對這
些神話和傳說的研究，女權主義者們試圖找出女性在歷史發展中的身份轉變
過程。不過這些研究也大多基於海外的成果。真正使文學和神話研究大盛的
卻是在一些有關神話和原型理論引進之後的事情，這個時候的研究使人類學
和文學的距離更加接近。由譯介開始中國學人真正進行了人類學和文學關係
的研究。

　　20 世紀 80 年代中期以後，《金枝》、《神話──原型批評》等被引進國內，
在此引領下，一大批人類學譯從、比較文學叢書和民俗文化叢書在很短的時
間內紛紛佔領了國內的學界領域，很多學術雜誌開闢專欄進行討論。這些研
究集中討論了中國文學和神話的關係問題。包括兩個方面，一是中國古典文
學的母題。這一主題的研究成果比較多，代表性的成果是晚近出版的吳光正
先生的《中國古代小說的原型與母題》〔註 7〕。該書以十一個專題的形式梳
理了原始神話和中國古代小說的淵源關係以及神話在其演變過程中是如何
向小說中的意向和母題轉移的。正如有的評者所說：該書「是在大文化視野
下對中國古代宗教敘事進行文化把握和理論闡釋的一次可貴的嘗試。全書對
中國古代原始宗教、儒教、道教、和佛教的故事原型和母題以及它們的發展
演變作了詳細地梳理和考證，認為一種宗教祭祀系統往往有一個宗教神話系
統相伴隨，這種宗教神話體系對中國文化和中國文學產生了巨大的影響。」
〔註 8〕另一個是對中國現當代文學的原型闡釋。這方面的長篇性的研究成果
不多，但散篇形式卻相對來說更具有學術性，比如《論尋根文學的神話品格》
（王林）、《新時期中國小說中的神話模式》（徐劍藝）、《神話和新時期小說
的神話形態》（方克強）、《新時期文學的原型觀念和典型意識》（張清華）、《在
鄉村和都市的對峙中構築神話：蘇童長篇小說〈米〉的故事解析》（吳義勤）、

〔註 7〕 該書由社會科學文獻出版社 2002 年 10 月出版。
〔註 8〕 參見《光明日報》2004 年 1 月 29 日書評周刊。

《〈白鹿原〉原型題旨探索》（王輕鴻）等，這些文章立足於本土文化背景，借用了西方的原型批評理論和神話研究成果，對中國當代小說作了人類學意義上的闡釋。但應該看到，在以上兩個方面的原型批評範式中，模仿的痕迹很重，在某種程度上來說有生搬硬套之嫌，缺乏原創性。給人的感覺似乎是，理論已被人家設置完成，我們的任務就是按圖索驥，將中國神話和當代小說進行機械整合，以此完成原型批評的中國化。另外就是缺乏人類學意義上的自覺性。在這些批評中，批評者較少看到寫作者人類學上的主動性，沒有看到小說家們的自覺追求。這從一定的角度來說造成了小說和人類學的分離，擴而大之則是只看到了大文化上的被動性和無意識性，而沒有看到文化建設上的積極性和意識性。更為主要的問題是，即便我們能夠認定這些批評的寫作者們在有意識地整合小說和人類學的關係，但也僅僅是局限在神話本身，而沒有進一步拓展出神話以外的東西。實際上，神話研究是人類學的一個重要內容，但人類學並不僅僅是神話本身，它包括了除神話以外的更多的文化要義。比如文化遺留問題〔註9〕、濡化和傳播問題〔註10〕、人的自我確證問題和全球化問題等。馬文·哈里斯說：

> 由於人類學是從生物學的、考古學的、語言學的、文化的、比
> 較的和全球的觀點來看問題，因此掌握了解決許多重大問題的鑰
> 匙。人類學者為瞭解人類遺產特徵的意義作出了重大貢獻，從而對
> 瞭解什麼是人類特有的人性做出了重大貢獻。人類學研究在文化的
> 演化中和處理當代生活中種族所起的作用，它還掌握了瞭解社會上
> 以種族主義、性別歧視、剝削、貧困以及國家不發達等形式所表現
> 出來的不平等現象的鑰匙。〔註11〕

哈里斯所作的說明以及關於人類學的內容在我們的研究中還沒有明顯地表現出來。我們還沒有學會用人類學的方法來觀照小說的所有層面。由於過多地關注到了小說與神話間的原型關係，這樣就容易在相類似的的現象中去尋找文化的實質，而不是在不同現象中尋找系統的關係〔註12〕，這樣勢必會

〔註9〕 愛德華·泰勒語，參見《原始文化》，上海文藝出版社，1992年版。
〔註10〕 馬文·哈里斯語，參見《文化人類學》，東方出版社，1988年版。
〔註11〕 馬文·哈里斯：《文化人類學》，東方出版社，1988年版，第5頁。
〔註12〕 克利福德·格爾茨在《文化的解釋》中說：人類學（文化）研究「需要的是在不同的現象中尋找系統的關係，而不是在類似的現象中尋找實質的認同。」譯林出版社，1999年版，第56頁。

使我們的小說與人類學關係的研究走向狹仄化。

　　新時期以來的小說，尤其是近十餘年來小說，在其與人類學關係的嫁接上僅僅局限在神話——原型批評上是遠遠不夠的。全球化和多元化的文化背景已經突出地表現在我們面前，小說寫作從內容到形式都出現了重大革新，一方面娛樂功能增強，另一方面學術化傾向凸現，這都爲小說的人類學闡釋帶來了難度，同時也增加了闡釋的內容，愈益使小說闡釋走向了文化的底線，所以我們不得不通過轉變視角來擴大我們的闡釋容量，這是一個新課題。

　　2 對文化他者的認同是當代中國小說人類學化傾向的一個重要的發生契機。人類學能夠發展到今天一個重要的原因是人類學者以欣賞、挖掘和研究的心態來對人類文化進行研究，它需要超越自我文化中心，對異文化進行接受。田野調查是取得這種文化認同的一個重要途徑，在西方很多作家的創作經歷中，世界性的遊歷在其創作經驗中佔有很重要的成分。遊歷使作家們對世界文化的普遍性和人類文化發生的多元性和獨特性有了一個深刻的瞭解，因此易於在創作中進行仔細的人類學性的描述。比如葉舒憲曾在他的著作中舉出了康拉德小說《青春》中的例子。現也摘引一段：

　　　　於是我看見了東方的人們——他們正對我望著。沿著整個碼頭全都是人。我看到了一張張褐色的、古銅色的、黃色的臉，一對對黑色的眼睛——東方民族的光彩和色調。這般人全都瞪眼看我，不出一聲，不透一口氣，不動一動。他們瞪眼看碼頭下面的小艇，瞪眼看那夜裏從海外到他們這兒來的、睡著了的幾個水手。一切都紋絲不動。棕櫚樹對著天空，靜靜地伸出它們的葉子。沿岸的樹林不見有一根枝兒搖動；被遮沒的房屋的棕色的屋頂從綠陰中露出來，從闊大的樹葉隙縫裏露出來，那些闊大的樹葉掛在枝頭，閃閃發亮，一無動靜，簡直是像用重金屬打成的，這就是古代航海家的東方——這麼古老、這麼神秘、燦爛而又陰森，生機旺盛，而又一成不變，充滿了危險和希望。這就是當地的人們。

　　　　……

　　　　此後我領悟了東方的魅力：看見過多少神秘的海岸，靜止的水，棕色民族的國土，復仇的女神就埋伏在那裡，追趕著，希冀著那許多自以爲有智慧、有知識、有力量的征服者民族……〔註13〕

〔註13〕參見《康拉德小說選》，上海譯文出版社，1985年版，第65～67頁。

　　這段文字中有對異民族文化的象徵性描述，而關鍵的問題是超越了自我文化的對異文化的認同。人類學家詹姆斯‧克里福德甚至將康拉德的另一篇小說《黑暗的心》當作人類學文獻來讀。但在一段時間以來，中國作家並不具有田野調查的可能性和實際操作性，因此就異域田野調查或類似的活動我們始終是處於弱勢地位。人類學這一學科在一定程度上，西方走在中國的前面就能充分說明這個問題。不過這並不代表中國作家在田野調查上沒有自己的特性。中國民族眾多，地域廣闊，這為中國作家文化視野的拓展提供了舞臺。中國作家的采風、體驗生活和生活實踐實際上就是典型的田野調查。在共和國文學以前的新文學中，中國鄉土小說作家對故鄉的留戀、對生活的感知以及對其家鄉種種徵狀的描述都屬此類。比如茅盾的《春蠶》中關於放蠶風俗的描寫具有典型的人類學意義。新時期前的共和國文學，作家體驗生活是他們實現田野調查的主要渠道，如周立波、柳青、趙樹理等人。新時期以來，尤其是在尋根文學和新歷史主義小說大潮中，采風和對民間文化的充分調研以及典籍整理也是田野調查的一種典型方式。正是在這些方式中，中國作家為我們提供了豐富多彩的文化模式。王安憶的小說《長恨歌》，悠長甜蜜、溫馨哀婉，充滿了對舊上海的柔情回憶。如果說王安憶在小說中表現了王琦瑤作為舊上海時髦女人哀婉的一生，還不如說是王安憶對舊上海的文化性挖掘和對舊上海文化的認同及崇羨。我們來看這樣一段描述：

> 　　站一個至高點看上海，上海的弄堂是壯觀的景象。它是這城市背景一樣的東西。街道和樓房凸現在它之上，是一些點和線，而它則是中國畫中稱為被法的那類筆觸，是將空白填滿的。當天黑下來，燈亮起來的時分，這些點和線都是有光的，在那光後面，大片大片的暗，便是上海的弄堂了。那暗看上去幾乎是波濤洶湧，幾乎要將那幾點幾線的光推著走似的。它是有體積的，而點和線卻是浮在面上的，是為劃分這個體積而存在的，是文章裏標點一類的東西，斷行斷句的。那暗是像深淵一樣，扔一座山下去，也悄無聲息地沈了底。那暗裏還像是藏著許多礁石，一不小心就會翻了船的。上海的幾點幾線的光，全是叫那暗托住的，一托便是幾十年。這東方巴黎的璀璨，是以那暗作底鋪陳開。一鋪便是幾十年。

　　應該說這段關於舊上海的描述並不比康拉德在他的《青春》中對泰國的異域風情的認識更少文化性。所以說在田野調查這一點上，雖然中國作家在

異域文化的開掘上和對異域文化的認同上與西方作家所使用的手段和所走的道路並不相同，但從人類學的角度來論述他們的小說創作並無不及之處。如果說在王安憶的創作中這種人類學的意義還不具有普遍性的話，我們還可以分析莫言的《紅高粱》、《生蹼的祖先》、韓少功的《爸爸爸》、李杭育的《最後一個魚佬》、《沙竈遺風》、阿來的《塵埃落定》、陳忠實《白鹿原》以及張承志、札西達娃等人的小說。近些年來，隨著開放和文化交流的日趨活躍，中國作家走出國門的田野調查也正在逐步展開，儘管這些作家在出走的時候，也許並沒有人類學的自覺意識。關於小說寫作，作家們常常有自己的解釋，余華說：「……這差不多是我 20 年來閱讀文學作品的經歷，當然還有更多的作品這裡我沒有提及，我對那些偉大的作品的每一次閱讀，都會被它們帶走。我就像是一個膽怯的孩子，小心翼翼地抓住它們的衣角，模仿著它們的步伐，在時間的長河裏緩緩走去，那是溫暖和百感交集的旅程。他們將我帶走，然後又讓我獨自一人回去。當我回來之後，才知道它們已經永遠和我在一起了。」〔註14〕余華所說的閱讀主要是指川端康成、卡夫卡、馬爾克斯等一些世界知名作家的作品。很顯然我們可以這樣理解：相對於人類學家的田野調查，余華的閱讀也是一次田野調查。莫言說：「我終於踏上了我的導師福克納大師的國土，我希望能在繁華的大街上看到他的背影，我認識他那身破衣服，認識他那隻大煙斗，我熟悉他身上那股混合著馬糞和煙草的氣味，我熟悉他那醉漢般的搖搖晃晃的步伐。如果發現了他，我就會在他的背後大喊一聲：『福克納大叔，我來了』！」〔註 15〕莫言以讚歎和欽羨的心情表達了他對以福克納為代表的異域文化的嚮往。這些都表明了中國作家在文化認同上的主動性。

對於 80 年代以來的中國作家來說，文化認同性更表現在對異域文化的直接引進上。眾所周知，中國 20 世紀的文化引進經歷過兩次較大的運動和潮流，一次是新文學發生和確立時期，另一次是新時期以來文學確立和發生時期。兩次對外來文化的引進我們都冠以「新」字很能說明問題。我們可以這樣理解它的含義，一是我們對這種文化表示了認同，二是這種文化對我們

〔註14〕余華：《溫暖和百感交集的旅程》，《內心之死》，華藝出版社，2000 年版，第
 14 頁。
〔註15〕莫言：《福克納大叔，你好嗎？》，《什麼氣味最美好》，南海出版公司，2002
 年版，第 216 頁。

文學的產生發生了實際作用。每一次引進都使中國文學發生了較大的轉型。第一次引進使中國文學尤其是小說創作脫離了古典小說的審美趣味，從而建立了中國現代小說模式，魯迅和茅盾是其中的傑出代表。第二次引進使西方的現代主義思潮和後現代主義思潮進一步深入到中國小說的創作核心。著名作家王蒙是首當其衝者。但在文化引進中也存在著兩種對立情緒，一種是西方中心主義，一種文化本位主義。西方中心主義在一般的學者或研究者看來是典型的殖民主義心態，是殖民經濟政治侵略在文化上的必然伴生物。這一問題一直伴隨到 80 年代以後，所以曾在一段時間內文化認同的危機曾使中國知識分子產生了深深的焦慮。文化本位主義立足於本民族的文化，但它的保守性或文化守成性也使我們在文化建設上離西方的距離越來越大。在兩種針鋒相對的文化抉擇中，「要麼就是全部地或部分地放棄地方本位的立場，自覺地以外來異文化為代表的世界文化認同；要麼就是堅守國族本位的傳統立場，並堅信本土文化的價值必將在未來世界格局中發揚光大，扮演最為重要的角色。」〔註 16〕不過這種爭論並沒有阻止我們對西方文化和思潮的引進，相反正是由於大量的或過量的引進才使我們產生文化認同上的危機。新時期以來的小說創作正是在這種危機中誕生的。實事求是地說，曾長時期地規範了我們文化判斷標準的馬克思主義政治文化也未嘗不是一種西方文化，在某種程度上來說，在我們的主流意識形態中更具有中心主義傾向。問題的關鍵是，由於我們只認同了一種中心而必然排斥掉了另外一種中心。這樣看來文化的中心說未必就見得是一種十分科學的界定，起碼在人類學的意義上就是不太科學的。文化間的競爭應該是包含了更多的人性內容和社會進步的競爭，而不是政治壟斷的支撐。在西方文化最早向中國滲透和介入的時候，應該說含有了更多的政治因素。〔註 17〕80 年代以來的異域文化的引進雖然包含了很多複雜的因素，但它的傾向和潮流也是一目了然的。在文學批評

〔註 16〕葉舒憲：《文學和人類學》，社會科學文獻出版社，2003 年版，第 13 頁。
〔註 17〕人類學也同西方的其他文化一樣，產生和研究中心是在西方的。這個原因是西方殖民者在殖民暴力時期有條件將異族文化從審視和把玩的角度進行研究。當殖民社會覺醒了的時候，他們也同樣是以一種同樣的心態來回視。康拉德的小說中所描述的海岸民族對來自異邦的水手的凝視正是這樣的。有一個故事說，有兩隻眼睛的人聽說某海島上一種人是獨眼，於是決定到島上捉住這些人回到大陸進行收費展覽，以便獲得最大的經濟效益。但卻被島上的居民將這種兩隻眼睛的人作為怪物捉住，成了這些獨眼人的看物。早期的人類學的產生過程和在後來的流轉和此似乎有些相關之處。

上，原型——神話理論曾在一定時期內佔有主流地位。從小說創作實績上說，認同已經遠遠大於危機。文化本身就是人類學的重要內容，但和人類學本身更爲接近的思潮也許我們在意識流小說、精神分析小說、荒誕小說和魔幻現實主義小說中可能看得更爲清楚。

魔幻現實主義小說對中國的影響已經超過了小說本身的影響，在一定程度上，如果說西方的原型批評理論爲中國理論家提供了一種純粹的理論框架的話，那么魔幻現實主義小說實在是爲中國作家提供了關於小說人類學的創作範本，因此在理論和實踐上我們實現了共時性。在我們還沒有充分認識到魔幻現實主義的人類學身份的時候，我們只是在現實主義的非常規視界內領略和欣賞它的作品，但是一當我們將其上昇爲一種（原始）文化研究的高度時，我們便可以發現其中巨大的文化內蘊和模仿潛力。自魔幻現實主義作品引入中國後，在我國曾經掀起了一個魔幻現實主義的高潮。就連馬爾克斯的《百年孤獨》的開場語都成爲中國作家所新奇不已的神秘語言。魔幻現實主義的人類學意義在於：它表現了異域文化認同的衝突以及對本土文化的深刻挖掘和展示。魔幻現實主義最主要特徵和基本含義是用神話傳說和宗教教義來表達了人們的行爲概念。由於人們是站在 20 世紀物質和文化高度發達基礎上的現代社會來展示這種概念，因此人們在回望的時候，便發現了它的原始性內容。通過這些內容，可以瞭解到一個民族在一定歷史時代對於社會和自然的認識，即宇宙觀，所以它具有十足的文化性。正是在這個意義上說它具有了人類學的本質特徵，也是人類學在研究上最先的主要的觀測點。由於先民對於世界的神秘性認識，它把自然和社會描寫成神人參半的狀態，賦予一切以生命和靈性，因此也就具有了強烈的宗教色彩。對於原始宗教的認識，一般我們僅僅局限於它的系統性和觀念性，實際上未開化社會的宗教的內容是雜亂不堪的，包括了很多不規則的觀念、信念、法則和規範。這些曾長久地就支撐著人類的發展和生存。當面對外來文化侵擾時，任何一種強勢文化都試圖對它進行改造，而作爲一種地方性文化和知識也是未必心甘情願地就範。人類發展歷程的精神的甚至是物質證明物就是文化。當一種文化消失的時候，大概一個種群也就消失了。（在中國古代民族匈奴就是這樣的。王安憶的小說《紀實與虛構》在一種層面上也是表達了這種觀念）。歐洲殖民者的入侵和文化上改造激發了拉美知識分子對自己民族身份認同的緊迫感，正是在這種狀態下，出現了魔幻現實主義。應該說，魔幻現實主義的出現是文化間

鬥爭與人類生存鬥爭的必然結果，也是拉美的獨特文化爭取世界性的認同的必然結果。之所以安赫爾·阿斯圖里亞斯、加西亞·馬爾克斯、胡安·盧爾弗、烏斯拉爾等人成爲魔幻現實主義的代表人物，就是因爲他們大多具有雙重的文化身份以及在這種文化身份中可能出現的文化比較。尤其值得指出的是，前兩人獲得諾貝爾文學獎，表明了西方文化對他們所代表的文化的認同。

　　魔幻現實主義這種人類學特徵在中國作家身上也有鮮明體現。作爲新時期以來中國最主要的代表作家陳忠實和莫言的小說更是突出地彰顯了這種魔幻現實主義特徵。不管他們的小說是模仿還是眞誠地接受，都表明了他們對於異域文化的接受和在這種接受中文化觀念的轉變。《白鹿原》的開頭寫道：白嘉軒後來引以爲豪壯的是一生裏娶過七房女人。《百年孤獨》的第一句話是：許多年之後，面對行刑隊，奧雷良諾．布恩地亞上校將會回憶起他父親帶他去見識冰塊的那個遙遠的下午。結果後置的敍事方法是《百年孤獨》中的重要形式，很顯然上面的例子是極其相似的。陳忠實的小說雖然沒有馬爾克斯小說那種情節結構方式和語言敍事技巧，但「它以宏大的歷史視角，紛繁的情節內容，典型的人物性格，冥冥中牽制著人物命運的歷史文化重壓，神秘的白鹿精靈，可怖的白狼幻影，怪異的鬼魂哀號，詭秘的鄉賢預言等，使整個作品充滿了魔幻神秘的色彩，在相當程度上與《百年孤獨》的魔幻現實主義有著驚人的相似之處，被看成是中華民族的一部秘史，一部成功的中國化了的魔幻現實主義作品。」〔註18〕《白鹿原》探討的是中國傳統儒家文化對於人的生命的意義、對於一個民族的意義和作用，它通過中國西北的一個偏僻小山村半個多世紀的歷史演變，通過兩個家族內部發展歷史和鬥爭，揭示出中國傳統文化精神不斷延伸的秘密。從審美角度講，這是一部文學作品，一部小說，從人類學角度來說，這也是一部田野調查報告。與《百年孤獨》的相似性，不僅表明中國作家的創作在思想上和表現技法本身對外來文化的借鑒，更主要的是認同了魔幻現實主義這種小說中所表現的拉美文化，以及由此所激發出的對本民族文化人類學意義上的探討。莫言也是魔幻現實主義的認同者。有的研究者說：「莫言在藝術上深得『魔幻現實主義』的精髓，他的小說中變現實爲魔幻，化理性爲荒誕，作家在幻想的感覺世界和逼眞的現實世界遊走，似乎要在夢幻與現實之間尋找合適的焊接點，以冷

〔註18〕梁福興：《神秘莫幻白鹿原》，《廣西民族學院學報》（哲學社會科學版），2002年第5期第147頁。

峻嚴肅的現實主義爲基調，以宏大豐富的民族文化爲背景，嫁接西方小說的藝術技巧，創造出神秘瑰麗的『莫言風格』……」〔註19〕這種說很正確，但它同對陳忠實的論述一樣，還是站在文學本位角度來處理問題的。在陳忠實和莫言的創作中，最爲突出的特點是用神秘莫測的神話傳說和生活現象來傳達宏大的文化背景，歷史性成爲其中的關節點。這才是眞正的文化認同和具有人類學的意義。

博爾赫斯是繼馬爾克斯之後另一位對中國文學創作產生了重要影響的作家。在新時期早期的先鋒作家中，出於小說形式改革和創新的需要，已在一定程度上走向了博爾赫斯，後來的小說家們由於不滿足於僅僅形式上的摹仿和學習，已經在整體上走向了博爾赫斯，甚至博爾赫斯本人在一段時間裏成了中國先鋒作家所言必稱的文化代表。余華說：「在這個意義上，博爾赫斯顯然已經屬於那個古老的家族。在他們的族譜上，我們可以看到這樣的名字：荷馬、但丁、蒙田、塞萬提斯、拉伯雷、莎士比亞……雖然博爾赫斯的名字遠沒有他那些遙遠的前輩那樣耀眼，可他不多的光芒足以照亮一個世紀，也就是他生命逗留過的二十世紀。在博爾赫斯這裡，我們看到一種古老的傳統，或者說是古老的品質，歷盡艱難之後成爲了永不消失。」〔註20〕殘雪說：「沒有比博爾赫斯更具有藝術形式感的作家了。讀者如果要進入他的世界，就必須也懂得一點心靈的魔術，才能弄清那座迷宮的構圖，並同他一道在上下兩界之間做那種驚險的飛躍。否則的話，得到的將是一些站不住腳的、似是而非的印象和結論。」〔註21〕可見殘雪對他也是推崇已極。但更爲明顯的卻是寫作者在自己的作品中明確告訴了讀者自己的學習和模仿對象。儘管博爾赫斯所代表的文化仍然沒有離開拉美文化本身，但其中透露出來的信息使中國作家已經不滿足於自然界的神秘性本身，而是要利用一種文化背景在人爲地製造神秘和迷宮。

中國尋根文學的出現是中國作家集體走向人類學的一個明顯標誌。作爲新時期以來一種單獨的成潮流的文學創作現象，自 80 年代中期登上文壇以來，曾領風騷多年。參照魔幻現實主義的理論和作品，我們發現尋根文學是向主流文化進行挑戰和進行顛覆的一項重要創造。它的意義在於在不否認或

〔註19〕 畢光明：《它山之石　可以攻玉——談魔幻現實主義對莫言的影響》，《呼蘭師專學報》，2003 年第 4 期。

〔註20〕 余華：《博爾赫斯的現實》，《內心之死》，華藝出版社，2000 年版，第 61 頁。

〔註21〕 殘雪：《解讀博爾赫斯》，人民文學出版社，2000 年版，第 3 頁。

者不觸及正統的或者傳統的文化框架和它神聖的地位同時最大限度地實現對邊緣文化的認同。它的創作實績表明了中國小說創作的「對外來文化兼收並蓄的開放意識及與本土民族文學傳統融會貫通的本領」。〔註22〕

對文化他者的認同對中國20世紀作家來說似乎並不是一件難事。西方學者或者知識分子的認同是建立在其文化和經濟發展日盛的前提下的,雖然他們有高傲的心態和自詡的資格來鄙夷外來文化,而實際上他們並不是總是這樣做,他們的人類學學科的發達就是不這樣做的結果。而中國在近代以來,無論是在經濟上還是在文化上,都不具備產生這樣心態的基礎,因此他們的對外來文化的認同就相對容易得多。這是我們小說創作走向人類學的基礎。但我這樣說並不是僅看到了或認同了我們的被同化性,還要看到我們所認同的艱巨性以及突破局限後的開闊的視野。正如葉舒憲所說:

> 越是傳統深厚、歷史悠久的社會和文化,其成員就越難使自己獲得超脫出來的眼光。這主要是千百年來早已形成慣性的自我中心式的感知和思維習慣,以及自古就受到社會鼓勵的黨同伐異心態。人類學的建立和發展終於為世人樹立了超越本土主義的人類觀和全球觀的可行範式。從黑格爾、摩爾根到馬克思、恩格斯,我們可以清晰地看到,這些跳出本族本國文化限制的思想家,是如何擁有了俯視世界、洞觀全局歷史的宏闊視野的。〔註23〕

人類學家費孝通說:「中國本土人類學者面臨的是如何『出得來』的問題,也就是說,作為研究本土社會的人類學者,重要的是要從我們所處的社會地位和司空見慣的觀念中超脫出來,以便對本土社會加以客觀的理解。」〔註24〕費孝通的這段話完全可用在中國小說的人類學傾向上。但令九十年代以來的中國的批評家們所焦慮和期望的問題是,中國作家有些時候在獲得超越的同時也喪失了本土性文化,這正是九十年以來作家們的一種複雜心態,也是失語和缺乏原創性的語義來源。

3 多方位呈現中國多民族的文化遺留是中國新時期以來小說走向人類學傾向的又一重要表徵。所謂文化遺留主要是指在文化延續中從來沒有中斷過的文化存在物。當我們今天看到的一些文化現象雖然已經不是遠古文化的原

〔註22〕吳家榮:《魔幻現實主義與尋根文學之比較》,《外國文學研究》1997年第3期第62頁。

〔註23〕葉舒憲:《文學與人類學》,社會科學文獻出版社,2003年版,第17頁。

〔註24〕費孝通:《跨文化的席明納》,《讀書》1997年第10期。

始面貌，但是我們從中總是能夠尋到在其流傳過程中的種種徵狀和演化過程，甚至通過一系列的分析我們還可以體會到原始文化的品位和風貌。比如在大草原上認為進門踩門檻是罪惡的行為，在佛教中也有這種說法；英國人到現在還認為在五月份結婚是一個不幸的兆頭等。這些文化遺留正如人類學家愛德華·泰勒說：

> 現在有成千的這類情況的例子，它們已經成為文化進程中的界標。當隨著時間的流逝，一個種族的境遇發生普遍變革的時候，在已經改變了的社會現實中通常必然會遇到許多這樣的事物，很明顯它在新的事態中沒有根基，而純粹是舊事物的遺產。遺留的穩定性使得能夠斷言，其中表現著這類殘餘的人民文化是下面某種較古狀態的產物，在這種較古狀態中也應該探求對那些已經變為不可解的習俗和觀點的理解。〔註25〕

就在說這段話之前，泰勒還說了下面一段話：

> 當一種風俗習慣、技藝或觀點充分地傳播開來的時候，一些不利的因素正在增長，它可能長期地影響到這些習俗或技藝如涓涓細流，綿延不絕，從這一帶繼續傳到下一代。它們向巨流一樣，一旦為自己衝開一道河床，就成世紀地連續不斷流下去。這就是文化的穩定性。然而極為有趣的事，人類歷史上的變化和革新，將會留下如此之多的長流不斷的涓涓細流。〔註26〕

在這兩段話中，泰勒強調了文化遺留的穩定性和穿透力，而且強調了這種遺留將會永遠持續下去。作為人類學家，這種判斷是他的基本職業要求，他甚至對這些文化遺留進行了價值判斷，指示出我們對文化遺留應有的態度。泰勒認為，對於進步的文化以及所有的科學文化，比較高層次的態度應該是尊敬前任但不是卑躬屈膝，是從過去獲益而不是為了失去現在。我們觀念中的許多習俗的存在不是因為它好而是因為它老。蒙昧的文化和高級文化是不相容的。〔註27〕泰勒的這些說法為我們在當下進行小說創作和評論無疑提供了方法論的指導意義。

但應該看到，當一種文化遺留在今天能夠被我們所闡釋出來和看到，並

〔註25〕愛德華·泰勒：《原始文化》，上海文藝出版社，1992年版，第75頁。
〔註26〕愛德華·泰勒：《原始文化》，上海文藝出版社，1992年版，第74頁。
〔註27〕愛德華·泰勒：《原始文化》，上海文藝出版社，1992年版，第164～166頁。

不是一種單一的孤立的歷時性的傳承。在我們的實際文化研究操作中，我們
就像考古學家面對著一個已經塵封了數千年的文物一樣，想要瞭解這件文物
的具體內容，必須通過逆向型的手段層層揭剝附著其表面的另一個層面的文
化內容。就像對於一件書畫作品中的題款，我們必須明確哪一個是明代的，
哪一個是宋代的，哪一個是唐代的。只有在確立了這些之後，我們才可以斷
定它的最終歸屬問題和它的原型。比如在中國曾廣爲流傳的紅蓮女故事中，
高僧因美女紅蓮而敗道的故事發生於五代。這個故事發展到明代，先後跟柳
翠的故事，蘇軾的故事和路氏女的故事相融合，在小說、戲劇等民間文藝中
廣爲流傳一直持續到民國時期。據此，研究者吳光正先生說：「紅蓮故事以
區區六十餘字的情節篇幅衍化出系統如此複雜壽命如此長久的故事群落，其
傳播學、敘述學層面上的因素不可忽視。沒有佛教轉世投胎這一敘事要素就
不會有紅蓮故事群落的產生，沒有宋元以來商業文化的發達就不會有紅蓮故
事的廣泛傳播。」〔註28〕這些情況不僅在中國的民間故事中出現，應該說在
所有的民間故事和文化遺留中都有一個探本溯源的原型追問問題。

　　這一研究成果說明，我們必須尋找到另外一種方法和途徑來豐富對文化
遺留的闡釋，從而使我們在看待中國新時期以後小說的人類學傾向上更加明
顯。因爲小說中所要表現的內涵已經更加豐富，已經脫離了文化遺留的本來
面目而走向了審美和詩話，走向了更大的文化融合，走向了文化的當代性。
這樣我們還必須對文化的濡化和傳播予以充分的考慮。

　　濡化（enculturation）這個概念是文化人類學者馬文‧哈里斯提出的。在
他看來，在一個社會中，下一代的文化往往在許多方面與上一代相似。生活
方式之所以能延續部分原因是由於受到一個被稱爲濡化過程的作用。這個過
程部分是意識的，部分是無意識的。在這一過程中，老一代引導、敦促和強
迫年輕一代採用傳統的思想方法和行爲方式。這成爲老一代人鼓勵和懲罰下
一代人的主要手段。他還認爲，在現代人類學的範疇裏，濡化佔有著一個十
分重要的作用。有些人之所以沒有認識到濡化在保持每一群體行爲模式和思
想模式中的作用，根子在於民族優越感。民族優越感使人相信本民族的行爲
模式總是正常的、自然的、好的、美的、優越的。〔註29〕在這裡，哈里斯的

〔註28〕吳光正：《中國古代小說的原型與母題》，社會科學文獻出版社，2002年版，
　　　　第52頁。
〔註29〕馬文‧哈里斯：《文化人類學》，東方出版社，1988年版，第8頁。

重要意義在於他看到和提出了濡化這個概念，但他認爲沒有看到濡化作用的人是相信自己的民族的優越感，這多少有些值得商榷之處。應該看到，正是對於本民族優越感的認識，才使濡化發生作用的可能性更大。表現在小說中，那些對自己的文化具有優越感的作家們更樂於對傳統文化和遺留進行表述。應當相信和承認，我們在一些小說中所看到的濃厚的文化傳承意味的敘述，絕對不是原汁原味的文化遺留，而更多的是文化濡化的結果。另外，不同民族之間，在同一時代的不同地域之間，濡化常常伴隨著傳播而發生的。比如佛教並非是中國的原產，在它向中國傳播過程中對中國的思想文化界產生了重要的影響，而在小說中佛教小說成爲中國小說發展的重要主線之一。

曹文軒先生在《20世紀末中國文學現象研究》一書中，專列一章來論述中國作家的「作坊情結」。實際上這種「作坊」正是我們一種典型的文化遺留，作坊情結表現了中國作家對文化遺留的發現和偏愛。曹先生說：

> 在將近二十年的時間裏，文學一直很熱衷於寫作坊，寫一種古老的或地方性的行業，它津津樂道地向我們描述著這些作坊、行業所有的很專門化的知識，對種種作坊的規矩、行業的行風以及種種技能，進行著傳奇般的敘述與描寫。從油坊、染坊、酒坊、磨房、畫坊、炕坊、熟食鋪、酒館、藥房、醬園……直寫到棺材鋪，至今仍樂而不疲、興致不衰。

我們可以超越「作坊」的本意而加以擴寬，把凡熱衷於寫某種職業以及服飾、飲食、器玩等方面的興趣，都歸放到「作坊」的話題下來談。〔註30〕

曹文軒已經說得很全面了。但我以爲作爲文化遺留還應該包括更爲廣泛的東西，除了上述所提及的現象之外，我覺得有兩點也是至關重要的，一是風俗習慣，比如《紅高粱》中的祭酒一節，另一是建立在所有行業和技能之上的文化附著意義。這大概已經超越了文化遺留的本來意義而走向了濡化。我想作家們之所以熱衷於這些「作坊」的描述，決不單單是去發掘這一行業本身，而是通過這一發掘來考量文化的發展線索和展示他所認定的意義，這樣在一部小說中作家就完成了從文化遺留到濡化和傳播的全過程。這類小說的代表作品主要有《美食家》、《尋訪畫兒韓》、《三寸金蓮》、《神鞭》《那五》、《煙壺》、《油坊》、《舊時代的磨坊》、《染坊之子》、《相馬神》、《沙竈遺風》、

〔註30〕曹文軒：《20世紀末中國文學現象研究》，北京大學出版社，2002年版。第163頁。

《棉花垛》、《日落碗窯》等。除了這些專業性的「作坊」寫作之外，在很多作家的作品中關於文化遺留問題也有些許的流露。比如林斤瀾的《矮凳橋風情》、陳忠實的《白鹿原》、賈平凹的《懷念狼》、《廢都》、莫言的《檀香刑》、《四十一炮》、王安憶的《小鮑莊》等等，他們通過片段的文化遺留的描述，展示其在大文化背景中的濡化和傳播，這實在能夠引發人們去探尋其文化源頭。比如汪曾祺在評價林斤瀾的《矮凳橋風情》時說過：「林斤瀾屢次寫魚、鰻、泥鰍。聞一多先生曾著文指出：中國從《詩經》到現代民歌裏的『魚』都是『廋辭』。『魚水交歡』嘛。不但是魚，水，也是性的廋辭。」〔註31〕可見汪曾祺看到了在林斤瀾小說中所包含的人類學意義。但在關於文化遺留和濡化的描述上最具有審美創作能力的還是汪曾祺本人。他的小說《大淖記事》、《七里茶坊》、《異秉》、《陳小手》、《八千歲》等中涉獵了中國的文化遺留問題，一而再，再而三地表現出了他對文化遺留的愛戀與癖好，形成了獨特的汪曾祺所有的風景。但汪曾祺並不是簡單地以表現傳統的文化遺留為樂，他更願意在此基礎上表現這些行業的載體的人的情感與生存。也就是說儘管他表現的是風俗、習慣和行業，但仍然是以人為主的。他看到了一代代人在文化遺留中的位置和作用，所以在此他不遺餘力，成為一段時間裏文化小說的領軍人物。比如在《大淖記事》中，一群錫匠為了自己的兄弟的生命和生存，與當權者抗衡，一行人負擔結對，通過非暴力方式最終取得鬥爭的勝利。這一景象和情調確實容易讓人想起遠古的行業作坊的發展史和奮鬥史，從而賦予文化遺留以更為深遠的和活動的意義。汪曾祺自己說：「幾個評論家都說我是一個風俗畫作家。我自己原來沒有想過。我是很愛看風俗畫。十六七世紀的荷蘭畫派的畫，日本的浮世繪，中國的貨郎圖、踏歌圖……我都愛看。講風俗的書，《荊夢歲時記》、《東京夢華錄》、《一歲貨聲》……我都愛看。我也愛讀竹枝詞。我以為風俗是一個民族集體創作的生活抒情詩。我的小說裏有些風俗是一個民族集體創作的生活抒情詩。但是不能為寫風俗而寫風俗。作為小說，寫風俗是為了寫人。」〔註32〕可見對於汪曾祺來說，寫風俗的有意識性使他與人類學更為接近。

　　曹文軒先生在評價這一文化現象時說這是一種中國作家的「土特產策略」。他認為，中國作家們通常認為一個國家和民族的文學只有深深地紮根

〔註31〕　汪曾祺：《林斤瀾的矮凳橋》，《讀書》，1982年第8期。
〔註32〕　汪曾祺：《林斤瀾的矮凳橋》，《讀書》，1982年第8期。

於自己的土地與文化才能獲得一種心理上的支持。當這些作家將這種意識變為創作實踐時，因為他們自身實際上對中國文化精髓部分併無透徹的瞭解，更沒有將中國文化變成他們富有魅力的精神境界，於是他們將所謂的民族性以及文化性僅僅理解成了一個民族的風俗，一個民族的生活習慣以及一個民族的生產方式和它的那些特別的故事。但對於世界文化來說卻沒有實踐意義，並未引起世界的注意。〔註33〕如果從曹先生所闡述的角度來說這是對的。但問題的另一方面是，只有將這些具有人類學意義的文化遺留毫無保留地呈現出來，我們才有可能在今天看到它的濡化和傳播，才能領會在中國的文化遺留中所具有的特別理想與情趣。我們甚至可以將這些創作當作人類學的文本來看待。如果我們這樣看的時候，無疑就使人類學走向了詩學。而這一點和目前的人類學發展又是相一致的，這在美國已經出現的人類學詩學這一流派中可以得到證明。葉舒憲對此評論道：「人類學詩學的根本宗旨並非借用人類學的理論方法去研究文學，而是用詩學和美學的方法去改造文化人類學的既定範式，使之更加適合處理主體性感覺、想像、體驗等的文化蘊含。」〔註34〕我們用這段話來分析汪曾祺、鄧友梅、林斤瀾等一大批小說家的創作，我們甚至會覺得，我們的小說已經走向了人類學。

　　意義的不確定和闡釋的無限性也是中國當代小說在面對文化遺留時常常表現出來的一種文化心態。由於文化遺留在其濡化和傳播的過程的不確定性，在歷史長河中，每一代人每一地域的人都會對同一種事物作出不同的價值判斷和基於自己文化氛圍的闡釋，這大概就是德里達的「延異」說。德里達的「延異」說為我們的這種解釋提供了很好的理論支撐。按照德里達的說法，延異是一種意義構造原則。一種定義並不依賴於實體本身而是依賴於他同其他文本的參照關係。意義因時間的關係而變化，並被永遠地拖延、耽擱和推遲下去。也正是在這種理論指導下，我們對文化遺留的闡釋似乎在很多時候已經超過了我們的接受限度。比如在中國八九十年代極為流行的新歷史主義小說就和原本西方新歷史主義的解說和內涵不完全相同。這不僅表現在我們對外來文化的理解上，還表現在我們對自己傳統文化的闡釋上。比如李洱在《花腔》中關於葛任的歷史境遇的不同敘說方式（個人的、共產黨的和國民黨的），就具有這種典型的闡釋上的多義性。葛任就是個人，個人的個

〔註33〕曹文軒：《20世紀末中國文學現象研究》第172～173頁。
〔註34〕葉舒憲：《文學與人類學》，第105頁。

體性感覺總是會和集體的要求產生偏差，而這種偏差正是體現了人作爲主體的獨特性存在。同樣在張承志的《金牧場》中，作者也通過它的獨特結構設計來展現人們對於遠古文明的理解。他甚至將那種已經消失了的遠古文明置於日本這樣一個異域的文化氛圍中來展示，充分說明對於同一種文化遺留的不確定性闡釋。

　　4 中國當下小說創作在形式上明顯與以前相比有兩個特徵，一是多元化，二是地方化。兩者雖然沒有必然的因果關係，但是卻有著一定關聯性。也就是說正因爲我們的社會容忍了多元性的存在，才使小說的地方化更加可以施展自己的手腳。在新時期以前，中國小說創作也強調地方化，曾湧現出了山藥蛋派、荷花澱派等小說創作流派，但在這些流派中，除了在表現風土人情和語言形式上的地方化之外，實際上再也沒有更爲深刻的文化內涵了。而在新時期以來則不然，小說創作的地方化與民間化顯然已經根深蒂固地連在了一起。通過地方性知識的描述和演繹，表現出了更爲深刻的文化意蘊和古老的地域風情，並在此之上呈現出那種古老文化所給人帶來的思維方式、生活表現和性格特徵上的深深印跡。這一點或許用胡風的理論來說明會更具有穿透力，既表現了人們在那種文化中「精神奴役的創傷」。

　　實際上，地方性知識也是人類學在 20 世紀中期以後的一個重要的增長性內容。其代表人物是闡釋人類學的代表人物美國人克利福德・格爾茨。他認爲文化是使用各種符號來表達一套世代相傳的概念。人們憑藉這些符號相互交流，延續人們有關生活態度和生活知識。在這個角度上來說文化是可以闡釋的文本。人類學家的任務就是對每一種文化的各種指導性符號進行解釋以達到能被理解的目的。他認爲民族志描述有三個特點：即它是解釋性的；它所揭示的是社會性會話流；所涉及的解釋在於將這種「所說過的」從即將逝去的時間中解救出來，並以可供閱讀的術語固定下來。〔註 35〕它突出地強調了人類學闡釋性工作的意義，這就是他所謂的「深描說」。「深描說」的目的在於將每一個地方性的知識進行深度闡釋，從而將之與一般性的文化闡釋相分離並在人類活動將之固定下來。在格爾茨以前的人類學研究中，一般人類學強調的是文化的普遍性，試圖通過對各地和各種文化的研究尋找到文化發展的統一結構，以便對人類社會的文化作出一個合乎一元論的一致性的解釋。然而世上的情況往往並非如此。在很多文化存在上，或在很多的文化遺

〔註35〕格爾茨：《文化的解釋》，譯林出版社，1999 年版，第 27 頁。

留上，人類學家們往往感到力不從心。比如在西非的阿散蒂人中，已婚男子不與自己的妻子和孩子在一起用餐，而是與他的姐妹、母親、母方的侄兒女們在一起用餐，可是做飯的卻是他的妻子。印度的納亞爾人的丈夫和妻子完全分居。許多納亞爾婦女所謂結婚只是舉行一個儀式，過後他們仍然在娘家與兄弟姐妹們住在一起。晚上來跟他們在一起睡覺的男人才是他們的配偶。像這樣生下的孩子由母親的兄弟撫養，孩子不知其父。像這樣的例子，我們難以用以統一的家庭婚姻的概念來進行界定，因它不具有在婚姻家庭上的與其他民族的同構性，也就是說並不是在所有的文化現象和遺留中存在著一種可以通約的法則。在格爾茨看來，在西方式的正統知識體系之外，還存在著很多從未走入課堂、進入詞典的本土性文化知識，比如巴釐人對孩子的命名以出生的先後順序叫做「頭生的」、「二生的」、「三生的」、「四生的」，從第五個開始，又從「頭生的」開始命名。這種命名方式雖然不能真正反映出長幼之別，卻體現了一種往復循環的生命觀念，但是在一定程度上又具有著不可解釋的內涵，所以它是一種地域性的文化特質。這樣「地方性知識」這個術語進入到那些沒有文化偏見的人類學者的視界中已屬必然。地方性知識不僅使我們關於文化的認識更加豐富和多樣化，而且在一定程度上挖掘了被通約化的文化所遺漏的文化遺留，是我們認識文化的一個必然性過程。實事求是地說，由於人類生存的多樣性、人類生存環境的多樣性，不僅在全球範圍內，即便是在一個國家的範圍內、在一個民族的範圍內，在同一個地域的範圍內文化的差異性總是存在著的，只有將這文化現象和遺留全部呈現出來才是人類社會發展的最為美好的前景。

但地方性知識也對一元化的文化景觀提出了挑戰。在一元化的文化觀念看來，所有的文化都可以在其原型上找到相同的結構，因此在文化理解上往往用一種放之四海皆準的結構來統一各種地方性知識。一元化的文化觀念不僅表現了一種文化霸權和文化優越性的企圖，而更在於通過簡化的手段遮蔽了那些在一些人看來不合規範的文化存在，從而愈加在人類的種族和群落上區辨出高上低下之別。這樣不僅不能彌合人類種群間的差異反而使其距離越加增大，背離了在當代環境下人類發展的共同性追求。而地方性知識卻是一種多元性的文化存在，它承認各種文化存在的合理性，它盡量對那些不可解釋的文化現象進行深度描述使之產生出意義。當這種意義被固定時，它對另一種文化總會產生參照性的借鑒幫助。所以格爾茨說：

用別人的眼光看我們自己可以啓悟出很多瞠目的事實。承認他人也具有和我們一樣的本性則是一種最起碼的態度。但是在別的文化中間發現我們自己，作爲一種人類生活中生活形式地方化的地方性的例子，作爲眾多個案中的一個個案，作爲眾多世界中的一個世界來看待，這將會是一個十分難能可貴的成就。只有這樣宏闊的胸懷，不帶自吹自擂的假冒的寬容的那種客觀化的胸襟才會出現。〔註36〕

對地方性知識的認同和解悟，既要求研究者深入其中，也要求它能夠將其非地方化，從而實現與我們原來所認定的中心文化的平等地位。

當我們用上述的理論來觀照中國新時期以來的小說創作時也會獲得更多的關於小說人類學的感悟。在整個新時期的小說創作中，中國作家爲我們奉獻了數量眾多的敘事文本，在小說創作上我們已經走上了黃金時期。但應該說最大的收穫還在於我們拋棄了一元化的傳統的敘事和表現模式，從而走向了多元化的表現道路。多元化不僅說明了人們在價值觀念上、生活態度上、文學的表現形式上的多結構、多群落和多向度的文學事實，也說明了多地域性的存在。當代中國作家在表現地域色彩時，與在建國初期不同的是，敢於和善於以及願意用各具特色的地域知識來支撐自己對當下文化和社會發展的理解。每一個善於從地域文化知識環境中汲取營養的作家在表現這一地方特色的時候，都力圖使自己融入其中，又不斷地使自己從中抽身而出，他們與地域文化和知識之間呈現了一種若即若離的關係。這種關係是靠以下三種理解來支撐著；第一，他們認爲是這種地方性文化和知識造就了一種生活態度和文化方式，而所有這些也正是構成了中國文化的基礎；這些文化曾長時間地被遮蔽著，既不被人們認同，也不被人們所否定，它的邊緣性存在使它始終處於一種自生自滅的狀態。作家們感覺到他們有責任和義務來對這種文化進行挖掘，並在這種挖掘中實現對我們民族文化的反思；第二，但這些文化又與我們通常所認定的主流文化價值取向不一樣或者在很大程度上產生了背離。表現在這些文化中的價值觀念和人的思維方式，因其獨特性的存在創造了我們在通常生活和歷史中所難以預見的人物以及附著於人物之上的所有存在，而這正是他們所要表現的中心所在；第三，不過，作家們傾注全力的熱情表現並不代表他們對所表現的地方性知識全部認同。他們似乎有兩個任務，一是要呈現而不做價值判斷，二即使在做價值判斷的時候，他們也願做

〔註36〕格爾茨：《地方性知識》，中央編譯出版社，2000 年版，第 19 頁。

多元性的判斷。很少有作家像莫言一樣對那些地方性知識表現出了孜孜以求的不倦之氣和誠惶誠恐的讚羨之情。在進入和出來的自由性選擇基礎上，大多數作家們顯然更加客觀化了。由於文學和純粹的人類學畢竟不同，所以作家們在對地方性文化進行闡釋的時候，更加富於文學和情感色彩，這樣神秘化就成爲地方性知識在他們筆下的一個主要特徵了。但不管怎麼說，歸根到底，他們的文學衝動還是來自於他們對各自的地方性知識的認識，來自於我們這個時代的對文化多元性的要求，來自於中國這個古老而龐雜的多民族、多地域和多群落的生存環境和生存狀態的深刻理解。

　　對於相當明瞭中國新時期以來小說創作的人來說，上述總結和梳理完全是基於以下的小說創作事實和現象，自尋根文學以後，中國出現了以地方文化爲特色的各路地方大軍群起爭雄的局面。這主要表現爲以賈平凹、陳忠實爲代表的陝軍東征。最具有傳統文化特徵的商州或關中文化在他們的筆下變得神秘莫測，疊加重複的意向是中國文化呈現出最爲原始和最難解讀諸多層面。代表性的作品有《商州初錄》、《浮躁》、《高老莊》、《白鹿原》等。以韓少功等爲代表的湘軍北上。這支創作隊伍盡力在他們的創作中毫無遮攔地表現湘楚大地的古老知識以及籠罩在這些古老知識之上的氤氳之氣。韓少功的《爸爸爸》、《女女女》更是以其詭譎多姿的敘述，使湘西這個從沈從文時代就在小說中開始神秘的大地籠罩上了一層厚重煙霧，它吸引人們去探尋雞頭寨的來處和這個村子裏的人的行爲規範背後的文化意蘊。丙崽作爲文化符號的象徵，到底我們今天能對它作出那些闡釋，這些闡釋的結果還能在今天的社會遺留多久？以莫言、張煒代表的魯軍更是雜合多種地方性知識走向了中國的文壇並呈現出長盛不衰的勢頭。似乎在他們當中，每一個人都代表了一種地方性知識。莫言筆下的山東高密東北鄉，蒿草叢生，走獸出沒，天然地具有了創造神話和傳說的品質。莫言將這些神話、傳說與人類的行爲相比照，從而反射出在特定的自然環境中人的知識積累和成長過程。比如《生蹼的祖先》中的紅馬駒、紅蝗，《檀香刑》中的貓腔、古老的刑罰等。張煒則將海邊的葡萄園和草地作爲一種特定的文化符號和知識起點，表現出一種流傳久遠的知識分子與他們相互依存和退守的關係。以閻連科等爲代表的豫軍則別有滋味。閻連科以特定的耙耬山脈爲主要描寫對象，刻畫了三姓村、受活村這些非正常的生存群體的生活狀態，其中所提供的地方性知識爲我們提供了無盡的闡釋意味。除上述所論之外，還有以阿來、札西達娃爲代表的川

藏大軍，作品有阿來的《塵埃落定》、札西達娃的《西藏，隱秘的歲月》等。上述作家和他們的小說，不僅爲我們提供了審美享受，更爲主要的是他們的地方性知識已經爲我們今天的讀者認識中國文化的多元性和豐富性提供了一種可能和平臺，使它們毫無遺憾地成爲了解讀中國的人類學文本。

中國新時期以來的這種地方性小說的興起和拉美魔幻現實主義小說的產生有異曲同工之妙。我們雖然很難說它的興起是受到了闡釋人類學中地方性知識理論的影響，但我們卻是毫無疑問地可以說，它實實在在地印證了闡釋人類學中的地方性知識理論的存在意義。

5　圖騰、儀式和宗教情結使中國新時期以來小說走向了更深層次的原始化和神秘化。

從人類學的角度來考究中國新時期以來的小說，在多元化的文化表現中，有一個重要傾向會給人以深刻的印象，這就是它的自然原始化傾向。這主要表現在，有一大批作家對在人類歷史長河中的遠古生活和習俗表現出了濃厚的興趣。他們描寫孤寂的河邊漁獵、空曠草原上的放牧以及閉塞神秘的村社生活。不僅如此，在對這些生活進行描寫的時候，他們又在每一個歷史階段和區間糅進了很多原始文化的或者是遠古文化的內容物，從而填充他們對歷史和人類歷史長河的好奇與興趣。在這些描寫中，他們有時將人的生活刻畫的怡然自得樸素有趣，具有強烈的原始理想主義色彩。有時他們也表現了在那些看似愚昧低級的習俗中人性的閃光點，從而將現實的人生與過去的人生相比照，抒發了他們對道德主義的美好追求。他們有時也表現人與自然的相互依存與爭鬥，從而從中總結出人與自然之間的辯證關係。他們有時也沿時間的長河而上，盡力去挖掘和展現過去的遺迹和原始化的村落，表達了對遠古的執著與熱愛。他們有時更力圖對自然界和人類社會作出一種不可解釋的解釋，表達了他們對人的存在本身的懷疑與追問，由此他們又走向了神秘主義。當他們在對所有這些進行了充分的表述之後，讓我們的讀者已經感到，他們已經無疑地具有了一種宗教主義的情緒。這種情緒是他們寫作動力，也許是他們在寫作上的最後歸宿點。但不管他們是發自內心地對遠古的懷念，還是借古諷今表達對現實的不滿，從人類學的角度來講，他們都具有文化人類學上的典型意義。或許這也是中國作家在無意識的情境中所完成的對人類學的貢獻。

烏熱爾圖是向原始搜求靈感的典型的代表作家，他筆下的鄂溫克族人的部落生活，簡直就是一幅幅原始人的狩獵圖。曠古野風中的帳篷、飲毛茹血的野餐、遮體禦寒的獸皮，人獸搏鬥的場景，都表現出了原始生活中的各種儀式的遺風。尤其引人注意的是，在他的小說中，將集體狩獵的勞作方式和以物易物的交換方式呈現在我們面前，復原了在歷史研究中人們對原始社會的想像。「拉邊套」的故事大概在現代中國的一些偏遠閉塞的山村仍然存在著，儘管用現代文明的道德尺度來衡量二夫一妻這種家庭組合是多麼不合規範，但從其起源上看，它發生在原始偏僻的生產力低下物質生活貧乏的特定環境中仍然具有其存在的合理性。這樣在鄭義的《遠村》中「拉邊套」就變成了一個美麗的傳說。楊萬牛進入到四奎與葉葉組合的家庭中成為葉葉的另一個丈夫，不僅僅是因為他與葉葉之間割捨不斷的戀情，還在於楊萬奎要承擔一種道義，通過他在家庭生活上的實質性介入，給予了葉葉那個處於風雨飄搖中的貧困家庭巨大的援助，從而實現了傳統道德中扶危濟困的俠義要求。從這一點上看，原始的「拉邊套」生活方式就是美的。在李杭育的《沙竈遺風》中，「畫屋師爹」古老得像一尊原始雕像，他好象生活在具有濃厚史前文明中的儀式中：莊嚴肅穆的作畫儀式、虔誠莊重的拜師場景。加之作者著力刻畫了「畫屋師爹」的蒼茫古樸的生活環境，使讀者對那些已經消失了的史前藝術產生了無限遐想，表達了作者對那個時代的留戀。這種主題在李杭育的《最後一個魚佬兒》、《守孝歌》中也同時得到加強。

除了上述三人之外，具有這種創作風格和思路的作家在一段時間裏曾呈蔚為壯觀之勢，就好像中國作家正在集體走向原始。這樣的作家還有札西達娃、張承志、莫言、賈平凹、遲子健、以及後來走向神秘主義的余華、蘇童、格非、北村等人。

從人類學的角度來分析，圖騰和圖騰化是這些原始化小說的核心內容。圖騰是早期人類生活中的一個重要內容，是自然崇拜和動物崇拜的結果，也表明人類在進化過程中與自然界和人類本身的依存關係。通過對圖騰的刻畫與闡釋，能夠在一定程度上說明原始人的思維成果和生活模式。不同學者儘管對圖騰有不同的理解，但從圖騰崇拜中找尋早期人類的文化境況卻是不可懷疑的。愛德華·泰勒說：「在民族學家描繪世界上類似習俗的氏族時，『圖騰』已經成為公認的術語。用這種方法區別部落的制度就稱之為圖騰制度。圖騰制度起源於神話範疇之內，同時社會區分、婚姻安排等等也與圖騰制度

相聯繫，它是一定文化階段中法律和習俗的重要組成部分。」〔註37〕可見圖騰的文化意義已早已爲人們所認識，它是原始人集體團結的象徵。〔註38〕。謝選駿認爲圖騰神話的社會功能在於爲氏族的起源提供了一個神話的解釋，是原始人精神生活的一個側面。〔註39〕更進一步講，正是由於圖騰崇拜的存在，才在我們今天的研究和敘述上觀照到原始文化的大部分和體驗原始人的心理過程。藝術人類學學者易中天說：

> 十分奇怪，當人類告別了自然界，並因此而發明了人體裝飾這樣一種自我確證的形式之後，他首先不是把自己打扮的「更像人」，相反，卻千方百計甚至不惜自殘其身，來把自己裝扮成某種動物的形象。似乎是，當人類自知其爲人時，並非立即產生了一種居高臨下、唯我獨尊的「萬物之靈」意識，從而立即將自己的身體嚴嚴實實地遮蔽起來，以示其與動物的區別，反倒降尊屈貴地模擬動物，甚至是模擬那些在進化譜繫上遠離自己種屬祖先的動物，把自己裝扮成他們的模樣，並要求自己在心理上與之認同。
>
> ……
>
> 有了圖騰以後，人的自我確證就變得十分有效，也十分便當。也就是說，他們只要與圖騰物認同就可以了。如前所述，這包括用圖騰的名稱作爲本部落、本氏族的名稱及自己的姓氏，將圖騰物的形象畫在旗幟上、武器上和身體上以及通過各種方式極力摹擬圖騰物等等。原始人類正是通過這一手段，不但確證了自我，也確證了他人和在他人那裡確證了自己。〔註40〕

可見，圖騰的最終目的是完成或實現了人的自我確證，在這個自我確證過程中，不僅僅表現了人和自然的關係，在這個關係的背後，反映的是種族、群落之間的關係，最終是反映了人和人之間的關係，甚至是人和自己的關係。這種關係典型地體現在新近出版的姜戎的長篇小說《狼圖騰》中。這部小說在題名上就標明了它所要表達的眞實內涵。以狼爲中介，作者通過漢蒙兩族圍繞著狼的不同思維模式和對世界的認知習慣，深刻地表達了自圖騰時代起的兩種文化之間的衝突與矛盾，以及在這種衝突和鬥爭中，圖騰作爲帶有著

〔註37〕愛德華泰勒：《原始文化》，上海文藝出版社，1992年版，第676頁。
〔註38〕馬文‧哈里斯說圖騰崇拜是集體團結的禮儀。參見《文化人類學》第321頁。
〔註39〕謝選駿：《神話與民族精神》，山東文藝出版社，1986年版，第378頁
〔註40〕易中天：《藝術人類學》，上海文藝出版社，2001年版，第55、73頁。

明顯民族標記的文化痕迹的逐漸消失，表達了作者對往昔文化和時代的崇敬與惋惜。尤其值得注意的是，作者通過對狼的人性化描述——狼與草原的關係、狼與蒙古族人民的關係，試圖達到對自身或者對人的確證。應該說，在小說中，這種確證是實現了的，也是最終消失的了。作者懷著強烈的人類意識和民族意識，努力從狼圖騰中發掘一種人的精神，進而在一定程度上實現圖騰的現代化闡釋。在書的最後，作者寫道：

> 人類脫胎於野獸，遠古時期人類的獸性狼性極強，這是人類在幾十萬年殘酷競爭中賴以生存下來的基本條件。沒有這種兇猛的性格，人類早就被兇殘的自然環境和獸群淘汰了。但是獸性狼性對人類文明的發展危害也極大，如果一個國家裏的人群全像狼群一樣，這個國家的人群就會在互相廝殺中同歸於盡，徹底毀滅。人類的文明就是在不斷抑制和駕馭人類自身的獸性和狼性才逐步發展起來的。這是古今中外的聖賢、思想家和政治家們所思考的根本問題之一。但是如果完全或大部分消滅了人性中的獸性和狼性，甚至用溫和的羊性和家畜性來代替它，那麼人類就又會失去生存的基本條件，被殘酷的競爭所淘汰，人類文明也就無從談起。〔註41〕

著意刻畫這種帶有典型圖騰意義的狼和人的關係，在當代小說中，賈平凹也是一位代表人物。在他的小說《懷念狼》中，他用具有神秘色彩的氛圍描寫比姜戎還早地注意到了在人與狼的鬥爭中的相互確證等問題，在某種程度上也是古代動物圖騰的一種現代性演繹。

在古代圖騰的現代性演繹中，中國的小說家並不總是從原始圖騰中尋找其原始意義。一旦在寫作中過分地糾纏於這種圖騰的原創性和原始性的時候，有可能產生對現代的闡釋並無太大幫助的結果，也有可能由於過分地注意了圖騰本身而喪失了文學的審美性。正如學者孟繁華在評論《狼圖騰》時說過的一句話，「如果把它當作一本文化人類學著作來讀，它又充滿了虛構和想像。」〔註42〕因為人類學著作和小說畢竟並不相同，而且在寫作中，作家們也願意將一些非圖騰文化的內容賦予圖騰的意義，這就是圖騰化原則。圖騰化原則和圖騰是一樣的，表達了作者關於人類自身的一種人類學性質的想像。這種想像往往伴隨著一些神聖的儀式而展開。實際上儀式本身就是一種

〔註41〕姜戎：《狼圖騰》，長江文藝出版社，2004 年版，第 435 頁。
〔註42〕參見姜戎《狼圖騰》封底。

原始文化的內容，它和圖騰一樣具有人類起源性的參照意義。當它用在小說中的時候，它使所表達的內容更加神秘和神聖化。比如在馬原和姜戎小說中的天葬就是一種神聖的儀式，這種意識的結果是以動物圖騰爲中介，實現人的最終的天人合一和最終回歸。在張承志小說中，他把大河和上古遺留的陶器、駿馬等都儀式化和圖騰化，甚至在莫言小說中的刑罰、在閻連科小說中的紀念館、賣皮、在余華小說中的賣血等等都被儀式化和賦予圖騰化的色彩。

宗教人類學的重要內容是考察圖騰儀式以及人和自然界的神秘關係，所以當我們用有關圖騰、儀式等內容來考量中國新時期以來小說的時候，就會發現在極力進行這種描述和寫作的作品中，大多數都帶有神秘的宗教色彩或最終走上了宗教式的信仰崇拜道路。札西達娃的小說《繫在皮繩扣上的魂》中的主人公貝塔，九死一生，無怨無悔的就是追求和朝聖。在《騷動的香巴拉》中，不管人們在什麼時代失掉了什麼，他們也總是在向神歡呼和朝拜。如果說札西達娃作爲藏民族的一員，表現這種宗教情結是他的文化根源的話，那麼漢人馬原則是被神召喚去的一個異族，他甚至走向了神秘主義。除了這兩個作家之外，還有史鐵生的《原罪宿命》、《命若琴弦》，北村的《施洗的河》、張承志的《心靈史》，甚至賈平凹的《太白山記》等等。這作品在走向宗教色彩上，大多強調或表達了「萬物有靈」的觀念，他們賦予一切事物以神性和靈性，並使它們在冥冥之中影響和左右著人類。而這些又都走向了人類學所關注的基本問題，使小說成爲人類學闡釋的一個重要的參照體系。

在當下，中國小說創作在很大程度上已經拋開了傳統的精英文化和所謂的高雅文化。表現普通人生活、刻畫底層小人物的喜怒哀樂，傳達更爲貼近生活實際所有信息，全面反映形形色色的俗民文化和大眾文化，著意表現原始的民間的被剔除在歷史典籍外的文化眞相，給人提供更加平實和歡暢的精神享受已經成爲主流。這是在文化和知識全球化的背景下發生的，表現了全球範圍內文化的重組和展現的另一種可能。當代人類學在全球化的環境中，不僅摒棄了文化中心主義和自我文化優勢感的傳統偏見，而且在研究中盡量迴避貴族主義和精英主義，走向了深度的平民主義和大眾主義，實現了文化的向民眾的回歸。在這樣的一種層面中，小說創作和人類學走到了一起。無論是在小說創作上還是在小說研究中，都爲小說和人類學的合作創造了條件，成爲當下小說發展的一個新的增長點，也是我們在今後研究中的一個更爲有意義的課題。

第七章 主　題
——新時期以來小說創作焦點概述

1　本章的寫作目的在於補充前面各章應該論述而沒有涉及到的話題。

本章所確定的「主題」不是我們通常所說的主題學，也不是人們經常講的「母題」，而只是從文學的角度來說作家們在一定個時期內所關注的焦點。很明顯之所以在一個特定的時期內出現了大家普遍關注的焦點是因爲焦點本身出現了問題。但本章的「主題」說又多少和主題學相關聯，所以有些事情也許從主題學的角度來說或許更爲好些。

主題是西方文論的概念，相當於中國古代文學中的「意」或「立意」。它和母題直接相關。所謂母題，按照史蒂斯・湯普森（Stith Thompson）的說法就是在民間故事、神化、敘事詩等敘事體裁的文學作品中反覆出現的最小單元。他說：「一個母題是一個故事中最小的、能夠持續存在於傳統中的成分」〔註1〕而主題卻是由一個或多個母題結合而成的表達一種基本的思想。根據這種情況有人將中國古代文學的主題分爲十個：惜時、相思、出處、懷古、悲秋、春恨、遊仙、思鄉、黍離和生死〔註2〕等。從傳統文化語境中來看，這是對的。但由於它的過分抒情性，缺乏硬朗的作風，很容易令人將中國文學傳統想像成軟性文學。實際上，在中國文學史上，從來不缺乏陽剛和淩厲之氣，隱藏在主題中的母題不是因爲它的柔弱而得以流傳，而是因爲它的強勁而得以穿透。這種流傳或穿透不是有意的、刻意爲之的，而是散亂的、

〔註1〕　湯普森：《世界民間故事分類學》，上海譯文出版社，1991年版，第499頁。
〔註2〕　王立：《中國文學主題學》，中州古籍出版社，1995年版，第50頁。

無形的。正如 C・W・馮・塞多所說：

> 故事在很大程度上是以一種散漫的狀態流傳的，只有極少的有好記憶、生動的想像力和敘述能力的積極的傳統攜帶者們才傳播故事，僅僅是他們才向別人講述故事，在他們的聽眾裏，也只有極少的一部分人能夠收集故事以便復述它。而實際上這樣去做的人就更少了，那些聽過故事並能記住它的大部分人保持著傳統的消極攜帶者狀態，他們對一個故事的連續生命力的重視程度取決於他們聽一個故事然後再講述它的興趣。〔註3〕

也就是說母題的流傳依靠的是說故事者和聽故事者的緊密配合。對於這些，真正的文學家必須拿出他們最大的耐力和智慧加以提升，從而使之上昇到表達時代思想和個人心境的主題。卡西爾在論述宗教的時候曾指出：「一切較成熟的宗教必須完成的最大的奇迹之一，就是要從最原始的概念和最粗俗的迷信之粗糙素材中提取他們的新品質，提取他們對生活的倫理解釋和宗教解釋。」〔註4〕比照這種說法，我們可以說，一切文學主題都是作家從歷史素材或現實生活中提煉出來的。

但我們這樣說並不就是表明所有的文學主題都具有非常明顯的歷史根源性。固然文化傳統和遺傳在寫作中曾在一定程度上引導或主導著作家的眼光，但任何一個有時代感的作家決不會僅僅局限在已有或者司空見慣的表象當中。一方面作家們力爭在庸常的社會現實中表現平凡的生活，另一方面也要通過對社會的整體性分析尋找到即將要出現的或者應該出現的事象來，這樣才算完成了文藝作品對社會生活的預設目的。

在文化或者文學發展史上，文化傳統和文化遺傳有一定的穿透性或者穿透意義。所謂的穿透性是說一種文化母題或者由眾多母題所表現出來的主題在後世衍變的過程中，經常有已經沉寂的母題重新浮現出來，從而實現了穿透性的影響力。具有穿透力的文化或文學主題常深植於集體無意識中，是遠古遺留的深層文化積澱，因此它有著廣闊的人文化人類學背景。文化傳統雖然綿延不絕的，但並不一定要呈現出連續的狀態。由於文化變異的存在，很多母題在流轉過程中發生了丟失，就像在數字化手段不斷發展的今天，由於數字接收手段和工具的差異，數字信號的丟失是數字傳送和接受過程不可避

〔註3〕阿蘭・鄧蒂斯：《世界民俗學》，上海文藝出版社，1990 年版，第 323 頁。
〔註4〕卡西爾著，甘陽譯：《人論》，上海譯文出版社，1985 年版，第 133 頁。

免的事情。同樣文化信息的丟失爲文化的創新和變異提供了基礎和保證，也是文化流轉的必然結果。文化發展的歷史證明文化穿透在歷史發展中曾經起到十分重要的作用。

我之所以做出上述分析是想說明，在 20 世紀，文化和文學上的主題，有很多都是具有歷史穿透性的。這些主題的內在基本因素有的曾在很長的時間內隱藏在歷史深處，也有很多是隱藏在西方文化當中。當中國社會發展到一定階段的時候，它們便從歷史的深層當中走出或顯現出來，從而成爲那個時代鮮亮的主題。比如戰爭題材的小說、階級鬥爭題材的小說曾在建國後的短時間內成爲具有相當意識形態色彩的文學主題，但當我們拋開了這些小說中全部的正義的或政治的色彩，向原型回溯的時候，我們就可以發現其中的復仇意向，是中國古代復仇主題的穿透。有人說：「半個多世紀以來，中國文學中充滿了仇恨、暴戾的氣息，充滿了遍地開花的大刀長矛和狂轟濫炸的『日常暴力』」（如斗私批修、檢舉揭發、做思想工作、寫思想彙報等），成爲文學之正宗與主流的竟然是對毀滅欲和暴力傾向的道德頌揚而不是對他們的人文批判。」〔註5〕實際上這裡說的還是復仇主題的穿透力。曾經有人斷言，如果將《青春之歌》的紅色因素去掉，大致會得到《上海寶貝》一樣的效果。這種說法固然是有對紅色經典進行褻瀆成分在內，但有一點卻可以肯定，從《青春之歌》到《上海寶貝》，在潛在的主題上有一個穿透性的東西在內。關於復仇主題，有人說：

> 中國古人的復仇雖是偶然個別的，但內中潛藏著一般與必然，這就是強大的血緣紐帶與忠孝節義等倫理規範。這種復仇對父母等家庭成員，是行孝盡倫；對恩主君王，是酬恩知遇；對社會上下不平的人事。是張揚公理、行俠仗義。復仇主體的行動中心也是社會輿論及倫理實現的中心。主體行爲雖不可避免地帶有非理性與情緒本能衝動的特徵，但也仍被賦予倫理的意趣而結體物化，傳揚闡釋；而倫理價值的確證，也的確是相當一部分復仇者行事主導性動機。作爲傳統倫理文化的一個派生物，許多復仇作品中的人物不過是實現群體倫理風範的一個具體執行者。

現代文學中的復仇，則更多的轉向主體深沉憂憤導致的自覺反抗乃至革命要求的強調。國家、民族和人民命運的改善，文化形態的變革，社會制度

〔註5〕摩羅：《論中國當代作家的精神資源》，《文藝爭鳴》1997 年第 3 期。

與政治結構的根本重組，以及用復仇喚起人民使命意識等等，這一切超越於主體復仇個別性的基本目標，復仇有了外在於倫理價值的更爲神聖的信念來推動。〔註6〕

作者的這段論述說明了復仇這種主題在現代社會中潛在的流轉。實際上當我們用這種理論來觀照中國當代十七年小說甚至是「文革」小說時，它又何嘗不是復仇的意識的穿透。在那個時代很多小說中，那些成長中的英雄，常常被告誡「革命的目的不是爲了個人的恩怨」，「而是爲了普天下的勞苦大眾都過上幸福生活」，但實施的途徑和手段以及達到目的後的快意單帶有強烈的個人性仇恨意識，是傳統的復仇意識對公共性的革命信念的穿透。

同樣建國後歌頌主題的小說也是傳統帝王小說中「奉天承運」、「立命救世」的穿透性表現。應該說歌頌和復仇是集於一身的。在一種用革命信念支撐下的復仇意識的驅使下，復仇主體往往脫穎而出，成爲復仇使命的領導者和領路人，於是當實現了復仇目的後，歌頌便隨著產生。我們在很多的少數民族史詩中都有復仇與歌頌兼於一體的主人公。中國歷史上幾乎所有改朝換代的賢明君主及其清明的繼任者，莫不是在一片頌揚聲中隱向歷史深處。與俄羅斯的文學精神相比，或者於歐洲文藝復興以來的西方文學精神相比，中國文學表現出了很強的前置性斷裂，自屈原時期開始的人道主義精神、人的尊嚴意識、個人觀念和個人意識斷斷續續以至於無。實際上屈原本身就是一個非常複雜的客體和文化現象。在他表現出了強烈的個人意識和獨立精神的同時，他也把忠君觀念灌輸給他的後來者，所以在他身上出現了兩種穿透，一是人道的、個性的、獨立的，一種是歌頌的、維護王權的。同時由於中國文化出身於史官文化，而這種文化自誕生之日起便成爲王權的工具和奴婢，所以中國文化便出現了一種看來是永遠也無法擺脫的卑微庸俗和忠君侍君的心理傾向。這種傾向曾在五四新文學時期一度被那些先驅者們切斷。但經過了僅僅幾十年之後，它又自行穿透過來。且不說當權者和勝利者以及拯救者如何來看待自身的價值，即便那些最有可能的獨立於傳統藩籬之外的知識分子也都紛紛加入了歌頌大軍的行列。比如上文所舉胡風即是一例。可見歌頌這種心理傾向的穿透力是何等強大。所以李國文曾撰文說：「作爲一個中國文人，最起碼的一條寫作準則，就是要給歷史留下來眞實。可以不寫不說，但不可以瞎寫瞎說，尤其不可以爲了迎合什麼而顛倒黑白，而枉顧是非，那就

〔註6〕 王立：《中國文學主題學》，中州古籍出版社，1995年版，第294頁。

是缺了大德了。」〔註7〕

　　文化主題或母體的穿透力還表現在當代社會中知識分子對傳統精神資源的尋求和挖掘上。在很多特定的時期，我們有很多資源被掩埋在歷史的深處。這種掩埋有很多是出自意識形態的目的，也有一些是源於它超越了時代發展的要求。當一些先行者的行為沒有得到人們的認可或者沒有響應的時候，它們便要孤寂和枯萎，於是陷入絕境。但一當意識形態的目的消失或者是時代得到了適當發展的時候，對這些精神資源的需求便會被重新提出來，這是知識分子們主動尋求的結果。這正如張煒所說：「最為重要的，就是先要弄明白自己是誰的兒子！這是一個尋找和認識血緣的、令人驚心動魄的過程。」〔註8〕比如作家和人民結合的問題。自延安時期以來，在主流意識形態的規範下，我們一直強調了作家的人民性問題以及作家和人民的關係問題，但幾十年過去了，我們的知識分子到底從「人民」中學到了什麼呢？「人民」在很多特定的時期都是具有特殊內涵的概念，如果知識分子對人民的概念義無反顧地作一種單純的理解，很顯然他們的思維也僅僅是局限在一種單項度的拷問當中。歷史上看，「人民」一直被看作是與統治階級相對立的生活底層的人的集合，成了不識字、不文明的代表，是五四時期的啟蒙對象。在延安時期以後，「人民」被賦予了政治上和道德上的神聖性，成了知識分子歌頌和學習的對象。〔註9〕應該說在人民的政治經濟地位的變化過程中，有一點始終也沒有凸顯出來，那就是「人民」當中所蘊含的人道主義、獨立精神和自由追求。要求知識分子和「人民」結合和向「人民」學習，實際上就是拋棄了了知識分子品行當中的自由、獨立和人道精神，消彌了自身的深刻性和普遍性。因此隨著新的時代的到來，對超越「人民」性的要求便自然而然成為一種時尚的追求了。

　　同上述對「人民」性的超越等問題相類似，20世紀80年代以後，中國文化和中國人的精神面臨著一個重建的問題。「重建」不僅包含著創新的問題，而是更包含著精神資源的挖掘。所有的重建工作雖然必須立足於當代社會和現實，但由於重建首先是建立在對現實否定基礎上的，因此必須從已經存在過的文化中進行挖掘。知識分子們將目光鎖定在傳統文化和西方文化。西方

〔註7〕　李國文：《當文人遭遇皇帝》，《當代》2005年第1期，第208頁。
〔註8〕　張煒：《多元與寬容》，《中華讀書報》，1992年2月15日。
〔註9〕　參見摩羅《論中國當代作家的精神資源》，《文藝爭鳴》1997年第3期。

文化中的俄羅斯文化對中國的影響主要有兩個部分，一是十月革命後的無產階級文學，另一個是此前的民主主義文學。很顯然在 80 年代的時候，民主主義文學更具有影響力。在對托爾斯泰、陀思妥耶夫斯基、普希金、阿赫馬托娃、萊蒙托夫以至帕斯捷爾納克的研究中，人們追問：是什麼精神特質使俄羅斯文學獨具輝煌？是什麼精神力量使這種輝煌在血雨腥風的時代依然閃爍？在這種追問中，人們想到了知識分子，由此也想到了中國近現代歷史上那些性格迥異的知識分子：從梁巨川、王國維到王實味、老舍、褚安平等，於是中國文化的精神和背景在不斷擴大，其穿透力也在不斷增強。作家張煒曾從批判中國當代精神背景的角度說過下面一段話：

> 現在許多人也許會注意到，從 40 年代末到現在，在長達六十年的時間裏，中國的現實背景和精神背景都沒有發生過如此巨大的變化。現在作爲集中體現和反映一個時期社會生活的思想和文化來說，好像其中最主要的部分發生了一些游離，既沒有與整個的精神背景完全融會到一起。這是非常奇怪的現象。因爲它既然從屬精神，就應當與整個的社會生活渾然一體。然而現在不是，起碼看上去不是。

實際上，這個時期最傑出的創作者和思想者，他們的作品，，已經或正在從一種普遍的精神狀態中解脫出來。這個時期的精神作爲一種總體背景，對於這些人來說似乎正在逐漸地開始後退—— 一些最重要的思維成果，正在和整個社會的文化現象、精神狀態、現實生活，這種種構成「背景」的東西慢慢剝離開來。這些作家作品與一個時期的精神流向，其二者之間的關係已不是越來越密切，越來越趨向一致，而是越來越分離，越來越呈現一種疏離的關係。〔註10〕

這段話如果用來描述中國 80 年代以後的思想和文化現實也有它極爲合理的內涵。當一種歷史的或者外來的文化或精神實現穿透，直擊今天的時候，必然會引起小說創作中主題的變化和重新確立。

2 中國新時期以來小說所關注的焦點和創作主題的確立，除了實現歷史和外來文化的穿透外，也還是在當下文化中孕育出來的，是這種文化包容了它所有可能出現的主題。

20 世紀中國文化經歷過兩次大的破壞和重建時期。第一次破壞是五四運

〔註10〕 張煒：《精神的背景》，《上海文學》2005 年第 1 期，第 4 頁。

動時期，這次破壞有很大的積極意義，對今後的文化發展產生了重要影響，是中國進入到現代化文化建設的開始。在那個時期，人們對舊有的文化進行了義無反顧的和深刻全面的批判的同時，也在著手建立一種新的文化，也就是說在這次文化革命或革新中，破壞與建設是同時進行的。它符合歷史發展的總趨勢。儘管後人對這種文化批判有的持一些反對的態度，但是毫無疑問，五四時期的確成為了中國在其後的所有現代文化的資源性的源頭。五四運動發生近一個世紀以來，所有人在評價 20 世紀中國歷史發展的時候，都會從它講起。五四運動常常和新文化運動連在一起，稱之為五四新文化運動，也稱為啟蒙主義運動。五四已經儼然成為一個矗立在 20 世紀開元時刻最為顯著的標誌。在五四之前的一些歷史發展徵兆似乎都被人們歸入了近代史的範疇，即使有些現代化的因素，也都成為了史學家們在探討五四時的一個內在的資源，從而喪失了其獨立性。實際上這種看法並非有錯，歷史發展的承繼性總會使我們逐漸地認識這些問題。並且，任何人都承認，五四之所以偉大還在於，它成了在它之後中國歷史發展的資源。一方面人們在探討 20 世紀歷史的時候，不斷地以五四所體現出來的精神內涵作為對後世的評價標準，即使到了 80 年代的時候，人們還在陶醉於中國文化思想界的對五四的回歸。似乎在中國的發展史上，五四是惟一一個可以作為歷史進步的參照體系，人們總是喜歡用五四時期知識分子的氣質來觀照當下知識分子的立場。這就如同在西方近代資本主義發展過程中言必稱「文藝復興」一樣，我們也在言必稱五四，五四成了一個取之不盡的思想資源、文化資源。

　　20 世紀的另一次文化破壞和重建是發生在這個世紀的下半葉。「文革」不僅繼續對在五四時期就已經反對掉了文化傳統上進一步加大力度，走向了徹底的文化發展的反面，而且還對在新中國之後建立起來的文化規範和文化內涵進行了血淋林的否定。這種破壞是中國新的文化體制迅速向舊有的封建文化網絡滑去，形成了新的封建主義文化制度。這種新制度的建立的最明顯的特徵是對獨立、自由、隱私、性別等關乎人性和具有人文色彩的生存內涵的極端踐踏和漠視，形成了在人類已經進入到 20 世紀後的一道獨特的文化「景觀」。如果說，五四時期的文化破壞是一次正破壞的話，無疑「文革」的文化破壞就是一次負破壞，負破壞使人類文化走向了倒退。但這次文化破壞的施動者們沒能進行文化建設工作，它們把滿目瘡痍和萬物蕭條留給了 80 年代。

　　80 年代是中國新時期文化重建的開始時期，和五四時期一樣，這次重建工作在很大程度上依賴於對外來文化的引入。有人稱這次的文化重建是：「學說迭出、思想繁榮、論證不休、高潮迭起」，〔註11〕它的背景就是政治上的撥亂反正，經濟上的改革開放。但這次重建也有其相當複雜的一面，一些醜惡的社會或文化現象又重新浮出水面，使得人們不得不小心應付，謹慎對待。比如賣淫嫖娼問題，早在 1949 年 11 月，北京市第二屆人民代表會議就做出封閉妓院決議，繼北京之後，上海、天津等城市相繼開展了封閉妓院，取締賣淫活動，到 1952 年，妓院這個在中國延續了 3000 餘年的社會醜惡現象終於絕迹了。但到了 80 年代以後，這種現象卻又死灰復燃，到了 1991 年，全國人大常委會不得不作出《關於嚴禁賣淫嫖娼的決定》，從而再次對此種醜惡現象進行嚴厲打擊。除了賣淫嫖娼之外，買賣毒品和黑社會是麗等現象也都在解放初期相繼被消滅，但 80 年代以後也都帶一定程度上公開活動。這樣的現象在我們的小說創作中時有表現，而且時至今日仍然成爲某些作家所熱衷的話題。但總體說來，自 80 年代以後，對中國小說創作主題有可能產生影響的文化和政治現象無外乎下述諸種：眞理標準問題的討論、右派分子的改正和知識分子政策的落實、第四次文代會、知青大返城、外來文化的大規模引進、中國共產黨關於建國以來的若干歷史問題的決議、人道主義人性論討論、關於異化問題的爭論、文化尋根和研究熱潮、性教育和性開放以及全面市場經濟等等。我以爲這些現象雖然遠遠沒有涵蓋到從 80 年開始以來的中國文化現象，但這些對中國小說創作主題的產生有著重要的影響。以至於一些主題直接就是從這當中升發出來的。要說清楚這些，需要專門的思想史或斷代史。

　　實際上，80 年代以後的文化現象和文化歷程一直有一個若隱若現的線索，那就是關於人本身的問題，但這一點曾引起較大的爭論，一直到 20 世紀的最後幾年仍然全社會所重視。比如「三農」問題，說到底是關係到人的生存權利和生命質量，因此我們在 21 世紀的時候終於提出了「以人爲本」、科學發展的觀點。以人爲本，是實現向人的回歸的一個基本保證。我們常說「文學是人學」，實際上「文化也是人學」。以人爲本包含了兩層意思，一是充分實現人性關懷的主題，二是充分揭露人性漠視的現象。在小說創作領域，從傷痕文學、反思文學、改革文學到後來的尋根文學、新歷史主義小說和新寫

〔註11〕焦潤明等編著：《中國當代社會文化變遷錄》（一），瀋陽出版社，2001 年版，第 11 頁。

實小說，如果仔細掂量，就會發現基本上都是以人性、人情和生存問題作爲基本出發點的，雖然有很多寫作者也許在寫作上並沒有明顯的意識。時代的發展離我們越近、社會物質的豐富越來越超乎人們的想像，那麼這些主題就愈加深刻和急切。比如 2005 年《人民文學》第 1 期發表了艾偉的《走四方》、王祥夫的《浜下》兩個短篇小說和《十月》第 1 期劉慶邦的中篇《臥底》。《走四方》中說「我」作爲一個貨郎，經常遊走四方，以前在一個以孝道聞名的馮村認識了一個經常買「我」貨的老太太和她那經常被人誇讚的兒子。幾年以後，「我」再去的時候，正趕上老太太悄無聲息地死去。兒子已經變得很不孝了，不僅在老太太生前拒絕與母親往來，而且連母親的死都不曾知道。除此之外，「我」還認識兩個相好的，她們爲了從我這裡得到些錢財，一個不顧廉恥將丈夫支走，另一個讓「我」買點假貨打發她那即將逝去的奶奶。在《浜下》中，八十多歲婆婆生有二男二女，他們成家之後，雖然母親仍在他們的心中佔有十分重要的地位，但難得有機會照顧母親。婆婆的一次意外事件，牽動了兒女們的心，使婆婆得以與兒女們短暫的相聚。當意外排除的時候，兒女們又都各自散去了。婆婆對「意外」的排除感到懊悔不迭。而在《臥底》中視角已經轉入了城市。爲了使自己成爲正式記者的試用記者周水明到一個小煤窯臥底，想通過實地調查爲那些受苦受難的礦工伸冤。在身份暴露後，周水明遭到了來自礦主的非人待遇。在這整個過程中，不僅那些遭受壓迫的礦工們出賣他，而且在歷經了九死一生、被解救出來後，記者站站長也結束了周水明的記者生涯。這幾篇小說是關於「親情冷淡、關懷喪失」主題的。雖然這些作者們在表述上是悄無聲息的，但給人的感覺卻是觸目驚心的。不僅表明城市物化對人的「異化」，而且那些貯藏了豐厚的傳統的道德倫理觀念的鄉村也徹底地走向灰色。這是一個冷漠的時代。這些作品被發表在 2005 年的年初，未嘗不是某種沉重的徵兆。所以我們說，和 80 年代、90 年代相比，在文化表現上和在人性主題上，越來越深刻了、越來越普遍了、越來越漫不經心了。我們還有理由相信，如果不是一個物化普遍的時代，不是一個高度市場化的時代，對人的認識還不會這樣深刻，小說創作主題也不會這樣集中。

2004 年有一套「新思潮文檔」問世，其總序中說過下面一段話：

> 20 世紀 90 年代以前我們曾經自信地劃出一個相對於「文革」
> 的「新時期」，那確乎是群情激揚、光輝燦爛的崢嶸歲月。不過今天
> 從思想史或者思想創新的角度看，「新時期」之「新」似乎又僅具有

撥亂「返」正的意義，是嚴格字面意義上的「文藝復興」，它遠承「五四」精神，近接 50 年代的「百花齊放，百家爭鳴」，其關注的主題如人道主義、人性論、主體性、異化、馬克思手稿、美的本質、現實主義等等，均是大半個世紀以來時而低抑、時而高亢的老話題，而且「左」「右」對壘，陣線分明。「右」者堅信只要衝破「左」的禁錮，前景就是一片光明；而「左」者則認定，「右」將毫無疑問地導致動亂、無序和資本主義復辟。那時的「思想解放」其實只有兩條路好走：要麼解放，要麼就仍然禁錮著。這種水火不相容的思想對抗從另一個意義上來說就是單純而幼稚、激情而盲目，遠稱不上理性而深刻的「思想解放」。

進入 90 年代，思想界急劇分化，亂雲飛渡，思潮翻湧。當我們感覺「新時期」這個概念已經無法表述我們當前的思想狀況時，思想的「新時期」才真正到來。思維創新的佳境不是二元對立、非此即彼，它總是晦暗不明，難分難解，相互滲透，多種可能性並存。具體說，90 年代的思想界不再是明朗的「左」與「右」，它呈現出思想作為一種精神活動的原生態，即使那些看起來不共戴天的學說如現代性與後現代性、自由主義與新左派也不再能夠劃出個左右來，更兼以無從捉對廝殺的新儒家、全球化、知識分子、文化研究、身體注視、傳媒哲學等等，一個問題甚至可能以其他所有問題為其語境。〔註 12〕

這兩段引文從思想史的角度對 80 年代以來中國的思想狀況進行了簡單梳理，實際上這也是那個時期中國的人文或者文化狀況，從後來小說寫作的情況來看，所有的主題已包含在其中。

3 通過上述不是十分分明的梳理，我想說明的問題是，本文所論述的小說主題既不是嚴格意義上「主題學」，也不是在 20 世紀，尤其是當代文學其所謂的「重大主題」或「主旋律」，而是在一定的文化氛圍中，在特定的歷史時期內產生的作家們的相對集中的關注的焦點。這個焦點和所謂的「重大主題」相比，沒有意識形態的必然要求，是作家們自在的、自為的寫作衝動。它雖然產生於特定的歷史時期，但又必然滲透到時代的各個角落；它不對道

〔註 12〕金元浦主編：《文化研究：理論與實踐》，河南大學出版社，2004 年版，第 1 頁。

德倫理和政治訴求做集中性描述，它期求它們的主題像滴在水中的墨一樣向周圍蔓延，從而形成一種非重大的卻是日常性的主題，因而我稱之爲普遍主題。普遍主題本來應是在文學寫作上一個泛化的內容，不幸的是它在特定的歷史時期內被狹仄化，被一種意識形態抽象成固定的模式，進而喪失了文學寫作的豐滿的活力。

普遍主題是在 80 年代以後「重大主題」式微的情境中重建的。「重大主題」在當代文學中曾經佔有十分重要的地位，甚至成爲評判文學作品好壞的標準。它具有著十分重要的和明顯的意識形態性，是在新的環境中國家從文學角度對歷史和現實的把握。根據「重大主題」的原則，作家要嚴格按照黨的文藝路線、方針、政策，處理好文學和政治、理想和現實、個人和集體等方面的關係。它要求必須保證所有文學創作的政治的正確性和優先性，以及在教育人民、反映現實上的功能性。「重大主題」的產生和左翼文學對文學的功利性要求有關，從建國以後到 80 年代以前，作家們對重大主題的追求已經成爲一種政治行爲。

從 70 年代末開始，此前二十七年的文學逐漸遭到解構。我們通常以爲，反思文學、尋根文學、改革文學、知青文學等也都是「重大主題」。從控訴「左」的危害，到對改革的積極支持，一般來說它反映了時代的最根本性問題，成爲文學的主流。但歸根到底，相對於此前的對「重大主題」的界定，這一時期的時代主流畢竟疏離了被政治的直接利用，在文學創作中的民間性、日常性、主體性、個人性等逐漸走進文學作品並逐漸凸顯出來，它奠定了一個非「重大主題」化的基礎。等到尋根文學登上文壇，新寫實小說深入到當下的物質和精神生活之後，「重大主題」已經被全面過渡，於是普遍主題就有效地佔據了文學市場。〔註13〕對於這些有人總結說：

80 年代中期以後，「重大主題」基本上不再作爲一種文學主潮出現，因爲它已經失去了知識分子、作家自覺地、主動地順應。進入到 80 年代以後，人道主義、啓蒙思想以及後來的現代主義、後現代主義逐漸成爲作家寫作的意識形態背景。這種思想以反主流和批判現實爲特徵，即使後來批判性減弱，

〔註13〕雖然從 80 年代中期以後，「重大主題」已經失去了原有的影響力和吸引力，但國家從未放棄對「重大主題」的倡導。這主要是通過行政支持和鼓勵、組織來實現的，比如很多文藝工作者和文藝作品參與角逐的「五個一工程獎」等等，有的地方作家協會還通過規定任務、簽訂協議書等方式來激勵和促進「重大題材」文學作品的創作。

但知識分子與現實、與主流保持距離的心態並沒有變。而「重大主題」的作品一般是不以批判性爲主的，更不能反主流。〔註14〕

這段話的合理性是一方面看到了「重大主題」的總體特徵，另一方面也提供了我所認爲的「普遍主題」的基本信息，那就是從80年代以來普遍蔓延開來的知識分子主題、民間主題、性別角色主題、懷舊主題等等，其中有的是經過了長時間的斷裂之後的再度勃興和穿透，有的是符合規律的應運而生。

4 從思想史和文化史的角度來說，對知識分子的角色和地位的認定可謂鋪天蓋地，應該說在中國歷史上從來沒有像今天這樣對知識分子的重視。我這裡所說的重視並不是指一定的組織或機構給予了知識分子多麼高的地位，而是指他們被廣泛討論的程度。當一個問題在很長的時間裏被反覆提及甚至念念不忘，除了說明它的重要性外，還可以說明這個問題始終沒有得到最好的解決。知識分子成爲中國新時期以後小說創作中的關注焦點或者說成爲它的主題，正是源於它的這種尷尬境地。

在20世紀的中國，小說和知識分子的關係主要包括兩個方面，一是小說寫作者本身的知識分子身份或地位的認定；二是小說寫作中的知識分子想像。但這一切似乎又都源於對知識分子職能的認識。在這一點上，古希臘的名言「認識你自己」的名言恐怕對知識分子的影響最爲深刻。

曼海姆曾認爲知識分子是「自由漂浮的、非依附性」的階層，他說：「現代生活給人以印象最爲深刻的實事之一是，在這種生活中，與以前的文化不一樣，知識活動不再是以社會上嚴格限定的階級（諸如牧師）獨立地開展，確切地說，它是以各社會階層展開的，這個階層在很大程度上並不依附於任何階級，它從社會生活不斷包容的各個領域中吸納新生力量。」〔註15〕他相信只有知識分子才可能將民眾的生活引向眞善美，若達到這種目的，知識分子必須作爲一個獨立的階層出現。與曼海姆稍有不同，西方馬克思主義代表人物葛蘭西更注重的是知識分子對社會活動和社會進步的參與程度，強調知識分子的集體性和階級有機性，也就是說知識分子只有通過與意識形態的有機結合，才能呈現出自身的重要屬性。所以在這樣的認識中，葛蘭西最爲強

〔註14〕洪子誠、孟繁華：《當代文學關鍵詞》，廣西師範大學出版社，2002年版，第284頁。

〔註15〕轉引自陶東風主編：《知識分子與社會轉型》，河南大學出版社，2004年版，第3頁。

調的是意識形態的東西，突出了知識分子在意識形態的建構或結構中的重要作用，尤其他否認了知識分子的個人存在的可能性，突出了他們是特定階級或者集團有機組成部分。而賽義德則認為知識分子是一個「業餘者」，也就是說，知識分子是一個流亡的人或者邊緣人，這種界定確保了知識分子在社會活動中的獨立性。他說：

> 所謂的業餘性就是，不為利益或獎賞所動，只是為了喜愛和不可抹煞的興趣，而這些喜愛和興趣在於更大的景象，超越界限和障礙、拒絕被某個專長所束縛、不顧一個行業的限制而喜好眾多的觀念和價值。

> 知識分子的公共角色是局外人、「業餘者」、攪擾現狀的人。
> 〔註16〕

很顯然賽義德對知識分子範圍的界定沒有僅僅局限在人文知識分子之內，在他看來，只要超越了專業界限而向社會表達思想的人都可以看作是知識分子。

在林林總總的關於知識分子的論述中，我選擇上述三種是想使他們的理論離中國20世紀尤其是當代中國知識分子更近。在這些論述中，不管他們對知識分子的界定是如何有所差異，但他們都沒有忽略知識分子在社會生活中的啟蒙意義和作用。

對於啟蒙作用的認可使20世紀中國知識分子在促進思想和文化現代化的同時也屢獲打擊。從五四時期起，中國知識分子開始了前赴後繼的啟蒙歷程。在這個啟蒙歷程中，知識分子逐漸分為三個營壘，一是自由主義文人集團，二是民主主義文人集團，三是激進主義文人集團。當然這些集團之間有時是相互轉化的。轉化的結果一方面使一些人在自己的道路上不斷地延伸下去，另一方面也使一些人退出真正的知識分子集團。但不管怎麼說，在20世紀早期的知識分子那裡，啟蒙的秉性已經養成，在那個文化多元化時代他們起到了遠為政治、經濟更為強大的力量。但這裡應該注意到的問題時，承擔啟蒙任務的大多是人文知識分子，科技知識分子在啟蒙的道路上沒有人文知識分子走得遠和更富有激情。不幸的是這種啟蒙主義的傳統並沒有保持下來。當很多文人集結於延安，開始了真正的大眾化時代的時候，在啟蒙關係中的主客體地位發生了深刻的變化，原來的那些以啟蒙主義者自居的知識分子在新

〔註16〕賽義德：《知識分子論》，臺灣麥田出版有限公司，1997年版，第115頁。

的大眾面前成了被啓蒙的對象。在 1942 年前後，丁玲、艾青等人在延安試圖重新開始一場小範圍內的啓蒙運動，但不幸的是在隨之而來的整風運動中被整飭了，於是啓蒙傳統從那時開始起逐漸喪失。對知識分子的大規模改造開始於新中國建國後的早期，並在一個相當長的時期內不斷加劇這種改造的力度和強度，從此使仍然還殘存的啓蒙意識和批判意識最終喪失。表現在文學領域，可以說這些文學知識分子由於最具有啓蒙意識，因而被整飭的也最爲深刻。比如魯迅直到現在還被認爲上個世紀的最爲偉大的啓蒙主義者和最能代表知識分子秉性的個體，但當抗戰全面爆發，一部分文人轉移到延安的時候，魯迅傳統的精神內涵並沒有隨之轉移。同樣，作爲客觀現實主義的代表人物茅盾向來主張對黑暗現實的揭露和真實描摹，他走的批判現實主義的路子。但當他的寫作傳統向延安和解放區轉移的時候，他的史詩性追求被發揚光大了，但他的批判精神卻被摒棄了。與此相類似的文學知識分子還有王實味、胡風等人，他們的悲劇在於他們的幼稚，而幼稚又源於他們的執著。對於這些啓蒙精神，在 50 年代以後也曾在相當範圍內被文人們所重視，但隨著歷次文藝界的鬥爭以及最後的反右運動的結束，啓蒙精神基本上被切斷了。

五四時期的知識分子精神實現穿透性回歸是在 80 年代以後，這種情況的出現和許多因素有關。但最爲重要的無外乎以下幾個方面，一是在思想界、知識界在極左路線和「文革」時期受害最深，因此在撥亂反正上也最爲活躍；第二人們也充分認識到了在現代化國家的建設過程中知識分子的作用從來是不可低估的；第三是在意識形態領域，對知識分子的鉗制性的規約相對減少了；第四是改革開放以後，知識分子政策的落實和對知識、對人才的尊重爲知識分子的成長提供了極爲有利的土壤。應該說，新時期以來，中國開始了知識分子的時代，儘管這種時代並不像人們的期待和預設的那樣，但反過來正可以說明，正是在一種相對不順暢的環境中，才可能孕育出高質量的知識分子。我們完全可以假設，如果魯迅不是生活在那樣一個動蕩和黑暗的時代，魯迅的品質是絕對不會養成的。這些是新時期以來在中國小說中知識分子成爲一種普遍主題的一個基本的原因。另一個原因還在於，中國知識分子內部結構的調整和分化。這個分化的根本點在於在以經濟建設爲中心的過程中，在普遍物質化、大眾化的文化環境中，人文知識分子精英地位的喪失。在新時期以來和 80 年代末以前，由於五四知識分子啓蒙精神的有效穿越，人文知識分子在社會中重新確立了精英地位，他們成爲精英文化和現代精神建構的

核心，他們掌握了更多的話語權，試圖對社會的發展和時代的變遷承擔歷史責任。這一時期的小說，除了反思、改革之外，他們也在著力進行只有人文知識分子才能得心應手地實施的文化研究和對先鋒的仿傚。他們通過深沉的歷史沉思和陌生化的先鋒描述，達到了為大眾所崇拜的最終目的。所以知識和知識分子成了這個時期小說寫作的絕對重心。同時一個人也可以通過小說的寫作或者文學創作進入到這個「重心」當中，王蒙的小說《青狐》中的青狐因小說《阿珍》而成為眾人矚目的對象正是這一過程的最好的注解。但從80年代末開始情況發生了變化。對於這一變化有人總結說：

> 80年代末90年代初以來，在中國社會發生的許多變化中，非
> 常值得注意的是知識的兩大系統——人文知識與科技知識，以及知
> 識分子的兩大群體——人文知識分子與技術知識分子的結構—權力
> 關係的變化。其集中表現是，人文知識及人文知識分子從以前的中
> 心走向邊緣，而技術知識分子與技術知識分子則從原來的邊緣走向
> 中心。知識系統與知識分子群體內部這種中心—邊緣關係的轉型，
> 不是孤立發生的現象，他同時關涉社會結構、文化價值觀念，尤其
> 是政治權利合法化機制、國家發展戰略的轉移、大眾生活方式的變
> 化以及知識／知識分子與政治、與大眾生活的關係的變化。〔註17〕

這種變化的直接結果是，人文知識分子失去了大眾對他們的崇拜，也失去了意識形態對他們的倚重。在80年代以前，人文知識領域雖然是歷次政治運動的重災區，但卻能表明它們作為中心的「重要性」。現在「重要性」喪失了，所以他們只有自己崇拜自己，通過「喋喋不休」的訴說來展示他們邊緣地位的確立和話語權的喪失。社會結構的變遷和文化價值觀念的轉變終於為他們的輝煌時代畫上了「圓滿」的句號，很多人在這種變化中走上了「青狐」的道路。不過儘管他們在特定歷史時期走上了邊緣地位，但這並不代表知識分子職能的徹底改變，所以像閻真這樣的作家還在通過「池大為」(《滄浪之水》)的不懈努力和奮鬥來挽救他們作為精英階層的頹勢，以期重振知識分子的雄風。

知識的品性以及在中國一定時期內的結構變化，充分說明了知識分子作為普遍主題的存在意義，也必然成為那些靠寫作為生的知識分子的寫作焦點。

〔註17〕陶東風主編：《知識分子與社會轉型》，河南大學出版社，2004年版，第33
　　　頁。

5 新時期以來小說創作的民間問題是隨著知識分子邊緣地位的確立而逐漸凸顯出來的。我這裡所說的民間問題不僅僅是指小說寫作內容的表述，更主要的是指一種寫作姿態──非主流化的寫作姿態。

在以往的文學史寫作和其他的文學實踐中，民間也常被提到。但真正給予民間以格外重視的卻是在 90 年代以後的事情。陳思和先生曾在《民間的沉浮》和《民間的還原》兩篇文章中從文學史的角度系統地梳理了「民間」的存在狀態、價值和意義。在他看來，民間是一個多維度多層次的概念。他說：

> 本文從描述文學史的角度出發，發現其與當時的政治意識形態發生直接關係的，僅僅是來自中國民間社會主體農民所固有的文化傳統。它具備了以下幾種特點：1. 它是在國家權力控制相對薄弱的領域產生的，保存了相對自由活潑的形式。能夠比較真實地表達出民間社會生活的面貌和下層人民的情緒世界；雖然在政治權力面前民間總是以弱勢的形態出現，但總是在一定限度內被接納，並與國家權力相互滲透……2. 自由自在時它最基本的審美風格。民間的傳統意味著人類原始的生命力緊緊擁抱生活本身的過程，由此並發出對生活的愛和憎，對人生欲望的追求……3. 它既然擁有民間宗教、哲學、文學藝術的傳統背景，用政治術語說，民主性的精華與封建性的糟粕交雜在一起，構成了獨特的藏污納垢的形態，因而要對它作出一個簡單的價值判斷，是困難的。〔註18〕

這個判斷雖然後來曾被很多研究者經常引用，但顯然忽略了問題的一些方面，所以在後來寫作《中國當代文學史教程》又加進了「民間的理想主義」等內容。

應該說在整個 20 世紀，民間問題一直都是人們關注的焦點，並因國家政權和意識形態與它的關係的疏與密，在不同時期呈現出不同的存在狀態。在 20 世紀早期的白話文運動曾給民間形式以最大的關注，後來隨著新文化運動的不斷深入，民間形式逐漸得到人們的認可。尤其是隨著激進主義文學思潮成為主流，馬克思主義逐漸與之結合，在大眾化的程度越來越高的情況下，民眾逐漸成為新文化建設的主體，於是按照陳思和先生所說的「中國民間社會主體農民所固有的文化傳統」就轉變為主流文化。我們可以這樣說，從延安時期起，共產黨政權下的主流文化實際上就是中國傳統的民間文化和西方

〔註18〕陳思和：《中國新文學整體觀》，上海文藝出版社，2001 年版，第 122 頁。

的馬克思主義文化相結合的產物，是馬克思主義化的民間文化。比如延安時期的民族化、大眾化運動，建國後的新民歌運動，它們所呈現的決不是原生態的民間文化，它們借著自由自在的審美形式，剔除了「藏污納垢」的原生內容，從而形成了一種更加單純的文化存在。像趙樹理、孫犁、以及後來的其他一些作家的寫作都含有這種傾向。可以說，民間文化向主流文化的生成過程是一個被意識形態不斷淨化的過程，離我們今天所理解的「民間」多少有些距離。

那麼什麼是我們今天所要理解和追求的民間呢？或者什麼是本文所要確定的主題呢？很顯然這要從作家的寫作姿態上來尋找它的答案。

作家的寫作姿態實際上就是今天作家的寫作立場，也就是說在一個多元化的時期，作家是在多大程度上游離與社會主流文化之外，站在自己的邊緣位置，遠離主流意識形態的剛性要求，盡情書寫自己對社會和人生的自由想像。這種立場和傳統的寫作姿態相比，作家們的禁錮少了，可充為寫作對象的資源多了，馳騁的空間開闊了，單一性的寫作格局被打破了。更深一步來講，很多作家站在民間立場的作家在寫作的時候，往往與主流意識形態的要求不相配合，甚至故意疏遠了傳統寫作觀念對作家的道義和政治要求，出現了「非本質、非道德、非模式、非正統」的傾向。他們在描寫了民間的藏污納垢性內容的同時，不僅增強了知識分子的社會批評力度，而且還使他們的寫作更具有人文主義色彩。這些也就是陳思和先生所說的「民間的理想主義」。他說：

> 在五六十年代，理想主義是國家意識形態的代名詞。隨著文革的結束和市場經濟的興起，人們普遍對虛偽的理想主義感到厭惡，但同時也滋長了放棄人類精神的向上追求、放逐理想和信仰的庸俗唯物主義。90 年代知識分子發起「人文精神尋思」的討論，重新呼喚人的精神理想，有不少作家也在創作裏提倡人的理想性，但他們都在歷史的經驗面前改變了五六十年代尋求理想的方式，轉向民間立場，在民間大地上確認和尋找人生理想，表現出豐富的多元性，如張承志在民間宗教中尋求理想，張煒立足於民族土地中謳歌理想……〔註19〕

實際上這段話說得再明確些就是五六十年代作家的道德理想主義雖然也

〔註19〕陳思和：《中國當代文學史教程》，復旦大學出版社，1999 年版。

是從民間上昇和抽象出來的，但它成了國家意識形態之後，就失去了本來的民間特色，丟掉了普遍的多元的人性的樸實本相，是一種高蹈狀態的文化，成了主流政治的表現材料。90 年代以來的作家就是要在創作中摒棄這些，還原民間的眞實性存在，並在這種眞實存在狀態中寄予自己的理想。五六十年代的理想與當下理想的截然不同，表明了作家們對自己生存境遇的清醒認識和深刻反思以及無可奈何的突圍。有人說 90 年代「民間」成爲文學界關注焦點的意義在於「它包含著知識分子重建自己的思想精神，擺脫單一的文學批評模式，建立多元文學批評格局的期待，更爲重要的是它把我們以往所忽略的一個文學史的空間以及現在與未來可能出現的一個富有藝術魅力的藝術世界展現了出來，以其潛在的、生機勃勃的理論活力爲當下的文學批評提供了不斷發展和豐富的可能。」〔註 20〕這段話讓我們想起了巴赫金說過的一段文字，他說：

> 民間——節日形象能夠成爲藝術地掌握現實生活的強大工具，能夠成爲眞正廣闊和深刻的現實主義之基礎。這些民間形象有助於掌握的不是現實生活的自然主義的、轉瞬即逝的、空洞的、無意義的和瑣碎的形象，而是現實生活形成過程本身，是這個形成過程的意義和方向。〔註21〕

上述所引的三段話已經說明了在新時期以後，尤其是在 90 年代以來「民間」之成爲小說寫作普遍主題的一些原因，歸納起來就是：1. 知識分子從中心位置的撤退或被迫撤離，精英身份已經喪失，邊緣地位已經確立或正在確立；2. 由於精英身份的喪失，早年的激情理想和道德想像失去了吸引力，他們需要重新劃定新的理想主義邊界；3. 多元化的文化空間已經建立，國家意識形態的剛性要求正在向彈性轉變；4. 也許更爲重要的是，民間流行的爲大眾廣爲接受的價值觀念對知識分子也產生了深刻的影響。所謂流行的民間價值觀念是由民眾掌握得並支配其行動的文化指令。這種指令無視主流話語的引導和精英階層的說教，用世俗英雄取代了政治領袖和文化英雄。《紅高粱》從小說到電影的普遍流行正是這一指令操作的結果；5. 在盡可能的程度上拓寬了小說的藝術表現範圍和增強審美複雜性。

〔註20〕 洪子誠、孟繁華主編：《當代文學關鍵詞》，廣西師範大學出版社，2002 年版，第 213 頁。
〔註21〕 巴赫金：《拉伯雷研究》，河北教育出版社，1998 年版，第 242 頁。

從尋根小說，到新歷史主義小說，再到新寫實小說以及在此期間所突出強調的現實主義衝擊波，無一例外地走向了民間的道路。90 年代以來的時代是一個被民間淹沒的時代。

6 懷舊作爲一種普泛的社會情緒和社會心態，自然有其深厚的心理基礎和文化背景。但在 20 世紀末的最後一、二十年，懷舊作爲一種思潮或者情緒幾乎席卷了整個社會，尤其是在當代文學領域掀起了一輪又一輪的衝擊，成爲一個時期內小說表現的普遍主題，卻與社會經濟文化轉型有著密不可分的關係，在某種程度上也是以一種對反思的反思。

懷舊作爲一種文化現象是在任何時代都存在著的，而且任何懷舊都是以回望過去的方式來延續人類的歷史記憶和文化傳統。但我們也看到，在當代的文化背景中，人們已經賦予它以一種新的現實價值。這種價值就是通過對過去時代的相同問題的考量，來促進對現代人的社會狀況、生存環境以及文化心態的重新思考。從這個意義上來說，懷舊無疑包含著深刻的社會批判。

當代懷舊主題產生的主要原因是社會轉型，我們可以肯定地說，當代文學的所有主題都是社會轉型的直接結果。每一次社會形態的變革和意識形態的轉換都是以此大小不同的轉型。有的轉型是對原來固有的東西或者事物的進一步強化，有的轉型是對原來的觀念的反撥，有的轉型實際上既非強化，也非反撥，而是一種新的途徑。馬爾科姆·蔡斯和克里斯托弗·蕭在《懷舊的不同層面》中認爲「構成懷舊的存在有三個先決條件：第一，懷舊只有在有線性的時間概念的文化環境中才能發生。現在被看成是某一過去的產物，是一個將要獲得的將來。第二，懷舊要求『某種現在是有缺憾的感覺』。第三，懷舊要求有從過去遺留下來的人工製品的物質存在。如果把這三個先決條件並到一起，我們就能很清楚地看到懷舊發生在社會被看作是一個從正在定義的某處向將要被定義的某處一棟的社會環境這樣一種文化環境中，換句話說，懷舊是現代性的一個特徵；它同時爲確定性和解構提供肥沃的土壤，它是對現代型種文化衝突的一種反映。」〔註22〕20 世紀 50 年代以來，中國社會經歷了三次轉型，第一次是從舊的社會形態向新的社會主義制度的轉變，這次轉變帶有一定的強制性質，在政治上、經濟上和文化上表現出了非常強烈的決絕姿態，一切舊有的觀念形態和現實存在都在新生的社會制度中

〔註22〕轉引自包亞明等：《上海酒吧空間、消費與想像》，江蘇人民出版社，2001 年版，第 137 頁。

被掃除殆盡。尤其是這一思路像文革延伸的時候，就更加具有激進主義的傾向。第二次是文革結束以後，新時期正式開始。這是一次以政治為主的轉型，人們在撥亂反正的同時，也在思考在一種錯誤的思想和價值觀念指導下的人的行為固然帶來相當錯誤的行為結果，但驅使人們從事這些行為的內在動機和激情是否就沒有意義了呢？比如上山下鄉運動固然從整體的宏觀的角度來說是一場錯誤，是一次歷史的玩笑，但我們能否因為這種錯誤就否認了當時那些青年的革命激情呢？第三次是 90 年代初期以後，中國全面進入了市場經濟時期。市場經濟在文化上的最大表現就是文化的全球化，這種全球化還帶來了人的遷移和其存在狀態和結構的改變。在這樣的時代，除了經濟建設成為中心之外，其餘的一切都邊緣化了。這三次轉型雖然僅僅歷經半個多世紀，但發生其中的文化重組卻是相當深刻的。每一次轉型的文化重組過程中，總有一些新的文化因素被創建，同時也總有一些原有的文化因素被遺落。懷舊正是發生在這創建和遺落當中。我們說遺落未必都是壞的落後的，創建未必都是好的先進的。尤其是當人們對新創建的文化的正當性和適宜性發生質疑的時候，這種懷舊傾向就更加明顯。正如有人所說：

> 任何一個個體，當他所身處的地理位置發生重大轉變，由此也使其一貫熟知並熟練掌握的政治、經濟、文化環境變得陌生化時，他都會產生懷舊之情。這是個體生活安全感、穩定感、自尊感和優越感在需要面對、調整、改變甚至重建另一種生活感覺是必然產生的心理反應。另外，當以個人經歷了歲月的滄桑，真切體會到了時間流逝對個體生命的掠奪時，他也有可能轉回身去，回望過去的黃金歲月。〔註23〕

這種懷舊情緒帶有強烈的反思和批判色彩。表現在小說創作上，新時期以來懷舊情緒的產生、發展和高潮大致經過了和小說一樣的道路。我們說不是所有的懷舊都帶有溫情色彩和對往昔真誠的追念，所以從反思小說時期起，中國的小說就帶有了明顯的懷舊情緒。這種懷舊情緒除了表現對極左路線的深刻批判外，還有對曾經有過的革命激情的無限懷念。王蒙的《蝴蝶》就是這樣的作品。在張思遠的反思中，一方面是對身份轉變過程中自我本色喪失的批判，另一方面也無不傳達出了對身份未變時的緬懷。

〔註23〕趙靜蓉：《現代懷舊的三張面孔》，《文藝理論研究》，2003 年第 1 期，第84頁。

　　新時期以來，懷舊作爲一種普遍主題，在知青小說、尋根小說和新歷史主義小說中達到高潮，並在後來的經濟徹底轉型時期普遍蔓延開來。知青小說在懷舊風潮中佔有著明顯的優勢。在 7、80 年代之交，知青作爲一個中國的特殊群體陸續回到了他們曾經生活過的城市，但他們回到城市以後，卻突然發現這個城市已經不再屬於他們，他們一下子失去了生存的位置，「一種強烈的無根感使他們只能在想像中搖擺於城鄉之間，」〔註24〕於是昔日的草原、黑土地、黃土高原和大林莽等等又都進入了他們的想像中，他們對那些鄉間的農民、純情的人性以及他們自己親自耕耘過的土地產生了不無批判的無限眷戀。代表作家和作品有：史鐵生《遙遠的清平灣》、王安憶《本次列車終點》、孔捷生《南方的岸》、張承志《騎手爲什麼歌唱母親》、梁曉聲《這是一片神奇的土地》、張賢亮《我的菩提樹》等等，待這個脈絡發展到《殘忍》《黑白》等小說時，反思和批判的色彩已更加濃厚。尋根文學是對現存文化的一種批判，是一種完全的文化領域中的反思，在這個意義上來說它也可歸類爲反思文學。但與其他類型的小說相比，由於尋根小說與社會歷史文化和人類心裏有著深厚的聯繫，因此要想表現出深刻的尋根意義，必須體現出某種哲學色彩，使作品獲得相應的意味。比如王安憶的《小鮑莊》、韓少功的《爸爸爸》、阿城的《棋王》等，這些作品的一個共同特點是，它們的懷舊是不露聲色的，而且在某種程度上來說，呈現了文化批判和文化認同的尖銳衝突。新歷史主義是一個比較複雜的小說創作思潮或者方法。由於這種複雜，有人曾將這類創作分爲新歷史主義和後新歷史主義。兩者之間的區別是，前者盡可能地表現出了對傳統歷史格局的顛覆和反叛，渲染了歷史的醜惡與衰敗。而後者則出於善良的願望，對歷史進行了溫情脈脈的美麗書寫和嚮往，並且在 20 世紀末的時候呈一時之強，成爲一種「歷史消費時尚」。〔註25〕後新歷史主義小說對於歷史不再是理性的解剖，而是對於歷史碎片的感歎和情感認同。比如二月河的《康熙大帝》、唐浩明的《曾國藩》、閻連科的《日光流年》、談歌的《天下荒年》、陳忠實的《白鹿原》、阿來的《塵埃落定》、范穩的《水乳大地》，甚至還包括王安憶的《紀實與虛構》和《長恨歌》等等。這些小說在對歷史人物和事件重新進行塑造的同時，引起作者們格外注意的是這些歷史人物和群體的人格和精神內涵，他們對錯誤的時代和眞實的人生作了分別處理，寄

〔註24〕孟繁華：《眾神狂歡》，今日中國出版社，1997 年版，第 76 頁。
〔註25〕路文彬：《後新歷史主義與懷舊》，《福建論壇》，2000 年第 1 期。

予了作者對過去時代和人物的道德想像，在一定程度上實現對今天的批判。

在懷舊思潮中，另外還有一種小說創作傾向也非常值得我們注意，那就是時斷時續的「最後一個」現象。從上個世紀 80 年代中期以後，陸續有一些以「最後一個」或類似命名的小說問世，主要有李杭育《最後一個漁佬》、張欣《最後一個偶像》、高建群《最後一個匈奴》、閻連科《最後一名女知青》、戴晴《最後一個橢圓》、李傳鋒《最後一隻白虎》、楊爭光《中國最後一個大太監》、金東方《最後一個宰相》、劉玉堂《最後一個生產隊》、蕭克凡《最後一座工廠》等等。雖然大多題名有「最後」字樣，但並不都是以懷舊為其主旨的，在很大程度上都具有「終結」的意味，是對一個人物、一段歷史、一種存在的總結，多數作品中體現出了深刻的歷史和人文關懷，甚至表達出一種面對現實的深刻迷茫。它們同樣成為新時期以後懷舊主體的組成部分，對這種現象我們也需要做出深刻的研究。

7 性別主題是伴隨著新時期以來女權主義運動的興起而在一定時期內成為顯學。在新時期以前中國小說創作中基本上是處於一個無性狀態，臉譜化、集體化、公共化和政治化的一元時代不僅在文學審美中消滅了性，而且連性感也消除了。性和性感是人生存的本質或者本能性要求和動力，由於此二者的缺席，人便內在地殘缺不全，因而使人出現一種非人化的狀態。應該說這是中國左翼文學發展的一個極端左傾的結果。

中國左翼文學的產生並不是先天地排斥性和性感。在這種文學產生的最早期，「革命＋戀愛」的創作模式曾使中國的左翼文學獲得了長足的發展，以至於不得不又以理論和組織起對它的批判。但在這種批判的同時，並沒於妨礙作家們從另外的或者更加具有審美意義的形式和角度來對之進行書寫，代表作家便是茅盾。茅盾的《蝕》三部曲固然反映了大革命時期青年人的惶惑和不安的心理，但對於戀愛的描寫卻也別具特色。對於這一點，筆者曾在拙著《茅盾與中國現代文學》中說：「茅盾在他的小說中大力渲染的戀愛實在是一種對生命的追求，這種追求也就是當時青年女性要求自我解放的一場革命。尤其是對生命活力的追求和政治革命疊加到一起，成為了政治革命的動力，形成一種雙向循環的局面。生命的衝動促成了政治革命，而政治革命往往又反過來使生命的衝動向更高的形式前進。」〔註 26〕這種說法也可以在其

〔註26〕周景雷：《茅盾與中國現代文學》，中國社會科學出版社，2004 年版，第 86 頁。

他左翼作家的作品中得到很好的驗證，比如《鴨綠江上》、《野祭》、《流亡》、《韋護》、《菊芬》等等，這些充分說明了左翼作家對於革命的一種潛意識的原始認識。但這種傳統並沒有延伸下來，隨著救亡主題不斷深入人心以及左翼作家們對文學創作的意識形態性理解，性與性感這類為正統道學〔註 27〕視為醜惡的東西終於被排除了主流文學之外。

　　中國新時期以來小說創作中性別主題的穿透力量主要來自西方女權主義運動及其在中國的演繹。之所以這樣說的原因在於，不管女權主義它的發展經歷程是什麼，它們的一個基本出發點就是反男權中心。在男權中心時代，性是「單一」的，因此性別主題不會成為問題。但一當這一點成為問題的時候，女權主義運動便會應運而生。所以有人說：「緣起於改變女性現存歷史與生活狀況的女權運動和女性主義理論，力圖反抗以男子為中心的文化和社會體制，從而達到改變社會社會性別關係，是男女都能全面發展。這種理論指向與鬥爭，在於各種變革現實的革命和行動發生聯繫的同時，也勢必會影響藝術文化中的性別的存在和發展，並最終從根本上改變女性在藝術中的他者地位。」〔註 28〕五四時期中國人所追求的個性解放尤其是女性的解放和他們在文學創作中的表現實際上就是這種女權主義的一種預演。

　　女權主義運動在西方的發展始終和社會政治批評聯繫在一起，帶有強烈的政治和意識形態色彩，這也是性別主題在西方文學創作中的一個顯著的標誌。這種女權主義運動在西方大致經歷過三個階段：第一階段是在 19 世紀末至 20 世紀的 6、70 年代。這一時期的女權主義運動除了爭取婦女的權利和參政意識外，還以社會性別差異為出發點來研究男女不平等的社會原因，代表作家和理論家有伍爾芙、波伏娃等。第二階段從 20 世紀的 6、70 年代到 80 年代，這一時期的女權主義的重點雖然仍是從政治的角度來看待兩性問題，但它們更多地走向了文化和學術，並且初步建立起了多元化的格局。代表人

〔註27〕關於這個問題，實際上可以說明，中國的左翼文學儘管有著很強的西方背景，尤其是馬克思主義文藝理論的背景，但在關於性與性感問題上還是中國傳統文化自己的東西。這和五四新文化運動以後一直沒有停止的關於民族化、大眾化的論爭有關，尤其是和延安時代所倡導的「中國作風中國氣派」有關。中國傳統的鄉謠俚曲中不乏性與性感的描述，儘管常常以男權為中心，但性與性感的特徵還是十分明顯的，但在民族化和大眾化的過程基本上都被修正掉了。如果說還存在著這樣一些所謂的低級的庸俗的俚俗的話，我們也只能在文學作品所描述的敵人的哼唱中得知。但無疑是具有批判和厭惡色彩的。

〔註28〕丁亞平：《藝術文化學》，文化藝術出版社，1996 年版，第 420 頁。

物主要由克里斯蒂娃、肖沃爾特等人，她們受到了精神分析學派的影響，從對「男性中心」的質疑入手，考察人類的下意識、語言、以及女性與協作的關係，從而揭示出女性受壓迫的實質。或者她們將矛頭直接指向父系制度通過結構的方式，全面建立起新的女性寫、讀、評的新的結構模式。第三階段是 20 世紀 80 年代以後至今，這一時期的女權主義運動具有明顯的後現代性質，在多元的話語體系中，最為突出的特徵是解構已被傳統所認定的東西。所以這一階段的女權主義理論就像後現代主義本身一樣是不可歸納的。但在這三個階段中有一點始終沒有改變，那就是女性對自身的認識和對男性的認識。這是我們在下文討論新時期以後小說創作中性別主題的一個基本依據。

按照林樹明先生的歸納，卷帙浩繁且見解歧義的女性主義文學批評從 20 世紀 80 年代中期傳播到中國以來，主要呈現出三種狀態：一是翻譯介紹，主要有桑竹影等人翻譯的《第二性》、王還翻譯的《自己的一間屋》、胡敏等人翻譯的《女權主義文學理論》、林建法等人翻譯的《性與文本的政治》、張京媛主編的《當代女性主義文學批評》、鍾明良翻譯的《性的政治》、康正果編著的《女權主義與文學》等。二是運用西方女性主義的觀點和方法，對我國文化及文學進行評述。比如李小江的《夏娃的探索》、孟悅與戴錦華的《浮出歷史地表》、劉慧英的《走出男權傳統的樊籬》等等。三是受女性主義文學批評的影響，有些學者從社會性別視角研析中國文學及文化典籍中的性別及性的問題。〔註 29〕這些理論傳譯和文學批評實踐對中國新時期以後小說創作產生了深刻的影響，應該說，如果沒有上述的理論和批評實踐，中國 80 年代中期以後小說創作中的性與性感主題就不可能那麼普泛化，以至被稱之為「性衝擊波」〔註 30〕。

中國新時期以來小說創作中性別主題的發展大致經歷過四個階段。第一是從 70 年代末到 80 年代初的性別道德階段，該階段的小說中對於性別描寫雖然已經衝破了傳統的無性禁區，但仍然沒有逃離政治的規範，甚至作品中的愛情描寫往往成為政治的隱喻。在這些愛情的頭上高懸的仍是政治的意識形態和道德的律令，所有的關於愛情的美和美感都超越了個體性存在而成為社會的理想，或者說個人的愛情仍然是不存在的。比如靳凡《公開的情書》、

〔註 29〕 參見林樹明：《多維視野中的女性主義文學批評》，中國社會科學出版社，第 2 頁。

〔註 30〕 參見李萬武：《我看當代文壇上的「性」衝擊波》，《文藝理論與批評》，1987 年第 2 期。

劉心武《愛情的位置》、張潔《愛，是不能忘記的》等。第二是 80 年代中期開始的性別啓蒙階段，此時期性別話語和內容從愛情走向性本身，在性的相互吸引中，非理性有時也呈現了較爲主動的狀態。「欲望的主體代替道德主體粉墨登場，爲自由，美和道德這類抽象觀念找到了身體依託。」〔註 31〕雖然在這一過程中男性話語和行爲仍然佔有中心地位，但他們的精英意識卻具有濃厚的啓蒙主義精神。代表性作品就是張賢亮、王安憶、鐵凝等人的小說。第三是 90 年代開始的性別展示階段，此時期的性別話語由兩性相吸或壓迫轉爲對抗。這種對抗的主體是女性自己，也就是我們常說的以林白、陳染爲代表的私人寫作。這種小說寫作從性別本身出發，突出強調了女性在性別關係中的主動性和獨特性以及自我性，對傳統的男性權力進行徹底的顛覆，甚至在某種程度上他們拋棄男權，試圖造成一種自適的單性社會。第四是從 90 年代中後期開始的性消費階段，此時期在性別關係中、在性別話語中，已經完全消除了自由、美、道德等傳統中遮蔽在性別本身的裝飾品，性赤裸裸地表現出來，追求快感、追求享受的欲望使性完全市場化，性成了地道的消費品。對這種現象，人們稱之爲「下半身寫作」。

　　人們常稱新時期以來文學爲新啓蒙主義，其中最重要的是人的重新發現和回歸。在我看來，人的重新發現和回歸的核心就是性別意識的強化和展示，人類在向全球化邁進的同時，也在向原始的本能回歸，所以，性別主題能夠成爲新時期以來小說創作中的顯學，也是這一時期文學中的題中之義。

〔註31〕韓毓海：《20 世紀的中國：學術與社會》（文學卷），山東人民出版社，2001 年版，第 448 頁。

第八章　環　境

——文化進步性與新時期以來小說的關係

1　小說自覺地承擔了文化進化的使命，這和小說作爲文化的一種存在方式是分不開的。當我們凝視新時期以來小說的文化內涵時，我們發現它時刻承擔著社會文化進步的重任，它題材的多樣性、內涵的多元性表徵了文化進步性在我們這個時代的實現。小說創作的敏感性、先導性以及它和文化的緊密關係，是實現小說表徵文化先進性的一個基礎。那麼小說和文化的進步到底是一種什麼樣的關係呢？下面我們首先來看一下什麼是先進文化。

先進文化是一當代性概念。儘管在歷史上，先進文化這一現象或者文化發展的進程總是出現，但對這一概念的重視從來沒有像今天這樣自覺和具有政治意識形態性。有人在一篇文章中論述了中國自 1997 年至 2001 年間文化建設所取得的偉大成就〔註1〕，這個期間也是中國社會向市場經濟轉型後的大發展時期。在該文中，他用具體的統計數字列舉了 9 各方面的內容，它們是：堅持以優秀的作品鼓舞人，藝術創作百花爭妍；基層文化建設紮實推進，群眾文化生活豐富多彩；對外文化交流空前活躍，中華文化在世界上的影響不斷擴大；文化產業發展迅猛，文化市場治理整頓成效明顯，比較完善的文化市場體系逐步建立；貫徹落實「保護爲主，搶救第一，合理利用，加強管理」的方針，歷史文化遺產保護取得了顯著成效；文化法制建設積極推進，文化立法框架基本確立；文化體制改革穩步推進，文化單位活力進一步增強；文

〔註1〕　孫家正：《牢牢把握中國先進文化的前進方向》，參見《求是》（京）2002 年第
　　　　21 期。

化事業經費投入明顯增加，重點文化設施建設步伐加快；注重人才培養，文化隊伍建設得到加強。這是比較權威的代表中國政府對先進文化的表現形式所作的闡述。它的「成就性」表述使我們看到的先進文化停留在了物質的層面，使先進文化處於一種看得見、摸得著的規範性當中。但同樣我們也可以深刻體會到在這種自豪中所隱含的支撐著這種物質表現的思想觀念。人的主體意識是這種思想觀念核心，也就是說在該文所列舉的這些成就中，人是決定性的因素，沒有人通過自己的意識來支配著他的行動，任何物質層面的東西也是建立不起來的，同樣這些物質之所以先進是因爲人們意識到的「先進」，所以我們可以說，意識的先進與否也將和必須成爲先進文化的核心內容。

人之成爲先進文化的核心內容就在於人是文化的創造者並在實踐中完成著文化的創造。

文化在現存社會中是一個古老而常解常新的術語。它的複雜性使它具有包羅萬物的屬性，正如有的學者指出：「文化是一種流蕩廣遠而又包含廣大的整體性的精神存在」。〔註 2〕同時由於文化發生的地緣性差異以及其他條件限制，必然也會呈現多種形態存在著。文化由人創造，同時又限制了人的思維，比如中國人最初看西洋繪畫所造成的差異就是文化上的差異。鄒一桂在《小山畫譜》表現了他對西方繪畫的驚異：「西洋畫善勾股法，故其繪畫於陰陽遠近不差錙黍，所畫人物屋樹皆有日影。其所用顏色與筆，與中華絕異。布影由闊而狹，以三角量之。畫宮室於牆壁，令人幾欲走進。學者能參用一二，亦其醒法。但筆法全無，雖工亦匠，故不入畫品。」不用說這種差異是由中國畫的思維造成的。但他們當中也有許多共通的東西存在，這就是勞動。這一點從文化的本意上就可以明顯地看出來。在中國古代，文化是「文治」和「教化」的總謂。比如《說苑‧指武》中說：「凡武之興，爲不服也。文化不改，然後加誅。」《文選‧補之詩》中也說：「文化內輯，武功外悠。」文化在這裡指涉的是禮樂法度等一整套人爲的思想與制度，與今天使用的關於文化的意義已經很接近了。按照中國文字的古意來說，「文」就是在對象上做記號、刻紋路，用以裝飾，「化」則是改易、生成、造化，是指對事物的形態或性質的改變，這裡涉及到了人有意識地對社會和自然界所進行的操作性過程，這樣不管是自然物還是社會產物都有了人的屬性。相比較而言，在西方，文化一詞的含義更爲原始地指稱的人的原始勞作，是指對土地的勞作和對自

〔註 2〕丁亞平：《藝術文化學》，文化藝術出版社，北京，1996 年第 30 頁。

然物的收穫，引申爲培養、栽培、修治、修養、造化等意。這樣，不管中國傳統對文化的理解還是西方傳統對文化的理解，都統一在實踐這一人類所共同擁有和所必須完成的活動中。因此按照馬克思主義的理解，文化必然帶有人的屬性，是人的對象化產物，所以人必然成爲文化的核心。也就是說，人不僅是文化的創造者，更是文化進步直接的推動力量。

　　也許人類學家對文化的闡釋更合乎人本主義的規範，更在一定的程度上回歸到了人的自身。泰勒說，文化「是人類在自身的歷史經驗中創造的『包羅萬象的復合體』」，「是包括知識、信仰、藝術、道德、法律、習俗和任何人作爲一名社會成員而獲得的能力和習慣在內的複雜整體」。〔註3〕魯思・本尼迪克則說，文化「是通過某個民族的活動而表現出來的一種思維和行爲方式，一種使這個民族不同於其他任何民族的方式」。〔註4〕這種解釋已經超越了文化的原始含義，已經從一種基本的人的原始的生存實踐上昇爲一個民族甚至整個人類的表徵方式，已經成爲一種觀念性的東西。當然，他們的表述仍然強調的是人的基本實踐活動，並且是在人的實踐活動中所積累起來的歷史經驗。馬克思主義的經典作家在探討文化時也是比較注重歷史經驗的積累和人的現實性活動。恩格斯曾說：「最初的、從動物界分離出來的人，在一切方面是和動物一樣不自由的；但是文化的每一進步，都是邁向自由的一步。」〔註5〕恩格斯是從文化進步的角度來切入的，認爲文化是人走向自由和文明的內在動因，已經是今天我們所強調的先進文化的基本含義了。但他首先將文化理解爲人的現實性活動和歷史實踐的結果，在這一點上體現了馬克思主義哲學的鮮明特徵，無怪乎西方著名的馬克思主義學者葛蘭西將馬克思主義哲學稱爲實踐哲學。實踐哲學主要是以人的基本實踐活動爲考察對象的，用辯證法來梳理歷史的發展進程，那麼表現在對文化的總結上，則執行著文化批判的職能，並在批評中確立一種導向，爲新的文化建設、文化進步和文化傳播不斷填充新的活力。

　　我們強調文化是歷史實踐的結果和歷史經驗的積累，正是在這個意義上，可以將之分爲三個層面，並且在歷史進化中澱化爲三個基本的文化存在方式，即物質文化、制度文化和精神文化，這些總括起來可以稱之爲文明。

〔註3〕愛德華・伯內特・泰勒：《原始文化》，浙江人民出版社，杭州，1982 年。

〔註4〕魯思・本尼迪克：《文化模式》，華夏出版社，北京，1987 年。

〔註5〕《馬克思恩格斯選集》，人民出版社，1972 年，第 3 卷第 154 頁。

其中，制度文化和思想文化，尤其是思想文化是由人類長期的社會實踐和意識活動孕育出來的價值觀念、審美情趣、思維方式等組成〔註6〕，它規範和指涉人的行為、思想方式以及價值觀、人生觀和世界觀的構成結構。今天我們在通常情況下所使用的文化術語即是在這個意義上的呈現。我們強調的文化進步是指以人為中介的、在人的身上所鮮明體現出來的思想方式、價值觀念的先進與否。在一種觀念和思維方式支配下的人也必然是一種文化的體現。這就是說，和整個歷史一樣，人既是歷史的創造者，也是歷史中人。人在文化當中存在著，這樣在人和文化的關係中，由於人和文化的相互作用，就使這種關係在兩個向度上發展著。一方面人投身於社會實踐當中，充分發揮自己的主觀能動性，在物質、制度和精神三個層面上進行著創造和建設。人類的文化史、文明史就是在這個向度上發展著，並且將一直發展下去。它是人的外化，是自然界和社會向人的生成，是主體創造對象的活動；另一方面，人在社會實踐中，必然要依賴於一定的實踐工具以及支配這種工具的思維模式和價值內涵。人必須通過這種內涵和模式獲得社會實踐的方式和原因，而這一切又必須依賴於人在歷史經驗和歷史實踐中所積累起來的已經內化為人的本質的文化。這樣，人就成了文化的對象，是人向文化的生成。正如有的學者指出：「人是實踐的產物、環境的產物、文化的產物，」「人常常無意識地、不自覺地接受文化的無聲命令和無形制約，難以自拔地充當著某種文化『囚徒』」，因此前者——人對文化的創造——被稱為「人化」，後者——文化對人的制約——被稱為「化人」。〔註7〕20 世紀 80 年代，在中國曾經興起了「尋根文學」熱，作家阿城曾撰文指出「文化制約著人類」，也就是在這個意義上的對人和文化關係的一種哲學思考。「人化」和「化人」是相互滲透和相互制約的。一方面，人的實踐活動不斷地轉化為即存的文化，另一方面即有的文化又支撐和制約著人的實踐活動。充分認識這樣的一種關係，對於考察文化進步來說是一個根本性問題。不能說所有的實踐活動都是進步的，因此在非進步的實踐活動基礎上所積澱出的文化就不會表現出一種進步性；反過來，由這種文化指導或者制約的實踐也不會表現出進步性，因此文化進步的關鍵問題是使人對舊有文化的超越和創新，而且也只有人能完成此項任務。

〔註6〕參見張岱年、方立克主編：《中國文化概論》，北京師範大學出版社，北京，1994 年，第 6 頁。
〔註7〕參見胡瀟：《文化進步的哲學思考》，載《嶺南學刊》哲社版，2002 年第 6 期。

在這個意義上，人也就成了文化建設的核心了。

　　2 意識之成為文化進步的核心內容就在於意識的「意識形態性。此中所說的意識在很大程度上是指支配著人們對文化〔註8〕進行選擇的內在動因，這種動因有時是無意識的，就像西方心理學家所說的那種「個人無意識」和「集體無意識」，但更多時候體現的是「文化的自覺」，這是一種有意識的活動，是人們進行文化選擇的結果。在單一文化環境中，文化選擇也是單一的。在某種程度上來說，它的文化自覺是一種被迫的自覺。比如在非洲的原始部落中，與世隔絕的經濟和文化生活使他們的信仰和文化幾千年來沒有絲毫的改變，而傳統文化的一成不變並非就是一件好事，不在比較中發展和實踐中檢驗，誰都不能說自己的文化進步與落後。有的人曾將評判文化進步與否的標準確定為這種文化是否達到了真善美的程度，但真善美在更大程度上體現出的是一種感官上的東西，在很大程度上是一個個人的或者是民族的心理體驗，它的標準似乎也難以最終確定。所以這種標準並非科學，而且我們也很難對此加以規範。但隨著文化的發展、文化交流的增多，進步與落後的文化總是用一種非確定的標準就可以分別清楚。

　　格羅塞曾在他的著作中記載了一種澳洲土著的「卡羅舞」。他敘述道：「舞會是在甘蔗成熟之後第一屆新月出來的時候舉行的，且由男子們飽食宴會開始，於是舞會就在新月之下四周一灌木的凹地舉行起來。凹地和灌木是他們做成的以代表女性的器官，同時男子手中搖動的槍是代表男性的器官。男子們圍繞著跳躍，把槍搗刺凹地，用最野蠻和最熱烈的體勢以發泄他們性欲上的興奮。」〔註9〕在藝術人類學家看來，這種舞蹈是今天的某種文化的原型，他們興奮的是尋找到了人類某種文化的發端。但我們今天在大都市當中或者在不算偏僻的鄉村中，很顯然是極其不合時宜的。如果在今天在我們的現實生活中還能找到這種舞會或者儀式的原型的話，那也只能到那些昏暗陰沉角落中去尋找，而且往往被斥為墮落和低級。文化的發展決不允許人們重複已經過了時的實踐，否則人類何以進步？澳洲土著的這種儀式是在封閉環境長成和流傳的，它的單一文化性使它的傳承呈現為一種被動的局面。

　　那麼在相對豐富和複雜的文化環境中各種文化因其比照性的存在就會顯

〔註8〕一般認為，文化包括三個層面，即物質文化、制度文化和精神文化，本部分即指精神文化。

〔註9〕格羅塞：《藝術的起源》，商務印書館，1984年，第164頁。

現一種進步性的選擇嗎？實際上也未必然。比如，在華夏文明圈中，文化就不是一種單一的存在。中國幾千年的文化傳承，儒、道、佛文化是其主流，除此之外，在主流的邊緣區域還存在著一些神、鬼文化，這些都是由人來創造的，並且經歷了歷史的更替和文化間的相互滲透與選擇，但在該文化中，裏腳這一鄙陋的文化現象卻流傳了兩千餘年，直到新中國建立以前才徹底絕跡。女作家謝冰瑩曾在她的《女兵自傳》中記述了她的被迫裏腳和偷偷放腳的過程，也敘述了由於腳大所曾遭受過的一些冷遇。對謝冰瑩而言就是對文化的自覺的符合進步性的自主選擇，而對整個裏腳文化而言，卻是愚昧的和喪失了人性的。這種陋習在中國文化中還有相當多的存在，一些還延續到了今天。跳出華夏文明的圈子，我們還可以看到不同文化間的交互並存局面。這在近現代主要表現爲東西文化間的交流，它的文化存在和選擇的複雜性遠非中國內部文化的複雜性所能比的。因此，這就有必要建立一種支配人類文化實踐的基本點，在當下尤有必要。這樣做是因爲人類已經脫離了原始文化的創建狀態，已經站在了幾千年文化發展的頂點上向前發展的。這個基本點就是「意識形態」。

意識形態是馬克思主義唯物史觀的重要範疇之一。雖然這一術語不是馬克思主義經典作家所創造的，但意識形態中所包含的解釋世界、改造世界，造福於人類的觀念系統卻被馬克思主義者所繼承。一般認爲，意識形態包括兩個因素，一是它的實踐因素，二是它的政治因素。以後的學者和理論家們一般都是在這個意義上使用「意識形態」術語的。尤其是馬克思主義經典作家在使用這個術語時雖然有所取捨並有所發展，但並沒有改變其原意。由於「意識形態」包含了實踐因素和政治因素，所以在意識形態對人的支配著一點上，便具有了傾向性和目的性。同時文化作爲建立在經濟基礎之上的意識形態的一種，也便具有了目的性和傾向性。但必須認識到，人對於文化而言，文化的目的性、傾向性的實現是通過人的理性選擇來完成的，這是文化進步的基礎。

關於意識形態的作用，馬克思曾有過十分詳盡的表述，他認爲，人類的歷史，歸根到底是社會物質生活資料生產發展的歷史，一切社會發展和變革的最後決定力量是生產方式。物質生活資料生產發展的狀況決定了整個社會面貌和社會意識。政治、法律、意識形態方面的變革在社會發展中起著巨大的作用，在一定條件下，政權的變革甚至可以起著決定作用。〔註10〕此中所

〔註10〕參見馬克思：《〈政治經濟學批判〉序言、導言》，人民出版社，1971年。

說政權的變革，無疑也就是意識形態的變革。恩格斯在論述宗教問題時也指出，資產階級在反封建鬥爭的初期直到 17 世紀英國的資產階級革命都是在宗教外衣下進行的。到了 18 世紀，資本主義經濟進一步發展，資產階級開始形成自己獨立的意識形態，於是在法國大革命中，便完全拋開宗教外衣、公開在政治戰線上作戰。他說：「任何意識形態一經產生，就同現有的觀念材料相結合而發展起來，並對這些材料作進一步的加工。」〔註 11〕恩格斯原意是在批判資產階級思想家誇大意識形態的相對獨立性而淡化或者抹殺引起意識形態形成和變化的經濟關係。但在文化進步性中來解讀意識形態之與文化的關係，無疑具有巨大的啓發意義。也就說，意識形態在很大程度上，對文化起著導向的作用，並在一定程度上規範著文化的品位以及它的走向。有什麼樣的意識形態，就會有什麼樣的文化構成，在國家意識形態指導下發展起來的文化，必然成爲文化發展的主流。可以說，意識形態應成爲文化進步性建設的靈魂。意識形態對文化的作用，也被西方著名的馬克思主義理論家盧卡奇分析得十分透徹。盧卡奇對馬克思主義的研究，就是從意識形態著手的，並在繼承的基礎上有了較大的發展和創新。當然他的研究和創新未必會被所有的馬克思主義者和研究者所認同，但是他的關於意識形態和文化之間的關係卻是有著極大的借鑒價值。他說：

> 意識形態的東西最終規定著哲學和藝術的形成過程以及他們的持久影響。它作爲先導，作爲切實起支配作用的因素，既不是從外部被輸入到整體當中去的，也不是由某種它物在這個整體之內「造成」的「原因」，意識形態的東西乃是爲促使在一定情況下產生的整體形成此時此地的定在而發生的推動。意識形態的東西的內容是由世界向人類提出的問題構成的，而哲學家和藝術家則都在尋找這些問題的答案，他們各用自己獨特的手段，力求盡量完整，盡量恰當地描繪一幅人的合理性的世界圖象，並且探明和獲知存在的本質。〔註12〕

盧卡奇認爲，完整的哲學或藝術作品，就是對人類世界的這種意識形態的、同時也是對實踐的靜觀的態度中產生出來的，並且對人類的存在獲得本質性

〔註11〕 參見恩格斯：《路德維希·費爾巴哈和德國古典哲學的終結》，人民出版社，1972 年，第 47、45 頁。
〔註12〕 盧卡奇：《關於社會存在的本體論》下卷，重慶出版社，1995 年，第 593 頁。

的把握。而完整的哲學和藝術作品，我們說它就是先進的文化。

　　3　文化進步又是相對的和永恒的。

　　在人類社會中文化是一種永恒的存在，因爲人類的實踐活動是生生不止的。文化的生成是累世相積的結果，這些文化在內化爲人的本質之後，又反過來支配人的行動，這一過程在人類誕生以來就開始了，它必將隨著人類社會的發展一直持續下去。優秀文化是人類文化中的精華，是在歷史發展中代表著人類前進方向的最爲重要的部分，也正因爲如此，它在支配人的行動的時候，它塑造了一個「先進」的人。所謂先進的人是指掌握並能創新先進文化，用之於社會實踐，必將爲人類或者集團創造更多的物質財富和精神財富。但我們也必須看到文化進步的局限性。所謂進步，只是具有相對意義。在人類歷史上，絕對不存在一勞永逸的物質財富和精神財富。文化是隨著人類的歷史發展而發展的。在人類歷史上，朝代和政權的更迭必將引起文化內容的變化。在每一種意識形態的支配下，都會產生不同的文化進步的標準和內涵。任何一種或者一個區間的文化進步，離開了它賴以生存的社會政治經濟的發展，終究是不得長久、不得深入、不得有效發揮作用和實現自身的發展。相對於經濟基礎而言，它是上層建築的組成部分，但相對於意識形態而言，它又長久地受到意識形態的影響和支配。比如在中國，在計劃經濟環境下，競爭並不被看作是一種優良的品質，所有涉及到的競爭都被統一到了「競賽」中，轟轟烈烈地開展社會主義的競賽是一種被鼓勵的先進意識；但到了是社會主義市場經濟條件下，競賽已讓位於企業間的公平競爭，競爭已成爲現代社會中最爲先進企業管理法則。所以馬克思說：「那些發展著自己的物質生產和物質交往的人們，在改變自己的這個現實的同時，也改變著自己的思維和思維的產物。」〔註13〕在歐洲的歷史上，這種文化進步的相對性也許體現得更爲明顯一些。在文藝復興以前，爲適應封建主義的生產關係和經濟基礎，宗教文化在當時的社會中佔據了主要位置，成爲當時社會的主流文化。但資本主義的出現和上昇，迫切需要建立自己的意識形態以及與這種意識形態相適應的資本主義文化，於是從意大利開始，出現了偉大的影響深遠的文藝復興運動。正如有的人在一本書的導言中所說：文藝復興時期的那些人文主義者，他們以自己所從事的活動和採用的方式確立了各個『學科』間的新關係，建立了新的文化權威，並由此而產生了文化發展上的新趨勢。這種新趨勢首

〔註13〕《馬克思恩格斯全集》第3卷，人民出版社，1985年，第30頁。

先使意大利，其次使歐洲各種廣闊的生活和知識領域發生了深刻的『革命』或革新，並明顯地對繼後的幾個世紀產生了影響。這是一個把研究古典文化、復興希臘──羅馬精神遺產，同當時的歷史事件與活動緊密聯繫起來的文化和教育上的革新。而這些實踐與活動的範圍是大大地超出了意大利學者們或豪華的城市宮廷生活的狹小圈子的。

很難把文藝復興時期意大利的文化生活同歐洲歷史決定性年代裏的一切趣味、感覺、處理人與人之間、人與自然之間的方式的變化截然分割開來。要確定一個時期文化活動對整個生活產生的不可否認的干預過程並非易事。〔註14〕

文藝復興時期的人文主義思潮成為了幾個世紀的文化主流，並在此基礎上逐漸經歷古典主義、浪漫主義、現實主義和現代主義文化，尤其是文藝上的更替。每一種思潮或者文化狀態，相對於它所處於的時代而言都具有一種文化上的進步性，是一種先進文化，也正是在這種歷史實踐的基礎上上來說，先進文化具有相對性的特徵。但由於每一時代或者每一歷史階段都選擇了最能體現主流意識形態性質的文化，所以文化的進步性也具有了永恒性。

文化進步的相對性和永恒性也是符合馬克思主義辯證法原則的。文化同所有存在著的事物一樣，都要遵從一定的內在發展規律。自近代以來文化成為所有學者及所有集團所關注的熱點，正是這一規律發展的必然結果。非但近代，在人類歷史的各個時期，可能在顯在的社會潮流中文化並沒有被所有的執政者或者一個集團所認識到，但這並不影響它按照自身規律發展著，雖然如前文所說，它的發展是有所依賴的。秦始皇焚書坑儒所造成的文化斷裂，使本朝的文化失去了前朝的燦爛輝煌，但它也必須根據自己的社會基礎和意識形態的要求來創造一種文化，統一文字、統一度量衡就是這種要求的反映。在20世紀6、70年代，中國的文革所造成的文化斷裂和文化破壞是史無前例的，但我們在今天梳理中也許能發現一些在文化上進步的東西，比如樣板戲對中國傳統戲劇的改革就是一個相當好的明證。〔註15〕這樣說決不是為「文革」翻案，而是想說明文化的運動性，正是在這種運動中，根據社會的要求產生了進步的文化。同時，馬克思主義還認為，任何事物都是質和量的統一

〔註14〕丹尼斯・哈伊著，李玉成譯：《意大利文藝復興的歷史背景》，三聯書店，1992年，第4、5頁。

〔註15〕關於此點，可以參見張廣天的文章《江山如畫展宏圖──從京劇革命看新中國的文化抱負》，載公羊主編《思潮》，中國社會科學出版社，北京，2003年。

體。由於事物都處於永恒的運動和變化狀態，因而事物就必然表現為量變和質變這兩種基本形式。量變是指事物在大小、多少、發展規模、速度等方面的增加或減少的過程，其特點是變化的緩慢性、漸進性和連續性，因而事物呈現出靜止的狀態。當事物的量變超出了一定的界限，就會發生質變，質變是急劇的、是漸進性的中斷，是飛躍，是舊有的量變過程的終結，又是在新質的基礎上量變的開始。這樣實現了新事物對舊事物的代替。靜止是相對的，運動和變化是絕對的。這個規律用之於文化領域，則正好闡明了進步文化的生成過程。充分認識到這一點，對於加強文化建設是具有極大的指導意義的。也就是說進步文化不是一種靜止的文化，必須根據不斷變化了的社會基礎進行調整，以使之不斷適應經濟基礎的發展和意識形態的要求，從而促進人類向更高級的自由的方面轉化。

　　4 將進步文化放在當下環境中來進行闡釋是文化發展的現實性要求。當然文化進步作為普泛意義上的文化昇華，它必然首先具有文化本體上的一基本特徵。比如實踐性、運動性、穩定性、觀念性、時代性、傳承性和意識形態性等等，這在對文化進行哲學闡釋的時候已多有涉及。現實環境中的文化進步是在此基礎上的進一步昇華和錘鍊。它注重的是如何有意識的對之進行導引、支配和創造，如何更好的在確定的基礎上為人類服務。這種服務和對文化進步的界定，是建立在人類擁有了極大量的文化積累和文化形態之後對文化自身的認識基礎上的。由於物質的高度發展和文化交流的不斷擴大，人們有可能並且已經實現了文化間的比照。不僅如此，人類還加深了對自己的認識以及對世界和宇宙的瞭解，所以文化進步就可能顯示出一種充分的自由和人的本質性特徵。

　　新時期以來中國文化的進步性主要表現在以下諸方面：

　　（一）知識分子主體地位的突出。知識分子是一個非常複雜的群體，由於意識形態的不同，對於知識分子的態度也就會形成較大的差異。但總體而言，知識分子是社會的良心，承擔著社會的批評任務，是近年來在學術界興起的一種普遍的看法，而且在中國隨著知識分子的地位的提高，無疑也加大了知識分的社會責任感。不論在任何一種社會狀態和意識形態下，知識分子總是文化的最為主要的創造者和承擔者。也正是由於此，在歷史上，一些害怕進步的執政者為了保持自身統治的穩定總是首先將知識分子作為首要的敵人，中國秦朝的焚書坑儒，中世紀歐洲對知識分子的宗教迫害都是如此。中

國對知識分子的認識也是一個充滿了曲折與辛酸的過程。從文化角度而言，擔任文化傳承任務主要有兩部分人，即知識分子和非知識分子。知識分子是主要和主導力量，但非知識分子往往給予知識分子以較大的影響。就知識分子而言，又有主流知識分子和民間知識分子之別，兩者互相補充又相互鬥爭，正是在這個意義上，促進了文化在另一個層次上的和另一個渠道上的拓寬和延伸。但無論如何，由於在現階段知識分子主體地位的凸顯，使得文化的養成與創造成為一種國家保護性或者倡導性的行動無疑會加速了這一發展進程。在這一問題上，應該說文化進步在兩個層次上進行著。先進的知識分子圍繞著主流意識形態，不斷地提出自己的方向，得以對文化進行創新；同時又由於他們對文化的創新，國家予以保護。這種良性循環是進步文化不斷保持其先進性的重要支撐。民間知識分子或者大眾雖然自認為處於邊緣位置，但由於意識形態的作用，又總能以主流文化相參照或者相標榜。他們可能擁有更為廣泛的文化資源，有更為廣闊的文化創新和創造空間。他們往往從主流文化中截取適宜在民間生存的文化段落或者層面，以使其文化的意識形態含量更高，從而又為主流文化對於文化進步的創造準備了資源。這是一種良性的互動的文化轉合。雖然在中國悠久的文明史中，知識分子積累了大量的文化傳統，但作為一種具體的歷史進程的直接參與者，知識分子在文化傳承和創新問題上在很長的時間裏，並沒有得到應有的重視。在更多的時候他們是以政治家的身份進入文化視野的，或者因為政治上的失意轉而從事了文化建設。在我們千古流傳的文化典範中，孔子、屈原甚至陶淵明都是這種情況的典型的代表。在他們的時代，應該說他們都創造了我們今天看來仍具有合理性或者先進性的文化。但必須看到，他們所創建的這種文化並不屬於他們的時代，他們對進步文化建設的作用是間接顯現出來的。出現這種情況的原因除了當時的社會經濟狀況的滯後外，統治者的意識形態因素是一個顯在的原因，它說明了要想發揮出知識分子在進步文化創建上的作用，必須要突出知識分子的主體地位。

由於政治環境的不同，也就是說意識形態的約束，使知識分子在不同的時期呈現出了不同的文化闡釋和創造心態，因此他們對文化的闡釋和創造就會出現不同的風貌。簡言之，政治和文化的關係是非常複雜的，在特殊的時期，在文化被扭曲的意識形態當中，知識分子的人格的扭曲必然加速了文化的畸變甚至倒退。中國文革期間曾在較長時期裏使中國的文化建設出現這種

狀態。就文化的進步性而言，倒是那些處於地下狀態的文學創作和鎖在抽屜裏的思想觀念和文化意識，由於包含哲學的追求和人道主義內容，顯現出一定的進步性。對知識分子的貶抑必然會喪失了文化進步的基礎，因此進步文化建設必須要首先凸顯知識分子的主體地位。

新時期以來，我們認識到了知識分子在歷史發展、社會傳承、經濟建設、文化進步和政治文明中的巨大作用，在工作重心向經濟建設轉移的過程中，適時地調整了舊有的意識形態。首先在觀念上給了知識分子以巨大的解放。「科學技術是第一生產力」論，發展了馬克思的「科學技術是生產力」的論述，這一理論所產生的釋放力，在今天，我們無論如何來評價都是不會過分的，它潛在的影響將一直持續下去。它把包括科學技術在內所有文化的建設推向了一個新的高度。如果沒有這一理論，我們無論如何也不會把西方的先進技術和思想觀念引進來，也不會把中國的傳統文化發掘的那樣充分。但理論終歸是理論，如果沒有以知識分子爲主體的廣大民眾的參與，科學技術終究不會自動地轉化爲生產力。在這個意義上，我們似乎就可以說，知識分子是最重要的生產力。他們的主體地位的提高，一方面表現爲他們被認定爲國家現代化建設的智力層次的最主要承擔者，另一方面他們所擁有的價值得到了社會的普遍承認，他們的使命得到了充分的認識。知識分子主體地位的突出，使中國的文化出現了從未有過的繁榮。僅以小說創作爲例，自上個世紀90年代中期以來，長篇小說的出版量每年都在500部以上，而且在這些小說中，知識分子也往往成爲最爲亮麗的主體。

（二）現代化的精神訴求。現代化是一個非常複雜的概念，這個概念本身往往就成爲文化區別上的一種先進與落後的界碑。但它又不是抽象的，它把人們關於社會發展的先進性落實到社會生活的各個角落。它又是觀念性的，體現在人們日常生活的所有意識當中。它是文化發展的結果，是社會大工業生產的產物。到目前爲止，對現代化還沒有一個令人非常滿意的界定。通常而言，它是與傳統農業社會相區別的一種物質生產方式、社會生活方式、制度存在方式和精神活動方式。在目前流行的諸多關於或者涉及現代化的論述和著作當中，較少有人對之進行最爲本質意義上的分析。

由於現代化提供了一種不同於傳統的生產方式和文化內涵，因此可以說它成了近代以來幾乎所有知識分子的自覺追求。在向現代化轉型過程中，西方一直走在了中國的前面，以至於它們通過殖民侵略的方式向中國強行推行

它們的現代化觀念。中國官僚知識階層在屢次受辱和失敗中被迫萌生了現代化的意識，在「師夷長技以制夷」的警醒中，舉辦了「洋務運動」，首先開始了物質層面的現代化追求。但這種物質層面的現代化追求並沒有立刻使中國擺脱殖民地化的傾向，於是新一批知識分子開始了政治層面的現代化，遺憾的是，戊戌變法運動僅僅維持了百餘天。孫中山領導的資產階級革命應該説是制度層面的現代化，但也沒有解決中國的現代化問題。從五四運動前後開始，思想觀念的現代化追求才在中國普遍地開展起來。我們今天説，雖然現代化的最顯著的標誌是物質上的現代化，但對於一個後發現代化國家來説，也許以思想觀念爲主的整個文化的現代化總比單純的物質層面上的現代化更爲解決實際問題。也就是説，對一個歷經了幾百年發展的老牌現代化國家來説，物質的逐漸積累是相當重要的，但對於一個相當落後的農業國家來説，要想在一個相對較短的時間內實現現代化，也許精神層面的現代化來得更爲重要。有的學者指出：「精神文化層面，由人類在社會和意識活動中長期孕育出來的價值觀念、審美情趣、思維方式等組成，指涉人的行爲、思想方式及心理特點和世界觀、人生觀、價值觀所構成的文化深層結構，是廣義文化的核心部分，因之又可以理解爲狹義的文化」〔註16〕所以可以説，精神層面的現代化，可以代表了整個文化的現代化。關於精神層面的作用，黑格爾説：「當精神一走上思想的道路，不陷入虛浮，而能保持著追求眞理的意志和勇氣時，它可以立即發現，只有正確的方法才能規範思想，指導思想去把握實質，並保持於實質中。」〔註17〕這樣看來，我們討論中國的現代化問題，應該從思想層面著手才更合乎文化的本質性特點。但不是説物質層面和制度層面並不重要。物質和制度層面文化的現代化使知識分子的隊伍迅速擴大，使精英知識分子不再在整個社會中佔有最爲明顯的優勢。也就是説滲透在物質和制度中的技術文化，培訓了大批知識分子並最終使他們走上了專業化、職業化的文化創造道路，所以説現代化的追求不論在物質文化層面還是在以人爲主體的精神文化層面都是具有普遍意義的。

　　整個中國 20 世紀文化上的發展與鬥爭，基本上都是圍繞著現代化與反現代化來開展的，從「中體西用」到「全盤西化」，從「思想啓蒙」到「文化本位」，從「民族主義」到「世界主義」，以至於從今天的「新左派」到「自由

〔註16〕丁亞平：《藝術文化學》，文化藝術出版社，北京，1996 年，第 33 頁。
〔註17〕黑格爾：《小邏輯》，商務印書館，1980 年，第 5 頁。

主義」莫不如此。1949 年，在中國新型的社會主義民主政權建立以後，就把現代化國家的建設作爲了主要任務。工業、農業等的現代化追求，表面上看來是一種物質層面的東西，實際上表達的是一種現代化的思想觀念。有人說，毛澤東在 1958 年的「大躍進」思想是一種反現代化的思潮，而且認爲，在那個時期，中國一直存在著一股反現代化的思潮，這或許有一定的道理。但我們必須看到，當毛澤東提出在 20 或者 30 年超過美國或者英國這幾個現代化國家的時候，難道他是在反現代化嗎？毛澤東或許走的時另一條現代化的道路。20 世紀 80 年代以後，中國的改革開放政策使中國全面迅速地走向了現代化，並且在思想文化領域遙遙領先。物質的積累不僅達到或者基本達到一些發達國家，而且在思想、藝術等領域出現了多元並存的局面。西方的先進文化不僅在中國暢行和內化，而且也使中國的傳統文化煥發出新的精神風貌。這種文化現代化的追求和發展結果，使中國的思想文化界日趨走向成熟。90 年代以後，中國社會經歷了一個較此前任何一個時期更爲激烈的轉型期，開始全面進入經濟資本時代。在文化上，主要表現爲，由於改革開放的步伐較 80 年代年代更爲激進，使中國日益深入地加入到世界市場的競爭當中，制度文化得到進一步完善，伴隨著商業化所出現的其他領域的文化也滲透到了社會生活的各個層面，經濟的改革已不僅僅是一個經濟事件。在這樣一種歷史情境中，文化所擁有的功能以及它們的內容和在社會生活中角色及地位經歷了深刻的變化，文化的主要創造者和承載著再次發生了職業上的和趣味上的分工，他們與經濟資本的關係變得日益密切了。由於國際間文化交流的加大，特別是留學和訪學歸國的知識分子得到了對西方文化和西方學術的充分瞭解，使得他們可以站在中西文化對比的高度，對現代化社會所出現的一些文化伴生現象進行批評，並把對西方社會的文化觀察帶入到對中國在現代化進程中所出現的一些文化現象——比如消費主義文化和享樂主義文化等——進行實際的更高一層次的甄別和思考，「新左派」的出現和此就大有關係。從文化制度來說，現代教育和學術以及文藝創作制度已經逐漸地成爲一種跨越國界的體制，文化活動已經成爲全球化過程的一個部分，進步的文化正在現代化的進程中不斷生成。

（三）優秀傳統文化的傳承與昇華。傳統文化是一個民族的根基，在傳統文化中昇華出來的民族精神是一個民族的骨骼，同時傳統文化的性格又是這個民族不同與其他民族的主要參照物。一個民族無論它如何弱小，無論它

在這個地球上如何散佈和漂流，而最終能將他們連接起來的、能夠造成他們心心相印的就是因爲他們擁有了自己民族的文化。文化總是在特定的自然條件、社會空間和歷史環境下成長起來的，具有著鮮明的地域特徵和民族品格。不同的社會形態、不同的民族歷史，總是記載在文化形貌中，並通過文化表現出來。同時任何民族的存在總是有其存在的理由，總會在自己的存在過程中形成自己的優秀傳統。傳統也是這個民族發展的血脈，是這個民族代代相襲的唯一可以得到公認的紐帶。在研究人類發展史的時候，我們曾多次發現，一些現在已經消失了的民族無不是因爲他們在文化上的陷落，使他們的家園不復存在了。由此不難難看出傳統文化對一個民族的重要性。中華民族有著悠久的歷史，曾在全球範圍內創造過燦爛的文明，曾在許多世紀中遙遙領先於各種文化和文明。它不僅影響和構造了亞洲近鄰地區的文化和文明，而且對遠在歐洲的各個民族文化的成長都發生過重要的影響，這是中華民族引以爲榮的地方。但正像其他的文化種類和文化帶一樣，也正因爲其曾經先進過，所以才顯示出其在歷史發展中的一些不適應性。中國文化由於其內在特質所決定，曾存在著一些在今天全球性視野看來明顯的不足，既它的排他性、保守性以及漸變性。但這種缺欠並不是一開始就存在著，是在其發展過程中逐漸呈現的。現在的落後，不代表一直就是落後的。

在文化的形成和發展中，主導性價值觀顯得特別重要，這就是堅持以實踐的標準來對文化進步與否進行判斷。一般說來，文化能以主流的姿態隨著社會一同進步，基本上對於它的時代來說就是進步的。而且，還要認識到，進步的文化在不同歷史時期和不同歷史環境中，可以呈現出不同的本體存在狀態。有時表現在物質上，有時表現在藝術上，有時表現在精神和思想觀念上，有時是顯在的，有時是潛在的。由於文化是人創造的，它必然就擁有了人的智性和靈性，可以在不同的歷史情境中尋找到不同的依附狀態。我們都知道，20 世紀的文化大革命是一場對文化的大破壞，是文化的墮落和倒退，但強進而有力的進步文化卻以地下的狀態存在著。這種存在狀態也是一種積蓄，當文化大革命結束，文化的生存環境得到改善時，便噴薄而出，形成強有力的文化衝擊波。20 世紀 80 年代以後中國的文化進步正是在這個基礎上發展起來的。所以對傳統文化的分析和判斷必須堅持發展的觀點。

中國文化自近代以來，尤其是自 20 世紀以來，遭遇到了前所未有的挑戰，這種挑戰主要表現在傳統／現代、落後／先進、保守／開放、中國／西

方等之間的鬥爭。自此開始,中國傳統文化經歷了分析性批判、批判性繼承、批判性改造、毀滅性破壞和反思性弘揚五個階段。在這個世紀的最初 2、30 年,對中國文化界來說,是一個風雲激蕩的時代。一方面,在科學、民主口號的引領之下,西方各種文化思潮和觀念被大量引進,對中國傳統文化造成了巨大的衝擊;另一方面,中國傳統文化的排他性、保守性又對此進行了頑強的抵抗。於是,從東方文化派到中國本位文化派,從甲寅派到學衡派,從戴季陶主義到民族主義,中國文化的「優勢」與傳統一時盡顯,那麼到底如何評價中國的傳統文化就成為那些有深刻思想內涵的中國知識分子所必須要考慮的問題了。魯迅是那個時代的文化巨人,他站在中西文化的交匯點上,他利用了傳統文化知識和西方文化的精華,對中國的傳統文化進行了深刻的批判。他的批判是要看出中國文化的劣性並進而對中國文化進行改造,而不是「全盤西化」那種對傳統文化的取代(指用西方文化來代替中國文化),更不是文化本位主義者的抱殘守缺,魯迅的深刻性正是表現在這裡。但能用一種新的觀點和方法──馬克思主義的歷史唯物主義觀點──來對中國傳統文化進行批判性分析的,我以為李大釗是最典型的代表。在新舊文化論戰中,李大釗先後發表了《自然的倫理觀與孔子》、《新的!舊的!》、《新舊思潮之激戰》、《物質變動與道德變動》、《由經濟上解釋中國近代思想變動的原因》等文章,分析和論述了傳統文化產生、存在和發展的經濟和社會基礎。他認為:「凡一時代,經濟上若發生了變動,思想上也必然發生變動。換句話說,經濟的變動是思想變動的重要原因。」他說:「孔子的學說所以能支配中國人心有二千年的緣故,不是他的學說本身有絕大的權威,永久不變的真理,配做中國人的『萬世師表』,因它是適應中國二千餘年來未曾變動的農業經濟組織反映出來的產物,因它是中國大家族制度上的表層構造,因經濟上有它的基礎」〔註18〕李大釗的論述雖不乏機械論之嫌,但無疑在眾多的對傳統文化的批判和崇拜中,具有較大的科學性,因此他能夠代表那個時代的對傳統文化的最高意義上的分析性批判。

中國抗日戰爭的爆發使中國民族矛盾加劇,從而喚起了在前一階段論爭部分喪失了的中國人的民族自豪感和自尊心,這無疑對傳統文化是一件好事,這正如在半個多世紀以後,在文化全球化的衝擊下,中國人再度沉入對

〔註18〕 李大釗:《由經濟上解釋中國近代思想變動的原因》,《李大釗全集》第三卷,河北教育出版社,第 433、435 頁。

自己文化的研究和復興之中一樣。抗日戰爭使中國人再度反思中國傳統文化的地位和價值，而這一工作做得最好的是以中國共產黨爲核心的左翼集團和民主主義者集團。其時，經過多年馬列主義薰陶的中国共產黨已經到達陝北，他們無論在理論修養上還是在革命實踐中，都能較爲嫻熟地運用辯證唯物主義和歷史唯物主義觀點來看待中國文化。他們敢於做批評與自我批評，反省了過去對待民族文化傳統的態度，批評了民族虛無主義和歷史虛無主義的傾向，批評了脫離中國實際的空談馬克思主義的傾向。毛澤東告誡人們：「洋八股必須廢止，空洞抽象的調頭少唱，教條主義必須休息，而代之以新鮮活潑的，爲中國老百姓所喜聞樂見的中國作風和中國氣派」。〔註 19〕所謂的中國作風與中國氣派就是文化上的民族化和大眾化。他強調新民主主義的文化就是科學的民族的大眾的文化，爲了做到這一點，不應該割斷歷史，從孔夫子到孫中山都應該予以總結並繼承它。中国共產黨在文藝界的政治家周揚也說：「在文藝修養方面，我們的作家幾乎全是受西洋文學的薰陶。一個落後的國家接受先進國家的文化的影響，是非常自然而且必要的；我們過去的錯失就是在因此而完全漠視了自己民族固有的文化。」他主張要在對世界文化的關心中養成對自己民族文化的特別關心和愛好，要在自己民族文化的基礎上去吸收世界文化的精華，從而創造出民族的、民主的、科學的、大眾的中華民族的新文化。〔註 20〕在這樣的認識基礎上，在建國以後，新生政權在文化戰線上，不斷加大對傳統文化的改造，正如周恩來在第一次文代會上所說：「凡是在群眾中有基礎的舊文藝，都應當重視它的改造。這種改造，首先和主要的是內容的改造，但伴隨著這種內容的改造而來，對於舊形式也必須有適當的與逐步的改造，然後才能達到內容與形式的和諧統一。」〔註 21〕改造傳統文化的目的在於「推陳出新」和「古爲今用」，創造和繁榮符合時代需要的新文化，爲新興的社會主義以及它的人民大眾服務。

　　中國的文化大革命是在一種錯誤的意識形態指導下對傳統文化進行的一種長達十年的毀滅性的破壞。十年對於文化積累的過程來說並不是很長，但對於對文化的破壞卻是相當迅速的。執政者和參與者在要創造所謂的「新思想、新文化、新風俗、新習慣」的叫囂中，不僅封殺了一切來自傳統中的

〔註 19〕毛澤東：《毛澤東選集》第二卷，人民出版社，1991 年。
〔註 20〕周揚：《我們的態度》，《周揚文集》第一卷，人民文學出版社，1984 年。
〔註 21〕周恩來：《周恩來選集》上卷，人民出版社，1980 年。

思想、文化、習俗和習慣，而且完全使自己封閉起來，使文化不僅出現了縱向的斷裂，也出現了橫向的孤立狀態，對這十年來說文化是倒退的。20世紀70年代末，長達十年的文化破壞終於結束了。中國新一屆的執政者們再次看到了文化的陷落對人類和社會發展所造成的危害，尤其是對人的自身的傷害已經超過了任何意義上的破壞，所以他們開始了真正意義上的文化創新事業。在這一問題上他們選擇的切入點就是在反思的基礎上對傳統文化的大力弘揚，承認人對於文化需求的正當性，並確認了文化發展的方向。鄧小平說：「我國歷史悠久，地域遼闊，人口眾多，不同民族、不同職業、不同經歷、和不同教育程度的人們，有多樣性的生活習俗、文化傳統和藝術愛好……英雄人物的業績和普通人們的勞動、鬥爭和悲歡離合，現代人的生活和古代人的生活，都應當在文藝中得到反映。我國的和古代的文藝作品、表演藝術中一切進步的和優秀的東西，都應當借鑒和學習。」〔註22〕這是鄧小平在全國文學藝術工作者代表大會上的發言，對剛剛從惡夢中醒來的文化工作者來說，是一付興奮劑。表現在文學創作領域是使文學創作的迅速繁榮，在短短的幾年間，傷痕文學、反思文學、改革文學、尋根問學等等就輕輕滑過，尤其是尋根文學，在對傳統文化的沉重性反思中，人們更加客觀地看待中國傳統文化，並在對其優秀部分的發掘中，使其煥發出新的生命力。值得注意的是，對傳統文化的整理與發掘已經逐漸向人的自身回歸。進入90年代以後，資本經濟已經深入到社會生活的各個領域，中國進入了大的轉型期，文化全球化風潮正在撲面襲來。

實際上，在20世紀，我們看到，文化建設和文化進步，除了特殊時期以外，優秀傳統文化的整理與弘揚，從魯迅、李大釗開始到今天，中國人基本上沒有停止過對這一問題的關注。應該說，20世紀的文化發展史表現在傳統文化方面就是對傳統文化的傳承與昇華，構成了進步文化的重要組成部分。

（四）開放的世界性追求。單一性的文化存在和封閉狀態必然會使文化顯現老氣橫秋的樣子，缺乏後進與激發，從而喪失了內部自身的發展動力。在人類的歷史上，曾經出現過無數的小範圍的文明，但隨著整個社會的發展，一些文化或者文明消失了。這些文化消失的原因可能很多，但文化的自閉性

〔註22〕鄧小平：《鄧小平文選》第二卷，人民出版社，1983年，第182頁。

和單一性也是他們消失的一個重要原因。比如瑪雅文化和中國的匈奴文化、樓蘭文化，有的是因為異族的入侵和被征服，有的是自然條件的原因。但作為後世，在面對著這些文化遺址或者史書中隻言片語的時候，不僅要發思古幽情，而且還要追問，倘若他們在文化上能夠開放並善於與其他民族文化相融合，在面臨著異族入侵或者自然條件的改變時，或許就是另一種樣子，也許他們的文化會成為強勢文化，也未可知。但這畢竟是一種關於歷史的假設。在中國歷史上，各個朝代的興衰成敗從文化上來說也是可以略窺一斑的。唐朝的強大除了經濟、政治的原因外，它的文化上的開放性是出現盛唐氣象的重要原因。這引得今人無限追思。相反，歷史上漢民族在兩次強族入侵中失敗，除了軍事、政治的原因外，文化的呆板和封閉也是不能排除的重要因素。而對兩個強族即蒙古族和滿族來說，在它們憑藉著軍事上的強勢穩定中原以後，及時地吸納了漢民族的文化，使它們成了上百年甚至幾百年的中原主人。據史書記載，成吉思汗在其子孫建立元朝以前，就已充分認識到了學習漢民族文化的重要性，為此他將精通漢民族文化的耶律楚材，帶在身邊，早晚請教。滿族在建立清朝以後，也認識到了這個問題，所以在治理國家上，也多用舊朝的典章制度和漢族文人。只是他們的子孫在後來走上了文化封閉道路，在西方的入侵中，淪入到了殖民地的境地。由此可見，文化的開放與否可以決定一個國家、一個民族的盛衰。但必須認識到，開放的目的，不是搞文化同化、文化殖民地，更不是搞文化投降主義和文化虛無主義，而是借鑒，為自己的文化填充活力，使自己的文化永遠保持在一種先進的地位。不僅要使固有文化中的優勢讓全人類來享用，同時也要使其他民族的優秀文化為我所用，是文化的雙向借鑒和學習，這是文化開放的真正目的，也是先進文化建設以及文化走向世界的必經之路。

使固有文化呈現開放狀態，走向世界，實現文化的雙向借鑒和學習，並在此過程中建立自己的進步性文化，不僅是一個實踐的問題，而且也是一個重要的理論問題。〔註 23〕這個理論問題在一百多年以前由馬克思和恩格斯所發現和創立。他們認真考察了資本主義社會的生產方式、民族交往和社會分工等狀況，站在歷史唯物主義的高度，揭示了民族歷史向世界歷史轉變的趨勢。他們說在歷史進程中，「各個相互影響的活動範圍在這個發展進程中愈來

〔註23〕學者樂雪飛在她的文章《論先進文化的世界性》對此已有論述。參見《東北師大學報》（哲社版）2003 年第 3 期。

愈擴大,各民族的原始閉關自守狀態則由於日益完善的生產方式、交往以及因此自發地發展起來的各民族之間的分工而消滅的愈來愈徹底,歷史也就在愈來愈大的程度上成為世界的歷史」。在這種考察中,他們揭示出了現代資本主義大工業生產對民族歷史向世界歷史轉化過程中所起的重大作用,是現代資本主義的工業大生產「創造了交通工具和現代化的世界市場,控制了商業,把所有的資本都變為工業資本,從而使流通加速、資本集中,」並首次開創了世界歷史〔註 24〕。馬克思、恩格斯所說的世界歷史在某種程度上來說,不是指單一的各民族歷史單獨地存在的總匯,而是指在歷史發展中所形成共性的流動,是各個民族的歷史走向了聯繫和融合。在此基礎上,馬克思、恩格斯又將此種理論引向了文化領域。在《共產黨宣言》中,他們說:「資產階級由於開拓了世界市場,使一切的國家生產和消費都成為世界性的了……過去那種地方的自給自足和閉關自守狀態被各民族的各方面的相互往來所代替了。物質的生產是如此,精神的生產也是如此。各民族的精神生產成了公共產的財產。民族的片面性和局限性日益成為不可能,於是由許多民族的和地方的文學形成了一種世界文學。」〔註 25〕馬克思、恩格斯這種理論的基礎就在於文化間的相互交流,並且這種理論在人類學家那裡也得到了證明。人類學家博厄斯指出:「人類的歷史證明,一個社會集團,其文化的進步往往取決於它是否有機會吸取鄰近社會集團的經驗。一個社會集團所獲得的種種發現可以傳播給其他社會集團;彼此之間的交流愈多樣化,相互學習的機會也就愈多。大體上,文化最原始的部落也就是那些長期與世隔絕的部落,因而他們不能從鄰近部落所取得的文化成分中獲得好處。」〔註 26〕無論是哲學家、思想家,還是人類學家,在這個問題上走到了一起,說明文化的進步是離不開世界的。

中國在 19 世紀下半葉,文化世界性問題同樣被提到了日程上來。儘管中國傳統文化的保守性和排他性,使中國文化在走進世界文化的進程中顯得緩慢和具有試探性,但亡國滅種的危險使人們必須做出這種選擇。正是有了這種基礎,在 20 世紀的時候,中國傳統文化在世界性進程中顯得異常活躍。但必須說明這種活躍與盛唐的活躍是大不相同的。後者是文化的輸出,前者是

〔註 24〕 《馬克思恩格斯選集》第一卷,人民出版社,1972 年,第 51、67 頁。
〔註 25〕 《馬克思恩格斯選集》第一卷,人民出版社,1972 年,第 255 頁。
〔註 26〕 《全球通史──1500 年以前的世界》,上海社會科學出版社,1992 年,第 57 頁。

文化的引進。在整個 20 世紀，中國文化有兩個大的開放時期，一是在最初的
二、三十年，適應了新文化運動的要求，在倡揚民主和科學的口號中，在知
識分子的中外頻繁的流動和交往中，在文化引進和學習上，中國向西方打開
大門。各種主義、各種思想、各種觀念、各種學說、各種理論，魚貫而入，
攪起了連天的文化狂潮。這是 20 世紀中國文化的一次大繁榮，被稱為中國的
文藝復興。在這種繁榮中，魯迅的拿來主義的方法、胡適的自由主義思潮以
及陳獨秀、李大釗的馬克思主義理論逐漸成為這個世紀上半葉的文化主流，
並最終確定了馬克主義文化的主導地位。這也是一個人才輩出的階段，魯迅、
胡適、毛澤東、茅盾、郭沫若、巴金等文化巨人遠遠地站在了世紀的另一頭。
另一次大的開放時期是 80 年代以後，中国共產黨在其執政多年以後，終於排
除了本身的僵化和「左」的干擾，在經濟上開放的同時，文化上也實行了開
放。與前次不同的是，這次是主動的，雙向的，尋求發展的，是文化進步的
自覺行動。特別是進入到了 90 年代以後，中國進入了市場經濟的轉型期，在
全球化的視野中，文化已滲入到了社會生活的所有角落，不加強文化進步性
建設，就會把握不住方向，從而失掉本民族固有的東西。

　　文化進步的開放性、世界性建設不是一種盲目的開放和走向世界，而是
在本民族文化的基礎上，尤其是在文化中的意識形態支配下的一種有意識的
選擇和學習。文化全球化不是世界大同化，不能把本民族的落後的、腐朽的
文化向外輸出，也不能把其他文化中落後的東西引進來，只有如此才能不斷
保證文化的先進性。在這一點上，也許毛澤東和鄧小平說得更為經典，毛澤
東說：「我們的方針是，一切民族、一切國家的長處都要學，政治、經濟、科
學、技術、文學、藝術的一切真正好的東西都要學。但是，必須有分析有批
判地學，不能盲目地學，不能一切照抄，機械搬運。他們的短處、缺點，當
然不要學。」〔註27〕鄧小平說：「我們要向資本主義發達國家學習先進的科學、
技術、經營管理方法以及其他一切對我們有益的知識和文化，閉關自守，固
步自封是愚蠢的。但是屬於文化領域的東西，一定要用馬克思主義對它的思
想內容和表現方法進行分析鑑別和批判。」〔註28〕

　　（五）寬容與多元的文化空間。一般說來，文化進步應該包括兩個層面

〔註27〕《建國以來毛澤東文稿》第 6 卷，中央文獻出版社，1992 年，第 101 頁。
〔註28〕鄧小平：《黨在組織戰線和思想戰線的迫切任務》，《鄧小平文選》第三卷，人
　　　　民出版社，1993 年，第 44 頁。

的內容，一是文化進步的內含，二是支撐這種進步文化存在的空間。文化進步不是一種單一的文化存在。因為人是文化的主體，是文化的創造者，而人又是自由的和多樣性的，同時社會生活又是多層面的，因而就必然要求文化的多元性。從文化的創造主體和接受層面來看，主要有精英文化、大眾文化；從文化的層次性上來看，又有高雅文化和通俗文化之分，但這些都不是文化進步的主要問題。它的關鍵是要使文化的發展有一個寬容和多元化的存在空間。當然這種空間的創立，並不是要突破文化中意識形態的約束，而且它更加傾向於實踐性，也就說它在一個相對的尺度內越豐富、越複雜，就越能促使其繁榮。即允許它在主流意識形態下的生存，也應允許它對這種具有生存意義的意識形態給予適當的甚至是激烈的批評。關於寬容與文化的多空間性，也許盧卡奇的論述更加使人容易理解。他論述了黨和詩人之間的關係，認為黨的詩人應當是作為無產階級偉大事業忠誠的，但又具有個性的「游擊隊員」，而游擊隊員與軍隊中將領和列兵的最大不同點則是組織形式上的相對獨立與自由。這種組織形式上的相對獨立與自由又是和黨的使命、和黨所制定的偉大戰略路線是一致的，因為游擊隊與野戰軍是在兩條不同的戰線上為著同一個目標而戰鬥。〔註 29〕這種比喻用在文化與意識形態之間的關係上也是基本適用的。所不同的是，文化尤其是進步文化作為一種人類進步性的存在狀態遠比「詩人」要寬泛的多。在世界範圍之內，文化的寬容與多元性使世界文化不僅變得豐富多彩，而且相互比照性更強，更加有利於文化的進一步發展。文化間的交流一種可能是溫和的、漸變的，另一種就可能是激烈的、速動的。尤其是後一種，造成新質文化的可能性最強，如果不為其提供一個空間，你將永遠不知這個新質文化是什麼，它不可能從容生成，更遑論文化的選擇與進步了。所以文化進步性建設必須有寬容的和多元性的文化空間。

在中國歷史上，文化寬容主義和多元性有著很多的正反兩個方面的經驗和教訓。先秦的文化寬容和多元性存在創造了中國文化史上的第一次的大繁榮，出現了諸子爭鳴的局面。這在中國現今對傳統文化的發掘和弘揚中佔有十分重要的地位，而且那個時期所形成的文化傳統和確定下來的文化內容一直為今天的中國人乃至其他文化圈所利用。雅斯貝爾斯在論述老子的《道德經》時說：「它以一個完美的整體呈現在讀者的眼前。同一種事物以不同變式反覆論說，給人以事實上的而並非靠文字本材形成的始終一貫的體系。

〔註 29〕盧卡奇：《盧卡奇文學論文集》（一），中國社會科學出版社，1980 年，第 270 頁。

儘管其術語有前後不一之處，它卻使人感到闡述事理的條理性。它那些佯謬的語句所具有的說服力，它的謹嚴認真態度以及它那似乎不見底的思想深度使其成爲了一部不可多得的哲學著作。」「爲了理解老子必須認識老子當時生活著的那個中國的精神世界，以及先於他的中國傳統。我們在此不在依據漢學家們的研著，對老子所處的生活時代進行重複性的描述。這樣做是爲了證明，老子這位形而上學思想家的超時代意義。當然，人們只有瞭解了老子本人，它才會顯得更加真實，更加有影響力。」〔註30〕中國歷史上也多次出現過文化一元化和文化禁閉時期。董仲舒的「罷黜百家，獨尊儒術」以及在一些朝代中所大興的文字獄，便是對中國文化的極大破壞。正如我們在前文已經論述的那樣，文化的破壞是迅速的，而文化的重建和發展以及在這個過程中如何使文化更具有進步性卻是需要一個較長的歷史實踐過程。比如中國文化如何從儒教的負面影響中走出來就花費了十多個世紀的時間，在這一千多年中，西方文化，尤其是歐洲文化，經歷了中世紀的崩潰，文藝復興的開始以及眾多文化主潮與流派的出現，這不能不說明是文化寬容與文化多元化的結果。追蹤中國文化的發展歷史，我們也發現了中國文化在不同的時期所顯現出來的文化主潮，比如從學術史的角度來說，中國的學術經歷了先秦的諸子、魏晉玄學、隋唐佛學、宋明理學和清際的各種學派，雖然這些基本上都囿於儒家文化當中，但畢竟在不同時期有所突破，這一點和西方宗教文化對他們自身的影響不相上下。

從理論上來說，一個國家，尤其是曾經作過發達國家的殖民地的國家，爲了民族獨立和發展，爲了國家利益，在對內強調統一、強調意識形態一元化和民族文化的普遍意義的同時，在世界文化交往中，還要在一定的程度上，站在一個較爲客觀的立場上認同其他民族、其他國家的文化精神及其意義世界，強調世界範圍內民族文化的多元性及特殊的人類性價值，爲自身文化的合理性及其生存提供理論上的依據。同時深入到一個國家的內部，爲了增強民族活力，煥發民族文化的生機，也必須一定程度地實行文化多元主義和特殊主義，張揚文化創造的個性或個性化的文化創造，以提高本國文化的國際競爭力。〔註31〕20 世紀的中國，除去文革十年所造成的文化毀滅與自閉外，

〔註30〕 卡爾・雅斯貝爾斯：《老子》，轉引自陳愛政等譯《德國思想家論中國》，江蘇　　　　　人民出版社，1997 年，第 216、217 頁。
〔註31〕 胡瀟：《文化進步的哲學思考》，《嶺南學刊》（哲社版），2002 年第六期。

基本上可以說是一個文化寬容與多元化發展的時期。這一點在上個論點中已有所涉及，實際上可以這樣說，文化的開放性在很大程度上就表現爲文化的多元性，沒有寬容就不可能對外進行文化引進，這是毫無疑義的。關鍵是開放和引進之後是否允許它繼續存在。人民政權建立之後，新中國關於此點走過一段彎路。但應該說在主觀上一點也沒有放鬆。在「反右」以前，在毛澤東的「百花齊放」、「百家爭鳴」的方針的指引下，文化建設曾呈現出多元化的繁榮局面。可惜的是，在毛澤東的思維中，政治與階級鬥爭的理念過於強烈，而最終使他的這種文化繁榮的理想沒有在實踐中得到落實。新時期以後，隨著改革開放局面的形成，經濟建設成爲中國改革和發展的重心。經濟上的變化帶來了文化發展上的變化，對外文化引進和對內文化發掘成爲中國經濟建設的有力補充，於是文化多元化發展空間再度形成。鄧小平一再強調這種發展的重要性。他在第四次文代會上說：「我們要繼續堅持毛澤東同志提出的文藝爲最廣大的人民群眾，首先爲工農兵服務的方向，堅持百花齊放、推陳出新、洋爲中用、古爲今用的方針，在藝術創作上提倡不同形式和風格的自由發展，在藝術理論上提倡不同觀點和學派的自由討論。」他進而引用了列寧的話說，在文學事業中，絕對必須保證有個人創造性和個人愛好的廣闊天地，有思想和幻想、形式和內容的廣闊天地。〔註 32〕理論上如此，在實踐上的文化寬容性和多元化發展已經成爲有目共睹的事實。90 年代以後，中國經濟進入了快速的發展時期，表現在文化發展上和人們的價值觀念上也進入了一個較大的轉型時期。在經濟全球化和文化全球化的衝擊下，文化發展的多種趨向已經呈現，學派和觀點間的論爭已經建立了較大的格局。精英文化與大眾文化繼續發展，高雅文化和通俗文化兩極分化，主流文化和民間文化相互轉換，人們各取所需，各造主義。比如都是建立在批判基礎上所形成的「新左派」和「自由主義」之間的論爭已持續將近十年。或者人們要麼在一個較高品質上追求思想的深度，要麼在物質基礎上追求極度的物化主義。自由主義、激進主義和文化保守主義暢行不衰，在這種文化的多元存在中，文化建設正在繁榮，眞正出現了「百花齊放、百家爭鳴」的局面。

（六）以人爲本的文化基點。討論文化進步性中以人爲本的文化基點問題，既要考慮到現實中的人，也要考慮到文化中的人。人是文化的創造者，

〔註32〕《鄧小平文選》第二卷，人民出版社，1983 年，第 182、183 頁。

反過來文化又規約著人自身的發展。人要發展就要掙脫文化對人的束縛。人與文化之間的關係就是在創造和不斷超越之間進行著。那麼人爲什麼要進行這種後來約束了自己的文化創造活動呢？馬克思曾經說過，人不僅通過思維，而且以全部感覺在對象世界中肯定自己。〔註 33〕按照這種觀點，藝術人類學家說，文化的創造就是人的「自我確證」，也就是說，人只有通過實踐來證明自己是人，來證明自己的過程就是一個文化的創造過程。人的自我確證是一種對象化過程，它的最基本和最主要的方式是實踐。馬克思還說：「通過實踐創造對象世界，即改造無機界，證明了人是有意識的類存在物。」因爲「正是在改造對象中，人才眞正地證明自己是類存在物。這種生產是人的能動的類生活。通過這種生產，自然界才表現爲他的作品和他的現實。因此，勞動的對象是人的類生活的對象化；人不僅在意識中那樣理智地復現自己，而且能動地、現實地復現自己，從而在他所創造的世界中直觀自身。」〔註 34〕正是在這個意義上來說，人在勞動中，或者說在實踐中，當需要用一種羽毛、獸皮或者動物的骨骼來裝是自己的時候，就是他意識到的創造。而這些就成了我們今天的文化。上昇到人和文化之間的關係，藝術文化學學者說：「人是多維的聚合，因此我們在肯定人的文化意向的同時，也要把人理解爲實存，把人的存在這一概念理解爲在世界之中的存在，在文化之中存在。也就是說人與文化是相互塑造、互爲因果、同步誕生的。雖然文化是由人創造也是爲人而創造出來的，人首先是文化的生產者，但由於一種反作用的結果，文化也產生了人；人決定了文化，而反過來也體驗到文化對人的塑造。」〔註 35〕由上，我們不難看出，人是文化的最終決定者，在這個意義上，我們說進步性的文化建設，必須以人作爲文化發展的基點。而且我們可以進一步引申爲，這種人與文化之間的關係，不能僅僅停留在一種理論的層面，或者說，這「人」應該是一個具體的存在，是可感的而不是抽象的。承認這一點，不僅要求對人的普遍性理解，還要求對具體的人的思維和欲望的認可。

在實際發展著的歷史上，人在思維和欲望的支配下，創造了文化，但這種文化卻在很長一段時間內抑制了人的思維和欲望的發展。在史前文明中，人與文化之間的關係到底如何，似乎到現在爲止並沒有一個確證。但在後來

〔註 33〕《馬克思恩格斯選集》第三卷，人民出版社，1972 年，第 503～509 頁。
〔註 34〕《馬克思恩格斯全集》第四十二卷，人民出版社，1985 年，第 96、97 頁。
〔註 35〕丁亞平：《藝術文化學》，文化藝術出版社，1996 年，第 36 頁。

的發展中，可以肯定的是，在歐洲，人被上帝所支配了，人失去了作為文化創造的主體性和能動性，這種情況一直持續到了中世紀以後，從文藝復興開始人的價值得以重新發現。在中國直到近代以前，人的世界仍然被「天理」所主宰著。明朝的李贄就是因為提出了「童心說」，在一定程度上突破了舊有的「滅人欲」框圍，結果老死獄中。中國對人的重新發現是在 20 世紀，儘管此前這種意識曾不斷逸出，但並沒有形成氣候。在新文化運動期間，周作人的兩篇文章《人的文學》和《平民文學》產生了巨大的衝擊力。他說：「我們承認人是一種生物。他的生活現象，與別的動物並無不同。所以我們相信人的一切生活本能，都是美的善的，應得完全滿足。凡是違反人性不自然的習慣制度，都應排斥改正。但我們又承認人是一種從動物進化的生物。他的內面生活，比他動物更為複雜高深，而且逐漸向上，有能夠改造生活的力量。所以我們相信人類以動物的生活為生存的基礎，而其內面生活，卻漸與動物相遠，終能達到高尚和平的境地。凡獸性的餘留，與古代禮法可以阻礙人性向上的發展者，也都應排斥改正。」〔註36〕如果說周作人還是停留在理論上，乃兄魯迅則開始了以《狂人日記》為標誌的影響整個 20 世紀的偉大文學實踐，形成了流傳至今的文化傳統。

應該說，在 20 世紀前 4／5 年代裏，人與文化的關係，尤其是人在進步性文化創造中居於一種什麼樣的地位，並沒有得到充分的認識，致使「魯迅」長期停留在了曲高和寡的狀態中。80 年代以後，中國的改革開放，使人們認識到了人在經濟生活中的作用，也認識到了在文化生活中人的地位與作用。也就是說，國家的現代化建設是為了人們生存的更好，而人要想生存的更好就需要具有高文化含量的人來完成。這樣就又回覆到了人與文化的關係及人對文化的超越的層次上了。

對人和文化的認識，應該包含著兩個方面的含義。一是人的作用，這是現實中的人；二是如何回到人自身，這是文化中的人。站在主流話語的角度來說，人是一切社會活動的主體，是生產力中最活躍的因素。人的素質如何，直接決定了社會發展的速度和質量。所以在論述到人的作用時，鄧小平說：「今天，由於現代科學技術的日新月異，生產設備的更新，生產工藝的變革，都非常迅速。許多產品，往往不要幾年的時間就有新一代的產品代替。勞動者只有具備較高的科學文化水平，豐富的生產經驗，先進的勞動技能，才能

〔註36〕周作人：《人的文學》，《新青年》第五卷第六號，一九一八年十二月十五日。

在現代化的生產中發揮更大的作用。」〔註37〕他說：「我國的經濟，到建國一百週年時，可能接近發達國家的水平。我們這樣說，根據之一，就是在這段時間裏，我們完全有能力把教育搞上去，提高我國的科學技術水平，培養以數以億計的各級各類人才。我們的國家，國力的強弱，經濟發展後勁的大小，越來越取決於勞動者的素質，取決於知識分子的數量和質量。」他繼續說，「中國的事情能不能辦好，社會主義和改革開放能不能堅持，國家能不能長治久安，從一定意義上說，關鍵在人。」〔註38〕鄧小平的這種認識無疑凸顯了人在文化中的主導和主體地位，應該說這是科學的認識和實事求是的。80年代以後，尤其90年代以來，伴隨著在主流話語中人在文化建設上地位的提高，人也逐漸回到了自身。表現人的欲望、表現人的情感、表現人的心理已成為日常文化活動中的最常見的內容。舉凡所有的文化領域，不論是在科技、醫療、教育、文藝等等均是如此，甚至在一定的程度上，這些被視為回歸到人的本質的一項最為重要的內容。文化中的人在文藝領域表現得最為明顯，大多數的作品在表現人的欲望的同時，也表現對於欲望的昇華；在表現人性的缺欠的同時也表現這種缺欠對人及文化所造成的破壞；在表現人的苦難的同時也表現人在面對苦難時與苦難的抗爭和對苦難的超越；甚至在影視作品中刻畫具有崇高意義的偉人時，也表現他們作為人的另一面的心理。這些現象和內容本身能夠存在、被廣泛接受和廣為流傳，是適應市場經濟時期人的文化心理的，因而具有了時代新、科學性、民族性和大眾性，在這個意義上，這實現了文化的進步。

　　5　儘管在前面我們已經討論了文化尤其進步性文化的哲學內涵及它的歷史和現實內容，但當需要討論進步文化和小說的關係時，實際上也是在討論文化和文藝的關係，這樣，我們就在通常的意義上來使用文化和文藝這兩個術語。文化是人類社會實踐的成果，包括物質文化和精神文化以及制度文化，文藝是文化的重要組成部分，是文化的一種存在狀態，是文化中的一個門類，屬於精神文化。

　　文化和文藝是在歷史發展中人們在實踐的基礎上不斷剝離出來的來相互具有屬從關係的概念。在中國魏晉以前和西方18世紀之前，文藝通常被作為一般的文化形態即廣義的文化來看待的，它和政治、歷史、哲學、宗教等一

〔註37〕《鄧小平文選》第二卷，人民出版社，1983年，第85頁。
〔註38〕《鄧小平文選》第三卷，人民出版社，1993年，第120、380頁。

樣都是文化產品，並無特殊的或者是專屬的性質，只是後來才被賦予了具有審美性質的特殊的文化現象。由於文藝具有了一種審美的特質，於是在它存在過程中就有了一種為人們所廣泛遵從的慣例，這種慣例使許多其它的文化現象轉化為文藝。比如美國詩人威廉斯（William Carlos Williams）有一首非常著名的詩就是從一個便條中轉化而來的。便條是：

便　條

　　我吃了放在冰箱裏的梅子，他們大概是你留著早餐吃的。請原諒，他們太可口了，那麼甜，又那麼涼。

　　這只是一個一般性的應用文，但當把它改為分行排列的時候，人們就會覺得這是一首詩。

便條	This Is Just to Say
我吃了	I have eaten
放在	the plums
冰箱裏的	that were in
梅子	the icebox
它們	and which
大概是你	you were probably
留著	saving
早餐吃的	for breakfast
請原諒	Forgive me
它們太可口了	they were delicious
那麼甜	so sweet
又那麼涼	and so cold

改變了排列方式之後，那麼在閱讀時感覺的方式發生了變化，具有了審美的意義，人們認為這是詩，所以說，文藝有自身的慣例。這種慣例是符合一定的文藝發展和存在的內部規律的，並不是所有的文化現象一經改變了存在形態都可以成為文藝作品。這僅僅是文化和文藝之間關係的一個方面，實際上的情況遠比此要複雜的多。

　　我們在討論先進文化和小說的關係時，也必須站在上述基本立場上來審視，也就是說，既要考慮進步性文化的質的規定性，也要遵從文藝本身的內在要求，並將兩者更好地統一起來。但為了研究的方便，更是因為小說作為

文藝的一種，雖然它在文學領域中佔有者重要的地位，在本章的論述中，我以爲將小説替換爲文藝或者文學更爲恰當，這絲毫不影響我們討論進步文化和小説的關係。下面僅從幾個主要方面來論述它們之間的這種關係。

（一）進步的文藝是進步的文化不斷豐富的重要來源之一，是合乎規律的發展。所謂進步的文藝在當下來説，它必然包含了這樣一些内容：科學性、民主性、民族性、大衆性、現代性和人本性等，也就是説進步文化所擁有的内容，在進步的文藝中都應該有所體現。文藝是靠形象説話的，這種形象既包括思維中的形象，也包括現實中的具體可感的形象，因此它往往具有非常迅捷的傳播速度和深久的影響力。由於這種特點，它將長時間地積澱在人們的意識中，其中一些形成人們的無意識狀態，從而支配著人們的思維和行動。它逐漸積累並在人類歷史上流傳，這就形成了文化。就文化的一般性來説，藝術是古代文化生成的最主要内容。在原始部落時期，人們出征打獵前的祈禱儀式、在慶祝豐收或者勝利時的載歌載舞，都是現代藝術的原型，同時也就成爲了今天我們所説的文化的重要組成部分，並影響著人們的日常生活。格羅塞説「原始藝術的最高原則是統一」〔註39〕，這種説法就是將藝術上昇到了文化的高度來理解的，否則的話，單獨藝術表現是完不成這種任務的。再比如，在中國傳統的詩文中，「月」的意向代表著鄉愁和思家，而對今天的人來説，即使不瞭解或者不知道李白的「舉頭望明月，低頭思故鄉」之句，你也會在月圓月缺的時候起思鄉之情，這就是文學意向的一種文化流傳。在中國文學（文藝）發展史上，它自身的進步爲我們提供了很多的文化發展範例。先秦的諸子散文，既是一種文學作品，也是一種政論文章，同時也是一種對人類和社會發展的哲學思考，當我們今來歷數中國優秀的傳統文化時，我們會不約而同地想到這些，我們把它看作了是文化的本身，是優秀文藝積累的結果。《史記》是中國歷史上一部最爲重要的歷史著作，也是一部重要文學作品，它的筆法，它的知人論世的思維習慣已成爲中國傳統文化的重要組成部分。

文藝不僅演繹一種規定性的文化自身，而且也在不斷拓展著這種文化的涵蓋範圍，使這種文化變得越來越豐富和複雜。比如中原地區的儒文化通過文人的文學表現可以延伸非儒家文化地區。屈原就是這種代表。屈原是一位政治家，但他的政治追求並未使他在文化傳承上爲後世所知，相反，他的《離

───

〔註39〕格羅塞：《藝術的起源》，商務印書館，1996 年，第 240 頁。

騷》、《天問》等名篇卻把儒家文化發展到了極致，並將之引到了楚文化中，使他成為彪炳後世的儒家的先賢形象，成為儒家文化的精神表徵。如果沒有他的文學創作，我們可能就對他知之甚少。在此之後，我們還看到岳飛的「空悲切，白了少年頭」，陸游的「王師北定中原日，家祭毋忘告乃翁」的文化現象，也可以看到文天祥的「人生自古誰無死，留取丹心照汗青」的文化現象。在這裡，岳飛、文天祥都不是純粹的知識分子，實際上他們和知識分子比較起來，並不主要承擔文化的傳承任務，但他們的這種精神文化現象卻是通過文藝作品體現出來的。所以說他們是在拓展著儒家文化的發展空間，並成為這種文化的代表。

文藝作品還可以作為中介在不同的文化形態中創造出第三條文化道路，進而豐富了文化的種類。由於人在社會中生存，也就是在一定的文化環境中成長，在這個環境中，文化可能是多種類的。一般而言，文化的惰性和人的保守性，可能會使人長久地在一種文化形態或者種類中實現著自身的價值或者完善著自己，這也就是我們為什麼說文化塑造了人的主要原因。但當習得了這一文化的人在實際生活中，在個人的理想追求上與該種文化規範發生衝突的時候，勢必要尋找到一條出路，這樣表現在文學作品上的時候，就有可能成為另一種文化。陶淵明曾兩度出仕，表達了他的積極入世的儒家文化追求，但現實的黑暗使他對自己所追求的政治發生了懷疑甚至否定，便歸隱山林，唱起了「採菊東籬下，悠然現南山」的山歌。他通過詩歌這種藝術表達了他的心境，由此轉入了老莊文化。他雖然不是這種文化選擇的第一人，但卻成為後世知識分子在遇到這樣的文化選擇時的範例。後來我們常說「達則兼濟天下，窮則獨善其身」，無疑就是在儒、道之間的或者是儒道合一的一種文化取向，是對文化間的空隙的補充。這種文化價值觀在今天也是後繼有人並有所發展。當代作家閻真的小說《滄浪之水》中主人公池大為，是一個典型的知識分子，受其父影響，走「獨善其身」之路，但在現實的生活面前，在各種欲望的擠壓之下，發現此路不通，在痛苦的抉擇之後，毅然走上仕途取得權力，並在權力的支持下，達到了知識分子所承接拯救天下的目的。《滄浪之水》所提供的這種文化模式，既不同於屈原對儒家文化的恪守，也沒有走上陶潛退而遠避廟堂之路，也不是范仲淹的「居廟堂之高則憂其民，處江湖之遠則憂其君」，而是自成一路的。這是在當下現實文化環境中的一種文化突圍，是知識分子的另一種出路。正是借著這樣一些文藝作品，使文化得以

不斷地對自身進行了超越，從而實現文化的再發展。

　　進步的文藝觀通過對舊有文藝觀的改造，從而創造一種新質的文藝理念並發展爲主流文化。傳統的文藝觀可能在歷史上發揮過先進性的作用，曾經溶入到當時的主流文化當中，並在此基礎上創立了一種進步性文化。但隨著歷史的發展，由經濟變化所引起的上層建築的變化，必然使此前時代的所謂的進步文化處於一種落後狀態，因此必須對這種文化進行改造。意大利文藝復興時期的人本主義文藝就是對傳統宗教文藝的創新，以此爲基點形成了波及整個歐洲的人本主義文化。在中國傳統的文藝觀中，「文以載道」的影響可謂深遠長久，在歷史上起過進步作用，但在 20 世紀初的時候，由於其對人的情感和內心的束縛，已經失去了它在過去時代中的光澤。馬克思主義文藝觀的傳入，爲其注入了新的活力，並被改造爲一種新質的「文以載道」觀。從 20 年代開始，無產階級文藝經過左翼文藝運動的大力發展，經過延安文藝運動的整合，經過共和國文藝的建設，已經成爲 20 世紀最爲壯觀的文藝主潮。馬克思主義的新的「文以載道」觀，強調了文藝的政治作用、強調了文藝的階級性、強調了文藝的人民性和民族性，因此顯示出了強大的生命力，並帶動了整個無產階級文化的發展。列寧在批評蘇聯曾經最有影響的文藝團體「無產階級文化協會」的錯誤的文藝觀念時說：「無產階級文化不是從天上掉下來的，也不是那些自命爲無產階級文化專家杜撰出來的，如果認爲是這樣，那完全是胡說。」他認爲，無產階級文化是全部人類知識合乎規律的發展。〔註40〕所謂的合乎規律，就是一種在改造基礎上的發展。可見列寧也是把進步文藝作爲先進文化的資源來看待的。

　　綜合以上，我們可以說，進步文藝由於其提供了一種相對進步的價值取向，因此在向文化生成時必然表現爲進步文化。反過來進步的文化也是在這樣一種文藝的支撐下，不斷豐富自己的表現內涵。

　　（二）文藝依靠文化而存在並在文化中被接受。文藝和文化的關係在很大程度上就像人和文化的關係一樣，是雙向互動和牽制的。一方面文藝不斷地積累和內化爲文化，反過來文化又爲文藝提供生成和傳播的背景。也就是說，文藝是一定文化中的文藝，自文化產生之後，離開了文化的文藝是不存在。文藝是思維的結果，而思維離不開社會存在的環境，社會存在的環境必

〔註40〕 轉引自紀懷民、陸貴山等編著：《馬克思主義文藝論著選講》，中國人民大學
　　　　 出版社，1982 年，第 492 頁。

定表現爲一定的文化因素，這樣，實際上文藝的思維就變成了文化的思維。
這表現在兩個方面，一是文藝創作不僅表現爲一定的文化特徵，而且必須在
這種文化中完成。比如許地山的小說表現了濃厚的佛教意識，如果他對佛教
文化或者佛教教義沒有深刻的理解和掌握，無論如何也是把握不住的。二是
文藝作品必須在一定的文化思維中才能被理解。不借助一定的文化因素或者
知識，一件藝術作品僅僅是個沒有意義的堆積物。就像有人將一個被廢棄了
的便壺送進藝術館使其成爲藝術品一樣，它是被賦予了一定的文化意義，而
且只有在這種文化意義上才能被接受。新歷史主義認爲，在藝術的研究和解
讀上，由國家、語言、性別、政治、宗教、倫理、地域、歷史等因素而劃分
出來的那些明顯的界線應該被打破，應有歷史的文化本文來闡釋藝術作品的
本文。海德格爾對梵·高的名畫《農民鞋》的理解可能最能說明這個問題。
在這幅畫中，除了被作者賦予了農民的鞋的意義外，找不到任何與農民有關
聯的意向，甚至我們可以說他是工人的鞋。但海德格爾卻在作者的提示之下，
在鞋及其周圍不確定的空間裏看到了豐富的審美情感和哲思體驗內容。他
說：「從這雙穿舊了的農民之鞋裏邊的黑孔可以看出勞動步行之辛勞。鞋沉重
的分量之中，包含著在風暴侵襲的廣漠田野上，縱橫交錯的田間小路上慢慢
行走時的黏性強度。鞋皮中有地面的潮濕和豐盈。鞋底下潛藏著變暗淡的黃
昏時分田間小路的孤獨。鞋裏發出大地沉默的呼聲，裝著成熟莊稼的寂靜的
饋贈，散發著籠罩在多夜休耕地上的惜別之情。通過這雙鞋道出了渴求得到
麵包的人的莫名惆悵，耐苦耐勞的無言喜悅，新生命到來之時心臟的跳動，
死的威脅之中的激烈的顫抖。」〔註41〕海德格爾是著名的存在主義哲學大師，
他的理解自然帶上了存在主義的深刻烙印，但也正是因爲如此，才更能從存
在的本體意義上來瞭解文化存在的意義。理解的文化性質在於，任何理解都
是人的自我理解，但又是以文化爲前提的，這樣文化就成了「前理解」。同時
由於文化的共有屬性，也就可能出現了理解的相同性。這是進行進步文藝建
設的重要方面和可能。因爲從文化的角度來說，雖然它包括一些諸如知識、
政治、法律、道德、風俗以及其他從社會上習得的能力與習慣的複雜綜合體，
指涉人的各種行爲方式和模式，但起作用的核心問題卻是在此基礎上形成的
價值觀念。由於產生了相同的價值觀念，就可能在藝術理解上出現相同的結
論。人類在進入現代社會以後，文化的發展越來越迅速，分裂的也越來越快，

〔註41〕參見海德格爾：《詩 語言 思》，文化藝術出版社，1991年，第40頁。

同時文化變得越來越複雜。人們身處這個環境，面對著這樣一種文化現實，也就是說，在工業文明和技術理性日趨強大，以及現代精神文化和物質文化的尖銳對立，藝術家們開始將自己的藝術事業放在了整個人類文化的層面來考慮，於是出現了現代派諸多的文藝流派。這些只有在現代的文化環境中才能產生，同時也只有在現代的文化環境中才能被理解，如畢加索的繪畫，喬伊斯的小說等。

　　按照上述思路，進步文化必然為進步文藝提供了優秀的生長空間。人們對人自身的關注，對人類命運的共同關注，對社會底層大眾的關注、對人類在現代社會中的心靈的關注、對人類生存空間和環境的關注、對人類存在的哲學意義的關注，不僅是社會學本身的課題，成為當下文化的主流，同時也已然成為了文藝創作的最主要的問題。在 20 世紀 8、90 年代以後，中國傳統文化和西方文化開始了第二次對接，並形成了具有中國特色的進步文化，在這種文化環境中，文藝創作和表現主體出現了很多新的景觀，人們開始呼喚人道主義，個性主義得到張揚，人類不斷強化自省意識和懺悔意識，走民本主義道路，關注生存環境和生態環境，女性主義開始勃興，人們開始了全球化的思維。應該說，這一時期的文化生成是 20 世紀早期文化發展的承續，並有所開拓，有著中國自己特有的質的規定性，馬克思主義文化觀仍成為當今文化的主潮。只有在此環境下，才能更好的建設和理解我們當下的文藝。

　　（三）文藝在社會文化轉型期往往具有先導性。文藝具有「先進性」，此「先進性」是指，文藝比較敏感，它對社會變化有著極強的感受能力和表現能力，因此相對於文化中的其他門類來說，比如政治、法律、道德等更為靈活和多變，更能及時地將社會生活反映出來，並積澱為文化風尚，從而引領社會文化的流向。文藝有其自身的諸多特徵，它雖然以文化中所反映出來的價值觀念為其創作的指導意識，但卻是以社會生活為其主要的存在內容。它的觸角伸向社會生活的各個領域，時刻捕捉社會生活中的些微變化。它既具有一定的意識形態性，但相對於政治的意識形態來說具有自己的特殊性和相對獨立性，就像前文在引述盧卡奇的理論時我們所說的那樣，它是「游擊隊員」，相對於野戰軍來說，它有一定的自由。它不像上層建築的其他部門那樣，在社會的轉型期需要經濟基礎的完全的徹底的支持（但它必須在今後的發展中進行自我調整）。它往往先行一步，表達自己對社會生活的看法。當經濟基礎正在調整，文化領域中其他的文化門類也在調整之時，它已經形成一

種文化觀，並成爲整個文化的一部分，引導著其他門類的文化向自己的方向發展。它具有審美意識特徵，在社會意識的歷史繼承方面，它的獨特性鮮明地體現在歷史上那些優秀的文藝作品中，無論它們產生在封建時代、奴隸制時代、還是遙遠的原始社會時代，似乎都能超越時空，代代相傳，給人們以精神的滋育，體現出其它的社會意識形態無法趨及的永恒魅力。同時它又以強烈的情感和審美魅力捕捉著時代，「浸漬人的心靈，觸及人的靈魂，釋放巨大而永久能量」，〔註 42〕也正是在這個意義上來說，在文化變革和社會轉型期，它成爲十分重要的文化先導。

社會轉型期的文化，往往是指文化的進步性轉型，因爲社會的轉型較少有倒退的，這是具有普遍意義的，並爲歷史發展所證明了的。歐洲的文藝復興時期是文化轉型的在人類歷史上最爲典型的代表，適應了資本主義上昇時期的要求。在這場運動中，走在最前面的是文藝，而且影響最大的也是它。意大利的文藝復興實際上是一種文化的轉型和創新，但我們今天稱之爲文藝復興，不能不說明文藝在這當中的先導作用。中國的 20 世紀經歷過兩次的文化轉型期，一次是從以小農文化爲主的近代文化向現代文化的轉變，一次是由計劃經濟下的文化形態向市場經濟下的文化形態的轉變，就單純的文化領域而言，兩次轉型具有一定的相似性和繼承性，但又有著質的區別，前者是資本主義形態的，後者有著嚴格的社會主義的規定性。前次的轉型發生在 19 世紀的末期，黃遵憲、王國維、梁啓超等諸人首先在文藝領域提出了革命的口號，尤其是梁啓超，相繼提出文界革命、詩界革命和小說界革命，開了新的「文以載道」的先河。20 世紀的早期，胡適、陳獨秀、魯迅等人仍是在文藝領域把中國的文化建設，以科學、民主爲核心推向了現代化建設轉型當中。馬克思主義的文化觀在這裡有著強大的說服力。中國馬克思主義文化形態的出現並且成爲中國主流和主導型文化是在人民政權建立以後的事情，但在此以前，馬克思主義的文藝觀經過了長達二、三十年的準備和發展。在 1949 年以前，在中國影響最大的文藝流派是以馬克思主義爲指導思想的「左翼」，由於中國共產黨所領導的新民主主義革命並未在全國取得勝利，所以左翼文學並沒有獲得合法的地位。正是從這個意義上來講，左翼文學在建國前的發展就成爲中國文化轉型的先導。中國 20 世紀的後一次文化轉型發生在 70 年代末、80 年代初，到 90 年代達到了高潮。在 90 年代以前的十幾年的時間裏，

〔註 42〕董學文、張永剛著：《文學理論》，北京大學出版社，2001 年，第 15～16 頁。

是這次轉型的嘗試和預演，也是從文藝領域開始的。在 1980 年前後，一些表達了一定文化觀念的文藝作品相繼發表，如《苦戀》、《假如我是真的》、《離離原上草》等作品都是對「文革」文化的反思，甚至到了周揚的《關於馬克思主義的幾個理論問題的探討》，直接對馬克思主義的文藝觀進行了反思，這些文化進步的表現，雖然在一定的時期限於一定的思想認識而遭到了批判，但畢竟奏響了文化轉型的先聲。說到底，文化的轉型是由經濟變革決定的。如果沒有 90 年代以後中國全面轉向社會主義市場經濟的變革，文化的轉型終究不會走的太遠。此時的文藝仍是走在了前頭。適應了平面化發展的需要，在文藝領域當中，大眾化的、通俗性的、後現代性的文藝作品紛紛出臺，引領了時代的文化風尚。比如在文藝創作中新歷史主義、新寫實主義、女性主義和新新人類的出現，普遍帶有文化學上的闡釋意義，從此引發了在 20 世紀最後十年整個思想文化界的對市場經濟條件下的文化狀況和整個人類文化狀況的深刻思考。至此，中國的文化轉型也初步完成。

　　（四）文化對文藝創造主體具有前置性要求並在這種要求中實現自己的進步。所謂「前置性」是指文化對人的制約。文化對人的制約，就像前文所說的「前理解」一樣，是存在於文藝創作之前的。儘管有的人可能並不在確定的層面上有多少具體的知識含量，但人終歸是文化狀態中的人。文化與知識是有區別的，一個不識字、不能讀書的人並不代表他沒有文化，只不過是文化層次的高低之別，以及使用文化的頻率和深度上的差異。在傳統文化的薰染中，沒有知識的人，他同樣能夠理解儒家的三綱五常，孝義廉恥，而且能夠做得更好，並傳給後世。他同樣能夠形成自己關於世界的看法和對社會的「深刻」的思考，而且還帶有一定的哲理。這些文化的獲得除了口耳相傳之外，個人經驗的積累也是一個重要的途徑。在這些文化當中，肯定有一些是來自「文藝作品」，並深刻地影響了這些人的生活和文化習慣。比如，《祝福》中，祥林嫂是沒有知識的，因為她愚昧、落後，但她擁有一定的文化，她的文化就使她不與命運抗爭和不能抗爭以及不可能抗爭。沒有知識的人尚且如此，那麼在那些從事文藝創作的知識分子那裡，文化同樣具有制約作用（一些沒有知識的人也能從事文藝創作，這主要見於民間文藝中）。他們與沒有知識的人相比，他們在文化約束中可能獲得更大的主動性。在 20 世紀 80年代中期以後，在中國文壇上興起了一股「尋根文學」熱，代表性的文章主要有韓少功的《文學的「根」》、阿城的《文化制約著人類》、鄭義的《跨越文

化斷裂帶》、李杭育的《「文化」的尷尬》、鄭萬隆的《我的根》等文章，在這些論述中，一方面強調了文化對文學創作的消極作用，並在文學作品中，分析和批判這些劣質的文化；另一方面肯定了文化在文學創作中的積極作用，並力圖發掘文學創作中的文化優勢。這些都有他們值得肯定和繼承的一面。但他們在進行這些分析和批判的時候，沒有或者主要地沒有將文化對創作主體自身的制約作用反映出來。在這裡，「制約」並不是一個貶義詞，它至少是中性的。一方面它要求文藝主體的文化性，另一方面要求文化主體對文化的掙脫。從文藝角度來觀察文化的發展，就是在這樣基礎上發展起來的。由於文化常常表現出的價值觀、世界觀等意識層次的東西，往往成為指導藝術家進行創作的綱領性觀念，因此這就容易成為解讀藝術主體的重要途徑。在一部小說中，作者的創作方法、表現技巧、語言手段、文學意向以及價值取向，都是一種文化符號的表徵。近些年來在文學領域當中所興起的文化研究熱，正是通過這些手段，來研究作品，尤其是來研究作家本人，並且取得了突出的成果。比如魯迅作為文化偉人的形象的形成，並不是單獨指他的文學創作，而且我以為更要研究他的對人類文化的習得和利用以及文化對他創作的潛在影響。他自身經歷或感受到的世態炎涼的文化現象，除了使他對傳統文化的毫不留情的撻伐之外，也使他在作品中所表現出了刻薄和孤獨感。他對「摩羅」文藝的張揚，是他受到了俄國和歐洲文化的影響所致。他的每一處文學表現或者思想表現都能在文化中找到出處。魯迅善於對各種文化進行綜合利用並創造了自己的文化，形成了魯迅文化傳統。

認識到文化的前置性對在文學創作中加強文化進步性建設是十分重要的。正如我們對文化的哲學闡釋所說，文化在一定的程度上來說具有意識形態性。重視這種意識形態性建設，可以使文藝創作主體自覺地在創作中規範自己，將文藝作品及其中所傳達出來的精神轉化為進步性文化。

後 記

　　這本小書脫稿的時候，舊曆乙酉年即將開始，我似乎聽到了遠處金雞報曉的聲音，也從窗外偶而響起的鞭炮聲中隱隱約約地感到了春節的訊息。對我來講，與其說又一年來到了，還不如說又一年結束了。

　　2004 年初秋，經過短暫的暑期休息，我從復旦大學畢業後進入北京師範大學文學院做博士後研究，合作導師是張健先生。張先生做學問謹嚴仔細，為人卻非常豪爽直率，兩者都體現出了他所特有的風範，這給我留下了深刻的印象，也為我的研究開了個好頭。張先生非常希望我能從當代小說著手進行研究，而這一點又和我的想法頗為一致，所以就欣然應命。

　　我原來一直從事現代文學的教學和研究工作，雖然對當代文學有些瞭解，但也僅僅是為教學的方便，似乎沒有更為深入的思考和研究。這次轉入當代小說研究，儘管沒有什麼跨度，但困難還是顯而易見的。主要是文本閱讀量不夠，當代小說理論準備不足，小說文化性研究方面的資料積累不豐富。好在我有心理準備，在平時的閱讀中也有很多印象比較深刻的東西，又夜以繼日地重新瀏覽了新時期以來幾乎全部代表性小說，因此在材料的收集上和寫作計劃的確定上還是比較順利的。

　　我的具體寫作時間並不很漫長，但在這期間我再次感受到了分身乏術的確切含義。我雖然在站研究，但同時也在坐落於遼寧錦州的渤海大學（原錦州師範學院）承擔教學和行政工作。教學和研究工作應該說是一脈相承的，我是樂此不疲，但行政工作的繁雜和瑣碎著實令人望而卻步。為了工作和研究，我經常往來於京錦之間，很多文本的閱讀和寫作構思都是在交通工具上完成的。在北京期間，我和張健先生有過多次輕鬆的長談，張先生的很多見

解後來都成爲我這本書中的觀點，這是我完成本書寫作任務的基本保證之一，對此我深表謝意。而在錦州期間則大不相同，行政工作占去了我整個白天，甚至包括節假日和雙休日。我一方面爲渤海大學全體教職工的工作精神所感動，另一方面也爲自己的現實境況感到悲哀和沉重，其背後的況味只有自己才能知曉。這時候，我的研究和寫作是從晚上九點或者十點開始的，一般工作四五個小時，然後稍事休息，又開始著手新一天的行政工作。

我應該感謝我的妻子馬敬敏女士，從我讀博士時起，她就放棄了自己的專業，專心致志地持家育子，從不因家庭瑣事分散我的精力。每當我看到她用豔羨的神情來談論那些學有成就者時，我就感到她如果去做，也許做的會更好，於是慚愧之情便湧上心頭。我相信，沒有她的支持和呵護，我所有的學習和研究都是難以爲繼的。

我還要感謝所有幫助過我的師長、同事、朋友，在這裡我不一一列舉他們的名字，他們的默默支持同樣是本書完成的保證。福建教育出版社的編輯黃珊珊老師等人爲此書的出版付出了很多辛苦，在此一併表示感謝。

雖然我對於本書謹慎寫作，精心修改，但終因時間匆匆，無暇多返，疏漏與謬誤之處在所難免，敬請批評指正。

作　者
2005 年 2 月 2 日

又記：這本小書的出版距今已有近十年了。這些年中，不論是中國當代文學自身還是我對中國文學的認識都發生了變化，因此再回過頭來檢視本書內容的時候，確實有了不一樣的學術感覺。在本次再版之前，我對全書的內容有一些小修小補，但整體思路和格局保持了原貌。非常感謝李怡兄的熱心和鼓勵，使將要沉寂下來的東西能夠再度出版，這給了我更多的學術自信。

周景雷
2014 年 12 月 20 日